May Raven

Monster Geek

Die Gefahr in den Waeldern

Drachenmond Verlag

DRACHENMOND VERLAG

Astrid Behrendt
Rheinstraße 60
51371 Leverkusen
www.drachenmond.de
info@drachenmond.de

Umschlaggestaltung: Alexander Kopainski
Korrektorat: Michaela Retetzki
Lektorat: Marion Lembke
Satz: Marlena Anders
Layout: Astrid Behrendt
Bildmaterial: Shutterstock
Druck: Booksfactory

ISBN 978-3-95991-271-6

Für alle Tagträumer, Wunschdenker, Drachenreiter
und Monsterjäger, die sich mit ihren Romanhelden
auf spannende Abenteuer begeben und sich von
mutigen Magiern, bunten Einhörnern und
schillerndem Glitzerstaub verzaubern lassen möchten.

Hört nie auf, an euren Träumen festzuhalten,
egal wie phantastisch sie auch erscheinen mögen.

1.

Hinter jeder Tür verbirgt sich eine Überraschung

Dieser verdammte Vampir versuchte doch tatsächlich, mir zu entwischen! Seine schnellen Schritte donnerten über den Asphalt und gaben mir somit genügend Anhaltspunkte, in welche der zwei engen Gassen er abgebogen war. Wie lange wollte er denn noch davonlaufen und vor allem wohin? Die Gegend war mir bekannt und ich wusste, dass sich nach der nächsten Ecke am Ende der Straße eine Sackgasse befand. Ihm war es daher unmöglich, zu entkommen – außer er konnte fliegen, und wie wir alle wissen, ist das idiotischer Humbug. Wie so einiges.

Als ich das Tempo erhöhte, spritzten Blutreste in alle Richtungen von meinem Katana, das ich fest in der Hand hielt. Damit hatte ich vor wenigen Minuten ein hübsches Zeichen in einen Vampirbauch geschlitzt, was den Vampir der Länge nach zerteilt hatte, und es einem zweiten durch sein gieriges, ausgedörrtes Herz gestoßen. Zum Glück war ich schnell, schneller als viele andere Jäger, was mir schon oft meinen süßen Arsch gerettet hatte. Das lag nicht an meiner Magie, war jedoch kein Wunder, so oft, wie ich hinter etwas nachjagen oder davonlaufen musste – wobei mir die erste Variante deutlich besser gefiel. So wie jetzt gerade.

Ein diebisches Lächeln stahl sich auf meine Lippen. Der Vampir gehörte mir, genauso wie sein erbärmlicher Kopf und das Preisgeld. Warum musste er sich so zieren? Ich war eine Gildenjägerin und es war verdammt noch mal mein Job, Monstern wie ihm den Garaus zu machen und dafür den Sold zu kassieren.

Normalerweise hätte mir die wilde Hetzjagd nichts ausgemacht. Ich hätte sie sogar genossen. Doch an diesem Abend war ich gereizt, da, anders als im *Pin* beschrieben, nicht nur ein Vampir zu erledigen war. Als ich heute Abend das Vampirnest angegriffen hatte, war ich auf drei verdammte Blutsauger gestoßen. So ein Rechenfehler konnte ganz schnell nach hinten losgehen. Jedoch war ich nicht umsonst Jessamine Diaz und meines Erachtens eine der besten Gildenjägerinnen in ganz Nordamerika. Okay, zugegeben – eigentlich eine der besten in Kanada … und auch das noch nicht ganz, aber ich würde es verflucht noch mal werden und mich dann mit einem ganzen Batzen Geld zur Ruhe setzen. Am besten irgendwo in den abgeschiedenen Wäldern Kanadas, zusammen mit meinen Frettchen Billy Joel und Gertrude und natürlich meinen Strickutensilien.

Daher beschleunigte ich ein weiteres Mal das Tempo und spürte dabei ein dumpfes Stechen an meiner rechten Seite, als ich die Luft tief in die Lunge saugte. Vermutlich würde das eine deftige Prellung werden, wenn ich daran zurückdachte, wie mir einer der Vampire vorhin einen Fußtritt gegen die Nieren verpasst hatte, während sein Kumpan mit seinen Fingernägeln ein paar Kratzer auf meiner Wange hinterlassen hatte. Das war schon alles gewesen, bevor ich sie mit meinen Schlitzereien endgültig kaltgemacht hatte. Eine ziemliche Sauerei, aber zielführend.

Ich hatte das Ende der Gasse fast erreicht, als ich ein verdächtiges Geräusch hörte. Das konnte nur von dem Vampir stammen, der vermutlich um eine Ecke huschte und abrupt stehen blieb. Dieses leise Schleifen einer Schuhsohle über den nassen Asphalt war, dank meines außerordentlichen guten Gehörs, für mich unverkennbar.

Wie ein funkelnder Blitz verfing sich das Licht von der Lampe einer Hauswand in der glänzenden, violett aufleuchtenden Klinge meiner Waffe. Im hohen Bogen schwang ich sie in dem Moment nach rechts, als ich meine magische Energie in die Waffe leitete und schlitternd die Ecke erreichte. Kurz sah ich in die erschrockenen Augen des Vampirs, in der nächsten Sekunde purzelte der Kopf von seinen Schultern und rollte mit einem platschenden Geräusch über den Asphalt.

Der nun wirklich tote Körper des Blutsaugers ging zischend in Flammen auf. Die Wartezeit, bis das Gebrutzel vorüber war – was im Normalfall nur wenige Minuten dauerte –, nutzte ich, um mit einem Tuch, das ich für solche Gelegenheiten in der Hosentasche verstaut hatte, seelenruhig das Blut von Olaf zu wischen. Richtig erkannt, ich hatte mein geliebtes Katana tatsächlich nach einem Zeichentrick-Schneemann benannt, der vor fast fünfundvierzig Jahren über die Bildschirme geflimmert war. Mir war wohl nicht mehr zu helfen.

Erst als die Messerklinge im dämmrigen Licht wieder sauber blitzte, packte ich das Tuch weg. Olaf hatte fast keine Verzierungen, bis auf ein kleines Symbol direkt neben dem Griff – ein Unendlichkeitszeichen, mit dem alle meine Waffen gekennzeichnet waren. Letzte magische Energie befand sich noch in Olaf, der in meinen Gedanken zufrieden aufseufzte und das kleine Blutgemetzel lobte: »*Gute Arbeit.*«

»Danke, deine schnittige Klinge ist aber auch nicht von schlechten Eltern, mein Bester«, entgegnete ich lächelnd.

In meinem Kopf sah ich sein erfreutes Grinsen – Olaf liebte Komplimente genauso sehr wie ich –, bevor meine Magie aus der Waffe sickerte und die Verbindung abbrach.

Ich hatte keine große Macht, konnte gerade einmal ein paar Bann- oder Schutzzauber wirken, aber eine meiner Besonderheiten war, dass ich meine Waffen mit Magie aufladen konnte, wodurch sie stärker, härter – *tödlicher* wurden. Dadurch konnte ich komischerweise in meinem Kopf mit ihnen kommunizieren, als ob meine magische Energie ihnen für einen Moment eine Persönlichkeit verpasste, die wieder verschwand, sobald der Zauber versiegte.

Erst nachdem fast nichts mehr von dem Vampir übrig war, hob ich seine weißen Beißerchen auf. So praktisch es auch war, dass Vampire, Werwölfe, Geister und vieles mehr nach getaner Arbeit einfach zu Asche verbrannten oder sich in Luft auflösten, war es ein Segen, dass Vampire ihre Zähne zurückließen. Wie sonst sollten wir Gildenjäger einen Beweis vorlegen und den Sold einsacken?

Vor allem Vampire waren eine ziemlich verbreitete Spezies und standen prozentual viel öfter als alle anderen Wesen auf meiner To-do-Liste der zu jagenden Monster. Jede dritte oder vierte Jagd oder Kurzmission galt den zähnefletschenden Biestern, was wohl daran lag, dass manche Menschen immer blöder wurden. Zwar himmelten weibliche Teenies diese falsch dargestellten, glitzernden Vampire nicht mehr derart an wie noch vor einigen Jahrzehnten. Dennoch war die Faszination für diese Wesen ungebrochen und die normalen Menschen zu leichtgläubig, wodurch sie ihnen erbarmungslos in die Falle tappten.

Ich pustete Aschereste von dem Vampirgebiss, das ich zwischen meinen Fingern hielt, und packte es zu den anderen beiden Gebissen in meiner silbernen magischen Fundus-Büchse, die zusätzlich aus Holzfäden und Weihrauchpulver gegossen war. Egal, wie groß meine Beute war oder was ich hineinlegte, die Büchse bot immer genügend Platz, obwohl sie im geschlossenen Zustand gleich klein blieb – wie ein kleines Medikamentendöschen. Eine magische Spezialanfertigung meiner Cousins Jayden und Julian. *Die Zwillinge sind eben doch die Besten.*

Lächelnd steckte ich die Dose wieder zurück, küsste die Fingerspitzen meines Mittel- und Zeigefingers und zeichnete mit ihnen ein Kreuz über meine Brust, an der Stelle des Herzens. Das war mein Ritual, um mich bei Gott, der Magie oder bei wem auch immer zu bedanken, eine weitere Jagd überlebt zu haben. Jeder Gildenjäger – so ehrlich konnte man sein – war etwas verschroben, schrullig und mit nicht nur einer Handvoll Eigenarten gesegnet. Dazu gehört auch, dass wir wider besseres Wissen abergläubisch an die Jagd herangingen, kleine Rituale inklusive. Entweder davor oder danach.

Meines war dieses – kurz und knackig. Andere zogen zum Kampf die gleiche Unterhose oder dieselben Socken an. Man konnte nur hoffen, sie wurden dazwischen gewaschen. Oder wieder andere beteten währenddessen ständig, was ich komplett bescheuert fand, da es erstens von den übernatürlichen Wesen zu hören war und zweitens total vom Auftrag ablenkte. Wiederum kannte ich Jäger, die vor einer Jagd sieben Mal Salz über ihre linke Schulter warfen oder drei Mal rückwärts einen kleinen Kreis abliefen. Man konnte daher ruhig behaupten, dass wir wohl alle unsere speziellen Verrücktheiten hatten. Was mich nicht groß störte, immerhin gehörte ich ja auch zu diesem wilden Haufen.

Grinsend strich ich meine nachtschwarzen, engen Lederklamotten mit den dunkelblauen Seitenteilen glatt, die aus dem neuen *Inn∞Leder* bestanden und alle Fremdpartikel abwiesen. Wie immer stammte die innovative Idee von der marktführenden Firma *Definity: International Inn∞finity Design & Corporations*. Egal, was mit dem Leder in Berührung kam, meine Kleidung blieb so sauber wie an dem Tag, an dem ich sie gekauft hatte. In meinem Fall versuchten hartnäckig immer wieder Blut oder irgendwelche anderen schleimigen Fetzen, die ich nicht näher benennen möchte, meine Sachen zu versauen. Das alles hatte jetzt keine Chance mehr und perlte einfach ab wie Wassertropfen auf einem Lotosblatt. *Perfekt.*

Normalerweise würde ich direkt zu einer der Gildenbuden gehen, aber heute hatte ich vorher noch etwas anders zu erledigen, das sich nicht aufschieben ließ.

Geräuschlos schlich ich um das heruntergekommene Haus, in dessen Hintergarten ich vor einer halben Stunde die ersten zwei Vampire erledigt hatte, während der dritte geflohen war. Die Farbe splitterte von der Fassade und war genauso schäbig wie der ungepflegte Rasen oder der verwitterte, schiefe Zaun. Das perfekte Bild einer leer stehenden, rattenverseuchten Bude, die kein normaler, geistig gesunder Mensch freiwillig betreten würde. Ich trat ein.

Aber erst, nachdem ich mich ein weiteres Mal überzeugt hatte, dass kein vierter Vampir direkt hinter der Tür auf mich lauerte.

Wie ich bereits angenommen hatte, war das Innere ganz anders eingerichtet, als von außen zu erwarten war: mit opulenten, gepolsterten Möbeln und einigem Schnickschnack, der von flauschigen Teppichläufern über moderne Kunst an den Wänden bis hin zu prächtigen Vasen und Statuen reichte.

Geschmeidig glitt ich von einem Raum in den nächsten, ohne noch einmal auf einen Blutsauger zu stoßen. So weit, so gut. Wäre da nicht plötzlich das Knarren eines Fußbodens in der unteren Etage zu vernehmen gewesen. Sofort erstarrte ich und schärfte alle meine Sinne. Nicht nur, dass ich extrem schnell laufen konnte, ich hatte ebenso ein gutes Gehör sowie Augen, die auch bei geringstem Licht ausreichend sahen. Schon als Kind hatte sich mein Onkel Héctor köstlich über meine Nachtsicht amüsiert. Besonders dann, wenn er mich mitten in der Nacht in der Vorratskammer vorfand: mit vollgeschlagenem Bauch im Dunkeln hockend, meist noch das Kinn mit Pudding verschmiert und mit klebrige Finger.

Ich schlich weiter zur Quelle des Geräusches und befand mich bereits auf der modrigen Treppe hinunter in den Keller. Oben war im übertragenen Sinn alles *sauber* gewesen, unten offensichtlich nicht. Meine Hand schloss sich fester um das Heft von Olaf. Obwohl es mitten in der Nacht war und von oben fast kein Licht nach unten drang, sah ich genug, um Umrisse und Gefahren zu erkennen. Außerdem lag deutlich der unverkennbare eiserne Geruch von Blut in der Luft – also alles ganz normal für eine Vampirzuflucht.

Aber nein, halt, da ist es schon wieder. Das typische Knarzen eines Holzbodens – kurz, aber eindeutig.

Als ich die Augen schloss, um mich noch stärker auf mein Gehör zu konzentrieren, konnte ich den Ursprung des Geräusches ausmachen. Irgendjemand oder irgendetwas befand sich hinter dieser Holztür, keine drei Treppenstufen von mir entfernt.

Das dürfte interessant werden, freute ich mich innerlich.

Beziehungsweise wartete der vierfache Sold auf mich, sollte ich richtigliegen und nicht nur mit einem Vampirgebiss, sondern gleich mit vier Schnappzähnen bei der Gilde antanzen. Statt meinem Grinsen oder einem kleinen Siegestanz nachzugeben und die Dollarzeichen in meinen Augen rotieren zu lassen, konzentrierte ich mich wieder auf die Gegenwart. Erst nachdem ich mir sicher war, dass der Verursacher der Geräusche von der Tür wegging, sprang ich kräftig mit einem ausgestreckten Bein auf die Tür zu, die laut nach innen aufkrachte. Wie ein Ninja war ich durch die Tür geflogen, was auch Jet Li nicht besser hinbekommen hätte, als ich schon wieder aus der Hocke hochschoss und mich mit gezogener Waffe kampfbereit im Raum umsah. Dann erspähte ich ihn. In der Ecke des heruntergekommenen, dunklen Kellers stand ein splitterfasernackter Typ, verängstigt wie ein kleines Schulmädchen, und starrte mich aus schreckgeweiteten Augen an.

Oh verdammt, ein Blut- und Sexsklave. Wir Jäger stießen nicht besonders oft auf ihre Sklaven, da Vampire wenig Geduld besaßen und einfach unersättlich waren, wodurch die gefangenen Menschen häufig zu schnell verbluteten. Was ich persönlich als gnädigeres Ende ansah, statt zu einem Blutsklaven zu werden, dessen Hirn in der Gefangenschaft immer mehr in Nebel gehüllt wurde. Durch das Gift ihrer Zähne konnten Vampire die Menschen willig machen und ihrer gesamten Identität berauben. Das dauerte zwar einige Tage oder gar Wochen, doch danach war ihr Gehirn nicht mehr wert als altbackenes Brot und es verschlimmerte sich, je länger sie in Gefangenschaft waren. Es gab nur zwei Möglichkeiten, sie aus diesem Dämmerzustand zu befreien: entweder durch monatelanges Warten, während dem sie aus ihrer geistigen Hölle krochen, was nicht selten eine Einweisung in die Psychiatrie zur Folge hatte. Dort fiel es nicht auf, wenn sie keine zusammenhängenden Sätze bildeten oder sich nicht einmal an den eigenen Namen erinnern konnten. Schuld daran war vor allem das Vampirgift, das sehr lange brauchte, um nicht nur aus ihrem Blutkreislauf, sondern auch aus ihren Gehirnzellen zu verschwinden.

Der zweite Weg war die Aufhebung dieses speziellen geistigen Zaubers, der das Opfer durch den Sex an seinen Blutvampir band. Allerdings konnte nur der Vampir selbst diesen Zauber lösen, was natürlich keiner tat.

Aber genau dieser kleine Sexzauber war auch das Schlupfloch, um die monatelange Tortur des Vampirsklaven außer Kraft zu setzen. Dafür musste man nicht einmal *so viel* tun. Kurz überlegte ich, für welche Option ich mich entscheiden sollte. Ich hatte schon lange keine Gelegenheit mehr dazu gehabt, ich war sprichwörtlich überreif und der Typ war eigentlich ganz süß – wie alle Vampirsklaven, was kein Wunder war. Sie suchten sich ja nur die hübschesten unserer Gattung aus, um sich an ihnen zu vergehen. *Mistkerle!*

Schnell riss ich mich wieder am Riemen, schob die Wut beiseite und entspannte meine Finger, die sich ständig verkrampften und zu Fäusten bilden wollten. Aber auch wenn mir der Typ nicht zugesagt würde, hätte ich trotzdem diese Entscheidung getroffen. Hätte ich es nicht selbst tun wollen, konnte ich jederzeit jemanden aus der Jägergilde kontaktieren, um das hier zu erledigen. Doch so passte alles zusammen und ich ergab mich seufzend, aber auch mit einer kleinen Spur Vorfreude meinem Schicksal.

Entschlossen wie ich war, steckte ich mein Katana sicher in die Rückenscheide und verriegelte die Tür hinter mir, was mir ein verängstigtes Wimmern des Sklaven einbrachte, das ich jedoch ignorierte, obwohl sich in mir drinnen kurz alles zusammenzog.

Armer Teufel!

Ich wollte ihm keine Angst machen, aber Vorsicht war besser als Nachsicht, und ich wollte vor etwaigen Besuchern geschützt sein. Ohne zu viel darüber nachzudenken oder eine Show daraus zu machen, zog ich mich mit wenigen Handgriffen aus und ging auf ihn zu, während ich beruhigende Worte flüsterte. Seine Augen waren glasig, als zeigten sie den Nebel, der über ihm und seinem Verstand lag. Zuerst zuckte er zusammen, als ich seine Haut berührte, aber sobald ich den Blutvampir erwähnte und ihm die Lüge erzählte, dies sie der Wunsch seines Herrn, wurde er auf der Stelle entspannter.

Kurz verspürte ich ein schlechtes Gewissen, weil ich so augenscheinlich log, doch dies war die einzige Möglichkeit, ihn schneller aus seiner Hölle zu befreien, der er sich nicht einmal bewusst war.

Behutsam strich ich ihm durch die dunkelblonden Locken, über seinen Bart und hinunter über seinen schlanken, aber muskulösen Körper. Wenigstens hatten die Vampire ihn genährt und in dieser Hinsicht gut für ihn gesorgt, obwohl ich überall auf seiner Haut Bissspuren ausmachte.

»Komm, bald wird es dir besser gehen«, versprach ich sanft, obgleich er es wohl nicht hörte, und zog ihn hinüber zum Bett, das sich als altes Klappergestell mit verschlissener Matratze herausstellte. Das musste reichen. Wir teilten keinen Kuss, wechselten keine weiteren Worte. Ich legte ihn nur auf den Rücken und krabbelte auf ihn hinauf, nachdem er bereit war. Ein Kondom konnte ich mir seit der Erfindung des HandChips – ein Implantat, das in meiner Hand steckte – zum Glück sparen. Seit wenigen Jahren war es in der westlichen Welt das gängigste Mittel, sich vor Schwangerschaften und allerhand ansteckender Krankheiten zu schützen.

Obwohl es viele der normalen Menschen abstoßend fänden oder nicht verstehen würden, wie man das hier machen konnte, tat ich, was ich für richtig hielt. So verkehrt es vielleicht war, solche Dinge waren schon immer ein Teil meines Lebens, und auch wenn sie mich gleichzeitig abstießen, stöhnte ich unwillkürlich auf, als ich mich auf ihn hinabgleiten ließ und ihn vollständig in mir aufnahm.

Okay, der letzte Sex ist definitiv zu lange her.

Kurz fragte ich mich, wie es wäre, mit jemanden zusammen zu sein, der mir etwas bedeutete, wenn Sex zu mehr wurde als reines

Stillen der körperlichen Bedürfnisse. Dabei dachte ich nicht einmal an Liebe, eher an ein klein wenig Vertrautheit bei diesem Akt. Nicht immer diese unbekannten One-Night-Stands oder unpersönliche Treffen mit anderen Gildenjägern, bei denen man nichts voneinander wusste, außer wie man sich an manchen Abenden kontaktieren konnte. Doch das *Mehr* führte zu nichts, das wusste ich seit Langem. Außer zu Kummer und Verrat.

Keuchend schob ich alle weiteren Gedanken vehement beiseite und gab mich den körperlichen Empfindungen hin, um es mir, und auch dem namenlosen Mann unter mir, so schön wie möglich in einer Situation wie dieser zu machen. Auf der nackten Haut kitzelten meine langen Haare, die ich offen trug und die mir bis zum Ende der Schulterblätter reichten. Ich erhöhte das Tempo, wiegte meine Hüfte, damit er noch tiefer eindringen konnte, was auch seine Atmung beschleunigte und mir ein weiteres Stöhnen entlockte. Sein Hirn war zwar momentan nicht zu gebrauchen, aber da unten, ja – dort funktionierte alles einwandfrei und er war bestens ausgestattet. Sobald ich jedoch mit ihm fertig war, würde sein Verstand ebenfalls wieder klarer werden.

Nach einer halben Stunde streckte ich mich seufzend und erhob mich vom Bett. Trotz aller negativen Punkte, die man an einer Hand abzählen konnte, war das wirklich gut gewesen und so was von nötig. Noch einmal seufzte ich zufrieden.

Schnell schlüpfte ich in meine Klamotten und band mit flinken Fingern dem Typen, der noch immer selig grinsend auf der Matratze lag, Arme und Beine an das klapprige Bettgestell. Ich konnte ihn unmöglich allein ins nächstgelegene Krankenhaus bringen, dafür war er eindeutig zu schwer, sollte er auf die Idee kommen, mir nicht willenlos zu folgen. Deswegen würde ich auf dem Weg zu meinem nächsten Halt schnell bei meinem Cousin Jayden anrufen, damit er sich um diese Sache hier kümmerte. Durch den Sex, den der arme Teufel gerade gehabt hatte, würde er den Nebel der Vampirmagie in den nächsten Stunden endlich verlieren und hoffentlich vollkommen geistig genesen daraus erwachen – mit null und nada Gedächtnis an die letzten Monate seiner Geiselhaft. Derart verwirrt musste er mindestens Monate, wenn nicht sogar ein Jahr oder länger in den Fängen dieser Monster gewesen sein.

Ein durchschnittlicher Mensch hätte diese Tortur womöglich nicht überlebt und obwohl ich nicht nachprüfen konnte, ob er viel Magie in sich trug – dazu hätte ich sein Blut analysieren müssen –, nahm ich es an. Wahrscheinlich hatte er gerade so viel, um diesen Biestern ins Auge gefallen zu sein, aber nicht genug, um damit richtige Magie zu wirken. Für diese These wollte ich meine Hand nicht ins Feuer legen, daher ging ich lieber auf Nummer sicher.

Um ihn in Zukunft vor übernatürlichen Wesen besser zu schützen, griff ich nach meiner kleinen Injektionsspritze, die ich in einer Seitentasche stets bei mir trug, und rammte sie ihm in den Oberarm. Da sich Vampire, Werwölfe, Faes und andere Wesen nicht nur an den hübschen Leuten vergriffen, sondern an Menschen mit stärkerer magischer Energie, hatte mein Cousin eine Kapsel aus kleinsten Achat-Splittern hergestellt und diese mit einem Schutzzauber belegt, um magieaffinere Menschen zu verhüllen.

Ich trug diese Stein-Kapsel ebenfalls in meinem Oberarm und verbarg dadurch all meine magische Energie vor den Monstern. Denn übernatürliche Wesen kreisten um sie wie Motten ums Licht. Die meisten Menschen mussten sich keine Sorgen darüber machen – sie wurden nie belästigt, da ihre Magie so gering war, dass sie ihnen ihr Leben lang nicht einmal auffiel. Andere, wie dieser Kerl hier vor mir, hatten da weniger Glück.

Zum Abschluss strich ich über die Einstichstelle, drückte ihm einen Kuss auf die Stirn und verabschiedete mich. »Mach's gut und pass in Zukunft besser auf dich auf.«

Statt einer Antwort riss er erschrocken die Augen auf, da ihm wohl bewusst wurde, gleich wieder allein zu sein. An der Tür drehte ich mich nochmal um. »Keine Angst. Alles wird gut. Bald. Ein Freund kommt vorbei und wird sich um dich kümmern.«

Dann schlüpfte ich aus der Tür in die noch immer dunkle Nacht hinaus.

2.

Verärgere NIE jemanden in pinken Klamotten

Bevor ich aber meinen besagten Freund, Cousin Jayden, anrief, machte ich mich auf den Weg zur Gildenbude. Diese lag zum Glück nicht weit von meinem Zuhause entfernt, am Rande der Stadt. Da ich für einen Taxi-Gleiter kein Geld ausgeben wollte, ging ich zu Fuß. Mit dem GleitBoard wäre ich im Nullkommanichts dort gewesen, aber das Board hatte ich daheim gelassen, damit es mich bei der Jagd nicht behinderte. Daher marschierte ich die nächsten fünf Minuten durch die spärlich beleuchteten Straßen und genoss den kühlen Wind auf meiner Haut.

Jayden würde ich erst nach meinem nächsten Stopp über den gefesselten Typen informieren. Zum einen, weil das kommende Gespräch länger als fünf Minuten dauern würde, und zum anderen, um den Typen mehr Zeit zu geben, sich zu sammeln, vielleicht schon die ersten Schichten seiner Benommenheit abzuschütteln. Was Jayden später wiederum half, ihn problemloser ins Krankenhaus zu bringen.

Den Kopf in den Nacken gelegt, blickte ich einen Moment hoch zu den Sternen, die heute am Rande Montreals zu erkennen waren. Klare Nächte wie diese erinnerten mich an früher, bevor mit unserer Familie alles den Bach runtergegangen war. Oft waren mein Dad und ich abends gemeinsam durch die Gegend geschlendert, während Mum den Abwasch gemacht hatte. Rückblickend waren es nur Spaziergänge am Abend gewesen, obwohl sie sich für mich immer wie Abenteuer angefühlt hatten.

Während dieser Ausflüge hatte er mir Spurenlesen beigebracht, die Sterne erklärt oder wilde Geschichten über alle möglichen Monster erzählt – natürlich alles kinderfreundlich. Dennoch hatte ich immer über Monster unter dem Bett und in der Welt, sowie über Magie Bescheid gewusst. Gleichzeitig hatte ich die Gewissheit gehabt, dass meine Eltern auf mich aufpassten, sie starke Jäger waren, die mich und andere beschützten. In meiner kindlichen Naivität waren sie unbesiegbar gewesen. Zumindest bis zu jenem Abend.

Tief seufzend massierte ich die Stelle an meiner Brust, die bei der Erinnerung an sie schmerzte, bis der dumpfe Stich wieder verging. Gedankenverloren stapfte ich weiter und nicht einmal die Aussicht auf das Geld der Gilde konnte meine Stimmung heben, in die mich die Erinnerungen soeben gezogen hatten. Dennoch musste ich endlich aufhören, über das Vergangene zu trauern und darüber hinwegkommen.

Also streckte ich meinen Rücken durch und holte tief Luft, kurz bevor ich um die letzte Kurve zwischen den heruntergekommenen Vorstadthäusern marschierte und aus der Ferne bereits eindeutige Geräusche hörte. Musik, lautes Geplänkel und ja, ganz klar, auch irgendeine Schlägerei drang vibrierend aus dem offenen Fenster der versifften Bar »Red Conquer«.

Leichtfüßig schob ich mich an mehreren betrunkenen, düster aussehenden Kerlen vorbei, die gerade von Teddy und Don, den Rausschmeißern, *freundlich* nach draußen befördert wurden. Ich fragte mich, warum sich keiner darüber wunderte, dass diese abgefuckte Bar überhaupt zwei Türsteher beschäftigte, die wie riesige Bullen auf zwei Beinen wirkten. Immerhin wussten nur wir Gildenjäger von dem Sold, den man sich hier holen konnte, wenn man seine Beute abgab.

Im Vorbeihuschen grüßten mich die beiden mit einem »Hey, Jess!«, in brummig tiefem Tonfall und klangen dabei wie zwei Bären.

»Hi, Jungs! Bye, Jungs!«, winkte ich und war schon durch die Tür hineingeschlüpft.

Wie von außen anzunehmen, war das Innenleben nicht besonders einladend gestaltet. Die Bar bestand aus einem abgetretenen Parkettboden, einer angeschlagenen hölzernen Einrichtung und schlammrot gestrichenen Wänden, die von kaputten Lichtern geschmückt wurden. Die jedoch nicht mehr strahlend leuchteten und Werbung für fremde Urlaubsregionen machten oder billigen Schnaps anpriesen, sondern wie in einem schlechten Film hin und wieder zum Leben erwachten, um nervig zu flackern, bis es einem in den Augen schmerzte. Anscheinend schien das keiner außer mir zu bemerken oder sich daran zu stören, denn diese Blinklichter gehörten seit mindestens zwei Jahren zum ganz eigenen Charme dieser Bude.

Geradeaus auf der rechten Seite befand sich eine lang gezogene Bar in L-Form. Rechts davon standen mehrere runde Holztische mit passenden dunklen Stühlen. Links neben der Bar reihten sich einige teilweise aufgerissene Billardtische aneinander, die ebenfalls schon bessere Tage gesehen hatten. Weiter hinten gab es einen kleinen offenen Bereich zum Tanzen und eine schöne, rustikale Musikbox, die drei Mal so alt sein musste wie ich selbst. Ich liebte dieses Ding. Vor allem die alten Lieder, die mich an meinen Vater erinnerten. Kurz schluckte ich schwer, um die Enge in meiner Kehle zu vertreiben. *Nope, das ist weder der richtige Ort noch der richtige Zeitpunkt, um darüber nachzudenken.*

In diesem Moment hörte ich eine Stimme von der linken Seite, die nach mir rief: »Hey, Baby! Jessman! Los, schwing deinen hübschen Arsch hier rüber! Aber pronto.«

Früher hatte ich meine Geschäfte immer mit Bruce gemacht. Er war das Sinnbild eines abgehalfterten Typen in einer Gildenbude gewesen. Er rauchte wie ein Schlot, war etwas beleibt um die Mitte und hatte nur noch wenige Haare auf dem Kopf, klischeehaftes Totenkopf-Tattoo auf dem Oberarm inklusive. Doch er hatte ein gutes Herz und sein ganzer Stolz war seine Tochter Rosie. Dieselbe pink bekleidete Rosie mit weißen, rosa gesträhnten leichten Locken, dunkler Nerd-Brille und hochgezogener Augenbraue, die mich gerade über die Leute hinweg anstierte.

»Was ist los? Jetzt komm schon«, forderte sie mich erneut mit ihrer glockenhellen Stimme auf und ich seufzte.

Es standen mindestens sieben Kerle in der Schlange vor ihrem kleinen Häuschen der Gildenbude, um angeblich *Lottoscheine* oder anderen Kleinkrams zu kaufen. Ich wusste es besser. Allesamt waren sie bis an die Zähne bewaffnete Jäger wie ich. Wenngleich sie ihre Spielzeuge gut versteckt hatten, sah man hier und da eine verdächtige Wölbung, die nichts mit ihrer Männlichkeit zu tun hatte.

An den Seiten hatten sie einen Beutel am Gurt befestigt oder hielten ihre Dosen oder andere Behälter in den Händen, in denen sich entweder Zähnchen wie bei mir oder andere Fundstücke übernatürlicher Art befanden. Für normale Menschen waren diese Behälter nicht zu sehen, da wir zur Sicherheit automatisch einen Verhüllungszauber auf unsere Beute und deren Behältnisse legten, um keinen Verdacht zu erwecken. Nur Menschen wie ich, mit genügend Magie, konnten durch den Zauber sehen.

Allerdings trug einer von ihnen ganz öffentlich das Erkennungszeichen »*Feuer und Schwert*« der Jägergilde auf seinem Handrücken: einen tätowierten Kreis, in dessen Mitte eine Flamme hinter gekreuztem Schwert und Armbrustbolzen züngelte. Mein Tattoo befand sich, in Schwarzschattierungen gehalten, versteckt an der Innenseite meines rechten Oberarms.

Zu gut konnte ich mir vorstellen, wie die Jäger so schnell wie möglich ihr Geld kassieren und nach Hause fahren wollten, um, na ja … halbtot ins Bett zu fallen. Der Job war kein Zuckerschlecken, obwohl ich ihn gerne machte. Wer sonst konnte sich damit rühmen, die Welt zu einem besseren Ort zu machen? Doch die Arbeitszeiten waren echt grottig. Dann noch dieses viele Herumgelaufe und Gehopse, ganz zu schweigen von den geprellten Knochen oder angeknacksten Rippen.

Ich wollte Rosie nicht enttäuschen und schummelte mich an den Typen vorbei. Wobei ich manche mit »Feuer und Schwert« grüßte, mich bei den anderen mit den finsteren Mienen murmelnd mit »Tut mir leid«, »Dürfte ich mal« oder »Ich muss nur kurz« entschuldigte.

Schlägereien gut und schön, aber dafür war ich heute nach drei gekillten Vampiren und dem schon lange nötigen Sex schlicht und einfach zu ausgelaugt. Genauso wenig war ich auf ein langes Geplänkel mit Rosie eingestellt, die ich eigentlich nur von meinen Besuchen hier kannte, mit der mich aber so etwas wie eine Mädchenfreundschaft verband. Meine einzige, wie mir soeben klar wurde.

Ich mochte Rosie, was auf Gegenseitigkeit beruhte. Vermutlich weil sie hier aufgewachsen war und ich mehrmals wöchentlich ein und aus marschierte, sogar dann, wenn ich gerade nichts bei der Bude abgab. Und wahrscheinlich auch, weil es nicht so viele weibliche Jägerinnen gab, um einmal so richtig schön abzulästern oder sich über Männer zu beschweren. Zwar ließ ich dabei meistens Rosie wild drauflos plaudern, während ich nur minder hilfreiche Kommentare einwarf, aber es machte Spaß und fühlte sich so wunderbar nach Normalität an, die bei mir Mangelware war.

So wie Rosie entschieden sich die meisten magieaffineren Frauen für andere Jobs in der ›verborgenen Gesellschaft‹, wie ich es gerne scherzhaft nannte. Die meisten von ihnen arbeiteten in der Regierung oder bei Zwischenstellen und wurden oft bereits zu dieser oder jener Position erzogen. Denn Magie wurde hauptsächlich vererbt. Es gab nicht viele alte magische Blutlinien, aber diese reichten ihre Magie allesamt an die Nachkommenschaft weiter – reine Genetik. Nur hin und wieder mutierten die Gene von Menschen, die kaum magisch veranlagt waren, und ein Kind mit auffallender Magie wurde geboren, ohne dem Wissen der Eltern. Das waren die wirklichen Problemfälle, da ihnen niemand die Dinge erklären und helfen konnte. Wie man heute Abend gesehen hatte, landeten dann genau diese leider Gottes in den Fängen der nach Magie lechzenden Monster. Ein verflixter Teufelskreis.

Seufzend schob ich mich weiter. Allerdings dauerte es etwas, bis ich mich endlich an den Jägern vorbeigemogelt hatte, die mich jetzt allesamt mit finsterer Miene von oben bis unten betrachteten. *Jap, genau so will ich abgecheckt werden – mit mordlüsternen Blicken.*

Vorne bei Rosie angekommen, lächelte sie zuerst breit und schnalzte darauf missbilligend mit der Zunge. Was hatte ich denn jetzt wieder angestellt, wo ich doch gerade erst seit fünf Minuten in der Bar war? Es war kein Glas zu Bruch gegangen, ich hatte niemandem die Nase gebrochen oder einen Streit angezettelt. Ich war schon beinahe langweilig fromm wie ein Lamm.

»Schätzchen, wo hast du dich denn heute wieder herumgetrieben?«

»Warum?«, gab ich begriffsstutzig zurück. Sich dumm stellen war manchmal einfach am besten, um herauszufinden, in welche Richtung das Gegenüber mit seinen unbestimmten Fragen wollte.

»Zum einen mag ich ja deine Haarfarbe, Jess. Ehrlich. Der dunkle Ansatz, der in einer türkisen Haarpracht endet, sieht genial aus! Und erst mit diesen neuen blauen Highlights! Aber Schätzchen – deine Frisur! So zerzaust habe ich dich noch nie gesehen. Sieht aus, als hätte dort ein Vogel genistet – nein, gleich eine ganze Familie.«

Ich gluckste über das Bild, das sich bei ihrer Bemerkung in meinem Kopf bildete, räusperte mich aber schnell, als sie mich verkniffen anstarrte. *Huch, das war also doch nicht scherzhaft gemeint?*

»Danke. Ich tue mein Bestes für diesen natürlichen Windböen-Look. Für den Rat, ein paar Strähnen indigoblau zu färben, bin ich meiner guten Freundin, die einfach einen unglaublichen Stil besitzt, noch immer dankbar und werde es ewig sein, sogar bis in mein Grab.«

Mit einer Hand auf dem Herzen zwinkerte ich ihr grinsend zu, da sie diese besagte Freundin war und Komplimente hortete und ablegte wie alte Omas Bonbons in Glasbehältern. Eigentlich hatte Rosie mir beim letzten Mal, als sie mich und meinen dunkel nachwachsenden Ansatz bemerkt hatte, der bereits einige Zentimeter breit gewesen war, nahegelegt, meine Haare komplett dunkelblau zu färben und darin grüne, pinke und lila Strähnen unterzumischen. Aber ehrlich? Dazu war ich einfach viel zu faul und es war nicht ganz mein Stil. Da könnte ich ja gleich mit Ohrringen und Ketten durch die Gegend laufen. Deswegen waren der Ansatz und die türkisen Haare geblieben und lediglich durch ein paar Strähnen ergänzt worden. Das hatte ich mit dem Farbwechselstift gemütlich auf der Couch erledigen können, während ich mit der anderen Hand mit einem alten Jo-Jo gespielt hatte, das die Frettchen zu erwischen versucht hatten. Bei der Erinnerung daran, wie begeistert die beiden flink hin und her gewuselt waren, wischte ich mir lächelnd einige Haare aus dem Gesicht.

»Und wo hast du dir das da eingefangen?«, fragte sie und deutete mit ihrem weißen Stift auf mein Gesicht.

Kurz war ich verwirrt und wusste nicht, was sie meinte, dann spürte ich wieder ein kleines Brennen und erinnerte mich an den Hieb des Vampirs, der mir die Wange blutig gekratzt hatte. Ich wedelte mit der Hand. »Ach, das ist nur eine Schramme. So ein kleines Nagetier hat mich gekitzelt. Wollte mit mir spielen und ich hatte keine Lust mehr.«

Böse starrte Rosie mich an und obwohl sie erst sechsundzwanzig und somit nur zwei Jahre älter war als ich, wirkte sie gerade, als wäre sie meine Mutter und ich ein ungezogenes Kind, das einen Lolli gestohlen hatte. *Oh ja, ein Lolli wäre jetzt etwas Feines!*

»Red keinen Bockmist. Was hast du heute gejagt – Werwolf, Vampir oder sonst irgendeine Absonderlichkeit? Wissen Jayden und Julian Bescheid? Ich glaube nicht, dass sie erfreut darüber sein werden.«

Pikiert schob sie ihre Brille ein Stück runter und sah mich über den Rand hinweg streng an. Normalerweise war sie die nette Sekretärin mit großem Mundwerk. Jetzt hingegen spielte sie den bösen Cop, der einem Angst einjagen konnte. *Wow, und das alles in einer Person.*

Ich war beeindruckt und wand mich, als ich nach einer Antwort suchte. Jayden lag mir seit Ewigkeiten damit in den Ohren, gemeinsam mit mir auf die Jagd gehen zu wollen, und sein Bruder Julian war kein bisschen besser. Doch ich weigerte mich vehement gegen den Vorschlag der beiden, mit Jayden zu jagen, und ich hatte meine Gründe dafür. Gute Gründe.

Gerade wollte ich den Mund öffnen, um eine freundliche, na gut, eher eine witzige, ausweichende Antwort zu geben, da pöbelte mich einer der angepissten Jäger aus der Reihe hinter mir an. Seine Schnapsfahne und der Gestank seines schweißgetränkten Hemdes brannten in meiner Nase. *Wie appetitlich.*

»Was soll die Scheiße? Zuerst drängelt sich dieses Püppchen vor und jetzt veranstaltet ihr hier einen Kaffeeklatsch?«

Püppchen! Hat mich dieser Kerl gerade Püppchen genannt?

Er konnte mir ja vieles an den Kopf werfen, aber verdammt – Püppchen? Aus dem Augenwinkel sah ich ein kurzes Messer, das er versteckt in der Hand hielt. Schnell schüttelte ich meine Entrüstung über seinen Kosenamen beiseite und im nächsten Moment fuhr meine eigene kleine Klinge namens Bo aus, die wie eine gefährlich glitzernde Verlängerung meines rechten Handgelenks aussah. Diese versteckten Messer – Bo rechts und Bo links – die ich mit ledernen Messerscheiden eng um die Unterarme geschnallt hatte, waren manchmal wirklich praktisch. Vor allem, wenn es schnell gehen musste.

Was Schnelligkeit anging, übertraf mich dieses Mal sogar Rosie, was ich auf meine Empörung aufgrund des »*Püppchens*« schob. In dem offenen, kleinen Fenster, das in dem kugelsicheren Glas eingelassen war, um Waren und Bezahlung auszutauschen, prangte jetzt ein Pistolenlauf, der direkt auf die Fresse des Typen gerichtet war. Rosie sah mit der Waffe in der Hand, die gut verborgen und nur für uns drei sichtbar war, knallhart aus. Ihre Stimme aber klang freundlich wie die einer Bibliothekarin, die nach der Ausleihdauer eines Buches fragte.

»Sei so nett und steck deine Waffe weg, Arschgesicht. Dann bediene ich dich heute vielleicht noch, anstatt dich rauswerfen zu lassen oder dein Gehirn in der Bar zu verteilen. Einverstanden?«

Ich selbst hatte meine Klinge Bo wieder eingezogen, da Rosie wie damals ihr alter Herr die Sache voll im Griff hatte. Der Typ neben mir hustete, obwohl es eher wie ein zurückgehaltener Fluch klang, und drehte sich fort, um zurück an seinen Platz in der Reihe zu stapfen. Rosies Pistole musste tatsächlich Eindruck auf ihn gemacht haben.

»Danke. Hübsche Waffe, Rosie.«

»Gerne, Schätzchen. Für dich doch immer. Also, warst du allein auf der Jagd, ohne Jayden zumindest Bescheid zu geben? Und erzähl mir keinen Scheiß, ich bekomme es ja doch raus.«

Mit schief gelegtem Kopf sah ich zu Rosie hoch und kniff die Augen zusammen. Würde es etwas bringen, mich wie ein Knirps rücklings auf den Boden zu werfen, dabei hin und her zu wälzen und zu schreien? Ich fürchtete, das funktionierte nur bei süßen Kleinkindern, also gab ich es zu.

»Na schön, ich war allein. Aber …«, setzte ich theatralisch eine Pause, während ich meinen Schatz – die Büchse – hervorholte und sie mit einer übertriebenen Geste öffnete, »… nicht lange! Hab dort drei neue Freunde gefunden.«

Vielsagend zwinkerte ich und schüttelte die Dose, in der scheppernd die weißen Beißerchen hin und her wackelten. Grinsend sah ich wieder auf und fügte schnell hinzu: »Die Freundschaft hat aber nur kurz gedauert. Diese Idioten sind mir ins Katana gelaufen! Kannst du dir das vorstellen?! Ah, Mist. Dabei fällt mir ein, dass dort noch ein Typ, ähm … sprichwörtlich rumhängt. Ich muss Jayden anrufen!«

Kopfschüttelnd sammelte Rosie die Zähne ein, stopfte sie in eine spezielle Gildenbox und tippte auf der Holo-Tastatur sowie auf dem Sicherheitsglas vor sich herum, um mir den Sold zu bestätigen. Dabei konnte nur Rosie die Daten sehen, die über die innere Glaswand huschten.

»Was auch immer du da gerade schwafelst … Rede mit Jayden, und sag ihm, dass du verletzt wurdest. Glaub ja nicht, ich hätte nicht bemerkt, dass du dir vorhin auch die Seite gehalten hast.«

»Ja, Mami. Mache ich alles, jetzt her mit meinen Kröten«, flötete ich und warf ihr eine Kusshand zu, um das Thema damit endgültig zu beenden. Ich streckte ihr den linken Arm entgegen und hielt ihn direkt vor die Öffnung, damit Rosie mit ihrem elektronischen Stift an meinen HandChip kam und mir dort das Geld draufladen konnte. Dieser HandChip war, wie bei allen anderen, zwischen Daumen und Zeigefinger eingepflanzt. Mit einem ›Pling‹ wurde die Transaktion erfolgreich bestätigt und als ich auf meine linke Hand hinuntersah, konnte ich meinen neuen Kontostand in 3-D-Anzeige in der Handinnenfläche aufblinken sehen.

Fette Kohle! Das gefiel mir.

Nachdem ich mich noch einmal bei Rosie bedankt und ihr zum gefühlt zweihundertsten Mal versichert hatte, Jayden von meinem kleinen Rempler zu erzählen, verabschiedete ich mich und marschierte gut gelaunt aus der Bar. Zwar bekam ich noch ein paar grimmige Blicke der anderen Jäger ab, aber diese ignorierte ich geflissentlich.

3.

Es hat auch Nachteile, wenn deine Verwandten wissen, wo du wohnst

Auf dem Weg zu meinem Haus stellte ich meinen HandChip auf Sprachsteuerung und hielt den linken Unterarm an meinen Mund. Sicher hätte ich den Arm auch weiterhin neben meinen Körper baumeln lassen können, aber dann hätte ich lauter sprechen müssen, damit Jayden mich problemlos verstand. Und ich wollte nicht mitten in der Nacht durch die dunklen Straßen latschen und wie eine Verrückte schreien. Das wäre selbst für meine Verhältnisse etwas sonderbar.

Seit Jahren gab es diese HandChip-Technologie, die alte Handys, normale PC-Tastaturen, Internetverbindung und dergleichen längst ersetzt hatte. Sogar Medikamente konnten dadurch runtergeladen und in den Körper injiziert werden. Alles war auf diesen einen Chip konzipiert, was kabellose Freiheit bedeutete.

Wie auch bei meinen Lederklamotten, war der Hersteller dieses Wunderdings die gleiche Firma – *Definity*. Was sie zum größten Konzern der westlichen Hemisphäre machte, wenn nicht gar der ganzen Welt. Wäre ich nicht derart von diesem Luxus und der Bequemlichkeit abhängig gewesen, hätte mich diese Tatsache leicht verunsichert. Dennoch war es ein wahres Meisterwerk der modernen Erfindung. Dieses Implantat, das im westlichen Raum bereits bei Kindern standardmäßig eingepflanzt wurde, machte so gut wie alles möglich.

So wie jetzt, als ich Jayden anrief. Nach wenigen Sekunden hob er ab, nur um mir mit schlecht gelaunter Miene entgegenzublicken. Mithilfe des Chips in der Hand konnte man aktuelle Bilder projizieren und somit denjenigen, mit dem man sprach, vor sich sehen. Es war ein schwebendes, leicht durchscheinendes 3-D-Bild, bei dem das Gesicht und die nähere Umgebung zu erkennen waren. Natürlich konnte man diese Bildtelefonie abstellen, wenn es … *unangebracht* war. Glaubt mir, niemand wollte sehen, wie ich vollkommen zerknittert nach dem Schlafen aus dem Bett kroch oder nach einer etwas heftigeren Jagd grün und blau geschlagen war – diese Anblicke ersparte ich meinen Cousins lieber.

Heute hatte ich nicht viel abbekommen und die Nacht verbarg zusätzlich meine kleinen Schrammen. Deswegen wähnte ich mich in Sicherheit, dennoch wirkte Jayden nicht begeistert, als sein Blick über das Echtzeitbild mein Gesicht abtastete. Seine strahlend grünblauen Augen hatte er zusammengekniffen, die Stirn in Falten gelegt. Im Hintergrund meinte ich Julians zustimmendes Gemurmel auszumachen: »Lies ihr die Leviten, Bruder. Sonst mache ich es«, war mir aber nicht ganz sicher. Jedoch war ich davon überzeugt, anschließend gehört zu haben, er würde mir ansonsten meinen Hintern versohlen.

Von wegen! Dazu musste einer der beiden mich erst einmal erwischen.

In der Projektion sah ich über Jaydens Schulter hinweg und hatte recht – dort erkannte ich den längeren, blondgefärbten Haarschopf von Julian, der im künstlichen Lampenlicht beinahe orange wirkte und an beiden Seiten kurz abrasiert war. Ich konnte nicht genau erkennen, was er dort trieb, aber er hantierte auf dem Tisch mit einem größeren, metallenen Gegenstand herum. Wahrscheinlich, um Jayden zu helfen. So unterschiedlich die beiden aussahen und vom Charakter her waren, so steckten sie wie typische Zwillinge ständig zusammen. Machten meist das, was der andere gerade tat, halfen sich gegenseitig und heckten gemeinsam Pläne aus. Früher waren sie in der gleichen Eintracht zusammen auf die Jagd gegangen, diese Zeiten waren leider vorüber.

Jayden dürfte ebenfalls die ganze Nacht wach gewesen sein, da sich mehrere schwarze Ölstreifen über seine Wange und die rechte Augenbraue zogen, was von langem Herumhantieren zeugte. Vermutlich, um an neuen technischen Basteleien und selbst erfundenen Waffen zu arbeiten, denen er sich in seiner Freizeit verschrieben hatte.

Da er sich in einem gut beleuchteten Raum aufhielt, konnte ich jedes Detail in seinem Gesicht ausmachen. Das Licht schmeichelte seiner hellbraunen Haut – das Erbe seiner afrikanischstämmigen Mutter und seines peruanischen Vaters – und betonte zusätzlich die zwei schmalen, blau gefärbten Streifen an seiner rechten sowie linken Schläfe, die in seinem ansonsten kurzen, dunklen Haar schräg nach hinten verliefen. Ja, die Farbe hatte ich mir eindeutig von ihm abgeguckt. Leider hatte ich mich zu früh gefreut, denn statt mich wie typisch anzugrinsen, begrüßte Jayden mich mit grimmiger Stimme: »Jess.«

Er klang angepisst.

»Jayden?«, erwiderte ich kleinlaut.

»JESS!«

Oh ja, er war so richtig angepisst.

»Jayden! Wie lange willst du noch meinen Namen nennen, bevor du ausspuckst, was dir wirklich auf den Sack geht?«

»Du. Bist. Verletzt. Worden!«

Rosie! Sie hatte mich tatsächlich bei Jayden verpetzt. Ich hätte es wissen müssen, dass sie ihn zur Sicherheit anrief und mir nicht traute, ihm wie versprochen von meinem heutigen Abenteuer zu erzählen. Was ich auch nicht getan hätte.

Verflucht!

Mit beschleunigten Schritten ging ich weiter den teilweise abgebröckelten Gehsteig entlang und gab mich begriffsstutzig. Einerseits, weil ich nicht darüber diskutieren wollte, andererseits, weil ich es lustig fand, wenn ich ihn etwas nerven konnte. Das war meine Revanche für all die Jahre als Kind, in denen Julian oder er bei unseren Raufereien jedes Mal gewonnen hatten. Eigentlich waren die Zwillinge nur ein Jahr älter als ich, aber was konnte man schon als spindeldürres Mädchen gegen zwei Jungs ausrichten.

»Ich bin Jägerin, Jayden. Schon zwei Jahre länger als du, und dabei wird man nun einmal verletzt. Ein Stoß hier, ein Rempler dort. Aufgeschürfte Knie und blaue Flecken stehen in der Stellenbeschreibung. Solltest du mal nachlesen, wenn du mir nicht glaubst.«

»Das meine ich nicht. Und das weißt du. Du hast mir versprochen, du würdest mir Bescheid geben, wenn du wieder verletzt wirst, damit du und ich danach zusammen auf die Jagd gehen. Stattdessen habe ich es von jemand anderem erfahren. Keine Alleingänge mehr.«

»Richtig. Das ist es nicht wert«, rief Julian verbissen dazwischen, wohl wissend, wovon er sprach. Früher war er wie Jayden gewesen, hatte immer einen lockeren Spruch auf den Lippen gehabt, obgleich er schon seit jeher der nachdenklichere Typ aus der wissenschaftlichen Ecke gewesen war. Doch jetzt war er wortkarger geworden, wollte keinem zur Last fallen und mischte sich nur in den seltensten Fällen bei anderen ein. Anscheinend war heute so ein seltener Fall, der meiner Unachtsamkeit geschuldet war. Ich hätte mit diesen Vampiren doch nicht herumspielen sollen, sondern sie einfach erledigen müssen.

Julian wandte sich ab und ich folgte mit dem Blick über Jaydens Schulter seinem breiten Rücken, der aus dem Zimmer verschwand, als er hinausrollte.

»Hörst du? Auch er kann sich daran erinnern, dass du es versprochen hast. Also hör auf, zickig zu sein!«

»Ich bin nicht zickig«, gab ich erbost zurück, woraufhin er ein »Du bist ein Mädchen!« fallen ließ, was mich aufgebraucht dazu brachte, »Oh Mann! Klischee!« zu rufen.

Um mich zu beruhigen, holte ich tief Luft. Zugegeben – ja, es stimmte. Den Teil mit *zusammen jagen gehen* hatte ich tatsächlich irgendwann einmal gesagt. Aber zu diesem Zeitpunkt war ich nicht wirklich zurechnungsfähig, mein Körper mit Medikamenten vollgepumpt gewesen und ich dem Tod gerade noch von der Schippe gesprungen.

Vor einigen Monaten, nach einer, sagen wir mal, etwas missglückten Jagd hatte ich Jayden anrufen müssen, weil mein Magen aufgerissen gewesen war und ich schon ein weißes Licht vor mir hatte tanzen sehen. Aber ich hatte mich vehement geweigert, darauf zuzugehen, wollte nicht kampflos aufgeben, also hatte ich via HandChip Jayden gerufen, der mich erstversorgt hatte, obwohl das normalerweise Julians Aufgabe war. Dann hatte er mich schließlich nach Hause gebracht, wo Julian seine magischen Wunder gewirkt hatte. In diesem Moment hätte ich ihm wohl alles versprochen und er nutzte das nun schamlos aus. *Dieser Schuft.*

Jetzt im Nachhinein konnte ich es nicht fassen, Jayden tatsächlich geschworen zu haben, ab dem nächsten gröberen Zwischenfall mit ihm gemeinsam auf die Jagd zu gehen. Wenn ich einmal abkratzen sollte, dann lieber allein und nicht mit meinem Cousin. Oder noch schlimmer, er würde für mich sterben, weil er mir Rückendeckung hätte geben wollen.

»Du hast es mir geschworen, Jess!«, setzte Jayden zum wiederholten Mal streng nach, als hätte er meine Gedanken gelesen.

Statt an meinen Fingernägeln zu knabbern, bildete ich mit meiner Hand eine Faust. Wie sollte ich mich da wieder rausboxen? »Ich weiß. Und es tut mir leid. Aber ich bin ein Einzelkämpfer und ich habe keine Ahnung, ob ich das kann, dieses Partner-Dings. Wobei mir wieder einfällt, dass ich dich bitten wollte, dich um einen Typen zu kümmern, den ich heute … ähm, getroffen habe.«

Kurz überlegte ich, ob ich ihm wirklich die ganze Wahrheit sagen oder es bei kurzen Fakten belassen sollte, um seinen Blutdruck nicht weiter in die Höhe zu treiben. Jedoch konnte ich Jayden nur selten etwas vormachen, also machte ich auf der Stelle kurzen Prozess und erzählte ihm alles. Von dem Blutsklaven, dem Haus und den drei Vampiren.

Im ersten Moment herrschte erdrückende Stille und ich konnte nur die nächtlichen Geräusche auf der Straße um mich herum hören: das Rascheln von Ratten in der Seitenstraße, der Ruf einer Eule ein paar Bäume weiter, das Hupen eines Gleiters aus der Ferne. In der Leitung jedoch anhaltendes Schweigen.

Gar kein gutes Zeichen.

Schließlich räusperte sich Jayden, fluchte ein paar Mal mit viel Machogehabe und Testosteron, bevor er sich wieder beruhigte.

»Na schön, ich bring den Typen in ein Krankenhaus. Schick mir die Adresse rüber und ich kümmere mich darum. Aber das war das letzte Mal, Jess. Drei verdammte Vampire! Sei froh, dass ich Dad nichts davon erzähle, sonst schleift er deinen Hintern persönlich zu uns nach Hause. Das war's jetzt mit deiner Einzelkämpfer-Obsession. Verstanden?«

Er machte sich nur Sorgen, das wusste ich. Zu frisch waren seine seelischen Wunden, weil er damals Julian nicht hatte retten können. Zumindest nicht, ohne dass er es vollkommen unbeschadet überstanden hatte.

Doch wir alle hatten schon jemanden verloren, Schmerz und Trauer erfahren. Deswegen wollte ich mich noch lange nicht einsperren lassen und schon gar nicht die Schuld daran tragen, wenn jemandem wegen mir etwas passierte, auch wenn es diese Sturschädel von

Verwandten nicht hören wollten. Daher war das Einzige, was ich tun konnte, Zeit zu schinden.

»Jayden, ich habe dich gehört. Wie schon die vielen anderen Male. Manchmal klingst du wie eine alte Platte, die sich ständig wiederholt. Ist dir das überhaupt klar? Lass mir bitte ein paar Tage Zeit, um mit dem Gedanken warm zu werden. In Ordnung?«

Sofort wurde seine Stimme wieder butterweich, was einer der Gründe war, warum ich diese Nervensäge so lieb hatte. »Na schön, ein paar Tage. Aber glaube ja nicht, dass du vor mir davonlaufen kannst. Oder vor Julian oder vor Dad. Die, wie du weißt, derselben Meinung sind. Und mach in der Zwischenzeit keinen Blödsinn – wir wissen, wo du wohnst!«

»Ha, ha, witzig. Das ist mir klar!«

Immerhin hatten sie mir vor drei Jahren dabei geholfen, mein Heim aufzumöbeln. Daher war es nicht nur mein Zuhause, sondern zum Teil ihres, obwohl sie mit einem AutoGleiter zehn Minuten entfernt lebten. So oft sie mir meine Freiheiten ließen, genauso oft kamen sie einfach vorbei und nisteten sich ohne viele Worte bei mir ein. Familie eben.

»Danke, ihr seid die Besten! Hab euch lieb«, beendete ich unser Gespräch, und Jayden trennte nach ein paar kurzen Abschiedsworten die Verbindung, woraufhin sein Bild vor mir verschwand.

Mittlerweile war ich bei mir zu Hause angekommen. Vor einem Felsen zwischen einigen Tannenbäumen stand eine unscheinbare Hütte. Das Holz sah wettergegerbt aus und die Fensterläden hingen teilweise schräg in den Angeln. Bevor ich auf den Kiesweg trat, der zur Eingangstür hinaufführte, bückte ich mich, um den Amethysten zu berühren, der mir am nächsten lag. Kurz flackerte ein blau-violetter magischer Ring rund um das Gebäude und den Garten auf – nur für Augen von jemandem sichtbar, der genügend magische Kräfte in sich trug. Gemeinsam mit den anderen Edelsteinen, die rund um mein Grundstück verstreut platziert und mit Magie im Boden verankert waren, konnte ich diesen Verschleierungszauber aufrechterhalten.

Damit wirkte das Gebäude für alle, die daran vorbeikamen, wie eine längst verlassene Bruchbude.

Außerdem konnten die Steine noch ganz andere Magie speichern, wie zum Beispiel einen Schutzzauber, der mir verriet, ob in meiner Abwesenheit jemand über die unsichtbare Begrenzung gegangen war. Natürlich war der Zauber so konzipiert, dass er nur bei Menschen oder bösartigen Wesen anschlug. Sonst würde ich jedes Mal, wenn ich zurückkam und den Zauber abrief, eine Info bekommen, wann ein Eichhörnchen von links nach rechts geflitzt war oder sich ein Wurm durch die Erde gewunden hatte. Ich wusste, wovon ich sprach, das war mir nämlich bei den ersten Versuchen passiert, als ich noch jünger gewesen war und den Zauber gewirkt hatte. Dank dieser Erfahrungen konnte ich eindeutig sagen, dass solche Informationen nicht gerade aufregend waren, eher sterbenslangweilig.

Im Haus selbst hielt ich mich heute Nacht nicht lange auf. Ich begrüßte kurz meine Frettchen Billy Joel und Gertrude und füllte in ihren Boxen die Vorräte auf, damit sie mindestens eine Woche lang reichen würden. Durch einen Chip an ihren Pfoten wurde für jede Mahlzeit die richtig portionierte Menge an Futter und Wasser an sie ausgegeben.

Anschließend sammelte ich einige Utensilien zusammen, um sie allesamt in meinen Seesack zu packen. Vor allem Waffen und ein paar Klamotten, dann noch meine Salben und Kleinkram, den ich vermutlich brauchen würde.

Als ich fertig war, ließ ich mich auf die hellbraune Ledercouch nieder und stellte meinen *Inn∞Cube* an, der sofort ein Bild vor mir in der Luft generierte und eine holografische Tastatur auf den Tisch projizierte. Theoretisch hätte ich dieses Feature einer imaginären Tastatur auch weglassen können, da zusammen mit dem HandChip über die Funktion *Schreiben* die Nerven meiner Fingerkuppen angezapft wurden. Damit musste ich nur auf irgendeiner glatten Oberfläche meine Finger bewegen und sie dagegen drücken, ohne auf sichtbare Tasten zu tippen. Aber ich war vom altmodischen Schlag und wollte einfach eine Tastatur unter mir haben – wenngleich diese gar nicht richtig da war, sondern nur eine Projektion für meine Augen –, um mir das Schreiben meiner Mails und das Surfen angenehmer zu machen.

Wie auch bei Waffen, Cremes, Klamotten oder hier bei den technischen Gerätschaften, war die Firma *Definity* der Hersteller. Zusammen mit dem *Inn∞Cube* und dem HandChip loggte ich mich über das *Inn∞Net* auf der Gildenseite ein.

Sofort checkte ich dort meinen derzeitigen Rang und stellte erfreut fest, dass ich mit der heutigen Jagd statt einem oder zwei gleich vier Plätze nach oben gerutscht war – auf den dritten von ganz Nordamerika. Die anderen zwei Typen über mir hatten nur einen geringen Vorsprung und es war fast Monatsende. Der perfekte Zeitpunkt, um mir einen Auftrag mit hohen Punkten zu schnappen.

Für die Jagd auf das Übernatürliche bekamen wir nämlich nicht nur Geld, sondern auch Jägerpunkte, die von einem speziellen Komitee für die Aufträge festgelegt beziehungsweise von einem Programm berechnet wurden, sobald man seine Beute abgab. Ein Vampir fünf Punkte, ein Geist drei, Werwölfe sechs, da sie meist im Rudel agierten und man mit Querschlägern, sprich der Rache von anderen Werwölfen, zu rechnen hatte. Und so weiter und so fort. Die Liste war endlos lang und setzte sich ständig anders zusammen. Je nachdem, wie alt besagter Vampir gewesen war – was mittels Gebissanalyse festgestellt werden konnte –, ob er allein oder mit Menschen zusammengearbeitet hatte, in welcher Gegend der Auftrag auszuführen war und vieles mehr.

Diese Gildenseite ersparte uns Jägern die mühsamste Aufgabe des ganzen Unterfangens – das ewig lange Recherchieren. Natürlich gab es genauso Aufträge, die nicht klar deklariert waren, da noch nicht feststand, mit welchem Monster man es zu tun hatte. Hier waren die Punkte um ein Vielfaches höher, weil man für alles gewappnet sein musste und es kein »Rein-Töten-Raus-Job« war, sondern eben die Recherche an einem selbst hängen blieb.

Sobald ein Jäger sich für einen Auftrag meldete, konnte man das auf der Jägerdatenbank sehen und somit einen anderen wählen. Klar hätte man sich für den gleichen Auftrag melden können, doch dann konnte es gut sein, dass der andere Jäger schneller war und man die Punkte verlor oder, wenn man den Monstern gemeinsam den Garaus machte, die Punkte geteilt wurden. Genau das waren auch die Gründe, warum ich ganz nach unten scrollte, wo die punktreichsten Aufträge aufgelistet waren und jene, die nur wenige Jäger annehmen wollten.

Und ja, vielleicht war Jayden ebenso ein Grund, warum ich mich ausgerechnet für einen Auftrag in Jeseník entschied. Einer kleinen Stadt, die abgelegen im östlichsten Zipfel Tschechiens lag. Im *Pin* – der Auftragsbeschreibung – stand lediglich, dass seit einigen Wochen Kinder aus dieser Gegend verschwanden. Dieser Punkt mit den Kindern war der ausschlaggebende Faktor, weshalb ich bei diesem Auftrag auf *Annehmen* klickte. Ich war keine Heilige, ich tat den Job nicht aus Nächstenliebe, sondern weil ich gut darin war und dadurch viel Kohle machen konnte. Aber wenn Kindern etwas zustieß, brannten bei mir die Sicherungen durch. Dieses Biest würde ich finden und mit Genuss von oben bis unten aufschlitzen.

Außerdem stand zusätzlich im Pin, man konnte nicht feststellen, welches Wesen dort sein Unheil trieb. Es gab mehrere Möglichkeiten: Werwölfe, Vampire, Wiedergänger – also Zombies oder Geister –, aber auch Faes. Meist nicht diese kleinen, süßen, glitzernden Feen aus Büchern oder Filmen, die einem um die Ohren schwirrten und sich mit Honig besoffen, sondern die ekligen, oft zwei Meter großen Erscheinungen, die zum Spaß töteten und von denen sich manche sogar als Menschen tarnen konnten. Obwohl, das mit dem Honig passierte auch den großen Exemplaren, was bei einem Auftrag ganz praktisch war.

Neben diesen Dingern gab es noch einige mehr – einfach unzählige Möglichkeiten. Die hohen Punkte für diesen Auftrag resultierten aber nicht nur daraus, dass man nicht wusste, worum es sich handelte, sondern weil es eine abgeschiedene, ziemlich jägerfreie Gegend war. Amerika und Kanada waren seit jeher die Orte mit der höchsten Konzentration an Jägern. Vermutlich weil einer der ersten Jäger Abraham Lincoln gewesen war, der damals höchstpersönlich die Jägergilde in Amerika eingeführt hatte. Noch immer gab es in den hohen Regierungspositionen Menschen – meist mit magischen Fähigkeiten, manchmal auch ohne –, die über die Gilde und die wahren Monster Bescheid wussten. Diese unterstützten uns oftmals nur noch im Hintergrund, verschleierten dieses oder jenes, damit unsere Existenz sowie die des Übernatürlichen unentdeckt blieb. Außerdem finanzierten sie größtenteils die ganze Sache. Auf die Jagd selbst gingen sie nicht mehr, so wie damals unser guter, alter Abe.

Wer nicht in einer der angenehmeren Positionen arbeitete und selbst Gildenjäger wurde, hatte meist mindestens einen Elternteil, der Jäger der Gilde war, manchmal sogar Vater und Mutter. Jagen lag den meisten im Blut, wie die Magie selbst. Zum Teil war sicherlich auch die Erziehung daran beteiligt. Obwohl wir im Geheimen operierten, war unsere Gesellschaftsschicht die gleiche wie die gewöhnlichen: Arbeiter blieben meist Arbeiter, sprich Jägerkinder wurden zu Jägern. Andersherum machten sich besser privilegierte, magiehaltigere Menschen ungern selbst die Hände schmutzig. Dafür waren ja wir da.

Natürlich gab es Ausnahmen dieser ungeschriebenen Regel, doch die waren selten. Manchmal kam es auch zu einem Generationssprung, was die Nachkommen in Gefahr brachte und unweigerlich in diese Welt stolpern ließ. Entweder fielen sie durch das System, weil ihnen niemand erklären konnte, welche Fähigkeiten sie besaßen, und wurden dadurch oft zu Bestienfutter, oder sie wurden von jemandem, der über Magie und den Rest Bescheid wusste, gefunden und dieser half ihnen, sich besser zurechtzufinden und zu überleben.

Ganz klar, es gab auch Leute, die Bescheid wussten, aber nichts mit dem Ganzen am Hut hatten: wie zum Beispiel Kinder von Jägern ohne vermehrte Magie, oder Menschen, die zufällig zur falschen Zeit am falschen Ort waren und Dinge sahen, die sie nie wieder vergessen würden. Oft waren sie vernünftig genug, darüber zu schweigen und nicht zur nächsten Talkshow zu laufen. Die eine oder andere Einschüchterungstaktik half dabei und falls nicht, tat es genügend Bestechungsgeld.

Nachdem ich mich umgezogen und alle erhältlichen Informationen auf meinen HandChip abgespeichert hatte, verabschiedete ich mich von Billy Joel und Gertrude.

»Schätzchen, ich muss los. Macht ja keinen Mist, während ich weg bin«, rief ich in den Raum und sofort hörte ich sie heranwuseln und leise quietschen. Wie immer, wenn ich mich verabschiedete, spielten sie für einen Moment verrückt, was wie zu einem kleinen Ritual bei uns geworden war. Billy biss in meine Socken und zog daran, während Gertrude sich in meinen Nacken krallte, dann den einen Arm rauf- und den anderen wieder runterlief, nur um das

Ganze ewig zu wiederholen, bis ich sie mit einer Hand sachte im Nacken packte.

»Ist ja gut, ist ja gut. Mami kommt bald wieder. Jetzt seid nicht so sentimental, sonst bekommt ihr kein Leckerli«, warnte ich milde.

Man sollte meinen, ich wäre der Rudelführer und würde somit den Ton angeben. Weit gefehlt. Ich war froh, wenn ich mit der Geschwindigkeit der beiden mithalten konnte und so wie jetzt beide erwischte, um sie noch einmal zu knuddeln und dann abzuschütteln. Doch als das Machtwort – Leckerli – gesprochen wurde, waren sie plötzlich ganz brav. Und Schwupps, saßen sie wie die süßesten, folgsamsten Frettchen auf der ganzen Welt vor mir auf dem Teppich, die Nasen in die Höhe gestreckt, und warteten auf ihre Belohnung.

Die beiden würden während meiner Abwesenheit nicht nur genügend Verpflegung bekommen, die gefüllten Futterboxen dienten im hinteren Teil sogar als Toilette und reinigten sich selbständig. Das war das wahre Wunder an den Boxen! Für die beiden war also gesorgt, trotzdem würden ich sie in den nächsten Tagen vermissen. Noch einmal ließ ich meine Finger durch ihr kurzes, seidiges Fell gleiten, dann streute ich ein paar der versprochenen Leckerlis auf den Boden und stand widerstrebend auf. *Mann, Jess. Jetzt werde ja nicht sentimental!*

Bei dem Gedanken verzog ich den Mund und drehte mich mit Sack und Pack Richtung Ausgang, um mich auf den Weg zu machen.

Aus der Garage, die eigentlich ein Lagerraum für meine Waffen und allen möglichen anderen Krimskrams war – da ich gar kein GleitAuto oder Bike besaß –, schnappte ich mir mein GleitBoard. Immerhin. Mit einem Ruck hievte ich den schweren Rucksack auf meine Schultern, sperrte von außen das Garagentor zu und verstärkte den Schutzzauber, als ich aus dem Steinkreis trat. Leichtfüßig sprang ich mit meinen SoftLeder-Boots auf das schwarz-silberne Board – das wie ein längeres, breites Skateboard ohne Räder aussah – und glitt damit, einen halben Meter über dem Boden schwebend, davon. Man musste sich nur in die gewünschte Richtung lehnen und das Board sauste in diese. Die GleitBoards funktionierten wie die GleitAutos – kurz: Gleiter – ohne Benzin oder den ganzen Mist, der früher als

Treibstoff die Umwelt verpestet hatte. Sondern ganz einfach über die Geothermik, mit deren Wärme und Schwingungen GleitFahrzeuge betrieben wurden. Reine Wissenschaft. Genauso wie die überaus schnellen GleitZüge, zu denen ich auf dem Weg war.

Am Bahnhof Montreal angekommen, fand ich schnell mein Gate. Alles war in hellem Weiß gehalten, machte einen freundlichen Eindruck auf Besucher und Abreisende. Die einzigen Farbkleckse waren die leicht durchsichtigen Röhren, durch die die GleitZüge schossen und blaugrünlich schimmerten.

Auf dem Bahnsteig war ich ziemlich allein, da ich mitten in der Nacht reiste, was sonst nicht viele taten – außer eben Ausreißer oder Kleinganoven und vereinzelte Businessleute. Ich wusste nicht, zu welcher Gruppe ich selbst gehörte. Jayden würde mich wohl zur ersten zählen. Ihn wollte ich erst in einigen Tagen anrufen, wenn er sich beruhigt hatte.

Mit einem schweren Ächzen ließ ich mich wenige Minuten später auf den ledernen Sitz fallen und schloss die Augen, um zumindest die nächsten fünf Stunden zu schlafen, die der GleitZug nach Jeseník brauchte. Dort würde ich mir eine billige Absteige und ein paar Utensilien beschaffen, um schließlich sofort mit dem neuen Fall anzufangen.

4.

Auch Geistliche sehen fern!

Na schön, ich hatte nicht sofort mit dem neuen Fall angefangen. Zuerst hatte ich mich hundemüde in die Bettlaken des Motels geschmissen und mich erst mal nach dem Aufwachen einer entspannenden Dusche und einem gelieferten Fast-Food-Fraß gewidmet und mich dann, nachdem ich mir die Haare zusammengebunden hatte, auf den Weg gemacht. Durch die Anreise und die Zeitverschiebung war es bereits wieder Abend, als ich rausging, um noch ein paar Besorgungen zu erledigen und mich umzusehen. Was mir ganz recht war – ich hatte zwar nichts gegen die Sonne, aber die Nacht war mir einfach lieber. Sie entsprach eher meiner dunklen Seele. Obwohl, so ganz recht hatte ich mit diesem Gedanken nicht, da ich genau in diesem Augenblick durch die Tür einer katholischen Kirche trat – und dabei nicht lodernd in Flammen aufging.

Ha! Das wertete ich doch als gutes Zeichen meiner seelischen Unversehrtheit.

Unauffällig sah ich mich in der leeren Kirche um, ob ich wirklich allein war, und näherte mich mit neuer guter Laune den Weihwasserbecken. Dazu wählte ich eines, das sich weiter hinten in dem Schatten eines Steinbogens und neben einem Beichtstuhl versteckt befand. Unter der Lederjacke holte ich einen kleinen Plastikkanister und einen kleinen Becher hervor. Rasch schöpfte ich das Wasser aus dem Becken in den Kanister, während ich in Gedanken vor mich hin summte.

Ich wusste nicht, was genau mich auf dieser Mission erwartete, aber ich wollte auf alles vorbereitet sein. Doch bei meiner Abreise hatte ich keine Lust mehr gehabt, meinen 6-Liter Weihwasser-Kanister bei meinen Verwandten aufzufüllen und dann mitzuschleppen. Ganz zu schweigen von der Ausrede, die ich ihnen hätte auftischen müssen, um überhaupt an den Vorrat heranzukommen. Ich bezweifelte, dass sie es mir abgekauft hätten, wenn ich ihnen von meinem plötzlich gefundenen Glauben berichtet hätte. Eher hätten sie mich in den Keller gesperrt, um mich von der nächsten Dummheit abzubringen.

Daher musste der kleine Kanister reichen. Außerdem würde ich ganz gut mit diesem einen Liter auskommen, um mir auf die Schnelle einige Wesen vom Leib zu halten. Man brauchte dazu lediglich gesegnetes Weihwasser eines Geistlichen, dabei spielte die Religion selbst keine Rolle. Nur reichte es nicht, einen Rosenkranz in einen Behälter zu legen oder selbst ein Gebet zu sprechen, um etwas zu weihen. Nein, für eine echte Wirkung brauchte man einen gesegneten Vertreter einer Glaubensrichtung.

Was ich hiermit hatte. Falls ich Nachschub bräuchte, wusste ich, wo die nächste Kirche am Rande von Jeseník lag, die sich gleichzeitig in der Nähe meines Motels befand. Mein Lager hatte ich hier aufgeschlagen, weil man schnell in den dicht gewachsenen Wald gelangen konnte, der die Stadt umgab, die mitten im Altvatergebirge lag. Die Gegend war vor Jahren zum Naturschutzgebiet erklärt worden und seitdem rasend schnell gewachsen. Natürlich waren genau in dessen Umkreis die Kinder verschwunden und ich hatte so einen Verdacht, dass das Wesen, das ich suchte, sich in diesem Wald versteckte. Man konnte es Intuition oder einfach normalen Menschenverstand nennen.

Flink schöpfte ich die letzten Becher Weihwasser in meinen Kanister. Anschließend verschloss ich den Behälter mit geübten Fingern und wischte die Feuchtigkeit an meinem Shirt ab.

Gerade als ich abhauen wollte, räusperte sich jemand hinter mir. *Ups, erwischt!*

In Gedanken betete ich darum – was mir in der Kirche sehr passend erschien –, es möge keine ältere, tiefgläubige Frau hinter mir stehen. Diese waren am schwersten abzuschütteln und zu beruhigen, wenn sie mich auf frischer Tat ertappten bei dem, was ich eben tun musste. Das hatte ich schon erlebt und wollte es bei diesem einen Mal belassen.

Anstatt in das Gesicht so einer Dame zu blicken, einen jungen Ministranten vorzufinden oder einen betagten Pfarrer, stand dort ein hochgewachsener Mann. Da er sich direkt unter dem Steinbogen befand, konnte ich nur seine dunkle Silhouette ausmachen, was mir ziemlich egal war. Das Einzige, was mich interessierte, war, wie ich so unauffällig und rasch wie möglich aus der Sache rauskam. Schnell kramte ich meine schauspielerischen Fähigkeiten hervor und ließ beschämt den Kopf hängen.

»Darf ich fragen, was genau Sie da machen? Stehlen Sie etwa Weihwasser?«, fragte eine tiefe, wohlklingende Stimme mit starkem tschechischem Akzent.

Schnell biss ich die Zähne zusammen und widerstand dem ersten Impuls, neugierig hochzusehen. Es wunderte mich, hier in dieser entlegenen Gegend tatsächlich wiederholt auf Englisch angesprochen worden zu sein – zuerst im Motel, jetzt hier. Vor fünfzehn Jahren war Englisch zur Weltsprache erklärt geworden, dennoch gab es Gegenden, die an ihren alten Sprachen festhielten, die ihre Traditionen pflegten und sich nicht darum scherten, welche Gesetze irgendwelche Politiker an ihren Tischen vereinbarten.

»Es … es tut mir so leid … ich … ich«, stottere ich gekonnt, vielleicht sogar eine Spur zu übertrieben. Mein Gehirn raste und suchte nach einer passenden Ausrede, während ich einen leisen Schluchzer entließ, nachdem ich mich fest in den hinteren Oberschenkel gezwickt hatte. Was mir zusätzlich ein paar Tränen in die Augen trieb. *Perfekt.* »Ich hole das Wasser für meine kranke Großmutter. Sie ist sehr gläubig und hat mich geschickt, damit sie trotz Krankheit zu Hause beten kann.«

»Dazu benötigt sie einen ganzen Kanister? Wofür – um sich jeden Tag damit einzureiben?«, entgegnete der Mann, klang dabei aber nicht wütend, sondern irgendwie amüsiert. Er hatte mich also durchschaut, auch gut.

Ich stellte mich breitbeinig vor das Becken und hob herausfordernd mein Kinn. »Na schön, erwischt. Ich brauch das Wasser. Wirklich. Wenn Sie wollen, bezahl ich dafür. Kein Ding. Wie viel wollen Sie?«

Meine Hand griff in die hintere Hosentasche und fischte einen Schein hervor, mit dem ich vor mir hin und her wedelte. Zwar wurde in meinem Heimatland bereits alles über den HandChip geregelt, aber ich war hier ziemlich am Arsch der Welt, daher hatte ich mir für Notfälle Bargeld aus den alten Zeiten besorgt.

»Nein, müssen Sie nicht«, antwortete diese maskuline Stimme und langsam wurde ich wirklich neugierig. Als hätte mein Gegenüber meine Schwingungen aufgeschnappt, trat er endlich einen Schritt nach vorne und somit ins Licht, damit ich ihn sehen konnte.

Aber hallo, Mister! Einen Moment blieben mir alle dummen Sprüche im Hals stecken und ich konnte nur starren – oder eben sabbern. Ich war keine Frau, die sich schnell von attraktiven Typen blenden ließ, aber verdammt! Jetzt und hier war ich genau das – ein hormongesteuertes *Etwas.*

Vor mir stand ein sehr, sehr, seeehr gutaussehender Mann – manche, vor allem ich, würden ihn als *sexy as hell, heiß* oder *einfach nur unglaublich* beschreiben. Dunkle Augen in einem überaus attraktiven Gesicht, gekrönt von dunkelbraunem Haar, das vorne etwas länger war und leicht nach oben stand. Der dezente, gerade angehauchte Dreitagebart gab seinem Aussehen zusätzlich etwas Gefährliches, was bei mir genau die richtigen Knöpfe drückte. Ein schwarzer Mantel rahmte breite Schultern ein. Und dass er großgewachsen war, hatte ich bereits vorhin festgestellt.

Gerade als ich meine Flirtstimme auspacken wollte, blieb mein Blick an seinem Kragen hängen und ich verschluckte mich beinahe an meiner Zunge. Ein weißes Band war in das schwarze Hemd eingefasst – ein Pfarrer. Einen Moment wusste ich nicht, ob ich lachen oder weinen sollte. Daher starrte ich ihn weiterhin nur an und verlor jegliche verbale Kompetenz. Was nicht förderlich war, da er die Hand ausstreckte.

»Ich heiße Matej, Matej Zednik. Das ist meine Kirche. Und wie ist Ihr Name?«

Nachdem ich den ersten Schock überwunden hatte, musste ich mich regelrecht von seinem Gesicht losreißen und räusperte mich. Mein Gehirn musste wohl noch immer unter Hormoneinfluss stehen, da ich das Erstbeste antwortete, das mein Geist mir eingab.

»Anga … ähm, Anga McGyver«, antwortete ich mit viel zu trockenem Mund und schob meine Hände tief in die Taschen meiner eng anliegenden Lederhose. Meine Finger waren flinke, garstige Dinger, die schnell mal mit mir durchgingen, wenn ich sie nicht einsperrte.

Der Pfarrer – *Matej* konnte ich einfach nicht denken, das fühlte sich viel zu persönlich an – starrte mich mit großen, dunklen Augen an. Schließlich antwortete er, erneut leicht amüsiert: »Sie meinen wie der Held Angus McGyver aus der gleichnamigen Fernsehserie?«

Nun war ich an der Reihe, große Augen zu machen, da er mich nicht nur beim Flunkern erwischt hatte, sondern auch diese uralte Serie kannte. Diese verstaubte alte Serie kannte heute sonst niemand mehr. Niemand außer mir – und natürlich meinem Dad. Wie oft hatte ich in meiner Kindheit mit ihm alte Serien geguckt – Klassiker, die heute mit den neuen Medien längst vergessen waren. Oder gemeinsam mit ihm zu 80er Jahre Musik gesungen und getanzt, auch wenn die Sänger alle schon längst nicht mehr auf der Erde weilten. Unzählige Male, und immer dachte ich mit einem kleinen Lächeln daran zurück, was ich gerade überhaupt nicht gebrauchen konnte. Mühsam riss ich mich los von den Gedanken an meinen Vater, an die Zeit, in der er ein richtiger Dad gewesen war, und beförderte mich zurück in die Gegenwart.

»Tut … tut mir leid. Das war ein Scherz, ich meinte natürlich Diana Winchester.«

Ich klimperte mit den Wimpern und meine Stimme klang so bittersüß, wodurch sie immer jeden überzeugen konnte. Ihn anscheinend nicht. Denn statt bezaubert zu sein, hob sich einer seiner Mundwinkel. Das schiefe Lächeln passte so gar nicht zu dem Bild eines gottesfürchtigen Pfarrers. Was ihn noch verführerischer machte. Wie konnte jemand so sexy aussehen, so ein freches Lächeln aufsetzen und dann ein *Gesandter Gottes* sein? Die Welt war nicht nur ungerecht, es war schlichtweg zum Heulen.

»Ähm, ich kenne auch Dean Winchester aus *Supernatural.*«

Verflixt aber auch! Was war nur los mit dem Typen? Sicher, ich hätte ihm meinen richtigen Namen nennen können, ein Name war jedoch etwas sehr Persönliches, fast schon Intimes. Und den verriet ich nicht gerne und vor allem nicht jedem, egal, wie schnuckelig dieser Jemand aussah. Bisher hatten meine Pseudonamen immer gut funktioniert, wenn ich für Aufträge unterwegs war. Nun, bis jetzt. Also änderte ich meine Taktik.

»Was muss ich also tun, um den Kanister mitnehmen zu können, ohne dass Sie die Bullen auf mich hetzen?«

»Nennen Sie mir den Grund, wofür Sie das Weihwasser brauchen.«

»Kann ich nicht.«

Meine Antwort kam wie eine Pistolenkugel. Seine Erwiderung war aber mindestens genauso schnell.

»Können Sie mir dann zumindest Ihren richtigen Namen nennen?«

»Will ich nicht.«

Das entlockte ihm wieder ein leichtes Grinsen und ich musste mich vehement daran erinnern, dass er – bei Gott – ein Pfarrer war. Das Lächeln verschwand jedoch wieder viel zu schnell und wich einer ernsten, besorgten Miene. »Ich kann Ihnen nicht helfen, wenn Sie mir nicht sagen, was Sie vorhaben.«

So schön er anzusehen war und wie gerne ich seiner Stimme lauschte, langsam wurde mir dieses Hin und Her ein wenig lästig. Außerdem hatte ich keine Zeit und wollte nicht in dieser Kirche versauern.

»Danke. Ich brauche keine Hilfe. Noch einmal: Was kann ich tun, um diesen Kanister nehmen und unbehelligt von hier verschwinden zu können?«, fragte ich, hielt besagten Kanister kurz hoch, um ihn anschließend neben mir auf den Boden zu stellen.

Mit einem dezenten Hüftschwung, den er dennoch deutlich wahrnahm, was mir sein interessiert wirkender Blick und sein Kieferzucken verrieten, machte ich einige Schritte auf ihn zu. Herausfordernd sah ich zu ihm auf, als ich vor ihm stand, während er mich eingehend betrachtete. Dabei blieb sein Blick zuerst auf meinen Lippen, am Ende jedoch bei meinen Augen hängen.

»Wie flüssiges Karamell …«, hörte ich ihn leise raunen und neugierig machte ich noch einen weiteren kleinen Schritt auf ihn zu. »Wie bitte?«

»Ihre Augen … Sie sehen aus wie flüssiges Karamell oder … Honig. Faszinierend.«

Noch immer sah er mir tief in die Augen, räusperte sich aber schließlich, als ihm vermutlich klar wurde, dass er gerade ziemlich unpassend eine Frau anschmachtete. Mir sollte es recht sein.

»Tut mir leid … Sie haben eine sehr ungewöhnliche Augenfarbe.«

Um nicht wie ein Kätzchen zu schnurren oder blöd zu grinsen und wie ein Schulmädchen zu kichern, biss ich mir fest auf die Innenseiten meiner Wangen. Erstens, um den Pfarrer nicht bloßzustellen, und zweitens, um meine harte Fassade nicht zum Bröckeln zu bringen.

Immerhin hatte ich einen Ruf aufrechtzuerhalten, also hieß es immer schön cool bleiben.

Dennoch musste ich langsam wirklich los, obwohl dieses Geplänkel mehr Spaß machte, als es sollte. Lasziv schlug ich kurz die Augen nieder, sah wieder hoch und deutete ihm mit dem Zeigefinger an, näher zu kommen. Erwartungsvoll machte der Geistliche wie erhofft einen Schritt nach vorne und beugte sich zu mir hinunter. Wohl in der Annahme, ihm nun ein Geheimnis ins Ohr zu flüstern. Stattdessen schlug ich mit meiner Handkante kurz, aber fest auf einen bestimmten Punkt in seinem Nacken und fing ihn ächzend auf, als er wie ein nasser Sack in sich zusammenfiel.

Der Typ war schwerer, als ich gedacht hatte, und wie ich jetzt feststellte, gut durchtrainiert. Außerdem roch er ziemlich verführerisch und ich kam mir selbst etwas gruselig vor, weil ich das alles in den wenigen Sekunden bemerkte. Mit trockenem Mund ließ ich ihn nichtsdestotrotz vorsichtig zu Boden gleiten und konnte nicht widerstehen, ihm einmal durch das seidige, dunkle Haar zu streichen. »Besser, du weißt nichts von mir, hübscher Kerl. Schönes Leben noch.«

Während meine Libido mich innerlich anschrie und mir alle erdenklichen Schimpfwörter an den Kopf warf, weil ich ihn zurückließ, drehte ich mich fort und angelte nach meiner Beute. Den Kanister tragend, stieß ich die Kirchentür auf und verschwamm mit den Schatten in der Dunkelheit.

5.

Bleibe immer in deiner Rolle

Einige Zeit später war der Kanister in meinem Zimmer versteckt, mein Fläschchen in meiner Jackentasche hatte ich bis obenhin befüllt und ich befand mich am richtigen Ort, um mit meiner Recherche zu beginnen: der hiesigen Bar. Dabei hatte ich keinen schicken Club gewählt, den es sogar in diesem verschlafenen Nest im Zentrum der Stadt gab, sondern eine ältere Bar, die hauptsächlich Bier, Whisky und Schnaps ausschenkte, mit einem Klientel, das entweder schon betrunken war oder auf dem besten Weg dorthin. *Perfekt!*

An der Theke bestellte ich mir zunächst einen Whisky, den ich mit einem Zug hinunterschüttete. Die Flüssigkeit brannte angenehm in meiner Kehle und gab mir das Gefühl, richtig lebendig zu sein. Als das Brennen verschwand, verlor sich das leuchtende Aufleben und schrumpfte in sich zusammen. Mit dem Oberkörper lehnte ich mich an den Tresen und holte aus meiner linken Hosentasche einen kleinen Block und einen Stift hervor, die ich für diese Gelegenheiten mitgenommen hatte. Zur Unterstreichung meiner Rolle hatte ich mir eine schwarz umrandete Brille aufgesetzt und strich mir nun ein paar lose Haarsträhnen aus dem Gesicht, die meinem hohen Pferdeschwanz entschlüpft waren.

Sobald der Barmann im mittleren Alter auf seiner nächsten Runde an mir vorbeiging, hob ich schnell meinen Arm und rief ihn dadurch zu mir. »Entschuldigen Sie bitte, Sir. Würden Sie mir ein paar Fragen beantworten? Zu den verschwundenen Kindern aus der Gegend?«

Skeptisch musterten mich seine braunen Augen von oben bis unten und wurden immer enger, je mehr Details er dabei erfasste. Ich hatte mir extra eine neue, aber gleichzeitig zerrissene Jeans, ein Shirt mit Aufschrift einer Uni und eine leichte Jacke übergeworfen – ein Bild der Unschuld. Doch davon wollte der Barkeeper nichts wissen und schnauzte mich an: »Sind Sie von der verschissenen Presse?«

Mist! Keine Unizeitung gewünscht. Neue Rolle, aber zackig!

»Nein, natürlich nicht! Wo denken Sie denn hin?«, gab ich in meinem besten überraschten Tonfall zurück und verzog angewidert das Gesicht, als hätte ich in eine Zitrone gebissen. Ratternd bewegten sich die Zahnräder in meinem Gehirn und beinahe hätte ich wie Wicki erfreut den Zeigefinger in die Luft gestreckt, als mir ein Geistesblitz kam. »Ich studiere an der Uni Kriminalpsychologie. Momentan gehen wir ungelöste Fälle mit verschwundenen Opfern durch und müssen dazu eine Abhandlung schreiben. Eine verdammt lange, wie ich erwähnen möchte. Daher dachte ich, ich könnte hier über den aktuellen Fall ein paar Details erfahren. Ich komme von auswärts, aber meine Großmutter wohnt in der Nähe.«

Ein weiteres Mal musste die besagte Großmutter herhalten und bei meinen ganzen Lügen lag ein kleiner Funke Wahrheit darin – immerhin kam ich tatsächlich von auswärts. Theoretisch hätte ich mich als Cop ausgeben können, um an ein paar Informationen zu gelangen. Doch meist waren die Menschen in der Nähe von Ordnungshütern steif und verschreckt, wollten nichts tun oder zu viel sagen, was sie selbst irgendwie in ein falsches Licht bringen konnte. Darauf war ich nicht aus. Ich wollte die ungeschönte Wahrheit, die schmutzigen Geschichten, die man sich hinter vorgehaltener Hand erzählte, wenn eben kein Offizieller anwesend war.

Unbehaglich, doch nicht länger unfreundlich kratzte er sich am Ellbogen und rang sichtlich mit sich. Als ich ihm noch mein süßestes Lächeln schenkte und säuselte: »Bitte, Sir. Sie würden mir damit wirklich zu einer guten Note verhelfen, Sir«, hatte ich ihn am Haken.

»Na schön, was möchten Sie wissen?«

Gut gelaunt schlenderte ich nach zwei weiteren Gläsern Whisky, einer vollgekritzelten Blockseite, die bloß Show gewesen war, und neuen Informationen Richtung Tür. Musik wummerte durch den rauchgetränkten Raum, der nach Schweiß und Hochprozentigem stank.

Der Barmann hatte mir nicht viel über die aktuellen Geschehnisse erzählen können. Nur dass die ersten Kinder vor drei Wochen verschwunden waren.

Wenig später hatten sich jedoch zwei ältere Männer zu mir an die Bar gesetzt, deren Englisch zwar etwas schlechter, mit starkem Akzent getränkt, aber immer noch gut verständlich gewesen war. Diese zwei wussten, wie man Geschichten erzählte, damit man überall am Körper Gänsehaut bekam. Am liebsten hätte ich mir eine riesige Schüssel Popcorn auf den Schoß gestellt und mich bequem auf eine Couch gelümmelt, während ich ihren Erzählungen von Geschehnissen lauschte, die vor Jahren in der Stadt passiert waren und alle Bewohner aufgeschreckt hatten.

Besonders interessant fand ich das Detail, dass ein ähnliches Phänomen schon einmal, vor ungefähr fünfundzwanzig Jahren, in der Nachbarstadt vorgekommen war. Damals hatte man keinen Täter aufgespürt und auch die Kinder wurden nie gefunden. Insgesamt waren dreißig Kinder verschwunden – vermutlich allesamt tot. Die Opfer damals waren zwischen sieben und zwölf Jahre alt gewesen. Genau wie heute, nur dass bisher erst zehn Kinder verschwunden waren. Doch ich rechnete fest damit, dass sich diese Zahl noch deutlich erhöhen würde, wenn ich nicht bald in die Gänge kam.

Während der Barkeeper gerade einen anderen Gast bediente, hatte sich einer der Männer mit gesenkter Stimme zu mir gebeugt. Sein stechender Atem roch nach einer Mischung aus Bier und Zigarren. *Yummy.* Obwohl der Drang groß war, verkniff ich es mir, die Nase zu kräuseln.

»Weißt du, Mäuschen. Was damals zusätzlich eine Panik ausgelöst hat, waren nicht nur die verschwundenen Kinder. Niemand wusste, was aus ihnen geworden war, vielleicht hatte man sie verschleppt oder sie sind verkauft worden. Wir hatten keine Ahnung. Aber eines Nachts kam es zu einem Mord, der keinen Zweifel daran ließ, dass jemand Blut sehen wollte. Etwas außerhalb der Stadt, auf einer Farm, wurde beinahe eine ganze Familie ausgerottet – die gesamte Linie. Zwei Kinder der Familie waren spurlos verschwunden, die Eltern brutal abgeschlachtet. Ihre Körperteile waren im ganzen Haus verstreut. Furchtbarer Anblick, sag ich dir«, erzählte er leise und ich bemerkte nach all den Jahren noch immer den Schock dieser Gräuel in seiner Stimme.

Mit einer schnellen Bewegung hatte der ältere Mann sich noch einen Schnaps hinter die Binde gekippt und schließlich weitererzählt. »Ich stand damals mitten im Leben, hatte selbst schon einiges erlebt. Aber das … diese Nacht werde ich nie vergessen. Nur eines der Kinder hat überlebt, ein schmächtiger dreijähriger Junge, der wimmernd und mit Blut beschmiert in einem Kleiderschrank gekauert hat, als wir gekommen sind. Der Täter muss ihn einfach ignoriert haben, weil er zu klein war oder was auch immer. Vielleicht hat er ihn auch übersehen, wer weiß das schon. Aber die Geschwister waren weg, die Eltern tot und er der einzige Überlebende dieses grausamen Blutbades. Hätten nie gedacht, dass mal etwas Anständiges aus ihm wird. Dachte, der würde einen Knacks davon abbekommen oder durchdrehen. Na ja, du weißt schon. Hätte mich nicht gewundert. So was hört man ja immer wieder in den Nachrichten.« Dabei hatte er mit dem Zeigefinger an seiner Schläfe Kreise gezeichnet, um seine Worte zu unterstreichen.

Interessant. Es gab also einen Überlebenden von damals, jemand, der womöglich wusste, wie diese Bestie aussah, und mir helfen konnte herauszufinden, mit welchem Wesen ich es zu tun haben könnte. Vielleicht bestand tatsächlich eine Verbindung zu damals, wenngleich es weit hergeholt war, doch ich musste jeder Spur nachgehen.

Ich hatte mich daraufhin zusammenreißen müssen, um nicht ungeduldig mit den Beinen zu wippen. »Ach, es gibt einen Überlebenden? Glauben Sie denn, dass es heute der gleiche Täter ist? Und wo finde ich den Jungen von damals? Lebt er noch hier?«

Nun hatte sich doch eine Spur Aufregung in meine Stimme gemischt. Mein Blick war umhergewandert und blieb kurz an einem Tisch mit drei Typen hängen, die alle ungefähr im richtigen Alter waren. Einer mit einer schiefen Nase, als wäre sie einmal gebrochen gewesen, und dunklen Haaren. Die zwei anderen hatten etwas hellere Haare, ebenfalls mit Schrammen im Gesicht oder auf den Händen, die von einem nicht ganz leichten Leben kündeten. Überall potentielle Männer, die dieser Junge von damals sein konnten. Entweder musste ich herausfinden, wer es war, um ihm Fragen stellen zu können, oder den Täter ohne Hilfe zu fassen bekommen – je nachdem, was vorher eintrat. Dennoch würde ich es im Hinterkopf behalten und mich umhören.

Der ältere Mann neben mir an der Bar hatte gerade angesetzt, auf meine Fragen zu antworten: »Ja, das glaube ich. Ich bin mir sogar ziemlich sicher, die haben etwas miteinander zu tun. Und der Junge ist …«, doch er war nicht bis zum Ende seines Satzes gekommen, da uns der Barkeeper plötzlich gegenüberstand und den alten Mann finster anstarrte. »Hör auf mit dem Scheiß, Borek, und erzähl hier keine Schauergeschichten! Das alles nimmt uns schon genug mit und es ist unmöglich, dass es derselbe Täter ist. Der wäre doch heute mindestens so ein alter Haudegen wie du. Außerdem solltest du keinen schlechten Tratsch verbreiten. So was machen wir hier in unserer Stadt nicht!«

Sein finsterer Blick war anschließend zu mir geglitten und wieder weicher geworden. »Lady, ich denke, Sie haben genug Stoff für eine positive Arbeit. Damit sollten Sie es gut sein lassen.«

Nach einem Winken in die Runde war ich aufgestanden und hatte mich mit den Worten: »Natürlich. Danke für Ihre Hilfe. Wirklich, Sie haben mir meinen Hintern gerettet« verabschiedet – mit dem Wissen, dass die Männer mir genau dorthin starrten.

Angenehme kalte Luft schlug mir entgegen und vertrieb die anhaftenden Gerüche der Bar, der Männer und der schaurigen Geschichten, denen ich sowieso nie würde entfliehen können. Ich wollte mich gerade von der Bar entfernen, als ich links hinter mir ein verdächtiges Geräusch hörte. Ein unterdrücktes Wimmern, das mir eiskalt den Rücken hinunterkroch.

Sofort sprangen alle meine Warnleuchten auf Rot und Adrenalin schoss durch meine Venen. Wie immer, wenn die Jagd bevorstand, fühlte ich eine gewisse Euphorie und Lebendigkeit, die ich nicht bestreiten konnte und die wahrscheinlich Teil eines Jägers waren.

Vorsichtig schlich ich weiter und spähte um die Ecke des Gebäudes. Neben einem alten Truck mit abblätternder grüner Lackierung, an einem dicken Baumstamm gedrängt, stand eine hübsche Blondine. Zumindest wäre sie hübsch gewesen, wenn sie kein blaues Auge und von Tränen verschmiertes Mascara gehabt hätte.

Ein bulliger Typ mit langen, verfilzten Haaren hatte ihr mit einer Hand ein Stück Stoff in den Mund gestopft, um jeglichen Laut zu ersticken. Mit der anderen Hand hielt er in einem eisernen Griff ihre schmalen Hände über den Kopf an den Baum gepresst, während sein fast ebenso stämmiger Kumpel seelenruhig mit einer Hand ihre Brust begrabschte und die andere bereits ausgiebig den Bereich unter ihrem Rock erforschte.

Heißer Zorn schoss durch mich hindurch und obwohl ich das nicht tun sollte, um keine Aufmerksamkeit auf mich zu ziehen, rannte ich so schnell und geräuschlos los, wie ich konnte. Gut, dass ich fast keine Waffen dabeihatte, außer mein Hüftmesser Sid, das sich heute jedoch in einer versteckten Scheide in meinem Stiefel befand. Ich ließ die Waffe, wo sie war, sonst hätte ich den beiden Typen damit einige wichtige Teile abgeschnitten, ohne auch nur an die weiteren Konsequenzen zu denken. Sogar mit bloßen Händen hätte ich sie töten können, doch das wollte ich nicht. Nein, ich hatte vor, ihnen Schmerzen zufügen, sie richtig schön und langsam zu bearbeiten. Was mit meinen kleinen, aber schnellen Fäusten und Beinkicks um einiges besser vonstattenging.

Bevor sie mich kommen sahen, schlug ich bereits mit der Faust gegen den Hinterkopf des bulligen Kerls, der mit dem Gesicht voran gegen die harte Baumrinde knallte, und sprang gleichzeitig seitlich in die Hinterbeine des ekligen Grabschers. Dabei erwischte ich sein Knie und es gab ein angenehmes Knacksen von sich. Grinsend sah ich auf den Wicht hinunter, der winselnd auf Tschechisch vor sich hin fluchte und mir wahrscheinlich ein paar hübsche Kosewörter entgegenschleuderte. Noch ein Tritt in den Rücken auf seine Nieren und ein Ellbogenschlag ins Gesicht und der Kerl erschlaffte endgültig.

Im selben Moment packte mich eine fleischige Pranke von hinten. Ich wirbelte lächelnd zu dem anderen Kerl herum, dabei bildete ich eine Faust und nutzte die Drehbewegung, um doppelte Kraft in meinen Schlag auf seine Schläfe zu legen. Als ich herumwirbelte und der Person mir gegenüber eine verpasste, stellte ich jedoch fest, dass es gar kein Typ mit ekligen langen Haaren war, sondern eine Frau. Nun ja, eine sehr maskuline Frau mit einer herben Visage und auffällig großgewachsener, breiter Statur. Aus ihrer Nase tropfte Blut von ihrer vorigen Begegnung mit dem Baumstamm auf ihre grimmig verzogenen, fleischigen Lippen. Aus der Nähe betrachtet hatte sie Ähnlichkeiten mit dem ausgeknockten Typen am Boden, war aber älter und deutlich stärker – vermutlich seine große Schwester. *Herzallerliebst; ein Familienausflug.* Am liebsten hätte ich gekotzt.

Nichtdestotrotz war sie eine Frau, obwohl sie sich nicht so kleidete oder aussah, als würde sie Wert auf ihre weibliche Seite legen. Viel zu gerne hätte ich den Kopf geschüttelt, es ausgeblendet und wütend gebrüllt. Mir ging es nicht in den Schädel, wie eine Frau einer anderen Frau so etwas antun konnte – dabeistehen und sogar helfen, wie diese auf die schändlichste Weise missbraucht wurde. Siedende Wut flammte in mir hoch. Kurz meinte ich sogar, besser hören, sehen und riechen zu können und mein Sichtfeld flackerte einmal rot auf, wobei mir klar war, dass es sich um Einbildung handelte. Der Zorn war fast wie ein brennender Geschmack auf meiner Zunge, er schwappte über mich, schwemmte mich fort, wie ich es bisher nur selten erlebt hatte, während das dazugehörige Adrenalin meine Sinne schärfte. Nun war ich nur noch ein Wesen aus Rache, Blutdurst und Vergeltung.

Bevor mein Verstand die Bewegung registrierte, donnerte meine geschlossene Hand erneut nach vorne, direkt auf die linke Schläfe der Frau. Sie taumelte zum Glück nur, blinzelte einen unsichtbaren Nebel weg, blieb aber stehen. *Sehr schön!* Somit konnte ich sie ein wenig länger bearbeiten.

Meine Hände packten ihre Schultern und mein Knie schoss blitzartig zwischen ihre Beine. Auch wenn sie keinen Schwanz hatte, das musste wehgetan haben. Noch während sie sich keuchend nach vorne beugte und ihr Gesicht vor Schmerzen rot anlief, erlöste ich sie von ihren Qualen, indem ich an ihr Kinn zwei nette Haken platzierte und mit dem Bein einen Roundkick vollführte, der sie mit dem Rücken auf den Boden krachen ließ.

Ich hatte noch nicht genug, mein wütender Rausch war noch nicht besänftigt. Zwar hatte ich keine Ahnung, woher ich meine Kraft nahm, aber ich drehte die fast zwei Meter große, muskelbepackte Frau auf den Bauch. Dann stopfte ich ihr die eigene Hand in den Mund, während ich mit meinem Fuß ihre andere Hand am Boden fixierte – jene Hand, mit der sie vorhin die unschuldige Frau festgehalten hatte. Langsam bog ich nacheinander alle fünf Finger nach hinten, bis ein befriedigendes Schnappen zu hören war. *Wie Musik!*

Ihre Schreie, die sie ausstieß, während ich ihr jeden Finger einzeln brach, wurden durch ihre eigene Faust im Mund gedämpft. Als ich fertig war, zerfloss mein rotes Sichtfeld aus Wut und klare Gedanken drangen zurück an die Oberfläche. Daher verpasste ich ihr abschließend einen Schlag in den Nacken, der sie endgültig ohnmächtig machte und von den Schmerzen befreite.

Während ich schnell atmend über ihr stand, hob ich den Blick zur blonden Frau, die wie erstarrt am Baum lehnte und mit geweiteten Augen die Szene vor sich betrachtete. Hoffentlich war sie in einem kleinen Schockzustand und würde sich morgen nicht mehr so genau an das alles hier und an mich erinnern.

Sofort sprangen mir ihre blutigen Lippen ins Auge, sowie ein dunkler Fleck, der sich bereits auf ihrem zarten Kiefer abzeichnete. Ein weiteres Mal wallte die Wut in mir hoch. Manchmal waren nicht die vielen unterschiedlichen Kreaturen der Nacht, sondern wir Menschen die wirklichen Monster.

Mit einem aufmunternden Lächeln zwinkerte ich ihr zu und verpasste der Frau unter mir noch schnell einen Faustschlag als Abschiedsgeschenk. Dann wich ich von ihr zurück und trat dem Kerl in die Weichteile. Obwohl ich sie nicht abmurksen konnte für das, was sie beinahe der Frau oder womöglich schon anderen angetan hatten, wollte ich wenigstens, dass sie die nächsten Tage ihren ganzen Körper spürten. Und zwar schmerzhaft.

Langsam ging ich so harmlos wie ich konnte auf die Frau zu und fragte sie sachte: »Alles okay mit dir? Kannst du … willst du dich … ähm, anziehen, bevor ich Hilfe hole?«

Diese Frage riss sie aus ihrer Lethargie und sie nickte schnell. Erst danach schaffte sie es, ihre helle Bluse und den hochgeschobenen Rock zurechtzuzupfen und alle Stellen, die man nicht sehen sollte, wieder zu bedecken. Prüfend ließ ich einen Blick über die Frau gleiten, bevor ich mich dazu entschloss, schnell in die Bar zu laufen, damit dort jemand die Polizei verständigte. Zu dem Zeitpunkt, wenn diese eintraf, wollte ich nur noch eine Staubwolke, eine ferne Erinnerung sein.

»Es ist nun alles gut. Bleib ganz kurz hier stehen«, sagte ich beruhigend und berührte sie vorsichtig am Ellbogen, um ihre Aufmerksamkeit auf mich und weg von den bewusstlosen, fiesen Säcken am Boden zu lenken. »Dir wird nichts mehr passieren. Du bist in Sicherheit. Ich hole schnell Hilfe und dann kommt die Polizei und sperrt diese Monster ein. Eine Minute.«

Damit drehte ich mich um und wollte gerade zur Bar flitzen, als sie mir ein »Danke« nachrief.

Ich beschleunigte meinen Lauf, um sie so kurz wie möglich allein zu lassen und mir einen abgehetzten Ausdruck ins Gesicht zu zeichnen. Dennoch musste ich bei dem Keuchen nachhelfen, damit es echt wirkte, als ich die Bartür aufriss und in meinem besten verschreckten Tonfall in den Raum rief: »Hilfe! Oh mein Gott, schnell! Bitte helft mir! Dort hinter der Bar wurde eine Frau angegriffen. Irgendwer soll die Polizei rufen!«

Wie erwartet, folgten mir auf dem Fuß gleich fünf harte Kerle und einer telefonierte bereits, als ich ihnen die Richtung wies. Mit dem integrierten Chip in meiner Hand hätte ich selbst die örtlichen Ordnungshüter rufen können, aber ich wollte nicht, dass mein Name oder meine Chipnummer bekannt wurden.

Im Hintergrund zu bleiben, war in diesem Beruf am wichtigsten. Daher verschwand ich, bevor einer der Männer sich nach mir umdrehte. Flink drückte ich mich im Freien zwischen einige Gleiter und Bikes hindurch. Die umstehenden Bäume lieferten zusätzlich genügend dunkle Stellen, um in ihren Schatten unterzutauchen und mit der Nacht zu verschmelzen.

Dennoch konnte ich nicht umhin, einen letzten Blick auf die Frau zu werfen, bei der die Männer beinahe angelangt waren. Statt weiterhin in ihrer vorigen Position zu verweilen, stand sie über dem ohnmächtigen Mann und trat auf ihn ein – ebenfalls in seine Kronjuwelen, die nach heute Nacht wohl nur noch Matsch waren. *Braves Mädchen!*

In diesem Moment kamen die Männer zu ihr, redeten mit der Frau und gestikulieren wild, während sich ein anderer mit den Worten »Wo ist die andere hin?« fragend umdrehte und mit seinem

Blick die Umgebung absuchte. Was mein Stichwort war, endgültig zu verschwinden.

Ohne ein Geräusch zu verursachen, eilte ich durch das Dickicht, während die dekorative Brille in meiner Tasche verschwand und ich die langen Haare aus dem strengen Zopf befreite. Erst danach lief ich richtig los, genoss das Brennen in den Lungen, die Freiheit und den Stolz, der mit dem Glück einherging, einer Unschuldigen geholfen zu haben. Dieser Rausch der Hochgefühle war noch viel mehr wert als jegliches Geld oder Punkte, die die Jägergilde verteilen konnte.

Meine dicke, schwarze Brille musste auch am nächsten Morgen für den Einsatz herhalten. Dieses Mal hatte ich mir meine türkisen, blaugesträhnten Haare zu einem strengen Dutt hochfrisiert. Außerdem trug ich Schminke und einen roten Lippenstift, der alle Blicke auf meinen Mund ziehen sollte, weg von meinen Fingerknöcheln.

Nach meinem Lauf war ich so ausgepowert gewesen, dass ich vor dem Schlafengehen vergessen hatte, sie mit einer speziellen Salbe einzuschmieren, um die Heilung zu beschleunigen. Deswegen konnte man nach wie vor die rötlichen Stellen an meiner Hand als Beweis meines gestrigen Zusammenstoßes mit den Fieslingen sehen. Ich hatte keine Lust, damit in Verbindung gebracht zu werden, wenngleich mir auf die Schnelle sicherlich eine gute Ausrede einfallen würde.

Zur Sicherheit schob ich die Hände in die Taschen der schwarzen Stoffhose, in der auch die weiße Bluse steckte, die ich unter einem schwarzem Blazer trug. Erst danach stieß ich die Tür zur hiesigen Polizeistation mit meiner Schulter auf und wandte mich mit breitem Lächeln direkt zum Empfangstresen. Dahinter sah eine Frau mittleren Alters von ihrem Bildschirm auf. Sie hatte grellorange Haare, die zu einem Bob geschnitten und dessen Spitzen schwarz gefärbt waren, als hätte sie diese in dunkles Öl getaucht.

Zuerst wurde ich von ihr skeptisch beäugt, als ich mich als FBI Angestellte ausgab. Doch der Zweifel der Empfangsdame verflüchtigte sich rasch, als sie mit dem Lesegerät meinen HandChip scannte und mit große Augen auf die Holo-Projektion vor sich starrte. Denn dort war nun schwarz auf weiß aufgepoppt, wer ich war und dass ich in hoher Position für das FBI Chicago arbeitete. Der Name Briana Johnson stand ebenfalls dort, zusammen mit den Daten meines Alters, Blutgruppe und Wohnadresse – die natürlich allesamt falsch waren. Wie der Rest meiner umfangreichen FBI Akte, die von der Gilde extra für diesen Zweck auf meinen HandChip geladen worden war, um bei einem Scan diese Information auszuspucken. Ich hatte dazu vor dem Eintreten einfach den Stimmenbefehl »FBI aktivieren« geben müssen und die Sache war geritzt. Egal, bei welcher Behörde ich mich in welcher Position ausgeben wollte, ich hatte immer die passende Identität parat. *Genial!*

Nachdem meine Daten verifiziert waren, beäugte mich die Frau hinter dem Schalter mit einem anderen Blick. So war das immer. »Special Agent Johnson, was darf ich für Sie tun?«

»Guten Tag. Ich bräuchte bitte Einsicht in die Akten zu den aktuellen Kindesentführungen. Man hat mich hierher beordert, da angeblich auch ein amerikanisches Kind verschwunden ist.«

»Was? Nein, davon haben wir keine Meldung bekommen. Sind Sie sicher …«, fragte die Frau bestürzt, sich mit der Hand auf die Brust schlagend, doch ich schnitt ihr das Wort ab: »Natürlich haben Sie das nicht. Die Eltern haben die amerikanischen Behörden verständigt. Das alles ist streng vertraulich. Und das soll bitte so bleiben.«

Über den Brillenrand sah ich ihr verschwörerisch in die Augen, ganz in meiner Rolle einer affektierten Bundesbeamtin, die sich zu wichtig nahm und ihren Respekt von anderen einforderte. Und die dadurch hoffentlich bald weitergelassen wurde, da sich meine Ungeduld ganz leicht bemerkbar machte. Also meine echte, nicht nur die gespielte. Jede Minute, die ich für die Vorbereitung verschwendete, konnte das Biest dazu nutzen, dort draußen ein weiteres Kind zu entführen oder eines der bereits verschwundenen Kinder zu töten. Ich knirschte mit den Zähnen und musste meine Hände regelrecht dazu zwingen, wieder in die Hosentaschen zu wandern, anstatt mit den Fingern auf den Tresen zu trommeln.

Schließlich knackte ich sie mit meinem durchbohrenden Blick, wodurch sie sich endlich von ihrem Stuhl bequemte, um in dieser Sache ihren Boss zu Rate zu ziehen.

Weitere wertvolle Minuten verstrichen, bis ich endlich die Stimme der Empfangsdame und Schritte hinter mir hörte, zu denen ich mich herumdrehte. Erwartet hatte ich einen älteren Herrn, etwas breit und korpulent gebaut mit Haaren, die bereits mit weißen Streifen durchzogen waren. Falscher hätte ich nicht liegen können.

Während die Empfangskraft den Polizeichef Petr Nemec, wie er sich mir kurz angebunden vorgestellte, über mich und mein Anliegen aufklärte, musterte ich ihn verstohlen. Er war ungefähr in meinem Alter, also Mitte zwanzig oder kurz vor den Dreißigern, und somit ziemlich jung für einen Chef der Polizei. Seine Augen waren von einem hübschen Grün, obwohl er grimmig dreinblickte, was gar nicht zu dem attraktiven Gesicht mit den kurzen, sandfarbenen Haaren passen wollte.

Sein ansprechendes Äußeres mit breitem, durchtrainiertem Körper war nicht der einzige Grund – gut, ein kleines bisschen –, ihn so ungeniert anzustarren. Vielmehr war es die Narbe auf seiner linken Gesichtshälfte. Die dickliche Linie zog sich seitlich von seinem Auge über die Wange bis hinunter zum Kinn und sah auffallend nach einer Krallenwunde aus. Sofort hatte ich wieder die Erzählung von gestern Abend im Kopf, von dem dreijährigen Jungen, dessen Familie abgeschlachtet worden war.

In diesem Moment wandte sich Petr mir zu, was meine Gedanken verpuffen ließ, da er mich viel zu intensiv musterte. »Vom FBI also. Dann hat dieser Fall sogar bei den Amis für Aufmerksamkeit gesorgt und Sie in unsere Stadt geführt.«

Er sprach es wie eine Zusammenfassung aus, aber ich konnte die Skepsis in seinen Augen erkennen. Dennoch hatte er ein Einsehen und nickte, als ich mich verschwörerisch zu ihm beugte. »Ja, wir halten immer unsere Augen und Ohren offen und blicken über unsere Grenzen hinaus. Dürfte ich die Daten bitte so schnell wie möglich durchsehen? Es ist eine persönliche Sache des Außenministers, der das FBI hinzugezogen hat, weil der verschwundene Junge der Sohn seiner Freunde ist. Wenn Sie verstehen …«

»Oh ja, natürlich, ich verstehe. Kommen Sie mit.«

Keine zwei Minuten später schritt er den Gang der Polizeistation entlang, dicht gefolgt von meiner übermotivierten Wenigkeit. Hätte ich es gekonnt, hätte ich ihn sogar noch angeschubst, damit er schneller ging. Ich musste mehr Information bekommen, die Kinder waren schon viel zu lange in den Händen einer möglichen Bestie.

Mit seinen nächsten Worten riss er mich aus den Gedanken: »Sie sehen ziemlich jung aus für einen Special Agent, Miss Johnson.«

»Das Gleiche könnte ich von Ihnen behaupten, Mister Nemec. Das zeugt von unserem Können, finden Sie nicht?«

Wenn er mich einschüchtern oder mir auf den Zahn fühlen wollte, musste er sich schon etwas Besseres einfallen lassen.

»Da gebe ich Ihnen vollkommen recht«, antwortete er stattdessen großspurig und ich konnte sehen, wie ernst er das meinte. Er war von sich und seinen Fähigkeiten überzeugt, und das war der erste Fehler in einem Beruf, in dem es um Leben und Tod ging.

Ich wusste, wozu ich in der Lage war, wobei ich gut war, dennoch kannte ich genauso gut meine Schwächen. Deswegen würde ich mich nie auf meinen Lorbeeren ausruhen, man musste immer auf der Hut sein und weiter an sich und seinen Fähigkeiten arbeiten. Selbstüberschätzung oder Eitelkeit wie diese konnten nur in die Hose gehen und zwar richtig, richtig tief.

Aber ich wollte es mir nicht mit dem Polizeichef verscherzen, also zeigte ich mein gewinnendstes Lächeln, was seine Augen kurz zum Leuchten brachte.

Erwischt, den habe ich ebenfalls am Haken.

Manchmal war es schon fast zu einfach. Vielleicht konnte ich ihn anschließend zu dem früheren Fall ausquetschen, falls er etwas von damals wusste.

Noch während ich über mein weiteres Vorgehen nachdachte, blieb Petr endlich kurz vor einer Abbiegung stehen und sperrte eine unscheinbare graue Tür im Korridor auf, um sie nach innen hin zu öffnen. Bevor ich eintrat, hörte ich eine mir viel zu bekannte Stimme, die schnell näher kam. Sein tiefes, wohliges Lachen hallte durch den Flur, was mir einen warmen Schauer über den Körper jagte. Ein Laut, bei dem man sich am liebsten räkeln wollte – nackt und zwischen seidenen Bettlaken.

Jess! Tu das nicht, tu das nicht, konzentriere dich einfach auf deine Aufgabe, raunte mir die rationale Stimme in meinem Kopf zu. Doch meine emotionale Seite war schon immer stärker gewesen.

Deswegen blieb ich einen Moment länger als nötig stehen und spähte über die breiten Schultern des Polizeichefs, als ein weiterer Polizist und *der* Pfarrer um die Ecke kamen. Sie bogen in die entgegengesetzte Richtung ab, dennoch hörte ich kurz auf zu atmen. Bei direktem Licht am Tag sah Matej sogar noch besser aus als in meiner Erinnerung in der Kirche. Dunkles Haar, kantiger Kiefer und ein gut gebauter Körper, versteckt unter seiner Pfarrerkutte.

Sobald das kurze Schmachten beendet war, kam mein Verstand ratternd wieder zum Einsatz. Warum war er hier? Hatte er mich angezeigt, weil ich ihm ein kleines Nickerchen in seiner Kirche verschafft hatte? Ich grübelte darüber nach, als ich sah, dass Matej plötzlich stehen blieb und den Kopf in unsere Richtung drehte. Flink wie meine Frettchen schlüpfte ich durch die offene Tür, mit dem Wissen, dass er mich nicht mehr hatte sehen können. Wofür ich einen ziemlich verwirrten Blick von Petr abbekam. Auch egal. Wenn er mich für etwas verrückt hielt, würde er mir während meiner Nachforschungen nicht auf die Pelle rücken, sondern mich allein lassen.

Der Raum, den wir betraten, war klein wie eine Besenkammer, alles in diesem tristen Grau oder altem Weiß gehalten: Tisch, Stuhl, Aktenschränke – sonst gab es hier nichts. An der Decke hing eine einzelne Glühbirne, die gerade genug Licht abgab, um am Tisch sitzend lesen zu können. Der Sessel quietschte über den Boden, als ich ihn zurückschob, um mich zu setzen.

Währenddessen zog Petr bereits einige Aktenschubladen auf und zu, holte verschiedene Mappen sowie einen Datenchip hervor und ließ schließlich alles mit einem dumpfen Geräusch auf die Tischplatte vor mir fallen.

»Vielen Dank.«

»Bitte schön. Ich habe noch an anderen Fällen zu arbeiten, daher kann ich nicht bleiben. Geben Sie mir Bescheid, wenn Sie fertig sind, Miss Johnson.«

Träum weiter.

»Selbstverständlich.«

Ich sah freundlich zu ihm hoch und nickte ergeben.

Sobald ich alle Informationen hatte, die ich hier finden konnte, würde ich nur mehr eine Rauchwolke, eine ferne Erinnerung sein.

Statt gleich zu gehen, wie ich erwartet hatte, blieb er an Ort und Stelle. Er bewegte sich nicht, musterte mich lediglich mit schmalen Augen, als ahnte er, dass ich gelogen hatte. Oder hielt er dieses kleine Büro mit dem kargen Licht etwa für romantisch und wartete darauf, dass ich einen ersten Schritt tun würde? Da konnte er lange warten.

»Wissen Sie, dass Sie eine verblüffende Ähnlichkeit mit der Beschreibung einer Frau haben, die gestern Abend zwei Leute vermöbelt hat? Der Mann hat eine angeknackste Rippe, eine Gehirnerschütterung sowie eine gebrochene Nase und die Frau gebrochene Finger und mehrere Prellungen.«

Am liebsten hätte ich erwidert, sie können froh sein, nicht noch mehr Brüche zu zählen und dass dem Typen nicht der Schwanz abgeschnitten wurde. Damit hätte ich mich jedoch verraten, daher schluckte ich die Worte hinunter.

»Faszinierende Geschichte, und das alles in so einer sicheren kleinen Stadt wie der Ihren? Diese Frau würde ich zu gern einmal kennenlernen«, entgegnete ich mit großen Augen, konnte ein Lächeln nicht gänzlich unterdrücken. Ich hatte keine Ahnung, ob ich mich verraten hatte oder was der Polizeichef von mir dachte. Seine Miene verriet nichts, als er antwortete: »Ich auch, ich auch. Würden Sie vielleicht mit mir Essen gehen?«

Hoppla, damit hatte ich allerdings nicht gerechnet. Unter normalen Umständen hätte ich sofort abgelehnt. Kurze Abenteuer mit neugierigen Männern in solch einer nicht gerade geringen Machtposition konnten brenzlig werden, wenn ich im Nachhinein einfach verschwand. Aber hier hatte ich es mit dem eventuellen Opfer der vielleicht selben Bestie zu tun und ich konnte noch einige Antworten gebrauchen. Zusätzlich war er ganz hübsch anzusehen und gegen ein gratis Essen war nichts einzuwenden.

Ich wollte nicht zu eifrig wirken. »Gut. Ich habe heute und morgen zu tun. Wie wäre es mit Montagabend um acht Uhr?«, bot ich an.

»Sehr gerne. Ich werde einen Tisch im Restaurant *Vila Elis* reservieren. Ich nehme an, Sie wollen sich direkt dort treffen, anstatt abgeholt zu werden?«

»Richtig erkannt. Das wäre am praktischsten. Danke.«

Er reichte mir die Hand und verabschiedete sich, nachdem wir unsere Nummern getauscht und ich seine in meinem HandChip gespeichert hatte.

6.

Ein Seelsorger kommt selten allein

Die nächsten Stunden ließ sich keiner der Polizisten blicken und ich war zu meinem Glück vollkommen allein. Nur ich, der Tisch und ein Berg voller Akten über die vermissten Kinder. Wie der Barmann mir richtig erzählt hatte, war das erste Kind vor mehr als drei Wochen verschwunden, das zweite wenige Tage darauf.

Im Bericht war außerdem zu lesen, dass zuerst nur Kinder um die elf oder zwölf Jahre vermisst wurden, die sich im Wald herumgetrieben hatten, was zurückgebliebene Fundsachen bewiesen. Später waren die Entführungen dreister geworden. Sie geschahen nun direkt in der Stadt und es verschwanden genauso jüngere Kinder, die auf dem Weg von einem Freund oder der Schule nach Hause gewesen – und dort nie angekommen waren.

Oft blieben ein GleitBoard, ein Fahrrad oder eine Kappe als einziges Indiz zurück, der den Ort des Geschehens kennzeichnete – sonst nichts. Alle Kinder waren wie vom Erdboden verschluckt und die erwartete Lösegeldforderung blieb aus. Die würde auch nicht mehr kommen, darauf verwettete ich mein eigenes geliebtes GleitBoard.

In den Akten waren zusätzlich Fotos angeheftet: ein zurückgelassener GleitRoller, ein zerrissenes Kleidungsstück oder zerbrochene Äste. Bei den späteren Entführungen waren eingeschlagene Fenster oder Türen abgelichtet worden. Das Biest brannte anscheinend darauf, gestoppt zu werden. Entweder das oder es war einfach nur strohdumm und kümmerte sich nicht darum, dass die Bemühungen, es zu finden, durch dieses rüpelhafte Verhalten erhöht wurden.

Zumindest wäre das in meiner Heimat der Fall gewesen und hochrangige Polizisten, die über die Jägergilde im Untergrund Bescheid wussten, hätten längst Hilfe angefordert – und zwar eine Menge.

Doch mit Jeseník war ich so ziemlich im verschlafendsten Nest gelandet, das ich mir auf Gottes Erde vorstellen konnte. Hier wurden die Dinge noch altmodisch geregelt. Somit musste ich meine wahre Identität im Verborgenen halten.

Schließlich wurde ich mit meiner Recherche fertig und hatte nach vier Stunden alle Akten durchgesehen und mir Notizen auf einen Block geschrieben. Viel war in den Unterlagen der Behörden nicht zu finden gewesen, schon gar keine Spur, die etwas Übernatürliches preisgegeben hätte. Was mich jedoch nicht ernsthaft wunderte. Wenn man nicht wollte, sah man es nicht, sondern erklärte sich unerklärliche Phänomene mit irgendwelchen blöden Ausreden, um nachts besser schlafen zu können.

Ich packte daher meine Sachen zusammen, steckte alle Abschriften in meine Tasche und verabschiedete mich anschließend von der Empfangsdame, deren skeptischer Blick mich nach draußen begleitete. Was ebenfalls nichts Neues war.

Somit hatte ich zwei dieser leidigen Aufgaben erledigt, um an Informationen zu gelangen. Fehlte noch eine Stelle, bei der ich antanzen musste. Dann endlich konnte ich mit dem Teil anfangen, der am meisten Spaß machte: mich ausrüsten und hoffentlich ganz viel Blut spritzen lassen.

Hm, der Gedanke an Blut ließ meinen Magen hungrig grummeln und als hätte jemand mein Gebet erhört, sah ich zwei Straßen weiter ein großes, blinkendes *M* aufleuchten, das ich zielstrebig ansteuerte.

Mit meiner Beute machte ich mich auf ins Hotel, aß dort schnell den saftigen Burger, den ich mit Limo hinunterspülte, und machte mich für den nächsten Schritt fertig. Für meine Nachmittagsverkleidung wählte ich eine biedere schwarze Stoffhose, eine blütenweiße, gestärkte Bluse, einen dunklen Blazer und trumpfte das alles mit Perlenohrringen sowie passender Kette auf – die natürlich nicht echt waren.

Meine Haare ließ ich, wie sie waren, streng zurückgebunden, denn auch zu dieser Rolle passten sie gut, die Brille aber nahm ich ab, da sie fast schon zu dick auftrug. Immerhin wollte ich ja noch ernst genommen werden und nicht zu offensichtlich verkleidet wirken – für jede Rolle musste man auf die richtigen Details achten.

Egal, ob ich es unangenehm und schwierig fand, in diesen kratzenden Klamotten nicht herumzuzappeln oder daran zu zupfen. Leder auf der Haut war immer noch das Beste, aber was tat man nicht alles für den Job.

Wehmütig strich ich über meine Lederjacke, die auf dem Bett lag, und verschwand aus dem Zimmer. In meinem gemieteten GleitAuto, das ich mir heute Morgen besorgt hatte, überflog ich kurz meine Notizen, bevor ich die Familie aufsuchte. Hier war der zwölfjährige Sohn verschwunden, war von der Schule nicht mehr nach Hause gekommen. Das Einzige, was gefunden worden war, war sein Fahrrad, das am Rande eines kleinen Parks gelegen hatte. Sonst nichts. Keine Reifenspuren, keine Fußabdrücke oder dergleichen. Auch kein Fell- oder eindeutige Krallenspuren, was mir mehr Anhaltspunkte geliefert hätte als alles andere.

Das Haus, das ich suchte, befand sich in einer der schickeren Gegenden, besaß hohe Fresken und einen einladenden Garten mit piekfeinem Rasen, der – Wahnsinn – richtig penibel gepflegt wurde.

Mensch, hier musste jeder Halm genauestens gestutzt sein. Es hätte mich nicht gewundert, wenn jemand mit einer Wasserwaage ans Werk ging. Den ganzen gepflasterten Weg entlang zur Haustür juckte es mich in den Beinen, einen Schritt auf den Rasen zu machen. Einfach so, um zu sehen, ob dadurch etwas passierte. Ein Stromschlag oder ein Alarmsignal. Natürlich unterließ ich das, obgleich es mir schwerfiel – sehr schwer.

Heil angekommen, wurde mir die Tür nach zweimaligem Klingeln geöffnet.

»Guten Tag. Ich bin von der Seelsorge geschickt worden, um der Familie in dieser schweren Zeit der Ungewissheit beizustehen.«

Für einen Moment wurde das Hausmädchen, das mir geöffnet hatte, leichenblass. Dennoch wurde mir der Eintritt in das Haus gewährt, das ich schon nach einer halben Stunde schlecht gelaunt wieder verließ. Leider mit weniger Information, als ich gehofft hatte. Seelsorgerin oder nicht, die Leute waren wortkarg gewesen, was ich zum Teil verstehen konnte. Einer Fremden etwas zu erzählen, kam hier wohl nicht wirklich in Frage, was nur logisch war. Dennoch wurmte es mich, da ich zuckersüß, fromm und freundlich aufgetreten war. Eine oscarreife Leistung, die leider nicht honoriert worden war.

Ähnlich erging es mir bei den nächsten zwei Familien, die zwar etwas mehr erzählten und mich höflicher nach draußen baten, aber nichtsdestoweniger ohne Neuigkeiten aus dem Haus warfen. *Eigenbrötlerisches Volk.*

Ein weiterer Nachteil dieser kleinen Stadt und der Grund für den hohen Sold. *Der hohe Sold!* An dem musste ich festhalten.

Dennoch wanderten meine Gedanken immer wieder zurück zu den Bildern der Kinder, auf denen sie lachten und grinsend in eine Kamera blickten. Noch keine Spur von Angst oder Grauen in den Augen, da sie das Böse nicht kennengelernt hatten. Diese Zeit war nun für immer für sie vorbei, sie waren ihrer Unschuld beraubt worden. Das konnte ich nicht mehr ändern. Aber ich würde alles versuchen, um sie zu retten. So wie ich damals gehofft hatte, jemand möge kommen, um uns zu helfen.

Schmollend wischte ich mir eine Strähne hinters Ohr, die sich durch den Wind aus meinem strengen Knoten gelöst hatte. Am liebsten hätte ich den Dutt geöffnet, um den fiesen Zug auf meiner Kopfhaut zu beenden, der mir langsam, aber sicher Kopfschmerzen einbrachte. Ich war sonst auch kein fröhlicher Sonnenschein, aber Kopfschmerzen machten mich fast zur Furie. Das Bild, das bei diesem Gedanken in meinem Kopf entstand – ich als Furie mit krallenartigen Fingernägeln –, lenkte mich dummerweise schmunzelnd derart ab, wodurch ich den Schatten zu spät um das Fahrzeug huschen sah und der dazugehörige Kerl sich breitbeinig direkt vor mir aufbaute.

Verdammt! Dieser Pfarrer war aber auch schnell. *Und verflucht sexy,* schoss es mir eine Sekunde später durch den Kopf, als ich meinen Blick von seinen Beinen über den Oberkörper hin zu seinem Gesicht mit den markanten Zügen gleiten ließ. Der Polizeichef war mit seinem Aussehen schon nicht zu verachten gewesen, aber er verursachte bei mir nicht den gleichen schnelleren Herzschlag, wie es der Mann vor mir tat. Stellte diese kleine Stadt denn nur attraktive Kerle ein oder hatte ich mit den beiden einfach Glück gehabt?

Am heutigen Nachmittag hatte Matej den schwarzen Überwurf abgelegt und trug stattdessen ganz salopp eine schwarze Jeans mit einem dicken dunklen Pullover, der um seine Brust und Oberarme spannte.

Hm, interessant, schnurrte ich innerlich. Noch schöner fand ich seine dunklen Augen, deren Blick mich von oben bis unten genau musterte, beinah durchdrang und an dem ich hängen blieb. Das Licht stand im richtigen Winkel und beim genaueren Hinsehen bemerkte ich, dass sie nicht nur dunkel waren, sondern ein Muster aus stürmischem Grau zeigten, wie ein Wirbelwind kurz vor einem Gewitter.

Ich starrte wohl etwas zu offensichtlich, denn nun räusperte sich die verbotene Frucht mir gegenüber.

»Guten Tag, Frau *Winchester.* Ach nein, warten Sie, ich glaube, es war Miss *McGyver,* richtig?«, begrüßte der Geistliche mich gut gelaunt und mit einem amüsierten Lächeln auf den sinnlichen Lippen. Lippen, die mich kurz aus dem Takt brachten.

»Ähm… guten Tag, Herr Pfarrer. Schöner Tag für einen Spaziergang, nicht wahr?«, antwortete ich wenig geistreich, weil ich mich immer noch davon abbringen musste, wie ein hormongesteuerter Teenager zu starren oder vor Entzückung rot anzulaufen. *Mann, krieg dich wieder ein, Jess!*

Mit hochgezogener Augenbraue sah er in den wolkenverhangenen Himmel. Zwar blitzten seine Augen belustigt auf, er ging jedoch nicht auf meine Bemerkung ein. »Warum wundert es mich nicht, Sie hier anzutreffen?«

»Vorhersehung? *Sie* haben doch eine Funkverbindung zu dem Herrn dort oben. Und der weiß doch bekanntlich alles.«

Ich musste mir ein Grinsen verkneifen, vor allem, als ich bemerkte, wie einer seiner Mundwinkel ebenso nach oben zuckte. Doch er blieb standhaft, was ich ihm hoch anrechnete.

»Nett. Zuerst fragen Sie in der Bar nach, kommen dort einer jungen Frau zu Hilfe, indem Sie zwei Verdächtige zusammenschlagen, die doppelt so groß sind wie Sie. Dann geben Sie sich bei der Polizei für jemand anderen aus und nun spielen Sie hier eine Runde Seelsorgerin. Wollen Sie mir nicht endlich sagen, was Sie in unserer bescheidenen Stadt treiben? Wer sind Sie?«, fragte er und ließ dabei seinen tschechischen Akzent mitschwingen, der ganz eindeutig auch Schwingungen bei mir auslöste. Auf meinen fragenden Blick hin fuhr mein Gegenüber ungerührt fort: »Kleine Stadt. Ich weiß alles, was hier vorgeht.«

Kleine Stadt, von wegen. Das hier war keine Kleinstadt, sondern ein Dorf. Und die Leute hier plauderten nicht nur gerne, sondern waren richtige Klatschweiber. Außer natürlich bei Fremden, und wenn es um diesen Fall ging, dann schwiegen sie sich lieber aus.

»Im Übrigen ist Petr ein Freund von mir. Mein bester, um genau zu sein.«

Ein Pfarrer und Polizeichef …, das klang wie der Anfang eines schlechten Witzes. Obwohl, beide Männer hatten durchaus ihren Reiz, beide zusammen wären aber sogar mir eine Nummer zu groß.

Da ich gerade keine Zeit hatte, meinen unerfüllbaren Fantasien zu frönen oder mich zu ärgern, weil die beiden Männer über mich geplaudert hatten, antwortete ich süßlich und mit aufgesetztem Südstaatenakzent. »Ach, verraten Sie mir dann, warum Sie heute in der Polizeistation bei Ihrem *besten* Freund waren? Haben Sie Anzeige erstattet? Nur weil ich Ihnen eine kleine Pause vergönnen wollte? So ein Pfarrer-Job muss doch ziemlich anstrengend sein?«

Sicher, es konnte mir egal sein, wenn er eine Anzeige gemacht hatte, da ich mich herauswinden würde, wie immer. Aber diese Frage kitzelte mich trotzdem unter der Haut, da ich nicht gedacht hätte, dass er diesen Schritt wählen würde. Vielleicht konnte ich ihn dann besser einschätzen. Womit ich mich bisher ziemlich schwertat.

»Neugierig sind Sie also auch?«, war alles, was ich als Antwort bekam und ich spürte Enttäuschung hochkommen.

»Was bin ich denn noch?«

»Tja, das muss Ihre *Neugierde* nun wohl aushalten, bis Sie meine Fragen beantwortet haben.«

Genau, das würde in hundert Jahren nicht passieren. Trotz immer größeren Fragezeichen, die sich fest in meinen Körper gekrallt hatten, versuchte ich cool zu bleiben und zuckte gleichgültig mit den Schultern. Verdammt, normalerweise *war* ich cool und es interessierte mich nicht, was andere dachten. Außer eben meine

Familie oder meine Freunde – aber von denen hatte ich ja nicht so viele. Dank meines Jobs. Und dieser Job war ein Geheimnis, wofür es wiederum einen guten Grund gab. Das konnte man wohl als Pattsituation bezeichnen. *Mist!*

»Dann eben nicht. Glauben Sie mir, das wollen Sie gar nicht wissen. Noch einen schönen Tag, Herr Pfarrer.«

Hocherhobenen Hauptes drehte ich mich fort, um die Tür des Gleiters zu öffnen. Plötzlich spürte ich seine warme Hand an meinem Ellbogen, obwohl ich einen dicken Blazer über der Bluse trug, und ein kurzer Schauer überkam mich. Ich wollte mich so sehr einfach nur zur Seite lehnen, seinen Duft noch tiefer einatmen und mich fallen lassen. Aber das ging nicht, das war keine eine Option – niemals.

Bestimmt trat ich ein Stück zurück, wodurch seine Hand von meinem Arm abrutschte. Das schien er jedoch gar nicht zu merken und sprach eindringlicher auf mich ein: »Bitte, nennen Sie mich Matej. Das machen die anderen in der Stadt auch. Sie können sich mir anvertrauen. Was es auch ist, ich werde Ihnen helfen. Sie müssen das nicht allein durchziehen, was auch immer Sie in der Sache der Entführungen vorhaben. Vertrauen Sie mir.«

Er sah nicht nur gut aus, er war richtig süß. Hinzu kam, dass er wirklich gut roch, nach herber Männlichkeit mit einem Hauch Unschuld. Aber das alles zählte nicht. Das einzig Wichtige war, das Monster zu finden, die Kinder zu retten und dabei keine Zivilisten mit hineinzuziehen. Nie und nimmer. An dieser Regel hielt ich seit Jahren fest. Rein, raus und wieder abhauen, ohne zurückzublicken. Dieser Mann hier war doch etwas stur und ich hatte eine Ahnung, dass es mir in diesem Fall schwerer als sonst fallen würde. Das hieß aber noch lange nicht, dem anderen ebenfalls positiv im Gedächtnis bleiben zu müssen.

Geschmeidig trat ich einen großen Schritt vor, stach mit dem Finger auf seine Brust ein und zischte. »Lassen Sie es gut sein, *Herr Pfarrer.* Mischen Sie sich nicht in meine Angelegenheiten, Sie würden es nur bereuen. Warum sollte ich Ihnen vertrauen, wenn Sie mich anzeigen? Was sonst haben Sie in der Polizeistation gemacht? Das ist der einzige Grund, also reden Sie hier nicht von Vertrauen.«

Überrumpelt und mit geweiteten Augen sah er mich an, da ich absichtlich in seine Komfortzone getreten war. Was einem Pfarrer wohl nicht so oft passierte. Aber nein, das war keine Überraschung in seinem Blick, wie ich jetzt feststellte, als ich ihm so nah war. Seine ansonsten schon grauen Augen wurden noch dunkler, als ziehe ein hitziger Sturm in ihnen auf. Außerdem konnte ich so nahe zum ersten Mal feststellen, dass winzige grüne Flecken in ihnen funkelten – wie wertvolle Smaragde.

Statt mich wegzudrücken oder zurückzutreten, griff er nach meinem Oberarm und zog mich noch näher zu sich heran. Wieder hüllte mich sein würziger Geruch ein und mein Blick glitt über sein Gesicht, seine Lippen, hinunter zu seinem Hals. Sein ganzer Körper war angespannt, die Muskeln traten hervor und sein Kiefer zuckte. Er schluckte – schwer.

Noch nie war mir aufgefallen, wie sexy so ein Hals oder ein Kiefer sein konnte. Oder diese vollen Lippen, die sich gerade teilten, als er Luft ausstieß. Sein Atem streifte meine Wange und ging nun mindestens genauso schnell wie meiner.

Verdammt – *so* war das nicht geplant gewesen.

Obwohl diese ganze Situation alles andere als unschuldig war, klang seine Stimme mit dem tschechischen Akzent ganz freundlich. Als würden wir uns bloß über das Wetter unterhalten. »Es war nicht meine Schuld. Sie hätten mich in der Kirche besser verstecken sollen, als Sie mich *schlafen* gelegt haben. Eine ältere Frau hat mich am Boden liegend vorgefunden und Sie wissen nicht, wie die sein können.«

Oh doch, das wusste ich. Kurz bekam ich ein schlechtes Gewissen, weil sich bei dem Gedanken, wie die alte Frau ihn gefunden hatte, ein kleines Lächeln bilden wollte. Wahrscheinlich war sie außer sich vor Sorge oder zutiefst schockiert gewesen, was bei älteren Damen gerne mal zu einem übereifrigen Redefluss führte. Stattdessen biss ich mir auf die Lippen, was zur Folge hatte, dass Matejs Blick dorthin schoss. Wieder blieb seine Stimme ungerührt, obwohl mir trotz des Windes bereits überall ziemlich – *heiß* war.

»Deswegen musste ich bei der Polizei antanzen. Glauben Sie mir, auch ich habe Besseres zu tun. Wie Sie. Also … kommen wir wieder zu Ihnen zurück und warum Sie hier sind.«

Nun zog er mich so nahe heran, dass sich unsere Oberkörper beinahe berührten, insbesondere da wir beide schnell ein- und ausatmeten. Matej beugte sich hinunter zu meinem Ohr, weil er mindestens einen Kopf größer war als ich. Dabei flüsterte er zwar nur, dennoch ging mir seine Stimme durch und durch. Das konnte aber auch daran liegen, weil er mir so nah war und ich glaubte, für einen Moment seine Lippen an meinem Ohr gespürt zu haben. Lächerlich – warum sollte er das tun? Er war ein Verkünder Gottes und kein Jägerinnen-Huldiger. Ich musste meine schmutzigen Fantasien langsam in den Griff bekommen. Und zwar sofort, jetzt, auf der Stelle.

Mein Wille war stark – aber, oh Mann, mein Fleisch war ein einziger fieser, schwacher Verräter und verharrte in der Position. Viel zu nahe und in der Wolke des Heiligen.

Hm, vielleicht sollte ich doch der Kirche beitreten?, ging es mir kurz durch den Kopf. Dann bewegten sich Matejs Lippen und sie waren für die eines unschuldigen Pfarrers eindeutig zu nahe an meiner Haut.

»Ich weiß, dass Sie nach etwas *Speziellem* suchen, etwas Besonderem. Sagen Sie mir, nach was Sie Ausschau halten. Lassen Sie mich helfen.«

Kurz, ganz kurz, hatten mich sein Geruch und sein bescheuerter tschechischer Akzent eingelullt. Von wegen, die Franzosen ließen die Frauenherzen schneller schlagen – die hatten noch nie diese Mischung gehört. Aber das war egal. Was wirklich zählte, war der Job, den ich zu erledigen hatte, und zwar ganz allein. *Basta!*

Wendig wie eine Katze wirbelte ich herum, schnappte mir dabei sein Handgelenk und drehte mich so um ihn herum, dass er plötzlich mit dem Rücken vor mir auf die Knie gegangen war und ich hinter ihm stand. Schneller als er ausatmen konnte, drückte ich ihm Sid, mein Hüftmesser, das ich unter den Klamotten versteckt hatte, an die Kehle. Geübt wie immer ließ ich ein wenig Magie in den Dolch fließen und befahl Sid in Gedanken, seine Klinge zu erhitzen. Ich wollte den Pfarrer nicht verletzen, er sollte nur endlich etwas Verstand in seinen Schädel bekommen und Abstand von mir halten. Am besten einige Kilometer, wenn ihm sein Leben lieb war.

Als ich die Magie in Sid leitete und »*Klinge kurz erhitzen*« in Gedanken aussprach, sprudelte Sids Geplapper auf mich ein. »*Oh oh oh, jetzt attackieren wir schon Geistliche am helllichten Tag? Ich weiß nicht, ob das eine gute Idee ist, Jess. Vielleicht sollten wir uns dafür eine dunkle Gasse suchen? Oder vielleicht gar keinen Geistlichen angreifen, wie wäre es damit? Obwohl, die Zeiten werden auch immer schlimmer … so als Mädchen allein auf der Straße, da muss man sich auch vor den vermeintlich Unschuldigen verteidigen und …«*

Die Litanei ging in einer Tour weiter und ein dumpfes Pochen machte sich in meinen Schläfen bemerkbar, obwohl ich Sids Geschwafel so gut es ging ausblendete. So wie mein Katana Olaf ein klein wenig eingebildet war, die Unterarmklingen Bo und Bo eher zynisch durch das Waffenleben gingen oder die Armbrust Brunhilde zur ängstlichen Gattung gehörte, war Sid eine Quasseltante der schlimmsten Sorte. Ich liebte alle meine Waffen wie Babys, aber Sid konnte manchmal wirklich nerven.

»Ruhe«, ermahnte ich ihn, da die Kopfschmerzen immer heftiger wurden. Woraufhin sich Matej bewegte, den ich ja noch immer in der Geiselhaltung hatte.

»Bitte, was? Ich habe nichts gesagt. Aber Sie wissen, dass ich Ihnen helfen kann«, erwiderte er und ich konnte die Anspannung in seiner ganzen Haltung spüren.

Schnell entzog ich Sid die Energie und er wurde wieder zu einem normalen Messer. Dann beugte ich mich zu Matej hinab und warnte ihn so bissig, wie ich konnte: »Sie wissen gar nichts! Gehen Sie mir in Zukunft aus dem Weg. Nähern Sie sich mir nicht mehr und mischen Sie sich nicht ein. Das hier war nur eine Warnung, aber ich meine es ernst. Das nächste Mal bin ich nicht so nett zu Ihnen, dann fließt Blut. Vergessen Sie, dass es mich gibt, und alles, was Sie sich da für verrücktes Zeug zusammengereimt haben.«

Rasch ließ ich ihn los, sprang hoch und war im AutoGleiter verschwunden, bevor er einen Ton herausbringen konnte. Ich trat aufs Gas und gleich darauf war Matej aus dem Sichtfeld meines Rückspiegels verschwunden. So wie es sein sollte.

Warum verspüre ich dann diese verdammte Wehmut in meiner Brust? Nur weil er ein anständiger Kerl war? Mehr als anständig – Matej Zednik war für meine Begriffe fast ein Heiliger. Na gut, zumindest ein Geweihter. Auf anständige Typen traf ich nicht sehr oft und zu jemandem hingezogen fühlte ich mich noch viel seltener, weil mein ganzes Handeln, mein Leben, von der Jagd bestimmt wurde.

Nicht wegen der Liebe zum Beruf, wegen des Solds oder des Ruhmes, innerhalb der Gilde aufzusteigen, sondern aus einem ganz anderen Grund – Rache. Diese Rache glühte, seit ich sechs Jahre alt war, siedend heiß in mir und mit jedem getöteten Ungeheuer wurde sie nicht weniger, sondern brannte noch heller.

Vor all den Jahren, als ich noch ein unschuldiges Kind gewesen war – so unschuldig man denn sein konnte, wenn man in einer Familie von Gildenjägern aufwuchs –, hatten diese Monster mein Leben zerstört. Meine Eltern hatten diese epische Liebe füreinander empfunden, die ich sonst nur aus alten Schmachtfilmen kannte, die meine Mutter so gern gesehen hatte. Ständig hatten sie miteinander geturtelt, sich zufällig berührt und miteinander gescherzt. Alles war so einfach und richtig gewesen, bis zu jener Nacht. Aber wie schon gesagt, auch die schönste Liebe war nicht von Dauer und führte nicht zum ewigen Glück. Viel eher zum größten Schmerz und tiefsten Verrat.

Beklommen blieb ich mit dem AutoGleiter am Rand der Straße stehen und drückte so fest ich konnte die Fäuste auf meine zusammengepressten Lider. Doch das stoppte die Bilder nicht, die vor meinem inneren Auge wie ein Film abliefen. So oft hatte ich sie schon gesehen und noch immer fraßen sie sich unbarmherzig in mein Fleisch. Und plötzlich war es, als wäre ich wieder dort, in dieser Nacht vor achtzehn Jahren …

Ich lag in meinem Bett, hatte meinen lila Teddy namens Heidi mit pinken Herzen auf dem Bauch unter meinen Arm geklemmt und versuchte einzuschlafen. Meine blonde Mum stammte ursprünglich aus Deutschland, daher hatte mein Teddy einen passenden Namen abbekommen, so etwas war immerhin wichtig. Genauso wie unser Kater Bruno, der seinem Namen mit Größe und Fettleibigkeit alle Ehre machte.

Während sich dieser schnurrend an meinem Bettende zusammenrollte und meine Gedanken immer träger wurden, lächelte ich, weil ich Dad in der Küche leise singen hören konnte, da die Tür einen kleinen Spaltbreit offen stand. Meine Mum lachte. Wahrscheinlich, weil sie fand, er würde schief singen, womit sie ihn ständig aufzog. Für mich hatte mein Dad die schönste Stimme überhaupt. Er war sowieso in allem am besten, egal bei welcher Sache.

Meine Augenlider wurden immer schwerer und ich befand mich mitten in diesem Dämmerzustand zwischen Wachsein und Schlaf, in dem man nicht mehr sicher ist, was Realität und was Traum ist. In diesem Moment zerriss ein Schrei die Luft und ein Teller ging klirrend zu Boden, zersprang in tausend Einzelteile – genau wie mein Leben.

Noch bevor mein Kopf verstand, was passierte, rieb ich mir meine Augen und drückte meinen Teddy fester an mich. Aus der Küche drangen weitere polternde Geräusche zu mir und rissen mich endgültig aus der Trägheit des Schlafes. Ein Fluch meines Dads ertönte, der mir sofort rote Ohren bescherte, dann folgten dumpfe Laute, Holz zerbarst – der Küchentisch? Und dann war ein zweiter, heller Schrei mit darauffolgenden schnellen Befehlen zu hören – meine Mutter.

Rumpelnde Schritte kamen näher, meine Zimmertür wurde mit einem Ruck ganz aufgestoßen und mein Dad stand mit einem gehetzten Ausdruck im braun gebrannten Gesicht vor mir. Hinter seiner Schulter erkannte ich den Lauf einer Flinte emporragen, auf der anderen Schulter trug er einen Seesack, der wahrscheinlich ebenfalls mit Waffen und allen möglichen nützlichen Dingen zum Überleben gefüllt war.

Obwohl ich ihn schon oft in dieser Montur gesehen hatte und eigentlich abgebrüht und erwachsen wirken wollte, japste ich bei seinem Anblick wie ein kleines Kind. Jedoch schaffte ich es, die Tränen zurückzuhalten, die meine Kehle zudrückten, da ich wusste, hier ging etwas entscheidend schief und ich musste stark bleiben. Nur hatte ich zu diesem Zeitpunkt noch keine Ahnung, wie schief.

Er hob mich hoch, legte seinen starken Arm um mich und ich klammerte mich wie ein kleines Äffchen ängstlich an ihn, Heidi zwischen mich und seinen Oberkörper gequetscht. So standen wir kurz da, wild atmend, und ich zitternd wie ein Häufchen Elend, bis erneut Kampfgeräusche zu vernehmen waren. Ich spürte die Anspannung meines Dads, er bebte unter meinen kleinen Fingern beinahe genauso sehr wie ich – nur aus einem anderen Grund.

Er wirkte, als würde sein Körper in eine andere Richtung laufen wollen als sein Herz. Und ich konnte ihn verstehen. Denn plötzlich hörte ich meine Mum in den Flur springen und nachdem ich mich reckte, sah ich durch die offene Tür, dass sie um die Ecke hinter dem zerbrochenen Tisch Deckung genommen hatte. Ich schrie auf und streckte meine kurzen Arme nach ihr aus, doch der Griff meines Dads war so fest, dass ich keinen Millimeter näher kam. Ihr Kopf wirbelte bei meinem Ruf herum und in ihrem Blick war kurz Traurigkeit, dann tiefste Entschlossenheit zu lesen. »Verschwindet, schnell!«

Mein Dad stockte noch immer und ich liebte ihn dafür. Er wollte genauso wenig von Mum weg wie ich. Heiser rief er zurück: »Beate … ich weiß nicht … ich …«

Nun trat ein Funkeln in Mums blaue Augen, das sonst nur auftrat, wenn ich Blödsinn angestellt hatte und dafür Ärger bekommen würde – richtig mächtigen Ärger. Doch ihr Blick hielt nicht mich gefangen, sondern Dad. »Du bist schneller als ich, los jetzt! Raúl, verschwinde mit ihr! Du weißt, was wir besprochen haben, es gibt kein Zurück. Ich liebe dich. Euch beide. Jetzt geht!«

Dieser Befehl riss meinen Dad aus seiner unentschlossenen Schockstarre und ich konnte ihn neben mir nicken spüren, während er mit tiefer Stimme antwortete: »Ich liebe dich mehr.«

»Ich liebe euch unendlich«, gab sie heiser zurück, bevor sie sich wieder umdrehte, fort von uns.

Was mir schlagartig die Tränen in die Augen trieb und meiner Kehle einen gequälten Schrei entlockte. Doch das half alles nichts. Mein Dad schlug die Kinderzimmertür zu und schob ein Regal davor. Schneller als ich begreifen konnte, was er tat, hob er den rosa Teppich hoch, der, seit ich denken konnte, meinen Zimmerboden schmückte. Mit geübten Handgriffen hatte er eine Falltür im Boden, die ich zum ersten Mal sah, geöffnet und sich gleichzeitig eine Stirnlampe aufgesetzt.

Noch während ich komplett versteinert und tonlos das Ganze beobachtete und mir wenig erfolgreich einzureden versuchte, das hier wäre nur ein Spiel, war mein Dad mit mir die Treppe im Versteck unter meinem Zimmer hinabgestiegen und hatte die Falltür wieder geschlossen, darauf bedacht, den Teppich richtig darüberzulegen. Im letzten Moment, bevor die Falltür zugefallen war und sich alles für immer verändert hatte, war mein Blick unter mein Bett gefallen, unter dem unser Kater Bruno gekauert hatte – so ängstlich und verschreckt, wie ich mich fühlte.

Wäre ich nicht bereits ein solches Nervenbündel gewesen – traurig, verletzt, wütend, verwirrt und ängstlich –, hätte dies der enge Tunnel übernommen. Nur dieses Gefühlschaos in mir drängte meine leichte Klaustrophobie zurück. Zuerst bekam ich keinen Ton raus, doch sobald Dad ein dickes Vorhängeschloss an der Unterseite der Tür anbrachte und mich ganz real der Staub, der auf uns hinabrieselte, zum Husten brachte, kamen die Tränen mit einem Wimmern wieder. Das war bestimmt keine Übung oder ein Spiel, das war bitterer Ernst.

Wir flohen vor Monstern, die uns in unseren eigenen vier Wänden angriffen. Etwas, vor dem meine Eltern eigentlich andere beschützten, und jetzt passierte das ausgerechnet uns.

Warum kommt keiner, der uns rettet? Warum werden wir ganz allein gelassen?

Über uns konnte ich es krachen hören und mein Herz geriet ins Stocken. Meine Mum war noch da oben, sie war allein mit Bestien, die sie zerfleischen wollten, und wir hatten sie zurückgelassen. Dicke Tränen liefen mir über die Wangen, als mein Dad durch den staubigen Tunnel unter meinem Zimmer davonhastete. Es war dunkel, nur das hüpfende Licht seiner Stirnlampe ließ etwas erkennen. Ausgetretenen Lehmboden, morsche Holzstützen alle paar Meter, wie in einem uralten Bergwerk oder in einem Loch im Boden, in dem man zum Sterben zurückgelassen wurde. Ein Gedanke, der mich erschaudern ließ.

Endlich hatte ich mich aus meinem Schock befreit und begann zu schreien und zu brüllen, er müsse umkehren. Jetzt. Sofort. Dabei schlug ich mit meinen kleinen Fäusten auf seinen Oberkörper ein, riss an seinen dunklen Locken, kratzte und schimpfte, wie ich es noch nie in meinem Leben getan hatte und wofür ich ansonsten sicherlich eine schallende Ohrfeige bekommen hätte. Ich war wie von Sinnen. All das war umsonst. Er nahm mein Toben mit eiserner Miene einfach hin. Schließlich drückte er mich fester an sich, wodurch ich mich nicht mehr rühren konnte, und er legte eine Hand auf meinen Mund, wodurch meine Schreie erstickt wurden. Nur meine Tränen blieben und rannen in einem stetigen Strom.

Irgendwann erreichten wir eine dicke Eisentür, die Dad aufsperrte und hinter uns wieder verriegelte, nur um in einen weiteren Tunnel zu gelangen. Nach und nach passierten wir vier ähnliche Türen. Jedes Mal, nachdem mein Dad eine weitere abgeschlossen hatte, drückte er auf einen Knopf an einem Gerät, das er an seinem Gürtel trug, woraufhin ein lautes Knallen zu hören war und Staub von der Decke auf uns prasselte. Fast so, als würde etwas explodieren.

Schließlich öffnete und schloss Dad die letzte Eisentür, die uns irgendwo tief im Wald entließ. Wir mussten weit gegangen sein, da es beinahe stockdunkel und das Licht unseres Hauses fast nicht mehr zu erkennen war.

Die Hand noch immer fest auf meinen Mund gepresst, liefen wir in die düstere Nacht davon. Er rannte so schnell, dass ich die kühle Luft auf meinen feuchten Wangen spüren konnte und die Geräusche in unserem Rücken immer mehr verstummten. Obwohl ich es nicht mehr hören konnte, wusste ich genau, was in unserem Haus passierte. Ein letztes Mal drückte er auf diesen dunkelroten Knopf, den ich in der kurzen Zeit zu hassen gelernt hatte, und ein noch lauteres Krachen ließ den Boden erzittern und Licht in der Ferne explodieren. Nur dass die Lichtquelle kein Feuerwerk war, sondern unser Haus.

Auf einen Schlag war ich kein Kind mehr. Ich ließ das Schreien, das Ankämpfen sein und sackte völlig verloren in seinen Armen zusammen. Wo war die epische Liebe der beiden hin? Wie hatte er das tun können – sie sterben lassen, während er davonlief? Wenn Liebe so aussah, konnte sie mir für immer gestohlen bleiben.

Gab es einen noch größeren Verrat als diese Tat? Ich fand keine Antworten darauf, aber eines wusste ich in diesem Moment mit absoluter Sicherheit: Die Liebe konnte mir gestohlen bleiben und das hier würde ich meinem Dad *nie* verzeihen …

Ruckartig wurde ich in die Gegenwart, das Jahr 2056, zurücktransportiert, hob den Kopf und wischte hastig die Tränen aus meinen Augen, die sich so bösartig auf meinen Wangen verteilt hatten. Ich saß wieder im AutoGleiter im Hier und Jetzt in Tschechien und schüttelte die Erinnerung ab, die an mir haften bleiben wollte wie schmieriges Öl. Fragend sah ich mich um, auf der Suche nach dem, was mich aus den allzu realistischen Bildern geholt hatte. Und bemerkte, dass dicke

Regentropfen auf die Fensterscheibe prasselten. *Wie nett.* Passend zu meiner grandiosen Stimmung.

Langsam ließ ich die Luft aus meinen aufgeblasenen Wangen entgleiten und versuchte, den dröhnenden Herzschlag zu beruhigen. Dann schaltete ich das Fahrzeug ein und begab mich auf den Weg in Richtung Motel. Eigentlich hatte ich vorgehabt, heute die restlichen Familien abzuklappern, doch ich hatte keine Energie mehr dafür. Damit verlor ich zwar einen halben Tag, aber ich bezweifelte, in meinem gegenwärtigen Zustand viele Informationen zu erhalten, geschweige denn in der Lage zu sein, mir diese zu merken. Dennoch war ich verwirrt, warum die Erinnerung so heftig auf mich eingeschlagen hatte.

Ich aktivierte meinen HandChip. »Sprachsteuerung: Datumsansage.«

Eine monotone Computerstimme antwortete mir: »Heute ist der 22. Oktober 2056.«

Wie ein nasser Sack fiel ich auf dem Sitz in mich zusammen und schaltete mit einem Knopf auf automatische Steuerung um, während ich dem Gefährt laut die anzufahrende Adresse nannte.

In wenigen Tagen war der Todestag meiner Mutter. Trauer und Schuldgefühle – tonnenschwer fielen sie auf mich herab. Wenn ich es zeitlich einrichten konnte, war ich an diesem Tag normalerweise bei meinem Dad, obwohl es ihm dann meist schlechter ging als sonst. Dieses Jahr befand ich mich auf der anderen Seite der Welt und würde vielleicht nicht mehr pünktlich zu ihm kommen, außer ich setzte mich bald in einen Flieger oder GleitZug. Aber ich hatte eine Mission zu erledigen und ich bezweifelte, diese so rasch lösen zu können.

Hatte ich mich deshalb unterbewusst so kurzfristig für diesen Auftrag entschieden? Wollte ich einfach nur weg und diesem jährlichen Kummer und der Trauer davonlaufen? Fahrig wischte ich mir einige Mal über das nun trockene Gesicht und wusste, ich sollte ihn bald anrufen.

Aber in diesem Moment konnte ich es einfach nicht. Und ehrlich? Vielleicht würde er sich nicht einmal daran erinnern. So wie auch sonst in seinem Kopf immer alles schwammiger wurde und sein Zustand tagesabhängig war.

Also änderte ich die angegebene Route, übernahm wieder die Steuerung und fuhr ganz egoistisch zum nächsten Burgerladen. Dort kaufte ich mir gefühlt eine halbe Kuh in Laibchenform und verbarrikadierte mich damit für den restlichen Tag in meinem Motelzimmer. Nicht zu vergessen die Minibar, die ich ebenfalls während der nächsten Stunden plünderte.

7.

Teddybären sind die beste Gesprächsbasis

Der nächste Morgen war … mittelprächtig. Mir brummte dermaßen der Schädel, dass ich am liebsten eine ganze Packung Paracetamol eingeworfen hätte. Was aber nicht nur am Alkoholkonsum von voriger Nacht lag, sondern daran, morgens schon früh aus dem Bett gekrochen zu sein.

Wegen des schlechten Gewissens, da der ganze gestrige Nachmittag vergeudet gewesen war, hatte ich bereits bei Sonnenaufgang begonnen, alle Fakten auf dem Tisch zu drapieren, eine Karte mit den Entführungsorten an die Wand zu tackern und meine Schlüsse und Ideen aufzuschreiben. Nachdem ich alles, was ich definitiv wusste, mit einem Marker auf ein Stück altes Papier geschrieben hatte, das vom Motel als Block ausgegeben wurde, nahm ich einen Stift zur Hand und kritzelte daneben meine möglichen Kandidaten auf.

Werwolf – am wahrscheinlichsten. ~~Rudel, das in einem Rhythmus im weiten Gebiet jagt?~~ Nein – eher Einzelgänger.

Vampir – möglich, passt nicht ganz. Arbeiten unauffälliger, mit mehr Intelligenz.

Böse Fae – möglich. Fleischfressende Art, welche? Wurden keine Spuren gefunden, die darauf hindeuten würden.

Bereits ausgeschlossen: Geister, Wiedergänger, Dämonen, Trolle

Unzufrieden stieß ich den angehaltenen Atem aus und rieb mir über die Stirn, während ich meine krakelige Handschrift las. Mehr fiel mir mit den derzeitigen Informationen nicht ein, daher musste ich dort weitermachen, wo ich gestern aufgehört hatte. Bei den Familien.

Bevor ich das Zimmer verließ, aktivierte ich den Schutzzauber mit den Amethyst-Steinen, die ich in jeder Ecke des Zimmers versteckt hatte. Kurz flackerte der magische Schutzkreis blau-violett auf, dann war alles wieder wie zuvor. Zufrieden verließ ich den Raum und machte mich auf den Weg, um Antworten zu finden.

Einige Stunden und vier Familien später wusste ich immer noch nicht mehr und wurde langsam ungeduldig. Niemand wollte mir etwas Greifbares erzählen, nicht einmal den kleinsten Krümel hinschmeißen. Genauso wie die fünfte Familie, die mir gerade eben mit den Worten »Verschwinden Sie. Wir haben bereits von Ihnen gehört und werden sicher nicht mit Ihnen über unsere Tochter reden«, die Tür vor der Nase zugeschlagen hatte.

Famos, über mich wurde bereits getratscht und das anscheinend nur in den besten Tönen. Dieser Tag wird ja immer besser.

Brummig stapfte ich über den Rasen zurück zum Gleiter, blieb aber abrupt stehen, als ich im Augenwinkel ein kleines Mädchen bemerkte. Sie saß auf einer Schaukel, starrte zu Boden, wo im Gras vor ihr ein kleiner rosa Teddy lag. Dieser erinnerte mich an Heidi und ich schluckte schwer. Über die Schulter blickte ich zurück zum Haus, konnte jedoch niemanden erkennen, der mich beobachtete. Daher schlich ich über den Rasen zu dem Mädchen, das sich noch immer keinen Zentimeter bewegt hatte. Untypisch für so ein kleines Ding.

Sie wirkte sogar beinahe traumatisiert und eigentlich sollte ich mich darüber freuen, da es nur eines bedeuten konnte – das Kind musste etwas gesehen oder gehört haben. Ich empfand nur Mitleid. Dennoch musste ich das hier durchziehen und durfte nicht weich werden. Immerhin war ich Gildenjägerin, daher war ich hart im Nehmen. *Ich pack das!*

Einmal tief durchatmend ging ich auf sie zu und hockte mich vor sie hin, um den Teddybären aufzuheben, der vom nassen Gras bereits feucht geworden war. Dann blickte ich hoch, doch sie beachtete mich gar nicht.

»Weißt du, ich hatte auch mal so einen Teddy, aber der war lila und hieß Heidi. Hat dein Teddy auch einen Namen?«, versuchte ich es vorsichtig auf Englisch.

Sie blickte auf, zuerst erschrocken, aber als ich ihr den Teddy entgegenhielt und sie ihn annahm, entspannte sie sich. Ihre hellbraunen Haare waren zu einem Zopf geflochten, der seitlich über eine Schulter baumelte, und die Augen blickten mich traurig an. Mit einem Kummer, den nur Leute nachempfinden konnten, die selbst bereits jemanden verloren hatten. Ich schätzte das Mädchen auf ungefähr fünf oder sechs Jahre.

»Mein Teddy ist kein Mädchen«, gab sie ebenso im schönsten Englisch zurück und als ich lächelnd: »Oh, Entschuldigung, Mister Bär« antwortete, kicherte sie kurz und fuhr fort: »Er heißt DiDi. Ich weiß, das ist kein richtig cooler Name, aber mir fällt schon noch ein toller Name ein …« Ihre Stimme wurde immer dünner, während sie erneut den Kopf hängen ließ.

Behutsam setzte ich mich auf die Schaukel neben ihr und wippte mit den Schuhsohlen auf dem Rasen langsam vor und zurück. »Ich finde DiDi ziemlich cool. Ich habe auch zwei … ähm, Spielsachen, und die heißen Bo und Bo – kurz BoBo. Warum also solltest du dir einen anderen Namen überlegen, wenn dir dieser gefällt? Der erste Einfall ist meist der beste.« Zu erwähnen, dass es sich bei den zwei Schätzchen Bo-Bo um meine Unterarmklingen zum Festschnallen handelte, fand ich nicht wirklich nötig.

»Meine Schwester hat das behauptet. Ich habe sie angeschrien und mit ihr gestritten … ganz laut … und ich war richtig gemein«, erzählte das Mädchen leise und als es wieder zu mir hochblickte, sah ich das Grauen und das Entsetzen in den großen Kinderaugen. »Ich wollte das nicht. Ich wollte nicht, dass sie verschwindet. Dieses Ding hat sie einfach geholt.«

Erneut hatte das Kind zum Ende hin die Stimme zu einem Flüstern gesenkt, und obwohl ich schon viel gesehen hatte, überzog eine Gänsehaut meine Arme. Das Mädchen war so klein und sah derart zerbrechlich aus. Es war einfach nicht richtig, so etwas erleben zu müssen, egal, in welchem Alter.

»Welches Ding? Hast du es gesehen? Hast du es deinen Eltern erzählt?«

Schnell schüttelte sie den Kopf. »Ja, hab ich, aber sie haben mir nicht geglaubt. Ich habe nicht gelogen, ich schwör es.«

Mit den Fingerspitzen strich ich leicht über die hellbraunen Haare und blickte sie ernst an. Es zwar noch ein Kind, doch das hier verstand es bereits, und ich brauchte diese Informationen. Dringend.

»Ich werde dir glauben. Ich habe selbst schon ein paar unglaubliche Sachen gesehen, weißt du. Das ist nichts Neues für mich. Erzählst du mir bitte alles, was du gesehen oder gehört hast, egal, wie unerklärlich es klingt? Vielleicht kann ich dann helfen.«

Das war das Beste, das ich ihr versprechen konnte, da ich nicht wusste, ob ihre Schwester überhaupt noch am Leben war. Wenn sie es war, würde ich sie zurückholen und diesem Vieh ganz viele Schmerzen bereiten, bevor ich es von dieser Welt fegte. Kurz lächelte ich bei dem Gedanken, senkte das Gesicht, damit sie es nicht sehen konnte. Das Grinsen konnte vielleicht etwas verrückt wirken und ich wollte sie nicht verschrecken oder vollkommen traumatisieren.

Aus dem Augenwinkel sah ich, dass sie DiDi so fest an ihre schmächtige Brust drückte, als würde ihr der Teddybär die Kraft geben, das Unvorstellbare in Worte zu fassen.

»Ich habe es nicht gesehen, sondern gehört. Ich bin aufgewacht und in die Küche gegangen, um mir was zu trinken zu holen. Als ich zurückging, hab ich … ein Knurren gehört. Und Dunja hat geweint, aber nicht richtig. So als würde sie in ein Kopfkissen weinen. Ihre Tür war ein klein wenig offen und als ich reingeguckt habe … habe ich eine Kralle gesehen. Es … es hatte sich von draußen mit der Kralle an das Fensterbrett gekrallt und dann war es auf einmal verschwunden. Wie Dunja … sie waren einfach weg …«

Sie senkte den Kopf und vergrub ihr Gesicht im Teddybär. »Dann bin ich in mein Zimmer gelaufen und nicht mehr rausgekommen, bis es hell war. Ich hatte solche Angst.«

Mein Körper handelte schneller, als mein Kopf es registrieren konnte. Schon kniete ich vor ihr nieder und wischte ihr eine Träne von der Wange. »Du musst jetzt keine Angst mehr haben. Das alles ist nicht deine Schuld. Es war wirklich mutig von dir. Danke, dass du es mir erzählt hast. Kannst du mir sagen, welches Fenster es war? Ich werde alles versuchen, um dieses Ding aufzuspüren und deiner Schwester zu helfen. Versprochen.«

Sie hob den kleinen Arm und zeigte auf das zweite Fenster an der rechten Seite des Hauses. »Das da drüben. Danke.«

»Kein Problem«, entgegnete ich und strich ihr noch einmal über die Haare. Dann ließ ich sie zurück und schlich erneut zum Haus, jedoch gebückt und von der anderen Seite aus. Ich wollte von den Eltern des Mädchens nicht noch einmal gesehen werden, da ich den Verdacht hegte, sie würden darüber nicht erfreut sein. Ganz im Gegenteil, ich konnte mir sogar bildhaft vorstellen, wie sie mir nachjagten – mit Gewehren oder Heugabeln, je nachdem, was sich hier schneller finden ließ.

Beim besagten Fenster angelangt, aktivierte ich die Fotofunktion meines HandChips. Dann hielt ich meine linke Hand nach vorne in Richtung der Holzfassade, die eindeutig zwei lange Kratzspuren aufwies. *Bingo!* Hatte mich mein Gefühl doch nicht getäuscht und es wartete ein wild gewordener Werwolf darauf, das Fell über die Ohren gezogen zu bekommen.

Nachdem ich das 3-D-Foto gemacht hatte, wählte ich die *Filmfunktion* aus und bewegte meine Hand über die Spuren, um jedes Detail aufzunehmen. Danach wechselte ich wieder auf Foto und schoss mehrere Bilder, um die Kratzspuren aus allen Winkeln abzulichten. Anschließend sprang ich geschmeidig zum Fenster hoch und hängte mich mit einem Arm an das Fensterbrett. Den anderen hielt ich wieder für ein Bild über die noch eindeutigeren Krallenspuren auf dem Fensterbrett gerichtet.

Training hin oder her, bei dieser Kletterübung zerrte die Schwerkraft an meinem Körper und die Muskeln meiner rechten Seite protestierten. Dennoch versuchte ich, nur ganz leise zu ächzen und das schmerzhafte Ziehen wegzuatmen. Mit einem Arm an einem Fensterbrett zu baumeln, war schwieriger als gedacht. Ich wollte es zwar nie einsehen, wenn mich die Jungs damit aufzogen, aber ich war wohl doch eher ein schneller Kämpfertyp, der vor allem mit Geschicklichkeit und eben Schnelligkeit gewann – eindeutig nicht mit Muskelkraft.

Mit einem dumpfen Plumps ließ ich mich hinunterfallen, wobei mein rechter Arm und die rechte Seite meines Rückens vor Anstrengung noch immer wie Feuer brannten. Am liebsten hätte ich meine Seite gerieben oder mich nur ganz kurz zusammengerollt, doch ich spürte den Blick des Mädchens auf mir. *Reiß dich zusammen, Jess!*

Was hätte ich für eine traurige Heldin abgegeben, wenn ich jetzt vor Schmerzen gewimmert und zusammengezuckt wäre? Also biss ich die Zähne fest zusammen, trabte mit hocherhobenem Haupt und einer zuversichtlichen Miene davon und winkte ihr zum Abschied. Ich wollte ihre Hoffnung in mich und in die Rettung ihrer Schwester nicht gleich nach fünf Minuten wieder zerstören. Denn manchmal war Hoffnung das Einzige, was uns noch aufrechterhielt.

Bevor ich zum Motel zurückfuhr, besorgte ich mir noch lang haltbare Nahrungsmittel in einem Geschäft, das gegenüber meiner vorübergehenden Schlafstätte lag. Da ich nun wusste, dass es sich sehr wahrscheinlich um einen Werwolf handelte, und da ich davon ausging, dass er sich nicht so leicht von mir schnappen lassen würde, stellte ich mich auf mehrere Tage der Suche ein. Was daran lag, dass dieses Naturschutzgebiet, bestehend aus weit gezogenen Hügeln, bewachsen mit Buchen und Fichten, riesig war.

Theoretisch hätte ich einfach eine grüne Nahrungs-Tablette einwerfen können, die meinen Körper mit allen wichtigen Nährstoffen, Vitaminen und Mineralstoffen versorgte. Im Prinzip konnte man mit diesen Tabletten wochenlang überleben, wenn es sein musste. Das Einzige, das man nach wie vor wirklich brauchte, war Flüssigkeit. Dennoch genehmigte ich mir im Shop getrocknetes Obst und Fleischstreifen, Nüsse und Müsliriegel. Denn ehrlich – ich aß einfach viel zu gerne, kaute lieber auf etwas Echtem herum, als diese Dinger einzuwerfen, obwohl ich im Freien hockte.

Kurz verzog ich den Mund bei dem Gedanken daran, tagelang durch den Wald zu marschieren, während Nebel und Tau meine ganzen Klamotten durchweichen würden, und mich von den spitzen Fichtennadeln piksen zu lassen. Etwas anderes blieb mir nicht übrig, wenngleich ich es sonst bevorzugte, schnelle Aufträge zu erledigen, die mich höchstens ein oder zwei Tage aufhielten. Ich liebte dieses berauschende Gefühl vor dem Kampf, das kurz das Adrenalin in die Höhe schießen ließ. Die Chance zu haben, dabei unschuldige Kinder zu retten, war ein willkommener Bonus.

Noch mit dem Gedanken bei der bevorstehenden Jagd, trat ich in das Motelzimmer und erstarrte augenblicklich. Der Raum sah zwar so aus, wie ich ihn verlassen hatte – altes Doppelbett mit dunkelblauer Tagesdecke an der Mitte der linken Wand, abgetretener, dunkler Parkettboden und eierschalenfarben gestrichene Wände mit beigen Vorhängen –, aber der Schutzzauber der Steine verriet mir sofort, dass in meiner Abwesenheit jemand hier gewesen war. Es konnte keine Putzfrau oder dergleichen gewesen sein, da ich diesen Service bei der Rezeption extra abbestellt hatte. Außerdem blinkte noch immer mein »Nicht Eintreten«-Vermerk in roten Buchstaben auf dem Holostreifen, der in der Mitte der Tür angebracht war.

Nicht dass ich sonderlich paranoid war – nur ein klein wenig –, aber ich musste meine Aufzeichnungen schützen. Generell wollte ich nicht irgendjemanden in meinen Sachen schnüffeln lassen. Da wusch ich lieber tonnenweise Wäsche selbst und schrubbte den Boden, bis mir alles wehtat. Eine Putzfrau in meinem eigenen Haus wäre daher ein Unding sondergleichen.

Doch genau das war hier anscheinend passiert, es war jemand in meine Privatsphäre eingedrungen. Diese Information lieferte mir unmissverständlich die Magie der Steine. Mit den Fingerspitzen berührte ich den kühlen violetten Stein in einer Ecke des Zimmers und fühlte genauer nach. Es war vor einer Dreiviertelstunde passiert und die Person war erst vor wenigen Minuten verschwunden, was bedeutete, dass sie sich ungefähr eine halbe Stunde hier herumgetrieben hatte.

Verdammt! Vermutlich hatte dieses Arschloch mich sogar noch fröhlich einkaufen oder über die Straße spazieren sehen und dadurch noch genügend Zeit gehabt, um zu verschwinden.

Verflucht! Am liebsten hätte ich meinen Einkauf gegen die Wand geschleudert, einfach nur, um die heiße Wut aus meinem Körper zu entladen. Das hätte mir jedoch nicht geholfen, denn ich brauchte das Zeug noch. Daher stellte ich die Tüten zitternd vor Zorn auf den Tisch neben der Tür und inspizierte das Zimmer genauer. Der Eindringling hatte keine ersichtlichen Spuren hinterlassen, jeder Schnipsel, jedes Blatt lag genau so da, wie ich es zurückgelassen hatte. Hätte ich keinen Schutzzauber aktiviert gehabt, wäre es mir vielleicht nicht einmal aufgefallen. *Mist!*

Möglicherweise war es ein anderer Gildenjäger gewesen. Wer sonst würde in mein Zimmer eindringen und meine Aufzeichnungen durchwühlen, ohne Spuren zu hinterlassen? Der Jäger musste jemand sein, der entweder komplett neu im Geschäft oder nicht wirklich im Umgang mit Magie versiert war und daher keinen Schutzzauber kannte. Oder es war einer von diesen brutalen Schlägern, die wie ich gerne in die Mission stampften, alles kurz und klein schlugen, um dann schnell mit der erbeuteten Trophäe zu verschwinden. Somit hielt er sich nicht lange mit Nachforschungen oder Vorsicht auf, sondern preschte einfach hinein.

Wenn so ein Jäger in meinen Sachen gestöbert hatte, war derjenige vermutlich bereits draußen im Wald und auf der Jagd – mit einem meilenweiten Vorsprung mir gegenüber. Falls er schneller sein sollte als ich, würde der Mistkerl den ganzen Sold einsacken und das wäre das Gleiche, als würde er mir das Geld für die bereits geleistete Arbeit direkt aus den Taschen ziehen. Das konnte ich nicht zulassen. *Nope, nicht mit mir!*

Schnell packte ich alle Sachen in meinen Seesack, auch die Nahrungsmittel, Tabletten und meine Waffen. Danach zog ich mir mehrere Schichten Klamotten über und stopfte den Rest zu den anderen Sachen.

Schlecht gelaunt und vor mich hin grummelnd griff ich die schwere Tasche, schwang sie auf meine Schultern und blickte noch einmal wehmütig auf das weiche, äußerst bequeme Bett. Da ich erst morgen vorgehabt hatte aufzubrechen, hatte mich dieser Arsch um eine letzte Nacht im warmen Bett und einen Kaffee am Morgen gebracht. Dafür würde ich ihm in die Eier treten und ihn bereuen lassen, dass er sich mit mir angelegt hatte. Schließlich schlüpfte ich aus dem Zimmer, schloss die Tür und stellte mich auf mehrere kalte Nächte auf dem harten, gefrorenen Boden ein.

Jipie-yeah! Ich liebe meinen Job – ja, genau.

Ich schnaubte kopfschüttelnd.

8.

Es reicht vollkommen, wenn man mich Göttin nennt

Passend zu meiner Stimmung und meiner Vorahnung ging die Sonne längst unter, als ich den Wald erreicht hatte und mir der würzige Duft von Fichten entgegenschlug. Zusätzlich hatte ein leichtes Nieseln eingesetzt und die Temperatur war gesunken. Wenn ich ausatmete, konnte ich beinahe eine weiße Wolke vor meinen Mund ausmachen, während ich mich zwischen den hohen Buchen und anderen Bäumen hindurchwand. Den Gleiter hatte ich in einer Einkerbung zwischen zwei Felsen geparkt und versucht, ihn somit vor neugierigen Augen zu verbergen. Da ich nicht wusste, wo sich das kleine Biest versteckte, hatte ich vor, einfach an der nächstgelegenen Waldstelle mit meiner Suche zu beginnen, nur wenige Fahrminuten vom Motel entfernt.

Unter meinen Klamotten trug ich Thermounterwäsche, was zwar nicht sehr sexy war, aber da mich nur der Werwolf oder die Kinder, die ich vorhatte zu retten, sehen würden, machte mir das nichts aus. Darüber trug ich wie immer meinen Kampfanzug, der in Wirklichkeit aus einer schwarzen Lederhose und einer dazu passenden Jacke über schwarzem Top bestand und sich wie eine zweite Haut an mich schmiegte. Das Leder war so weich und speziell verarbeitet, dass es nicht hinderlich war, sondern mir genügend Bewegungsfreiheit ließ und sogar wärmte. Die Haare hatte ich zu einem hohen Pferdeschwanz zusammengefasst und anschließend geflochten. Das blau-türkis gefärbte Zopfende baumelte auf meinem Rücken hin und her und streifte dabei den Seesack, der schwer auf meinen Schultern lastete.

Wie immer in solchen Situationen verfluchte ich meine geringe Körpermasse beziehungsweise eher meine weibliche Statur. Ich war schnell und geschickt im Kampf, geübt mit Waffen und eine gute Schützin, war jedoch nicht dafür geschaffen, auf längere Zeit schwere

Lasten zu schleppen. Dafür fehlte mir die extra Portion Muskeln, wie sie oft nur Männer besaßen.

Bereits nach zwei Stunden, die ich geräuschlos durch den Wald geschlichen war, spürte ich den verspannten Nacken und ein leichtes Brennen in den Beinen. Vielleicht hatte ich doch zu viel in den Seesack gestopft oder ich sollte damit anfangen, auf meine Cousins und Onkel Héctor zu hören. Immerhin lagen die drei mir ja ständig damit in den Ohren, mit Jayden jagen zu gehen, und für einen Auftrag wie diesen wäre das tatsächlich nett gewesen. Dann hätte er diese blöde, zentnerschwere Tasche schleppen können.

Kurz lächelte ich bei diesem Gedanken, doch dann sah ich wieder meine Mutter vor mir. Wie sie vor all den Jahren zu uns zurückgesehen hatte, als unser Zuhause angegriffen worden war. Den traurigen Blick darin, der die Gewissheit zeigte, sie würde bei dem Versuch, mich und Dad zu retten, sterben. Wie es auch passiert war und das nur, weil die beiden mich beschützen wollten. Wäre Dad nicht mit mir geflohen und hätte ihr geholfen, hätten sie eine Chance gehabt, dieses Biest zu töten und aufzuschlitzen. Ich wollte nie schuld daran sein, dass meinetwegen so etwas passierte.

Gerade Jayden sollte das wissen, er müsste das doch nachempfinden können. Als sein Zwillingsbruder Julian damals an der Wirbelsäule schwer verletzt wurde und dadurch nun im Rollstuhl saß, hatte sich Jayden ebenfalls selbst die Schuld daran gegeben. Ich sah noch immer seine Tränenspur vor mir, während wir neben dem Krankenbett von Julian gesessen und in sein blutleeres Gesicht gestarrt hatten. Damals hatte mir Jayden verraten, dass sie ein Werwolfrudel hatten überfallen wollen – nur zu zweit. Julian war skeptisch gewesen, wollte weitere Jäger anfordern, aber Jayden war schon immer ein Draufgänger gewesen und wollte nur einen Blick riskieren. Dieser kurze Blick hätte diese beiden Idioten fast das Leben gekostet, weil Jayden nur einmal unvorsichtig und zu vorschnell gehandelt hatte.

Ich war keine Heldin, ich war ebenfalls manchmal unachtsam, obwohl ich es zu vermeiden suchte. Doch ich war ebenso bloß ein Mensch, und Menschen machen nun mal Fehler – das ist der Unterschied zwischen uns und den Maschinen. Wenn ich aber einen

Fehler machte, bezahlte nur ich ihn und niemand sonst. Nicht meine Mutter, nicht meine Cousins oder mein Onkel – nur ich allein. Alle ihre Gesichter schwebten lächelnd vor meinem geistigen Auge und ich schluckte schwer.

Wie ich erst jetzt bemerkte, war ich durch meine Gedanken derart abgelenkt gewesen, dass ich stehen geblieben war, nicht im Geringsten auf meine Umgebung geachtet und ein leichtes Ziel abgegeben hatte. *Mist aber auch!* Und wieder – nicht unfehlbar.

Seufzend strich ich mir über die verschwitzte Stirn und sah mich genauer um. Rund um mich standen dichte Fichtenbäume aneinander gekuschelt, dazwischen hatten sich meterhohe Buchen und struppige Sträucher gequetscht. Tückische Baumwurzeln, feuchtes Gras und rutschige Steine säumten den erdigen Boden und luden geradezu ein, sich die Beine zu brechen. Dichter Nebel schwebte zusätzlich über dem Boden und behinderte meine Sicht. *Alles in allem ein einladendes, lauschiges Plätzchen.*

Der einzige Licht- und Trostspender war der Mond, der fast voll am Himmel stand und mir dadurch die Umrisse in dieser Nacht gut sichtbar machte. Trotzdem, lange würde ich nicht mehr laufen können, egal, wie schnell ich etwas finden wollte. Ich musste fit für die Jagd sein und durfte mich durch das Wissen der Anwesenheit eines weiteren Jägers nicht unüberlegt hetzen lassen. Sonst wäre mein Kopf dran, nicht seiner. Ich würde meinen ganz gerne dort behalten, wo er jetzt war, da passte er nämlich richtig gut hin.

Nachdem ich mich wieder auf meine Umwelt konzentrierte, lief es mir eiskalt über den Rücken. *Raschel. Knarz. Raschel. Knacks.*

Jemand bewegte sich vorsichtig hinter mir, um keine Geräusche zu machen, war dabei aber laut genug, um es trotz des Versuches wahrnehmen zu können. Erneut schickte ich ein Dankgebet an den Typen da oben oder wer auch immer dafür zuständig war, dass ich etwas besser getuned war und neben meiner guten Nachtsicht ein vollkommenes Gehör hatte.

Der Werwolf hätte mich wohl nicht verfolgt, sondern sofort angegriffen, als ich mit meinen Gedanken im Gaga-Land war. Daher konnte mein kleiner Verfolger nur der Mistkerl aka Jäger sein, der mein Zimmer durchsucht hatte. Gedanklich wetzte ich bereits meine Fingernägel. Das würde ich ihm heimzahlen – blutig.

Flink ging ich einige Schritte weiter, machte dabei mehr Geräusche als unbedingt notwendig und sah mich suchend um. Bald hatte ich die richtige Stelle – einen kleinen Felsen mit Sträuchern – gefunden, an der ich meinen Seesack versteckte und dann rasch weiterlief. Erst als ich einen passenden Baum fand, schlich ich so leise ich konnte weiter. Nicht einmal eine Fledermaus hätte mich gehört. Geübt kletterte ich auf die meinem Verfolger abgewandte Seite einer breiten Buche, deren Äste dick genug aussahen, um mich zu tragen.

Es war wirklich ein Vorteil, früher mit Jayden und Julian im Garten wie Eichhörnchen ständig auf Bäume geklettert zu sein, obwohl es unsere Tante Tara immer zur Weißglut brachte, wenn sie uns dabei erwischt hatte. Tara war zwar nun lockerer drauf und reiste mit ihrem neuen Freund durch die Weltgeschichte, um magische Artefakte aufzuspüren.

Früher war sie jedoch eine richtige Glucke gewesen, die sich bei allem Sorgen gemacht hatte. Sie wäre wohl nie die Frau eines Jägers geworden, wenn sie sich nicht Hals über Kopf in Onkel Héctor verliebt hätte, um anschließend zu ihm nach Kanada zu ziehen. Und dort gab es jede Menge Bäume zum Erklimmen, was wir drei Kinder ordentlich ausgenutzt hatten. Was mir nun zugutekam und mir als Erwachsene schon oft aus der Patsche geholfen hatte. In irgendwelchen Krimi- oder Fantasyserien liefen oder kämpften die Figuren hauptsächlich, keiner hatte eine Ahnung, wie viel man bei so einem Job herumklettern musste.

So wie ich es jetzt wieder tat, was zum Glück ohne Probleme vonstattenging, trotz meiner kleinen Zerrung vom Nachmittag. Es war eben doch ein Unterschied, ob man sich einige Minuten nur mit einem Arm festhielt oder wie hier ausgewogen mit geübten Griffen auf einen Baum kletterte.

Ich hockte mit angewinkelten Beinen oben auf einem dicken Ast, hielt mein Schätzchen Sid in der Hand und wartete auf meine Beute. Zur Sicherheit ließ ich etwas Magie in Sid fließen, was seine Schneide kurz blau-violett aufblitzen ließ, man es jedoch nicht sehen konnte, da ich das Messer für diese Sekunde in meiner offenen Jacke versteckte. Zwar plapperte Sid wieder fröhlich in meinen Gedanken drauflos und freute sich bereits auf Blut, Aufschlitzen und vieles mehr, was ich nicht genauer benennen wollte – verrückter Dolch –, aber ich schob ihn gedanklich von mir. Ich hatte etwas anderes zu tun.

Mit geschlossenen Augen horchte ich in die Nacht, meine ganzen Sinne waren bis aufs Äußerste geschärft und ja – da war etwas zu hören. Mein Verfolger hatte seine Schritte beschleunigt, da er mich plötzlich aus den Augen verloren hatte. *So ein Pech aber auch.*

Ich hob meine Lider und starrte auf den dunklen Waldboden, wartete auf meinen Stalker, der jeden Moment eintreffen würde. Einige Minuten später bewegte sich ein Schatten unter mir neben dem Baumstamm. Die Gestalt – erkennbar männlich – ging gebückt, sichtlich vorsichtig und suchte vermutlich nach mir. Doch ich saß hier seelenruhig auf dem Ast mit bester Sicht auf ihn. *So schnell wird der Jäger zum Gejagten.*

Noch immer lächelnd über diesen Gedanken sprang ich vom Baum – mit einem geübten, leichtfüßigen Satz, der Legolas aus den alten Fantasyfilmen vor Neid hätte erblassen lassen –, und landete mit einem Rums auf dem Typen unter mir. *Gotcha!* Er war eindeutig größer und muskulöser gebaut, als ich in der Dunkelheit geahnt hatte. Nichtsdestotrotz drehte ich ihn mit einem schnellen Handgriff auf den Rücken und drückte ihn mit meinem Körper auf den kalten Boden. Für seine massige Gestalt war ich viel zu leicht, um ihn auch nur irgendwie dort unten festzunageln. Deshalb legte ich ihm die scharfe Messerspitze an den Hals und drückte sie gefährlich fest an den Kehlkopf, wodurch er sich nicht einmal zu schlucken traute.

Der Mann unter mir sah nicht wirklich wie ein Jäger aus. Er trug zwar eine dunkle Hose und Jacke, hatte aber klischeehafterweise eine schwarze Mütze über den Kopf gezogen, die nur an Augen und Mund kleine Löcher besaß. Außerdem fehlte jegliche Art von Waffen, was mich noch stutziger machte.

Vorsichtig lehnte ich mich ein Stück nach vorne und warnte ihn scharf: »Rühr dich keinen Zentimeter, sonst ist dein Hals schneller aufgeschlitzt, als du deinen nächsten Atemzug holen kannst.«

Wie erwartet, sagte er nichts, dennoch spürte ich unter mir, wie sich seine harten Brustmuskeln anspannten. Wäre das nicht gerade so eine dumme Situation, hätte ich meine Reiterposition auf so einem durchtrainierten Körper durchaus zu schätzen gewusst. Doch die Dinge waren, wie sie waren, und dieser fiese Sack hatte mir einiges zu erklären.

Das Messer weiterhin an seinen Adamsapfel gedrückt, griff ich mit der freien Hand nach der Skimaske und zog sie von seinem Kopf. Und starrte in zwei geweitete, dunkelgraue Augen, die meine Knie schon mehrmals beinahe zum Schmelzen gebracht hatten.

»Matej! Was machen Sie denn hier?«, quietschte ich in viel zu hohem, vollkommen mädchenmäßigem Ton, woraufhin ich selbst den Mund verzog. Unsere Gesichter waren nur wenige Zentimeter voneinander entfernt und ich konnte wieder seinen sinnlich männlichen Duft riechen, seinen Atem spüren, der mich lockte, näher zu kommen. Insbesondere, als sich mein Blick mit seinem verband, fast so, als wäre ein Schloss zugeschnappt.

Plötzlich wurde ich mir seiner allzu intensiven Nähe mehr als bewusst. Nicht nur unsere Lippen waren sich gefährlich nahe, ich klebte zudem direkt an ihm, da ich mein ganzes Gewicht auf ihn drückte, um ihn am Boden festzuhalten. Hitze schoss mir durch den Körper, ich glaubte sogar zu spüren, dass meine Wangen rot wurden. Zusätzlich meldeten sich ein irritierendes Kribbeln in meiner Brust und ein Ziehen im Magen, was ich bisher noch nie empfunden hatte. Ich wusste nicht, ob ich dieses Gefühl mochte oder nicht. Auf alle Fälle verwirrte es mich. Ich war mir im Klaren darüber, endlich aufstehen zu müssen, anstatt Matej noch länger anzuschmachten, der sich jetzt unter mir räusperte.

»Hallo, Miss …«, fing er an, brach aber mit gerunzelter Stirn wieder ab. Vermutlich, weil ihm bewusst wurde, dass er noch immer nicht meinen echten Namen kannte. Als ich kurz zwischen den Ästen zum Mond hochsah, um mich zu sammeln, und dann wieder zurückblickte, zuckte er leicht zusammen. Doch statt mich von sich runterzuschieben, starrte er mich hingebungsvoll an und flüsterte: »Ihre Augen …«

Tja, zwar nicht meine kussreifen Lippen, aber immerhin.

»Was ist mit meinen Augen?«, fragte ich, natürlich nicht nach einem Kompliment haschend. Na gut, ein wenig.

»Sie haben gerade geleuchtet wie … wie die einer Katze. Jetzt sind sie wieder normal, aber wie schimmernder Honig … wunderschön.«

Versuchte der Pfarrer etwa mit mir zu flirten?

Das warme Gefühl, das wie geschmolzenes Karamell in meinem Körper aufblühte – verboten süß und doch so heiß –, brachte mich zu klarem Verstand. Was tat ich hier überhaupt? Ich war verdammt noch mal auf der Jagd und nicht beim Aufriss eines Betthasen. Außerdem hatte er mir nachgestellt, was ein ganz anderes Licht auf den unschuldigen frommen Mann mir gegenüber warf. Beziehungsweise unter mir, da ich ja immer noch auf ihm drauf lag. Was ich sofort ändern musste, obgleich mein Körper sich eindeutig dagegen wehrte.

Schnell sprang ich auf die Füße. Mit breitbeinigem, sicherem Stand hielt ich ihm die messerfreie Hand hin. »Na los.«

Als seine starke, warme Hand meine umschloss, half ich ihm mit einem Ruck ebenfalls auf die Beine.

»Danke.«

»Danken Sie mir nicht«, zischte ich ihn an. »Was um Himmels willen machen Sie hier? Haben Sie mir etwa nachgestellt?«

Betreten sah er zu Boden, was Antwort genug war.

»Und warum, wenn ich fragen darf?«

Nun hob er das kantige Kinn und sein Blick funkelte im Licht des Mondes. Er sah beinahe trotzig aus … und heiß, er sah einfach immer heiß aus. Wie schaffte er das bloß?

»Ich muss wissen, was vor sich geht. Was sich hier im Wald versteckt. Sie brauchen es nicht abzustreiten. Von mir aus behalten Sie Ihren richtigen Namen für sich, aber in diesem Punkt werde ich nicht nachgeben. Ich weiß, dass Sie nach etwas suchen, und ich werde Sie begleiten, um dieses … dieses Ding zu töten«, erklärte er inbrünstig und mit einer guten Prise Akzent belegt, dem ich fast nicht widerstehen konnte.

Dennoch schrillten bei seinen Worten meine Alarmglocken laut sirrend auf und ich kniff die Augen zusammen. »Das waren Sie, der in mein Hotelzimmer eingebrochen ist.«

»Und ich würde es wieder tun«, antwortete er heroisch, als würde er wie ein Spartaner nur mit einem Lederlatz bekleidet vor mir stehen, die Waffen schwingend, um in den Krieg zu ziehen. *Männer!* Die konnten einen vollkommen irre machen, die guten wie die schlechten. Zornig biss ich die Zähne zusammen. Niemand hatte was in meinen persönlichen Sachen zu suchen, selbst kein Schnuckel wie dieser hier.

»Sie Arschloch!«, stieß ich aus, was seine Augen groß werden ließ. Doch Matej schwieg, während ich einige Schritte wütend auf und ab hetzte, mir über meine Schläfe rieb und vor mich hin grummelte: »Zwar ein geheiligtes Arschloch, aber immer noch ein Arschloch!« Schließlich wirbelte ich zu ihm herum. »Schnüffeln Sie nie wieder in meinen Sachen!«

»Es tut mir leid.«

Er klang aufrichtig, das konnte ich spüren, dennoch hatte mich dieser Geistliche in einen schlimmen Schlamassel geritten. Daher schnaubte ich nur abfällig »Das bringt jetzt auch nichts mehr« und lief weiter einige Schritte hin und her, immer in einer geraden Linie. Was sollte ich jetzt machen? Am liebsten hätte ich ihn sofort von hier weggebracht, da das Monster noch frei herumlief. Was mich kostbare Zeit kosten würde, obwohl ich nun wusste, dass mir kein anderer Jäger in die Quere gekommen war, sondern ein … ein verdammter Pfarrer!

Dennoch hatte dieses Ding immer noch die Kinder in seinen Fängen. Grimmig blickte ich noch einmal zum Mond hoch, der nun fast voll am dunklen Firmament prangte und mir noch etwas anderes verriet. Mir blieb nicht viel Zeit – morgen würden wir Vollmond haben.

Obwohl die allgemein bekannten Mythen über Werwölfe nicht stimmten und sie nicht nur in bestimmten Nächten, sondern durchgehend ihre Wolfsgestalt behielten, waren sie zu der Zeit des Vollmondes am stärksten. Irgendwie konnte diese kosmische Kraft ihre magische Energie aufladen, ähnlich wie Doping für Muskelprotze. Wohingegen ihre Kräfte zu Neumond am schwächsten waren – wie Ebbe und Flut. Was sie so gefährlich machte, waren ihre massige Gestalt, die scharfen Zähne und Krallen und ihre fast schon menschliche Intelligenz. Ich hatte bereits ein paar von ihnen getötet, zum Glück Jungtiere, die die Drecksarbeit zu erledigen hatten. Oder Werwölfe, die verrückt und zu gefährlich geworden und dem Blutwahnsinn verfallen waren – sogenannte *Looneys.*

Vor unzähligen Jahren, noch vor meiner Zeit, hatte es einen erfolgreichen, wenngleich auch etwas exzentrischen Gildenjäger – ein brutaler Schlägertyp – gegeben, der gerne Comics sah. Was laut den Erzählungen meines Onkels wohl das Netteste an ihm gewesen war. Dennoch hatten die anderen zu ihm aufgesehen und er hatte zu den wenigen Jägern gehört, die es geschafft hatten, zehnmal Monatsgildenjäger zu werden und somit für den Rest des Lebens finanziell ausgesorgt hatten. Wie eine Pension, nur viel lukrativer. Jedenfalls hatte dieser Typ gerne Zeichentrickserien geguckt und war wie vernarrt in die *Looney Tunes* gewesen. Irgendwann nach einem besonders schwierigen Auftrag war er blutüberströmt mit fünf Vampirgebissen und zwei Werwolfskalps zurückgekehrt – zwar mächtig verletzt, aber lebend, was ziemlich unglaublich war. Durch den Blutverlust und den harten Kampf war er derart gaga in der Birne gewesen, dass er sogar vergessen hatte, die Beute bei der Gildenbude abzugeben, um den Sold zu kassieren. Stattdessen hatte er sich mit den offenen Wunden in eine Nische in der Bar gepflanzt, mit einem Portable TV ferngeguckt und davon gebrabbelt, dass er von lauter *Looneys* angegriffen worden war, wobei er eigentlich nur zwei Vampire zur Strecke hatte bringen wollen. Auf die Frage hin, wovon zum Teufel er überhaupt sprach, erklärte er, dass jedes blutverrückte, dem Irrsinn verfallene Biest für ihn ganz klar ein *Looney* war. Weil sie mindestens genauso verrückt wie diese Comicfiguren waren. Danach war er so etwas wie ein Held, wenngleich ein verrückter, aber nichtsdestoweniger bewunderter.

Seitdem wird in der Gilde der Oberbegriff *Looneys* ganz einfach für alle durchgedrehten Wesen verwendet, die aus dem Weg geräumt werden müssen, um die unwissenden Menschen zu schützen. Egal, ob jetzt ein Vampir zum Serienkiller wurde, Werwölfe ganze Familien abschlachteten oder Geister in einem Wohnhaus den Verstand verloren und daraufhin Menschen aus Spaß aufschlitzten.

Bei Werwölfen gab es eine genaue Hierarchie. Die Rudelführer selbst verließen selten ihre geschützten Heimstätten, um in die menschliche Welt einzutauchen. Zumindest nicht in ihrer Wolfsgestalt. Nur wenige, sehr alte Werwölfe konnten sich tatsächlich in Menschen verwandeln, was auch die gängigen Legenden genährt hatte.

»Bitte«, drang es nun mit tiefer Stimme an mein Ohr und plötzlich stand Matej in meiner Abreagier-Bahn und griff nach meinem Ellbogen. Den ich ihm schneller wieder entzog, als er blinzeln konnte. Niemand fasste mich ungefragt einfach so an. Vor allem nicht, wenn ich trotz meiner Kleidung ein komisches Prickeln an dieser Stelle spüren konnte.

»Lassen Sie mich mitkommen. Ich will helfen, ich werde Ihnen auch nicht im Weg stehen. Versprochen. Bitte, ich muss das tun, sonst finde ich keinen Seelenfrieden mehr. Einem Freund ist einmal etwas passiert und …« Er seufzte schwer und fuhr sich durch die dichten, dunklen Haare. »Irgendwie hatte ich schon immer das Gefühl, es würde da draußen mehr geben … Ich muss wissen, ob ich verrückt werde und nur Hirngespinsten nachlaufe, oder ob es wirklich mehr gibt, als wir glauben. Bitte.«

Na toll, jetzt appellierte er an mein Mitgefühl – und es klappte auch noch. Sofort hatte ich bei den Worten das Bild der langen Narbe auf der Wange seines Freundes Petr vor meinem geistigen Auge. Die Geschichte von dem dreijährigen Jungen, die ich in der Bar gehört hatte, bereitete mir immer noch eine Gänsehaut. Obwohl ich keine handfesten Details kannte, schmolz ich dennoch wie Butter in der Sonne und hatte Mitleid mit ihm, mit beiden.

Verflucht, ich muss wirklich an mir arbeiten. Außerdem wusste ich, wie es war, wenn man keine Antworten auf die Fragen hatte, die einen schon so lange beschäftigten, dass man sich an eine Zeit ohne sie gar nicht mehr erinnern konnte. Wie oft hatte ich mich gefragt, wie die Monster unser Zuhause finden konnten? Wieso meine Mutter allein gekämpft und mein Dad mit mir geflüchtet war? Wie er danach zerbrechen konnte und nie wieder der Alte gewesen war, immerhin war ich noch da, seine Tochter, sein einziges Kind – sollte das nicht auch etwas zählen? In jener Nacht hatte ich meine Mutter und meinen Vater verloren, obwohl einer der beiden noch lebte. All die Fragen – die ganzen Wieso und Warum – kreisten seit Jahren in meinem Kopf, doch niemand gab mir eine Antwort. Also ja, ich verstand ihn nur zu gut. Hier hätte er eine Chance, zumindest einen Teil beantwortet zu bekommen.

Seufzend blickte ich hoch in den langsam heller werdenden Himmel, da die Nacht bereits fast vorüber war und ich seit – nun, eindeutig zu vielen Stunden nicht mehr geschlafen hatte.

»Also gut. Ich werde nicht genauer nachfragen, aber Sie können nur mitkommen, wenn Sie jeden meiner Befehle genau befolgen – ausnahmslos! Und lassen Sie sich ja nicht umbringen, sonst helfe Ihnen Gott, werden Sie es bereuen, das schwöre ich Ihnen. Ich kann nachtragend sein.«

Matej hob eine Augenbraue, grinste kurz, bevor er sich auf meinen grimmigen Blick hin wieder zusammenriss und ergeben nickte. Obgleich er noch immer amüsiert wirkte. Vorerst würde ich ihn mitnehmen müssen, wenn auch nur, damit er beim allein Zurückgehen nicht vom großen, bösen Werwolf gefressen werden würde. Zumindest für die erste Nacht gab ich mich geschlagen, morgen würde ich weiter mit ihm streiten. Für heute musste ich endlich Ruhe finden, damit ich am nächsten Tag wieder funktionieren konnte.

»Kommen Sie. Wir müssen eine kleine Höhle oder sonst einen Unterschlupf finden.«

Schnell schloss er sich meinen zügigen Schritten an, um neben mir herzulaufen. »Warum? Denken Sie, dass *es* in der Nähe ist? Dass es sich hier in so einer Höhle versteckt?«

»Nein, das nicht. Ach, keine Ahnung. Ich will nur irgendwo schlafen und mein AutoGleiter ist zu weit weg, um uns dort auszuruhen.«

Abrupt blieb er wie angewurzelt stehen und starrte mich an. Den fragenden Blick, wie ich jetzt auch nur an Schlaf denken konnte, spürte ich bohrend in meinem Rücken.

Genervt wirbelte ich herum und ließ lautstark meinen Frust los: »Hören Sie, ich habe seit einer Ewigkeit nicht mehr geschlafen. Mir ist kalt, ich habe keinen Kaffee bei mir und jetzt habe ich auch noch Sie am Hals. Seien Sie mir nicht böse, aber ich habe keine Lust, schuld an Ihrem Tod zu sein. Also ja, ich gehe jetzt schlafen, damit ich später fit genug bin, um dieses *Monster* zu töten. Was übrigens sehr wahrscheinlich ein Werwolf ist, wenn Sie es genau wissen wollen. Heute können Sie mitkommen, aber das war es dann.«

Ich baute darauf, ihn noch vor der richtigen Jagd zur Vernunft zu bringen und loszuwerden, um diesen Wolf allein zu erledigen.

»Einverstanden, wie Sie wollen«, erwiderte Matej und kramte anschließend in einem schwarzen Rucksack, den ich erst jetzt bemerkte. Zum Vorschein kam eine Thermoskanne und ein dreißig Zentimeter langes Fleischmesser – ein typisches Küchenmesser.

Klar doch.

Matej schien mein innerliches Augen rollen zu bemerken, da er sich brummend rechtfertigte. »Ich wollte auf alles vorbereitet sein. Vielleicht stimmt Sie ja das hier milder.«

Er hielt mir mit einem schiefen Lächeln die Thermoskanne hin und ich hob skeptisch die Augenbraue, obwohl bereits Hoffnung auf Koffein in mir hochkam. »Kaffee?«

»Nein, aber Schwarzer Tee und der ist fast genauso wirksam.«

Angewidert verzog ich das Gesicht und schüttelte den Kopf. »Nein, danke. Da bleibe ich lieber in meiner Zombie-Müdigkeit, als dieses Gesöff zu trinken. Und den Zahnstocher da können Sie einpacken, der wird Ihnen gegen einen Werwolf nicht viel nutzen, oder besteht er aus Eisen und hat Weihrauchasche in sich?«

Sichtlich verblüfft starrte er auf das Messer in seiner Hand und verneinte zähneknirschend.

Dachte ich mir. »Können Sie überhaupt damit umgehen?«

Wieder starrte er auf die Messerscheide hinunter, drehte den Griff in seiner Hand. »Die Theorie ist mir vertraut.«

»Zeigen Sie's mir«, forderte ich ihn auf, stellte mich kampfbereit, leichtfüßig auf die Fußballen, um rasch ausweichen zu können, und winkte ihn mit einer Hand zu mir.

Protestierend schüttelte er den Kopf. »Ich greife Sie doch nicht an. Ich könnte Sie verletzen. Wenn ein Wesen … wenn so ein Werwolf uns angreift, werde ich instinktiv wissen, was zu tun ist. Zustechen und fertig. Ich kann mich schnell bewegen, ich habe Übung.«

Soso, hat er das. »Mit was?«

»Ich mache Sport, ich kenne meinen Körper und weiß, wie ich ihn einsetzen muss.«

Oh ja, das kann ich mir gut vorstellen.

Doch schnell verscheuchte ich diesen unangebrachten Gedanken, zusammen mit dem Bild, wie er seinen Body einsetzte – auf einem riesigen Bett und nur spärlich bekleidet. Ich biss mir auf die Lippen, bis es wehtat, um den Kopf frei zu bekommen. Dann glitten meine Blicke an seiner Statur entlang, rauf und runter wie bei einer Inspektion, die eigentlich ganz professionell sein sollte. Nur regte sich dabei etwas tief versteckt in mir, was mir Angst machte und eindeutig nicht professionell war.

Matej hatte einen Körperbau, der davon zeugte, beansprucht zu werden. Außerdem stellte er eine gute Haltung und einen sicheren Stand zur Schau, was nicht typisch war für jemanden in seiner Position.

Daher wollte ich wissen, ob er sich richtig bewegen konnte – also für die Jagd, für nichts anderes.

»Greifen Sie mich mit dem Messer an. Na los, kommen Sie schon.«

»Nein!« Wieder dieser strenge Tonfall mit den funkelnden Augen. Mit diesem Ich-Tarzan-Du-Jane-Blick, der die Zügel in die Hand nehmen wollte, kam er bei mir nicht weit.

»Mister, ich will ja nicht, dass Sie mich gleich abstechen und im Wald verscharren, was Sie nebenbei bemerkt sowieso nicht schaffen würden. Versuchen Sie einfach, mir eine Schnittwunde zuzufügen, ganz harmlos. Und bevor Sie wieder *Nein* brummen«, warnte ich, da ich genau diese Absicht in seinem Gesicht lesen konnte, »stelle ich Sie vor die Wahl: Entweder Sie tun es, oder ich lasse Sie auf der Stelle zurück. Jetzt!«

Diese Aufforderung schien ihn endgültig wachgerüttelt zu haben. Ich meinte es verdammt ernst und endlich kapierte er es. Zuerst noch etwas unsicher, schlich er näher, hielt das Heft des Messers in einem eisernen Griff. Zwar ein halbwegs guter Griff, wenn er es jedoch längere Zeit derart verkrampft hielt, würde er langsamer werden und bei einem Kampf mit Biestern war Schnelligkeit von äußerster Wichtigkeit. Ich wies ihn darauf hin, während ich wartete, dass er auf mich zukam. Sofort traten seine Fingerknöchel weniger verspannt hervor. *Sehr gut.*

»Schon besser. Guter Griff, immer locker bleiben, schnell und wendig sein, auch wenn man immer darauf achten muss, die Waffe nicht zu verlieren.«

Schließlich war er bei mir angelangt, täuschte einen Hieb nach links an, führte aber einen raschen Bogen zu meiner rechten Seite aus. Doch ich war schneller, sprang zur Seite und schlug mit der Handkante auf sein Handgelenk, woraufhin er vor Schmerz fluchte.

Ich wartete, ließ ihn einen weiteren Angriff durchführen, der ebenfalls von mir pariert wurde. Er bewegte sich wie vorhin gut, hatte geschmeidige, kraftvolle Bewegungen, aber es war deutlich, dass er keine Übung mit der Führung von Stichwaffen besaß. Außerdem zielte er lediglich auf meine Arme, wahrscheinlich aus Angst, mich zu verletzen. Daher wirbelte ich herum, trat ihm mit einem gezielten Schlag gegen das Schienbein. Während er zur Seite stolperte, verpasste ich seiner Messerhand einen weiteren Hieb gegen das Handgelenk, woraufhin er den Griff lockerte und das Messer endgültig zu Boden fallen ließ. Dann schnappte ich mir sein anderes Handgelenk, verdrehte den Arm, wodurch er gezwungen war, auf die Knie zu gehen, wenn er nicht wollte, dass ihm die Schulter schmerzhaft aus dem Gelenk sprang. Was die meisten dann doch zu vermeiden suchten.

Gleich darauf hielt ich seinen Arm eisern im Griff fest, während ich dicht gepresst an seinem Rücken stand und er in die vom Mondlicht glitzernde Messerklinge von Sid blickte.

»Bazinga!«

»Schön, wenn ich zu Ihrer Unterhaltung beitragen konnte«, meinte Matej trocken, wobei seine Stimme etwas von ihrer vorherigen Gelassenheit verloren hatte, es sogar beinahe wie ein leichtes Knurren klang.

»Es hat tatsächlich Spaß gemacht.« Ich trat zurück, bückte mich, um das Messer aufzuheben und hielt ihm den Griff entgegen, nachdem er aufgestanden war. »Darum ging es nicht. Sie können sich gut bewegen, haben, wie Sie selbst sagen, ein sicheres Körpergefühl. Dennoch wissen Sie nicht das Geringste, wie Sie mit einem Messer umgehen müssen. Ein Monster hätte Sie längst zerfleischt.«

Er trat näher, bückte sich zu mir herunter, um mir in die Augen zu sehen, und sein attraktives Gesicht wurde hart, beinahe wie aus Stein gemeißelt. »Wenn Sie mir Angst machen wollen, funktioniert das nicht.«

»Will ich nicht.« Ich machte noch einen Schritt auf ihn zu. Unsere Gesichter waren nur noch wenige Zentimeter voneinander entfernt. Mein Körper lieferte sich einen Kampf zwischen der Entscheidung zurückzutreten oder nach ihm zu greifen, um ihn an sich zu ziehen, ihn zu schmecken. Stattdessen zwang ich mich dazu, weiterzusprechen. »Sondern Ihnen gesunden Menschenverstand eintrichtern. Sie könnten hier draußen sterben.«

»Das ist mir durchaus bewusst. Aber es ist mir egal«, entgegnete Matej bissig und ich sah in den dunkelgrauen Augen ein Feuer hochlodern, das er bisher vor mir verborgen hatte und das seine grünen Smaragde hell funkeln ließ.

»Warum?«

»Weil ich Frieden finden muss.«

Damit hatte er mich. *Verfluchter Mist!*

»Na schön!«, blaffte ich zurück.

Missmutig nahm ich meine Armbrust Brunhilde von der Gürtelhalterung und trennte die zwei dünnen Schläuche ab, die an mir befestigt waren. Mit Hildi konnte ich nicht nur langweilige Bolzen aus Holz abfeuern, sondern sie war zudem mit Weihrauchbolzen bestückt, die zusätzlich mit Silberfäden durchzogen waren. Außerdem hatte die Waffe eine Funktion, mit der ich entweder einen Feuerstrahl oder Weihwasser versprühen konnte. Sie sah trotz ihrer ganzen Spielereien ähnlich wie eine normale Armbrust aus, nur kleiner, filigraner. Da sie aus schwarzem Carbon bestand, war sie auch leichter, nur ihr Griff schimmerte nicht schwarz, sondern bestand aus einem dunklen Holzimitat mit silberner Verzierung – ein Unendlichkeitssymbol – an der Seite.

Die absolute Killerwaffe für alle übernatürliche Wesen und die erste dieser Art aus den talentierten Händen meines Cousins Jayden. Von ihm bekam ich meine Waffen und von Julian medizinische Wundermittel, um mich wieder aufzupäppeln. Oft hatten mir Jaydens Erfindungen schon das Leben gerettet oder es zumindest um einiges erleichtert. Besonders jetzt, da Julian im Rollstuhl saß, kniete er sich richtig verbissen in seine wissenschaftliche Arbeit und brachte mir immer wieder neue Schätzchen. Ich liebte Jaydens Waffen, genauso wie jede einzelne medizinische Errungenschaft aus Julians genialem Einfallsreichtum – aber ich würde alles auf der Stelle weggeben, wenn er dafür nur wieder gehen könnte.

Noch schlechter gelaunt als noch vor meinen Gedanken an Julian, reichte ich Matej meine Armbrust. »Hier, nehmen Sie Brunhilde. Wenn Sie diesen Knopf betätigen, schießen Sie Weihrauchbolzen mit Silberfäden, was wir für diese Jagd brauchen. Daher lassen Sie einfach alles so eingestellt, wie es jetzt ist. Verstanden?«

»Für was sind die anderen Knöpfe und diese Schläuche, die Sie abgeschnallt haben?«, fragte er und musterte sehr interessiert die Waffe.

»Das braucht Sie nicht zu kümmern. Sorgen Sie sich ausschließlich um diesen Abzug hier.« Mit dem Finger zeigte ich ihm die Stelle.

»Und seien Sie vorsichtig mit ihr, sie schießt schnell. Und schlagen Sie mit ihr nie nach dem Feind, sondern schießen nur aus reichlich Entfernung. Verstanden? Hildi ist etwas … ängstlich.«

Seine Augenbrauen schossen nach oben, er sagte nichts und sah auch nicht so aus, als ob er mich für verrückt hielt. Nun ja, vielleicht etwas besessen, aber nicht vollkommen irre. Dennoch erklärte ich schnell weiter, aus einem mir unbekannten Grund, da es mir normalerweise egal war, was andere über mich dachten. »Ich kenne meine Waffen, wissen Sie. Seien Sie einfach vorsichtig und passen auf Hildi auf.«

Matej nickte bedächtig, also schnappte ich mir meinen Seesack aus dem Versteck und ging wieder weiter. Statt auf mein Gerede zur Waffe einzugehen, näherte er sich mir, als wir weiter durch den Wald marschierten. »Meinen Sie nicht, dass wir langsam zum Du wechseln und Sie mir Ihren echten Namen verraten sollten? Immerhin sind wir jetzt … hm, … tja, Jagdkollegen? Jäger-Buddies? Irgend so was in der Art?«

Von der Seite blickte ich kurz zu Matej hoch, sah sein Lächeln, das perfekte weiße Zähne im Sonnenaufgang zeigte.

»Na schön, wie *du* willst. Wir nennen uns Jäger. Ich bin Gildenjägerin, aber du … du bist und bleibst ein Pfarrer, egal, was du auch glaubst, hier zu tun.«

Diesen bissigen Kommentar ließ er einfach in der Luft stehen, doch ich spürte seine Anspannung und ein kleiner Seitenblick auf seine zusammengepressten Lippen bestätigte es mir. Dennoch klang er weiterhin freundlich – der Junge hatte sprichwörtlich eine Engelsgeduld und ließ sich nicht vertreiben. »Und dein Name?«

»Für dich? Boss? Chief? Hm … Göttin würde mir auch gefallen, aber Boss wäre wohl am praktikabelsten«, überlegte ich laut und tippte mir dabei auf die Unterlippe. Das hatte zur Folge, dass er wieder seinen Blick darauf heftete und mich aus meinen Gedanken brachte. Vor seinem Gesicht schnippte ich mit den Fingern. »Also, *Matej*, such dir einen aus.«

Er riss sich von meinen vollen Lippen los und schüttelte seinen Kopf, was mich leicht zum Schmunzeln brachte.

»Ich würde immer noch deinen richtigen Namen vorziehen. Ist das wirklich so schwierig?«

Nun klang er tatsächlich etwas verzweifelt und ich konnte ihn verstehen. Ich konnte es ebenfalls nicht ausstehen, wenn ich etwas wissen wollte und es einfach nicht erfuhr. Wenn mir zum Beispiel Julian und Jayden etwas vorenthielten – und sie wussten, wie neugierig ich war –, wurde ich immer zum Berserker. Daher verstand ich ihn, dennoch war es kein Grund, es ihm leichter zu machen. Und ich musste zugeben, dass ich seine Beharrlichkeit sehr mochte – das gab mir das Gefühl von Beständigkeit, von etwas Echtem, das ich bislang nicht kannte. Nicht nur im Bezug darauf, meinen Namen zu erfahren, sondern sich durch meine verbalen Attacken nicht vertreiben zu lassen.

Sicherlich hätte ich ihm längst meinen Namen nennen können, was ich im Normalfall auch getan hätte. Wenn es mir nur nicht schon so viel Spaß gemacht hätte, genau *das* nicht zu tun. Ich konnte seine Neugierde beinahe spüren und kostete meine Macht ungeniert aus.

Tja, dass ich ein kleines, psychisches Problem hatte, musste mir kein Therapeut mehr bestätigen.

»Nein. Ich bleibe bei Göttin oder Boss. Aber du darfst dir eines davon aussuchen.«

»Wie wäre es mit Besserwisserin …«, murmelte er ganz leise, doch ich konnte es trotzdem hören, womit er wohl nicht gerechnet hatte.

»Wie war das?«

»Bitte? Nichts, ich habe nichts gesagt.«

»Du bist ein Pfarrer!«, stieß ich entrüstet aus, woraufhin Matej die Fäuste ballte.

»Und wie oft willst du mir das noch unter die Nase reiben?«, fragte er laut, fügte aber leiser hinzu: »Ich bin mehr als das«, als spräche er zu sich selbst.

Ja, er war definitiv rätselhafter und vieles mehr, als ich zu Beginn gedacht hätte.

»Ich habe dich gehört, du hast mich Besserwisserin genannt. Also hast du mich gerade angelogen. Dürfen Pfarrer das überhaupt?«

Er rieb sich über den Nacken. Langsam ging ich ihm wohl an die Substanz, was mich dummerweise schon wieder erheiterte, obgleich ich versuchte, es nicht zu zeigen. Was mich mehr irritierte, war, dass jetzt wieder, obwohl seine Hände zu Fäusten geballt waren, ein amüsiertes Funkeln in seine Augen getreten war. *Hm, vielleicht steht er ja auf Sadomaso … also wenn er kein Pfarrer geworden wäre.*

»Mein Job, meine Regeln. Basta. Du kannst auch gerne gehen und mich die Sache allein erledigen lassen«, meinte ich und lächelte so süß ich konnte.

»Nein, ich werde nicht gehen. Ich muss das machen. Ich kann mir sonst nie wieder in die Augen sehen.«

Seine Stimme war jetzt wieder eisern, hart und unnachgiebig, obwohl gleichzeitig so viel Schmerz darin lag und mir dadurch den Atem stocken ließ. *Och Mist, dieses verdammte Mitgefühl.*

Ich konnte gar nichts gegen meinen Körper tun, der wie von selbst handelte. Sanft legte ich ihm eine Hand auf den Unterarm. Ich war nicht gut im Trösten, aber ich wusste, was Schmerz und Verlust bedeuteten. Und wie man sie bekämpfte – mit eiskalter, ausgiebiger Rache.

»Na schön, komm. Lass uns eine Runde schlafen und dann schnappen wir uns diesen Wolfspelz. Wenn du brav bist, darfst du dir eine Mütze daraus schneidern.«

Als Antwort schenkte er mir ein schiefes Lächeln mit einem Nicken und sofort verschwand die Anspannung, machte einem angenehmen, lockeren Schweigen Platz. Matej schien mehr aus meinen Worten herauszuhören und ich konnte seine Dankbarkeit spüren, genauso das Prickeln an meinen Fingerspitzen, die noch auf seinem Arm lagen. Schnell zog ich sie fort, stapfte weiter, um uns eine Höhle zu suchen. Und auch, um etwas Abstand zwischen Matej und mich zu bringen.

9.

Jeglicher Körperkontakt beim Aufwachen zählt nicht

Wie erhofft, entdeckten wir eine kleine Höhle – die eher als Einkerbung im Fels bezeichnet werden konnte –, nur viel später denn gedacht. Ich war hundemüde und konnte nur noch mit Mühe meine Augen offen halten. Es musste bereits Mittag angebrochen sein, als ich meinen Schlafsack auf den Boden warf. Gleich neben meinem vollgestopften Seesack und den Beinen von Matej, der etwas unschlüssig dort stand und sich das Kinn rieb.

»Was ist los?«, fragte ich gähnend, obwohl ich das Problem bereits erahnte.

»Nichts.«

Na klar – nichts. So sah es aus, als er betreten auf meinen Schlafsack blickte, in den ich bereits geschlüpft war. Ich wartete, bis er es ansprach, während ich die Verpackung eines Müsliriegels aufriss, um anschließend genüsslich laut zu kauen, während ich ihm einen zweiten hinhielt, den er dankbar annahm. Doch statt etwas zu sagen, kniete er sich neben seinen Rucksack, holte eine Wasserflasche und noch ein paar weitere Sachen heraus. Diese Zeit nutzte ich, um ihn zu beobachten, während ich im Schlafsack zufrieden seufzte.

Bei meinem durchgefrorenen Körper und der Müdigkeit war er einfach himmlisch: warm, weich und kuschelig groß. Was zum einen daran lag, dass der Schlafsack eigentlich Jayden gehörte und für zwei stämmige Personen gedacht war. Ich war nur eine zierliche Person und obwohl ich es nicht gerne zugab, im Gegensatz zu meinen Cousins oder Matej sogar ziemlich winzig. *Klein, aber oho.*

Neben mir breitete Matej eine Decke aus, setzte sich drauf und hielt mir dann einen Flachmann entgegen.

Moment mal. Ein Flachmann? Von einem Pfarrer?

Skeptisch betrachtete ich das silberne, platte Fläschchen und fragte mich, ob Matej tatsächlich Hochprozentiges eingefüllt hatte. Konnte gut sein, dass dort Weihwasser drinnen war. Nur, warum sollte er es mir dann anbieten?

»Keine Angst, es wird dir schmecken. Genau das Richtige für so eine Jagd«, erklärte mir Matej, der den inneren Gedankentanz anscheinend an meiner Miene abgelesen hatte. Normalerweise war ich nicht so leicht zu durchschauen, doch ich musste zugeben, ich fühlte mich zu wohl an seiner Seite und achtete daher nicht so sehr auf meine harte Schale – nur meine ruppigen Antworten waren noch geblieben. *Erbärmlich.*

»Danke. Vielleicht kann ich etwas Scharfes jetzt tatsächlich gut gebrauchen.«

Ich legte den Flachmann an meinen Mund und kippte den Kopf nach hinten, um einen tiefen Schluck zu nehmen. Sofort fingen mein ganzer Mund, die Lippen und der Hals Feuer, als mir die Flüssigkeit lodernd die Speiseröhre hinunterlief. Mit rotem Kopf prustete ich los, da ich mich verschluckt hatte und für einen Moment keine Luft bekam. Ich hatte ja schon viele Gesöffe getrunken, aber das war reinstes Teufelswasser. Schnell sprang Matej auf die Beine, klopfte mir auf den Rücken, während er sich fast zu Tode lachte. Schließlich bekam er sich doch wieder ein.

»Tut mir leid. Ich dachte, du bist starke Getränke gewöhnt. Es ist ein normaler, doppelt gebrannter Schnaps. Nun ja, vielleicht etwas stärker als der gewöhnliche Fusel. Er ist sogar vom gleichen Barbesitzer, bei dem du deine Collegenummer abgezogen hast.«

Statt ihm eine Retourkutsche zu verpassen, hustete ich immer noch, spürte dabei seine warme Hand, die nicht mehr klopfte, sondern beständig über meinen Rücken rieb. Ein schönes Gefühl. Eines, das eine Schicht der Kälte in mir schmelzen ließ, die sich, seit ich klein war, immer weiter aufgebaut hatte. Wieder legte er damit eine neue Seite frei, zeigte mir andere Einblicke in sein Wesen. Wärme breitete sich in mir, in meinem Bauch, meiner Brust aus und ich wusste nicht, was mich in diesem Moment ritt – vermutlich der idiotische Schnaps –, aber das Angebot purzelte schneller aus meinen Mund, als mein Verstand begriff, auf was ich mich da eigentlich einließ. »Wenn du willst, kannst du dir den Schlafsack mit mir teilen. Das Wetter ist viel zu kühl für deine dünne Decke.«

Verflucht, habe ich das gerade wirklich vorgeschlagen?

Er riss die Augen auf und schien nicht minder überrascht über mein Angebot. Tja, da waren wir schon zu zweit. Doch bevor ich es mir anders überlegen konnte, antwortete er mit einem »Danke, das ist sehr zuvorkommend«, öffnete den Reißverschluss und saß schon neben mir, die Beine lässig ausgestreckt. Ein Lächeln auf den Lippen, das nicht ganz zu seinen kultivierten Worten passte.

Pah, Männer! Egal, welche Berufung sie hatten, in solchen Dingen dachten sie alle gleich. Statt noch mehr Blödsinn, vielleicht sogar einen weit schlimmeren Fehler zu machen und kopflos zu sein – ich doch nicht –, legte ich mich hin, nuschelte: »Gute Nacht« und drehte mich auf die Seite, um ihm meinen Rücken zuzukehren.

Neben mir raschelte es, Matej ließ sich ebenfalls nieder. »Schlaf gut. Danke, dass du über deinen Schatten springst und mich hierbleiben lässt. Ich weiß, wie wenig es dir gefällt.« Seine Stimme war tief und samtig.

Ich presste die Lider noch fester zusammen, um mich nicht zu ihm umzudrehen, ihn nicht anzusehen. »Schon gut.«

Danach glitt ich entgegen aller Erwartungen schnell in den Schlaf. Nur von Ferne kam es mir so vor, als würde mir jemand über die Haare streichen und etwas Weiches – eine Decke? – über meine Schulter ziehen. Das musste ich bereits träumen, ganz eindeutig. Mich hatte, seit ich ein Kind gewesen war, niemand mehr zugedeckt.

Schlaftrunken bewegte ich mich, rieb mit der Wange am Kissen und seufzte zufrieden. Im Hinterkopf mahnte mich zwar eine nervige Stimme, endlich aufzuwachen und zwei Gänge zuzulegen, aber es war gerade so angenehm warm und bequem, dass ich mich nicht einmal dazu aufraffen konnte, die Augen zu öffnen. Durch diesen Dämmerzustand hinweg bemerkte ich dennoch, wie sich das Kissen unter mir rhythmisch auf und ab bewegte. *Komisch, bin ich auf einem Boot?*

Während ich benebelt meine Gehirnwindungen durchforstete, drückte ich mich noch enger in mein Bett, da es nicht nur kuschelig war, sondern auch noch himmlisch roch. Ein Duft nach frischem Gras, nach Waldwiese, der so schön herb und männlich war, dass sich meine Brustwarzen aufrichteten.

Wie bitte – männlicher Duft?

Kurz blieb meine Atmung, womöglich mein Herz stehen. Erst jetzt spürte ich eine Hand auf meinem Hintern und hörte ein leises Atmen, nicht länger Schnarchen, von dem ich vorhin meinte, es mir eingebildet zu haben. Ungläubig öffnete ich blinzelnd ein Auge und sah einen Typen unter mir liegen.

Schnell schloss ich es wieder ganz fest und redete mir gut zu: *Du träumst, du träumst, das ist eine Fata Morgana. Du warst so geil auf den Pfarrer, dass du jetzt von seinem warmen Körper phantasierst. Als ob er die Hand auf deinen Arsch legen würde, vorher würde er sie sich wahrscheinlich abhacken.*

Aber was, wenn das doch kein Traum ist?, rief mir eine kleine Stimme zu, die ich am liebsten stranguliert hätte.

Oh Gott, hoffentlich habe ich nicht gesabbert, kam mir der nächste Gedanke.

Schnell wischte ich mir über den Mund, öffnete mit neuer Entschlossenheit die Augen und stieß ein Quieken aus, als ich in Matejs Gesicht starrte. Das mich zuerst verträumt anlächelte und dann einen erschrockenen Ausdruck bekam, als es durch seine Gehirnwindungen gesickert war, in welch eindeutiger Pose wir zusammenlagen. Ich zuckte etwas zurück und stütze mich auf den Ellbogen, als ich »Entschuldigung« murmelte. Matej stammelte indessen ein »Guten Morgen« und schaute auf seine Brust hinunter, wo ich gerade noch mit meinem Kopf gelegen hatte.

»Ist das Spucke?«, fragte er verwirrt, rührte sich aber nicht, als ich hastig mit dem Ärmel meiner Jacke seine Brust trocken rieb. »Was? Nein! So ein Blödsinn. Wie kommst du denn darauf? Das muss der Tau sein …«

Nachdem ich damit fertig war, wollte ich weiter wegrutschen, am besten ans hinterste Ende des Schlafsacks, wurde aber von einem warmen Griff aufgehalten. Wieder kreischte ich mit den Worten »Sie haben Ihre Hand auf meinem Hintern!«, auf und fragte mich gleichzeitig, warum ich so prüde auf ihn reagierte.

»Du. Bitte.«

»Verdammt! *Du* hast deine Hand auf meinem Arsch!«

»Entschuldigung«, entgegnete er im besten Gentleman–Ton, nahm die Hand fort und zog den Reißverschluss auf, um hinauszuschlüpfen. Kälte strömte durch meine Klamotten, über meine Haut, genauso wie es sein sollte.

10.

Ein Kuss ist nicht zu unterschätzen

Nach einem kurzen Imbiss aus dem Rucksack und einem dezenten Schluck vom lauwarmen Tee, den Matej mir erneut anbot und den ich heute aufgrund mieser Stimmung annahm, machten wir uns auf den Weg. Meine Haare hatte ich zu einem hohen Pferdeschwanz zusammengebunden und anschließend geflochten. Wir hatten zwar nur wenige Stunden geschlafen, da wir aber die Pause spät eingelegt hatten, dämmerte es bereits wieder, als wir durch das Dickicht marschierten.

Nicht nur das verschwundene Tageslicht oder der verwachsene Wald machten das Weiterkommen schwierig, sondern auch der aufsteigende Nebel, der sich wie geisterhafte Arme über den Boden und durch das Gestrüpp schlängelte, wie um nach uns zu greifen. Zusätzlich fuhr ein netter kalter Wind durch die Fichten und unsere Klamotten gleich dazu. Daher – nein, es war kein romantischer Spaziergang durch den Wald, wie man sich das vielleicht vorstellen mochte, sondern ziemlich kräfteraubend.

Obwohl wir bereits lange unterwegs waren und in der Zwischenzeit die Nacht hereingebrochen war, murrte Matej kein einziges Mal, was ich ihm zugutehalten musste. Das Einzige, was er manchmal von sich gab, waren Hinweise zur richtigen Richtung, meist mit dem lapidaren Kommentar, sich in den Wäldern besser als in seiner Westentasche auszukennen.

Klar doch, als könnte sich jemand den Plan eines Waldes in einem Naturschutzgebiet mit einer Fläche von rund 800km² merken. Ich schnaubte und vertraute lieber auf meine Instinkte. Immerhin suchte ich nicht einen bestimmten Ort, sondern ein bestimmtes Wesen.

Wobei ich an dieser Stelle erwähnen sollte: Dieses Bauchgefühl wurde immer wieder durch Matejs Anwesenheit durcheinandergebracht. Entweder ging er zu weit hinter mir und ich zerbrach mir den Kopf, ob er jeden Moment von hinten angegriffen wurde oder ich ihn abhängte und er sich dann wie Hänsel und Gretel im Wald verlor – Westentasche hin oder her. Oder Matej war an anderen Passagen wieder zu nahe, streifte dabei mit den Fingern meinen Arm oder ich nahm ganz einfach seinen Duft zu intensiv wahr, was meinen Magen flattern ließ. Was wiederum vermutlich am Schwarzen Tee lag, den ich vor wenigen Stunden getrunken hatte. Für alles gab es eine ganz plausible Erklärung.

Soeben machte er dieses Manöver erneut, was meine angespannten Nerven überreizte. Nicht das »zu weit hinter mir gehen«, sondern das »zu nahe sein«. Gerade als ich ihn darauf hinweisen wollte, etwas Abstand zu lassen, ergriff er das Wort.

»Wir haben bereits Montagabend. Willst du dich nicht bei jemandem melden? Oder denkst du, wir haben *diese Sache* in den nächsten zwei Stunden erledigt?«

»Was meinst du?«, fragte ich mit gesenkter Stimme und sah mich um, den Finger an meine Lippen haltend, zum Zeichen, wegen des möglichen Biests leiser zu sprechen.

»Tut mir leid«, flüsterte er ebenfalls. »Ich meine Petr. Ihr habt doch heute Abend euer Date.«

Es war keine Frage. Er wusste es also. Mist, dafür hatte ich es total vergessen. Nun gut, nach allem, was ich bisher in Erfahrung bringen konnte, brauchte ich eigentlich keine weiteren Informationen von Petr, obwohl er ganz nett und attraktiv war.

»Wir wollten nur essen gehen, das ist alles. Hat dir dein *bester* Freund etwa was anderes erzählt?«

Die Frömmigkeit neben mir zuckte nonchalant mit den breiten Schultern. »Gesagt hat er nicht viel, aber ich kenne ihn. Seine Verabredungen enden meist kurz vor dem Frühstück. Und ich kann dir versichern, dabei wird nicht viel geschlafen.«

Huch, da ging mir jetzt aber etwas Spannendes durch die Lappen, obwohl ich eher auf dunkelhaarige Typen stand. Dennoch war mir Matejs Unterton nicht entgangen. *Eifersucht?* Und warum freute mich dieser kindische Gedanke derart?

Herausfordernd blickte ich zu Matej hoch, der mich neugierig musterte, als versuchte er angestrengt in meiner Miene zu lesen.

»Ich bin zum Arbeiten hier, nicht zum Vergnügen«, gab ich knapp zurück, sah mich nach etwas Verdächtigen um und hoffte, das Thema wäre damit erledigt.

»Ach, ist das so, Göttin? Immer ernst und ohne Spaß«, neckte er mich und ein schiefes Lächeln blitzte in seinem Gesicht auf, was mich meine Vorsicht erneut für einen Moment vergessen ließ.

»Klaro!« Heftig nickte ich, obwohl mir das Beisammensein mit dem attraktiven Prediger mehr Vergnügen bereitete, als ich mir eingestehen wollte, was auch mir ein Lächeln abrang. Einige Sekunden sah er mich regungslos an, dann wurde sein Grinsen noch breiter, fast so, als hätte er etwas erkannt, auf das er gehofft hatte. Sein Ausdruck bekam etwas Triumphierendes. Oder lag Genugtuung darin?

»Und was ist nun mit Petr? Du willst ihn doch nicht einfach so versetzen?«

Doppelter Mist! Jetzt hatte er mich wieder so sehr abgelenkt, dass ich den armen Polizeichef erneut ganz vergessen hatte. Hatte Matej deshalb eben so verschmitzt geguckt?

»Was? Natürlich nicht. Bin schon dabei, ihm eine Nachricht zu schreiben«, erwiderte ich leise entrüstet, während ich bereits die Sprachsteuerung meines HandChips aktivierte, um einen Text für Petr hineinzusprechen, in dem ich mich aus beruflichen Gründen für heute Abend entschuldigte. Nachdem ich den Pin gesendet hatte, stellte ich jegliche Verbindung des Chips aus, wodurch ich nicht länger erreichbar war.

Danach redeten wir erneut darüber, wann Matej endlich abziehen sollte, damit ich mich allein auf die Jagd begeben konnte. Jegliche meiner Einwände prallten an ihm ab und *Mister Unnachgiebig* hatte kein Einsehen. *Verdammter sturer Bock.*

Während wir im leisen Ton stritten, schlenderte Matej erneut zu nahe neben mir her, während wir uns zwischen zwei eng beieinander stehenden Fichten hindurchquetschten. Dabei streifte seine Hand doch tatsächlich schon wieder meinen Hintern und prompt übersah ich eine Wurzel. Für meine Verhältnisse etwas unelegant, stolperte ich darüber und fing mich gerade in dem Moment ab, als Matej den machomäßigen Neandertaler heraushängen ließ, um mich zu retten. Doch dabei riss er mich viel zu heftig am Ellbogen zurück, wodurch ich erst recht ins Schlingern geriet und auch mein zweiter Fuß in einem Gewirr aus Wurzeln, Steinen und abgebrochenen Ästen hängen blieb. *Perfekt.*

Geistig sah ich das Unglück bereits auf mich zurollen, aber es war zu spät, noch etwas daran zu ändern. Mein Körper prallte heftig gegen Matej, wobei meine Wange in bester Slapstick-Manier an seiner Brust entlangglitt. Gleichzeitig trat ich auf seinen Fuß, was ihn ins Straucheln brachte und uns übereinander stolpern ließ. Wie in einem schlechten Film polterten wir eine enge Waldschneise hinunter, versuchten dabei beide, den anderen vor dem direkten Aufprall zu schützen, und kamen mit einem keuchenden »Uff« meinerseits und einem »Autsch« seinerseits auf dem Waldboden auf.

Atemlos blickte ich zu ihm hoch, sah eine kleine Schramme an seiner Stirn, die er vor wenigen Sekunden noch nicht gehabt hatte. Vermutlich von einem Zweig und daher sein »Autsch«. Mein »Uff« hatte daran gelegen, dass ich zuerst auf den Seesack in meinem Rücken gefallen und schließlich Matej mit seinem ganzen Kampfgewicht auf mir gelandet war. Wo er auch jetzt noch immer seelenruhig liegen blieb. *Hallo, ich bin keine Matratze.* Obwohl sein harter Männerkörper auf mich gedrückt irgendwie angenehm war und mein Herz ganz schön zum Galoppieren brachte.

»Tut mir leid«, flüsterte er viel zu dicht an mir und sein warmer Atem strich mir beinahe wie eine Liebkosung über die Wange.

Unwillkürlich sog ich die Luft ein, biss mir jedoch schnell in die Unterlippe, um meinem Körper jede weitere Reaktion zu verbieten. Was ein Fehler war. Denn nun sah Matej für einen zu intensiven Moment auf meine Lippen, nur um danach mit diesen noch dunkleren, sturmgrauen Augen in meine zu blicken, während grüne Smaragde in ihnen tanzten. Für einen Augenblick war es, als wäre die Zeit stehen geblieben; ein Moment, in dem wir uns in den Augen des anderen verloren. Jegliche Sinne konzentrierten sich nur noch auf Matej: kein Laut mehr, außer seinem Atem; kein Geruch, außer seinem; keine Empfindung, außer seinem hitzigen Körper auf meinem.

Und dann, endlich, senkte er seine Lippen auf meine und sein Mund nahm mich in Besitz. Dort war kein Zögern, keine Zurückhaltung oder ein langsames Herantasten, wie ich erwartet hatte – nein. Nur raues, loderndes Feuer.

Matej forderte Einlass mit seiner Zunge, biss mich zwischendurch in die Unterlippe, strich mit den Lippen mein Kinn entlang, nur um sie gleich darauf wieder fest auf meine zu pressen. Er küsste mich mit einer Leidenschaft, die ich bisher nicht erlebt hatte und die mir Gefühle entlockte, die ich tief in mir vergraben hatte. Was ansonsten bloß das Adrenalin bei der Vorfreude auf die Jagd zustande brachte, schaffte Matej allein mit seinen sinnlichen Lippen und drängenden Küssen – ich fühlte mich unglaublich lebendig.

Blut rauschte durch meinen Körper, ein warmes Kribbeln bildete sich in meiner Brust, wurde zu einer fiebrigen Hitze, die tiefer wanderte. Das alles erzeugte er allein nur mit seinem Mund. Ohne seine Hände zu verwenden, ohne diese über meinen Körper gleiten zu lassen, und das, obwohl wir beide vollständig bekleidet waren. Ich konnte mir die Ekstase gar nicht vorstellen, wie es sein würde, mit ihm nackt zu sein …

Nackt, Matej – PFARRER!

Dieser Gedankenschrei ließ den Nebel in meinem Kopf schlagartig lichter werden, als hätte ich einen Kübel Eiswasser abbekommen. Genau in dem Moment, als ich ein bedrohliches Knurren hinter uns hörte, was mir ansonsten fast entgangen wäre. So weit hätte es eigentlich nie kommen dürfen und meine wirklich guten Sinnesorgane hätten mir in einer normalen Situation längst gemeldet, dass sich ein Biest anschlich. *Nachlässig! So verdammt nachlässig, Jess!*

Mit durch Adrenalin verstärkten Kräften stieß ich Matej zur Seite weg und sprang auf die Beine, wodurch ich mich zwischen ihm und dem Monster positionierte.

»Lauf weg, sofort!«, forderte ich ihn bestimmt auf.

Im gleichen Moment streifte ich den Seesack von meinen Schultern und machte mich für den Angriff bereit, während ich nach meinem Katana Olaf und einem der fünf silbernen Wurfsterne griff, die mit Weihrauchfasern gegossen worden waren. Beides lud ich mit einer kleinen Portion Magie auf, was sie blau-violett aufblitzen ließ.

Sofort ließ Olaf seinen üblichen, mordlüsternen Monolog verlauten: *»Töte das Ding, stich mich genau in sein Herz. Danach trennen wir seinen Kopf ab. Lass es bluten. Gib mir Nahrung, gib mir Blut!«*

Tja, mein guter, alter Olaf mochte es wirklich gerne blutrünstig. Manchmal war er wie ein kleiner Junkie, der nach immer mehr und mehr lechzte und an nichts anderes denken konnte, fast wie ein kleiner Vampir. War Olaf glänzend sauber poliert und mit dem besten Waffenöl eingeschmiert, das ich für Geld bekommen konnte, fühlte er sich schmutzig. Zog ich ihn aber aus den zerhackten Überresten einer Bestie und er war über und über mit klebrigem Blut bekleckert, freute er sich wie ein Honigkuchenpferd.

Während Olaf seine inbrünstigen Kampfanweisungen in meinem Kopf loswurde, schwieg Gizmo wie immer in meiner anderen Hand. Keine Ahnung warum, doch die *Gizmis* schwiegen eisern, seit ich sie hatte, obwohl ich ihre geistige Präsenz spüren konnte.

Ich vollführte eine schnelle Bewegung aus dem Handgelenk und Gizmo sauste direkt auf den Werwolf zu, bis der Wurfstern mit einem saftigen Klatschen in dessen beharrter Brust einschlug.

Der Werwolf stellte sich Geifer spukend auf die Hinterbeine und heulte monströs, was mir einen kurzen Moment gab, einen Blick auf seine gesamte Gestalt zu werfen, um Alter und genaue Art der Bestie einzuschätzen.

Der Werwolf war typisch für seine Art, um einiges größer und muskulöser gebaut als seine tierischen Verwandten. Dieser hier war zwar schon kräftig, jedoch noch ein ziemlicher Jungspund, was ich an dem jämmerlichen Schmerzensgeheul und den wilden Augen ausmachen konnte – keine Spur von der gefährlichen Intelligenz, die ältere Werwölfe ausmachte. Das Fell war zottelig schwarz mit einzelnen braunen Streifen durchzogen, die im Mondlicht beinahe golden schimmerten.

Eigentlich ein schönes Tier, kraftvoll und geschmeidig. Obwohl ich diese Monster und Biester allesamt tötete, konnte ich nicht umhin, ihre Schönheit anzuerkennen. Sie hatten etwas unglaublich Majestätisches an sich, eine Urkraft, was mir manchmal die Freude am Töten nahm, ich es in schwachen Stunden sogar fast bereute, obwohl ich wusste, dass es sein musste. Dieser Gedanke hielt jedoch nur so lange, bis der Werwolf den Kopf bewegte und seine Schnauze ins Mondlicht getaucht wurde. Darauf konnte ich einen eindeutig rötlichen Fleck erkennen. Mir gefror das Blut in den Adern. Der Wolf hatte bereits getötet und ich hoffte inbrünstig, dieses Blut stammte von einem Reh oder Kaninchen.

Nun senkte er den Kopf wieder, blickte mich gierig an und kam wie eine Dampflok auf mich zugerast. Mein Katana Olaf lag fest in meiner Hand, quasselte unnachgiebig auf mich ein und bettelte darum, endlich Blut zu schmecken. Und, oh ja, das würde er heute bekommen.

Da ich Matej noch immer nicht hatte weglaufen hören, rief ich erneut, ohne mich umzudrehen: »Verschwinde endlich. Ich melde mich, wenn das hier vorbei ist. Los jetzt!«

Alles Weitere ging an mir vorüber, da ich mich nun ganz genau auf jede Bewegung der Bestie konzentrierte. Sie kam näher, noch näher. Ich hörte ihren Atem, mir schlug ein fauliger Gestank nach Raserei entgegen, aber ich blieb noch immer bewegungslos stehen, Olaf fest in meiner Hand. Kurz bevor der Werwolf bei mir ankam, vollführte ich mit dem Arm eine schnelle Bewegung nach unten links und schlitzte ihm den Oberschenkel auf, was ihn schmerzhaft zum Heulen brachte. Ein zweiter schneller Schnitt und aus seiner rechten Flanke spritzte Blut. Normalerweise reichten diese Verletzungen aus, um das Biest zum Einknicken oder zumindest zum Schwanken zu bringen, daher riskierte ich einen kurzen Blick zur Seite, wo Matej noch immer mit großen Augen wie festgewachsen stand!

Verflucht! Konnte dieser Typ nicht einmal auf mich hören? Ich biss die Zähne aufeinander, um nicht wütend loszuschreien. Denn das hätte diese Bestie, die einfach nicht aufgeben wollte, nur auf ihn aufmerksam gemacht. Statt zu straucheln, langsamer zu werden oder auch nur ein weiteres Mal zu heulen, hob das Vieh viel zu schnell seine Pranke und wollte mir einen Rückhandschlag gegen die Brust verpassen. Im letzten Moment sprang ich zur Seite, war aber eine Sekunde zu langsam und der Schlag erwischte mich an der linken Schulter. Ein brennender Schmerz durchfuhr mich und ich unterdrückte einen derben Fluch, als ich wie eine ungeliebte Puppe zur Seite geschleudert wurde und einige Meter weiter mit dem Rücken gegen einen Baumstumpf prallte, was mir ein »Mmpf« entlockte.

Autsch, das hatte wehgetan. Nicht nur körperlich, sondern auch meinem Ego. Wofür ich natürlich Matej die Schuld gab, weil er nicht die Fliege machte und mich mit seinen riesigen Augen ablenkte.

»Mistvieh«, grummelte ich leise.

Entweder blieb ich liegen oder ich konnte wieder aufspringen und wie bisher weiterkämpfen, obwohl ich nun wusste, dass das Biest außergewöhnlich stark und schnell war. Anscheinend steckte es durch das Fressen der Tiere im Wald bereits in einer Blutraserei. Ein Werwolf war auch sonst kein angenehmer Spielgefährte, doch sobald er getötet hatte und dem Blutrausch erlegen war, verstärkten sich seine Kräfte und Schnelligkeit. Bei Menschenfleisch wurde er noch viel bösartiger und stärker, aber an diese Option wollte ich im Moment nicht einmal denken.

Deshalb änderte ich meine Taktik. Eine kleine Falle wäre zum Beispiel ganz nett. Dazu musste ich ihn nur anlocken und näher kommen lassen, als mir eigentlich lieb war. Alles ganz locker. Dafür wäre der Überraschungsmoment dann auf meiner Seite und ich hätte ihn sprichwörtlich am Pelzkragen. Wenn ich an das unschuldige Blut dachte, das bereits auf sein Konto ging, tat mir diese Hinterlist überhaupt nicht mehr leid.

Daher blieb ich, wo ich war, und tat so, als hätte mich der Wurf gegen den Baum vollkommen ausgeknockt. Seelenruhig ließ ich die Augen bis auf einen winzigen Spalt geschlossen, wodurch ich gerade noch seine krallenbehafteten Pfoten über den Boden auf mich zukommen sah.

Also, wenn so eine Aussicht nicht entspannt …

Beharrlich kam der Werwolf näher und ich versuchte, meinen Griff um Olaf nicht noch weiter zu verstärken, sondern leitete stattdessen etwas mehr Magie in seine Klinge, was ihn aufgeregt sabbern ließ. Obwohl er bereits den ersten Blutdurst gestillt hatte, war es für ihn anscheinend noch längst nicht genug. Falls ich mir dessen nicht sicher war, war sein Frohlocken in meinem Kopf *»Oh ja, ja! Mehr, mehr, mehr davon«*, ein gutes Indiz dafür.

An meiner linken Hand hatte ich mein verstecktes Messer Bo an der Unterarmschiene ausfahren lassen, das mir bereits gute Dienste geleistet hatte und mich durch die Magie in sich ruhig und sachlich zu meiner Inszenierung beglückwünschte. Bo und Bo waren die Taktiker in meinem Waffenarsenal und behielten immer einen kühlen Kopf. Ich war bereit, ich war sauer und ich wollte dem Tier endlich den Garaus machen.

Alles lief nach Plan und ich blieb still liegen, obwohl alle meine Sinne danach schrien, hochzuspringen, um entweder vor dem Monster der Nacht davonzulaufen oder mich mit all meinen Waffen auf es zu stürzen. Der Werwolf ragte nun beinahe direkt vor mir auf und ich wartete nur noch darauf, dass er seine Pfoten hob, um ihm dann schräg nach oben in den ungeschützten Unterbauch zu schlitzen und Olaf anschließend direkt in sein Herz zu stechen. Zwar war ich verärgert, weil der Wolf bereits Tiere gefressen und Kinder entführt hatte, aber ich war kein Barbar und ich tötete, wenn möglich, kurz und schmerzlos. Monster waren nun einmal Monster. Es lag in ihrer Natur, zu fressen und zu töten. Sie wussten es einfach nicht besser. Nur hin und wieder, wenn ich richtig sauer wurde, ließ ich mich dazu hinreißen, das ganze Gemetzel etwas in die Länge zu ziehen, wenngleich mich das zu einem schlechten Menschen machte.

Gerade als ich hochspringen wollte, hörte ich ein pfeifendes Geräusch mit anschließendem feuchten Platschen, gefolgt von einem Aufschrei des Werwolfs. Ein Geräusch, das ich sofort identifizieren konnte. Wie oft hatte ich schon Bolzen mit Hildi abgeschossen? Auf Vampire, Werwölfe, Faes oder andere Kreaturen der Dunkelheit. Das Problem war nur, dass nicht ich Hildi hatte, sondern Matej. *Mist!*

Dieser Idiot würde sich noch selbst umbringen. Konnte er nicht wie jeder normale Mensch, der nicht mit diesen Kreaturen aufgewachsen war, schreiend davonlaufen? Oder sich in ein schützendes Loch verkriechen und erst wieder herauskommen, wenn es hell wurde? Meinetwegen von mir aus auch mit vor Angst vollgepisster Hose und wild rudernden Armen, das war mir einerlei, solange er in Sicherheit war. Aber nein, dieses Glück hatte ich nicht, denn er musste sich einmischen – schon wieder.

Wie um meine Befürchtung zu bestätigen, drehte sich meine pelzige Beute zu ihm um und machte zwei schnelle Sätze auf Matej zu, der noch einmal einen Bolzen abfeuerte, der mindestens einen Meter danebenging. *Klasse, ein waschechter Lucky Luke!*

Schnell sprang ich aus meiner vorgetäuschten Ohnmacht auf und hastete dem Werwolf hinterher. Ich schwang Olaf, erwischte jedoch nur noch ein Haarbüschel vom Rücken. Wow, das Ding war wirklich schnell. Direkt vor dem Werwolf stehend, war Matej nun wieder mit riesigen Augen versteinert, starrte ihn sprachlos an und hob Hildi abwehrend in die Höhe. Kein Wunder. Bei einem fast zwei Meter großen Wolf mit festen Muskelsträngen, Blut an der Schnauze und diesem Gestank aus dem Maul verschlug es schnell mal jemandem die Sprache. Den Gestank fand ich persönlich ja am schlimmsten.

Erneut ließ ich mein Katana kreisen und schnitt gerade durch eine Kniesehne, als der Wolf die Pfoten mit ausgefahrenen Krallen hochriss und damit auf Matej zielte. Hildi flog zur Seite, die Krallen stachen auf Matejs Brust ein und ich wirbelte herum, um Olaf im Rücken des Monsters zu versenken. Aber ich war zu langsam und der Werwolf hatte sein Ziel erreicht. Mein Schwert traf im selben Moment den Wolf, als dessen Pranke Matej erreichte.

Nein, nein, nein!

Kurz sah ich Matejs Brust im Mondlicht aufflackern, als wären die Wolken für einen Moment vom Himmelsfirmament weggeschoben worden, um gleich darauf wieder alles in Finsternis zu hüllen. Mit einem lauten Aufschrei wurde Matej durch die Wucht des Angriffs zur Seite geschleudert und blieb einige Meter weiter reglos auf dem Rücken liegen.

»MATEJ!«, brüllte ich und für einen Moment schaltete sich mein Gehirn ab, als wären alle Sicherungen darin durchgeschmort. Ich sprintete los, sprang über feuchtes Wurzelwerk, hastete neben dem Wolf vorbei und zu Matej hinüber. Er lag mit geschlossenen Augen inmitten einiger Büsche, die seinen Aufprall gebremst hatten. Mit pochendem Herzen griff ich an seinen Hals – ich musste wissen, ob er noch lebte. Zuerst spürten meine Finger gar nichts, wurden kalt, doch dann nahm ich plötzlich einen leichten, aber steten Schlag an meinen Fingerspitzen wahr – ein Puls. Er lebte! Vor Erleichterung ließ ich die Schultern sacken und stieß die angehaltene Luft aus.

Was keine geniale Idee war, denn einen Augenblick später spürte ich einen warmen, feuchten Atem im Nacken. Ich wirbelte Bo herum, war jedoch um eine Sekunde zu spät, da mir scharfe Krallen bereits schmerzhaft das Schulterblatt aufrissen.

Diese Stelle hatten wir doch schon mal.

Augenblicklich brannte meine verletzte Haut noch stärker, als wäre Feuer über die Wunde hinweggefegt. Doch statt zu schreien, presste ich die Lippen aufeinander, legte meine ganze Wut und Angst um Matej in meinen nächsten Hieb mit der unverletzten Seite und stieß Olaf in den Bauch des Werwolfs. Das Adrenalin verlieh mir zusätzliche Kräfte und die Magie, die ich in das Schwert leitete, tat ihr Übriges.

Die Klinge glitt wie bei Butter quer durch seinen Bauch und ich zog Olaf erst aus der blutigen Wunde, als das Biest fauchend zusammenzuckte. Rasch stach ich ein weiteres Mal auf den Oberkörper ein und erwischte nun endlich die Stelle, an der sich das Herz befand. Eine Umdrehung mit der Hand und keine drei Sekunden später erlosch der lebendige Glanz in den Augen des Raubtiers und der tote Körper rutschte von der Schwertklinge, die über und über mit Blut besudelt war.

Olaf sang bereits frisch-fröhlich ein Trinklied nach dem anderen. Manchmal kam es mir fast vor, als würde ihn das Blut betrunken machen. *Verrücktes Schwert.* Dabei dachte ich, Sid wäre die schrulligste Waffe, die ich hatte. So leicht konnte man sich irren.

Nachdem ich den Magiefluss beendet hatte, verstummte der Gesang in meinem Kopf und es herrschte wieder wunderbare Stille. Meine Finger griffen geübt nach dem Schwanz des Werwolfs, den ich abhackte und neben mir auf den Boden legte, um zu verhindern, dass er zusammen mit dem Rest des Wolfes in Flammen aufging und verschwand.

Durch die Magie in den Wesen blieb immer ein Teil von ihnen zurück, was für uns Jäger ganz praktisch war, da wir so einen Beweis unserer Beute präsentieren konnten. Nur bei manchen Spezies musste man diesen Teil vorher vom restlichen Körper entfernen, um die vollständige Auflösung zu verhindern. Bei Geistern musste man das Ganze entweder mit dem HandChip auf Film bannen oder die Aschreste mitnehmen – je nachdem, wie man sie erledigt hatte –, um einen Beweis von ihrer Vernichtung zu präsentieren. Andere machten diese Arbeit selbst, wie Vampire oder Faes. Wäre auch ganz schön mühsam, zuerst das Gebiss mit einer Zange zu entfernen, bevor das magische Feuer die Blutsauger von der Erde tilgte.

Bevor ich mich zu Matej umdrehte, machte ich schnell mein Dankbarkeitszeichen mit dem Kreuz meiner geküssten Finger auf die Brust, dann widmete ich mich dem stöhnenden Mann einige Schritte hinter mir. Vorhin hatte ich aus dem Augenwinkel gesehen, dass er sich schon wieder aufgesetzte, als ich den totbringenden Stich ausgeführt hatte. Obwohl ich bereits wusste, dass er zum Glück noch lebte, musste ich mir seine Verletzungen genauer ansehen und sie erstversorgen. Immerhin war Matej ganz schön weit geflogen und die Krallen des Werwolfs waren auch nicht von schlechten Eltern gewesen, wie ich selbst hatte feststellen dürfen.

Bevor ich näher trat, zog Matej ein Bein an. Auf diesem ruhte nun sein Ellbogen, mit dem Arm hielt er sich wiederum seinen Kopf, der ihm nach der kleinen Flugshoweinlage womöglich dezent brummte. Vor ihm ging ich auf die Knie, hob mit einer Hand sachte seinen Kopf an und blickte ihm prüfend in die Augen, erkannte aber keine geweiteten Pupillen oder andere Hinweise, die auf eine Gehirnerschütterung hindeuteten. Und ich sollte mich mit diesen Anzeichen auskennen, immerhin hatte ich schon die eine oder andere am eigenen Leib gespürt.

»Wie geht es dir?«, fragte ich und betrachtete sorgsam erst sein Gesicht, dann seinen Oberkörper und suchte nach Spuren von Blut oder einer Wunde. Nach etwas, das ich behandeln konnte.

»Ganz gut, wenn man bedenkt, dass ich gerade wie eine Kugel beim Pinball durch die Gegend geflogen bin.«

»Bist du dir sicher?«

»Dass ich wie eine Kugel durch die Gegend geflogen bin, als würde ich nichts wiegen? Jip, ich denke schon, das war ziemlich eindeutig«, meinte er nun wieder mit deutlicherem tschechischem Akzent.

Ein Grinsen verkneifend antwortete ich: »Nein! Ob es dir gut geht?«

»Klar, hart wie eine Kokosnuss. Mir geht's gut … bis auf mein Ego«, antwortete er.

Davon konnte ich nach meinem vorigen Patzer auch ein Lied singen. Dennoch war ich skeptisch. Schließlich hatte ich gesehen, wie die Krallen des Werwolfs nach ihm gehackt hatten, und außerdem entdeckte ich einige Risse in seiner Jacke und dem Pullover. »Lass mich mal sehen, harter Kokosnuss-Junge.«

Ohne auf seine Proteste zu achten, schob ich seine Hände weg und zog die Stofffetzen zur Seite, um die Stelle genauer unter die Lupe zu nehmen. Ehrfürchtig betrachte Matej ebenfalls die Reste seiner Kleidung und seine makellose Brust darunter.

»Wow, irgendwie dachte ich schon, das Ding zerschreddert mich. Hast du diese Krallen gesehen? Die waren mindestens so lang wie meine ganze Hand. Das war irre. Einfach nur verrückt.«

Noch immer ungläubig, aber gleichzeitig lebendig berauscht, starrte er auf die Überreste seiner ehemaligen Jacke und wirkte dabei wie ein kleiner Junge, der zum ersten Mal einen Flieger am Himmel gesehen hatte. *Irgendwie süß.*

»Ja, hab ich. Hast *du* irgendetwas gesehen oder gemacht?«, fragte ich, woraufhin er den Kopf schüttelte. »Nein, ich hab … ich hab ehrlich gesagt nur die Augen geschlossen und darum gebetet, nicht zerfleischt zu werden. Tut mir leid, heldenhaft ist etwas anderes.«

»Wir können nicht alle Clark Kent sein. Aber dafür hast du fast ein Wunder vollbracht. Dein Glaube hat dir anscheinend deinen süßen Arsch gerettet«, zog ich ihn auf und strich mit den Fingern über seine Brust, um mich vollkommen von seiner Unversehrtheit zu überzeugen. Tatsächlich, seine Haut war nicht verletzt worden, keinen einzigen Kratzer hatte er abbekommen, und jetzt sah ich auch den Grund, warum er so glimpflich aus der Sache herausgekommen war. Unter dem Pullover befand sich an einem dickeren Lederband befestigt ein großer, runder Anhänger aus glänzendem Silber, auf dem ein Kelch vor einem Kreuz zu sehen war. Der Schmuck hatte ihm vermutlich das Leben gerettet und für die Lichtspiegelung gesorgt, die ich vorhin gesehen hatte.

Vielleicht sollte ich mir auch so ein Ding um den Hals hängen – für alle Fälle –, obwohl ich niemand war, der freiwillig mit Schmuck beladen durch die Gegend lief. Immerhin war ich kein Christbaum, also musste ich genauso wenig glitzern.

Matej fehlte tatsächlich kein Haar, er war putzmunter und grinste mich jetzt sogar schief an, als gefiele ihm, wie besorgt ich um ihn war. *Blödmann! Und wirklich keine gute Idee, Mister.*

Ich war nämlich immer noch stinksauer auf ihn. Mit meiner kleinen, aber harten Faust schlug ich ihm gegen den Oberarm und stand wieder auf.

»Autsch, verdammt. Was soll der Sch…«, begann er, aber ich wedelte mit dem Finger vor seiner Nase herum und unterbrach ihn.

»Ah, ah, ah. Du willst doch nicht tatsächlich fluchen? Außerdem hast du es verdient. Ich habe dir gesagt, du sollst verschwinden, und du hast mir versprochen, auf mich zu hören. Egal, was ich sage und wann. Nur deshalb habe ich dich bleiben lassen.«

Daraufhin sah er zwar mit seinen dunkelgrauen Augen zerknirscht zu mir hoch, gleichzeitig lag aber auch ein Ausdruck von sturem Weltverbessertum darin. Eine Kunst, wie er das bewerkstelligte. »Ich wollte dir beistehen. Wie kann ich davonlaufen, wenn dich dieses ... dieses Monster beinahe gefressen hätte?«

»Das hätte es nicht, glaub mir. Ich bin ungenießbar, viel zu zäh und knochig, als dass man mich anknabbern wollen würde.«

»Das kann ich nicht bestätigen«, widersprach er mit einem diebischen Funkeln, das eine angenehme Wärme in meinen Magen zauberte und mich kurz an den Kuss erinnerte, der uns erst in diese Situation gebracht hatte. Jedoch war ich zu alt und zu abgebrüht, um auf seinen Flirt einzugehen, oder genauer gesagt, um meine Reaktion darauf zu zeigen. Daher streckte ich ihm ganz abgeklärt meine Hand entgegen. »Du wirst doch jetzt nicht mit mir flirten wollen? Komm lieber hoch, wir müssen die Kinder suchen.«

Bei meinen Worten erlosch sofort das Funkeln und er nickte knapp und mit zusammengepressten Lippen. »Tut mir leid, du hast recht.«

»Macht nichts, ich weiß, wie du dich fühlst. Der Rausch der ersten Jagd ist immer der größte. An das erste Monster, das man aufhält, erinnert man sich sein Leben lang.«

Ich nahm es ihm nicht krumm, überschwänglich zu sein und sogar in einer Situation wie dieser zu flirten. Das war das Adrenalin im Blut, das wild durch seine Adern rauschte. Sogar ich fühlte es in abgeschwächter Form, obwohl ich das bereits hundert Mal erlebt hatte.

Nur zu gut konnte ich mich noch an meine erste erfolgreiche Jagd erinnern und an dieses mitreißende Gefühl, das einen vollkommen mit einem schwindelig machenden Strudel überschwemmte. Ein Mix aus Glück, Adrenalin und Stolz. In diesem Moment glaubt man, man könnte die ganze Welt auf einen Schlag retten, allen Hungernden Essen geben, alle Kriege für immer beenden. Doch dann – irgendwann später – holt einen die Realität ein, man begreift, dass dem nicht so ist. Und man hangelt sich von einer Jagd zur nächsten, rettet die Welt nur langsam, in kleinen Schritten, immer weiter, ohne umzukehren. Das war alles, was wir tun konnten, und manchmal war es nicht genug.

Als ich ihn nun hochzog, brannte es wieder in meiner Schulter, die Opfer der jüngsten Rauferei geworden war, und ich zog zischend die Luft ein.

»Was ist? Bist du verletzt? Lass mich sehen«, forderte Matej prompt und versuchte bereits, den Schlitz meiner Jacke beiseite zu schieben, um die Wunde zu inspizieren. Doch dafür hatten wir keine Zeit, weshalb ich ihn energisch abschüttelte.

»Lass das, nicht jetzt! Zuerst die Kinder, dann der Rest. Wir müssen Spuren suchen, die uns weiterführen. Irgendwo muss er sie schließlich versteckt haben. Vielleicht finden wir sie noch heute Nacht und können sie zu ihren Familien zurückbringen.«

An diese Hoffnung klammerte ich mich mit all meinen Sinnen. Eine andere Option wollte ich nicht gelten lassen.

Bevor Matej protestieren konnte, hob ich den Schwanz des Werwolfs auf, öffnete meine kleine Wunderlade sprich meine magische Schatulle, um den Schwanz, der eigentlich viel zu groß für dieses Behältnis war, darin verschwinden zu lassen. Der Rest des Monsters war in der Zwischenzeit verbrannt, lag als kläglicher Aschehaufen auf der Erde und zerstob durch den Wind immer weiter.

Einige Minuten suchten wir schweigend nach Anhaltspunkten auf dem dicht bewachsenen Waldboden, was durch die dicke Wolkendecke, die erneut das Mondlicht versperrte, nicht so einfach war. Obwohl ich spüren konnte, dass Matej mit meinem Plan nicht einverstanden war, hörte er dieses Mal auf mich. *Lernfähig, sehr gut.*

Gerade als er begann: »Ich finde wirklich, wir sollten deine Schulter verbinden. Und wie genau sollen wir hier was – Verflucht!«, blieb Matej mitten in der Bewegung stehen und starrte auf etwas auf dem Boden, das ich von meiner Stelle aus nicht sehen konnte. Weitere Flüche folgten aus seinem Mund, von denen ich nicht mal für möglich gehalten hatte, dass er sie kannte.

Das Herz klopfte in meinen Ohren, als ich schnell zu ihm eilte. Matejs schockiertem Gesichtsausdruck nach zu urteilen, war es alles andere als gut, was er entdeckt hatte. Ich bereitete mich bereits auf etwas vor, das ich vermutlich nicht sehen wollte und nicht mehr so schnell vergessen würde. Neben ihm blieb ich stehen und stieß ein Keuchen aus, als ich es schließlich auch sah.

Während Matej sich umdrehte und sich hinter einem Baumstamm erbrach, was ich ihm nicht verübeln konnte, ging ich noch zwei Schritte näher heran und ging davor in die Hocke. In einer Blutlache lag ein kleiner roter Gummistiefel, ganz unschuldig mit pinken Herzen verziert. Von der Größe her von einem ungefähr acht- oder neunjährigen Kind. Aus dem Stiefel ragte ein winziges Stück Fleisch, das angeknabbert war und verkrustetes Blut, abgebrochene Knochen und gerissene Sehnen zeigte. Der Rest steckte noch im Kinderstiefel.

Ein riesiger Klumpen drückte mir die Kehle zu, mein Magen revoltierte und ich versuchte vehement, nicht die Fassung zu verlieren. Um die Tränen zurückzuhalten, blinzelte ich heftig und richtete den Blick nach vorne auf das Gestrüpp zwischen den Bäumen, während ich benommen aufstand. Weiter hinten zwischen einigen Fichten sah ich den Rest des Massakers, dort war jedoch noch weniger zu erkennen als hier. Ausschließlich Blut und einige kleine Klumpen, die längst nicht mehr menschlich aussahen.

Das Monster hatte das Kind buchstäblich mit Haut und Haaren gefressen. Und wenn sich ein Werwolf in diesem Blutrausch befand, zu einem verrückten *Looney* geworden war, gab es für ihn kein Halten mehr. Das lag in der Natur dieser Biester: Sobald sie einmal angefangen hatten, konnten sie nicht mehr aufhören, was bedeutete, die Kinder waren verloren, wahrscheinlich bereits längst alle gefressen worden. Denn der Wolf hätte nicht mit einem Kind angefangen und danach uns aufgelauert, sondern dieses hier musste der letzte Schmaus seines Festmahls gewesen sein. Eine andere Erklärung gab es nicht.

Ich bin zu spät gekommen.

Diese Erkenntnis traf mich wie ein Vorschlaghammer in die Magengrube und schnitt mir mit kalter Klinge ins Herz. Ich würgte, um die beißende Galle hinunterzuschlucken, und stützte mich mit der Hand an einer Buche ab. Es half nichts, es wurde noch schlimmer. Heftiger Schwindel überkam mich, kurz umfingen schwarze Ränder mein Blickfeld und ich musste mich mit meinem ganzen Körper stöhnend an den Baum lehnen, um nicht umzukippen.

Sofort stand Matej neben mir, der nun wieder eine gesündere Farbe im Gesicht aufwies und sich gerade den Mund mit seinem Schnaps ausgespült hatte. »Ganz langsam, Claire Kent. Ich hab dich.«

Haha, sehr witzig. Hätte ich mehr Kraft gehabt, wäre das meine Antwort gewesen.

Seine warmen Hände legten sich um meine kalten Oberarme und kurz war ich versucht, mich in diese geborgene Wärme zu verkriechen. Mich ganz klein einzurollen, um mich dort sicher zu fühlen und die Kälte, die immerzu in mir wie ein Eissturm wütete, einmal zu vertreiben. Doch das ging nicht, es ging nie. Daher schüttelte ich ihn ab.

»Sie sind tot. Sie sind alle tot.«

»Was meinst du? Wieso – wir können die anderen Kinder doch noch finden. Sie müssen hier irgendwo sein!« Er klang nun ebenso verzweifelt, wie ich mich bei der Erkenntnis gefühlt hatte, denn er sah die Gewissheit in meinen Augen.

Trotzdem erklärte ich es ihm. »Nein. Ein Werwolf hört nicht einfach auf zu fressen. Sobald er einmal das Blut eines Unschuldigen gekostet hat, verfällt er vollkommen einem Blutrausch und tötet seine gesamte Beute. Das Kind hier war vermutlich das letzte. Ansonsten wäre er uns nie so nahe gekommen, wäre keinen Schritt aus seinem Versteck gekrochen.«

Ohnmächtig vor Trauer und Wut bildete meine Hand eine Faust und schlug auf den nächsten Baumstamm ein, was meine verletzte Schulter zum Brennen brachte. Nicht sehr intelligent, aber es half trotzdem. Leider spürte ich außerdem erneut eine Flüssigkeit langsam das Schulterblatt hinablaufen. Wieder brach der Schwindel über mir ein, Schwarz überzog meine Sicht und ich kippte gefährlich zur Seite. Dieses Mal fing mich Matej vollständig auf und hob mich in bester Tarzan-Manier hoch in seine starken Arme. *Hallo, Jungfrau in Nöten!* Wollte er mich verarschen?

»Lass. Mich. Runter! Sonst schlage ich dir jeden Zahn einzeln aus.«

»Reizend. Aber Schluss jetzt. Du bist verletzt. Wenn wir die Kinder nicht mehr retten können, werde ich wenigstens etwas für dich tun und dich hier nicht verbluten lassen. Damit hilfst du keinem. Du musst ins Krankenhaus.«

Bei dem einen Wort versteifte sich mein ganzer Körper. Ich war mein ganzes Leben lang noch nie in einem Krankenhaus gewesen, obwohl ich schon oft genug verletzt worden war. Jedoch hatten wir Gildenjäger in der Familie oder im Bekanntenkreis immer einen Heiler, der diese Aufgabe übernahm. Bei uns war es Julian, und Onkel Héctor hatte uns diese Regel bis zum Umfallen eingebläut. Daher würde ich mich bestimmt nicht von einem normalen Arzt anrühren lassen. Dass unser stark magisches Blut durch ein Mikroskop etwas fremdartig aussah, war vielleicht auch ein Grund dafür. Meine Finger verkrampften sich in Matejs Ärmel und erst jetzt wurde mir bewusst, er war bereits losgegangen und die Bäume zogen an uns vorbei.

»Nein. Nicht ins Krankenhaus. Bitte. Mir geht's gleich wieder gut. Ich erhol mich schnell. Kein Krankenhaus.«

Dort musste ich außerdem unliebsame Fragen beantworten, zu genaue Untersuchungen verhindern und verlor dadurch viel zu viel Zeit. Die Kinder konnte ich zwar nicht mehr retten, dennoch würde ich das Versteck finden, aufräumen und vielleicht einige persönliche Dinge für die Hinterbliebenen mitbringen können. Zumindest das war ich ihnen schuldig.

Auf meine Widerworte hin zuckte Matejs Kiefer gefährlich und er presste nicht überzeugt die Lippen aufeinander, als ich flehentlich zu ihm hochsah. »Bitte. Versprich es mir.«

»Du kannst es einem nie einfach machen, oder? Na schön, kein Krankenhaus. Aber du brauchst Ruhe und …«

Keine Ahnung, was er sonst noch sagte. Mehr bekam ich nicht mehr mit, da plötzlich alles schwarz wurde, als hätte jemand das Licht ausgeschaltet – und die Welt mit all ihren Schrecken verblasste.

11.

Stehaufmännchen sind nicht nur ein Spielzeug, sondern es gibt sie wirklich

Ich spürte ein Ruckeln und mein Kopf rutschte zur Seite, wobei meine Stirn an einer kalten Oberfläche entlangglitt, was irgendwie unangenehm war. Schlagartig war ich hellwach und öffnete entsetzt die Augen. Mein Blick irrte hastig umher, um herauszufinden, wo ich mich befand, wer mich verschleppt hatte oder in welche Höhle ich gezerrt worden war. Erleichterung überkam mich, als ich feststellte, angeschnallt in einem AutoGleiter zu sitzen, neben Matej, der hinter dem Steuer saß. Er sah jedoch etwas gehetzt aus.

Skeptisch blickte ich ihn von der Seite an. »Du rast doch jetzt bestimmt nicht ins Krankenhaus, oder?«

Mit einem Ruck fuhr er erschrocken zusammen und griff sich an die Brust, während er zu mir rüberschielte. »Mein Gott! Musst du mich so erschrecken? Wegen dir bekomme ich noch einen Herzinfarkt!«

Ich zuckte bloß mit den Schultern, was mich wieder daran erinnerte, warum ich hier und nicht mehr im Wald war, denn sie brannte etwas, wenngleich nicht mehr so schmerzhaft wie zuvor. »Wieso denn? Darf man dir keine Fragen stellen?«

Verkniffen presste mein überreizter Taxifahrer die Lippen aufeinander und funkelte kurz zu mir herüber, als überlegte er gerade, mir den Hals umzudrehen. *Lustig.*

»Du hättest dich kurz bewegen, atmen oder mich leicht vorwarnen können! Außerdem habe ich heute einen echten Werwolf gesehen, wurde als Flipperkugel benutzt und ich dachte, du stirbst in meinen Armen, als du einfach so blutend in Ohnmacht gefallen bist. Tut mir leid, dass das nicht spurlos an mir vorübergeht«, brauste er mit wildem tschechischem Akzent auf.

Kurz spürte ich Kränkung aufkommen, weil er mir die Schuld dafür gab und jetzt nicht damit klarkam. Aber ich hatte ihn nicht gebeten mitzukommen, ich hatte ihn sogar ausdrücklich davor gewarnt. Erneut wurde mir klar, warum ich niemanden auf die Jagd mitnahm oder mich generell auf niemanden einließ. Das hier war mein tägliches Brot, egal, wie schlimm es werden konnte. Daran gab es nichts zu rütteln.

»Du kannst jederzeit aussteigen und Staubwolke spielen. Apropos aussteigen, fährst du bitte rechts ran? Ich muss wieder zurück«, verlangte ich.

»Spinnst du? Was redest du? Heute Nacht tust du gar nichts mehr. Außerdem habe ich das nicht so gemeint, wie du es ausdrückst, und das weißt du. Lass dir einfach helfen.«

»Nein, weiß ich nicht«, meinte ich begriffsstutzig, wollte wissen, ob er darauf etwas erwiderte. Was er auch tat.

»Es war viel auf einmal und es tut mir leid. Ich wusste, worauf ich mich einlasse, und wollte dir nicht die Schuld dafür geben. Ich dachte nur … ich dachte, wir könnten etwas Gutes bewirken. Es tut weh, dass dem nicht so ist.«

»Mir tut es auch leid. Du hast recht, ich weiß, wie du dich fühlst«, flüsterte ich geschlagen. All das war mir bewusst und das Versagen lastete bleischwer auf meinen Schultern.

Einige Minuten herrschte Stille zwischen uns, aber nicht unangenehm, sondern so, als würden wir den Schmerz gerecht zwischen uns aufteilen, was ihn für den Augenblick erträglicher machte. Schließlich verschränkte ich die Arme vor der Brust, was zu einem Ziepen an der Schulterwunde führte. Ich musste etwas besser aufpassen, war jedoch zu wütend und zu enttäuscht, um auf mich zu achten.

Irgendwann hielt Matej den Wagen auf einem kleinen Parkplatz an und ich stichelte, um wenigstens irgendetwas Sinnvolles zu tun: »Wo sind wir eigentlich, schon vor dem Krankenhaus? Oder wohin hast du mich entführt? Du weißt schon, dass ich mit meinen Schwertern umgehen kann. Und welcher Gleiter ist …«

Überrascht hielt ich inne. Mir fielen ein Shirt und eine Tasche ins Auge, die eindeutig von mir stammten.

»Willst du mir vielleicht sagen, wie wir in mein Leih-AutoGleiter gekommen sind oder soll ich einfach drauflos raten, weil es heute bisher so langweilig war?«

Jedoch redete ich schnell weiter: »Nein, warte. Sag es mir einfach«, nachdem ich sein belustigtes Grinsen gesehen hatte, das nun wieder verschwand, als hätte ich seine Pointe zerstört.

»Na schön. Ich bin dir schon vom Hotel aus gefolgt, also habe ich gesehen, wo du geparkt hast. Mit deinem HandChip konnte ich den Wagen ganz leicht entsperren. Fertig und ganz harmlos.«

Harmlos – Pustekuchen. Das erklärte die eine Sache, aber nicht alles. Oder ich war zu lange weggewesen, was aber nicht sein konnte, da es noch immer Nacht war.

»Nett, erst dein Stalking und dann die Entwendung meines Gleiters. Da fühlt man sich als Frau gleich wie etwas Besonderes. Wie sind wir so schnell zum Gleiter gekommen? Wir waren mitten im Wald.«

»Stimmt nicht.«

Verwirrt kniff ich die Augen zusammen.

Erklärend fuhr Matej fort: »Wir waren nicht so weit vom Waldrand entfernt, wie du vielleicht dachtest. Seit unserem Aufbruch sind wir nämlich die meiste Zeit im Kreis gelaufen und fast zum Ausgangspunkt zurückgekommen, der nicht weit von deinem AutoGleiter entfernt war. Worauf ich dich übrigens mehrmals hingewiesen habe, aber du wolltest ja nicht hören, als wir durch den Wald gestiefelt sind.«

Ja, da klingelte was. Womöglich hatte ich seine Orientierungskenntnisse nicht so ernst genommen, wenn er einige Male in eine Richtung gezeigt hatte. Konnte ja keiner damit rechnen, dass ein natürliches GPS-Gerät in seinem Hintern steckte.

»Ein Punkt für dich. Also schön … es tut mir leid, du hattest recht«, gab ich widerstrebend zu, obwohl ich diese Worte nur schwer über die Lippen bekam. Wenn es angebracht war, sprang ich jedoch über meinen Schatten.

Mit einem Nicken nahm er meine Entschuldigung an und sah dabei so zufrieden und selbstgefällig aus, als freute er sich, zum heutigen Tag auch etwas beitragen zu können.

»Danke schön und kein Problem. Komm bitte mit, hier wohne ich.«

Wir stiegen aus dem Gleiter und traten in einen starken Regenguss, der mich nicht störte, sondern den ich willkommen hieß, da er den ganzen Dreck und das Blut fortspülte sowie meinen Kopf noch weiter klärte. Ich schloss die Augen und genoss für einen Moment die prasselnden Tropfen auf meiner Kopfhaut, in meinem Gesicht, und versuchte die Bilder und den stumpfen Schmerz der heutigen Nacht zu vertreiben. Was mir nicht gelang.

Plötzlich spürte ich trotz des Regens die Wärme, die von Matej ausging, der sich dicht neben mich gestellt hatte. Einen Moment fühlte ich mich besser. Er griff nach meinem Oberarm, vermutlich um mich zu stützen oder aus Angst, ich würde gleich wieder umkippen.

»Lass uns reingehen«, raunte Matej mir zu und zog sachte.

»Warte. Ich brauche noch meinen Seesack.«

»Hab ich«, beruhigte er mich und wackelte mit der Schulter, über die er den Riemen meiner Tasche gelegt hatte. An der anderen Seite baumelte sein eigener Rucksack. Ich war beeindruckt. Er hatte mich nicht nur durch den sperrigen Wald zum Fahrzeug geschleppt, sondern auch unsere beiden Taschen getragen. Die, wie ich aus eigener Erfahrung wusste, kein Fliegengewicht hatten.

»Danke. Das ist … aufmerksam.«

So aufmerksam und nett, wie bisher noch nie jemand zu mir so uneigennützig gewesen war oder etwas Ähnliches für mich getan hatte. Außer natürlich meine Familie, die für mich durchs Feuer gehen würde, was aber ein anderes Thema war. Zugegeben, ich war nicht dieses typische Hausmütterchen, das bei Schmuck und Schuhen – außer sie hatten eine versteckte Klinge im Absatz – zu schwärmen begann oder Rosen geschenkt bekommen wollte, doch das hier war außerordentlich *nett.*

Gerührt schluckte ich schwer und trat einen Schritt zurück. Er durfte mir nicht so unter die Haut gehen, bläute ich mir erneut ein. Wahrscheinlich lag dieses Verhalten nur an den Europäern oder an den fürsorglichen Tschechen im Speziellen. Damit konnte ich nicht umgehen. Genau deswegen griff ich um ihn herum nach meiner Tasche. Doch Matej trat wortlos aus meiner Reichweite und ließ sich auch nach einem düsteren Blick von mir nicht davon abhalten, diese

Machonummer durchzuziehen. Als ob ich meine Sachen nicht selbst tragen konnte. Sicher, ich war noch ein wenig angeschlagen vom Blutverlust und die verletzte Schulter tat etwas weh, aber ich hatte immerhin noch einen anderen Arm.

Einige Sekunden lieferten wir uns einen Augenkampf wie in den alten Westernfilmen, den ich aber schließlich grummelnd abbrechen musste, um mich mit einer Hand am Gleiter abzustützen. Irgendwie war ich doch noch ein wenig unsicher auf den Beinen, obwohl ich mich schon um einiges besser fühlte als noch im Wald, dank meiner schnellen Regenerationsfähigkeit. Man musste es jedoch nicht übertreiben. Es gäbe nichts Peinlicheres, als wenn Matej mich ein zweites Mal der Ohnmacht nahe hätte tragen müssen, um mich ins Trockene zu bringen. Da konnte ich mir in Zukunft mein knallhartes Image gleich in die Haare schmieren.

Sofort schüttelte ich mich bei der Vorstellung, wie er sich auf die breite Brust schlug, »Ich Tarzan – du Jane« intonierte und mich wie einen Sack Kartoffeln über seine Schulter warf. Ich runzelte die Stirn; ich hatte eindeutig zu viele schlechte Filme gesehen. Wofür ich wie immer meinem Dad die Schuld gab. Ihm und seiner skurrilen Liebe zu alter Technik, Filmen und Musik von Leuten, deren Knochen längst zu Staub zerbröselt waren.

In diesem Moment dröhnte in der Nähe ein tiefes Brummen, das wie Musik in meinen Ohren klang. Überrascht wirbelte ich zur Straße herum, reckte den Hals, um eine Harley zu bewundern, die schnittig und kraftvoll an uns vorbeirauschte. Gleich dahinter folgten ein zweiter und ein dritter Blitz. Es schien kein Ende zu nehmen, was mir meinen Mund offen stehen ließ. Verzückt beobachtete ich die schönsten GleitBikes der Welt, von denen ich mir irgendwann auch eines von meinen schwer verdienten Kröten besorgen würde, spätestens wenn ich in Rente ging. Also, wenn ich bis dahin überlebte.

Ich konnte nicht anders, als staunend laut mitzuzählen. »Eins. Zwei. Drei. Vier. Fünf. Sechs. Sieben! Sieben auf einen Streich, wie in diesem uralten Märchen! Sieben Harleys hintereinander. Kannst du dir das vorstellen? Das ist so irre.«

Mein Fangirl-Modus schien Matej zu erheitern, denn er lachte kurz. Ein tiefer, angenehmer Laut, den ich sicherlich noch mehr zu schätzen gewusst hätte, wenn ich von diesen schnittigen Babys nicht derart abgelenkt worden wäre.

»Wow, du bist ein richtiges Stehaufmännchen. Bei dir braucht es nur ein paar Bikes und du bist wieder putzmunter. Vorhin dachte ich noch, du kippst gleich aus den Latschen. Du tust ja fast so, als würdest du zum ersten Mal Bikes sehen.«

Mit gespieltem Entsetzen drehte ich mich zu ihm herum und sah ihm tadelnd in die Augen. »Das, mein Lieber, sind nicht irgendwelche Bikes, sondern waschechte *Harleys!* Wie kommen die zuhauf in dieses kleine Dorf?«

Bevor ich mich stoppen konnte, verfiel ich in meine Begeisterung und zählte die wichtigsten technischen Spezifikationen der Harley-Bikes an meinen Fingern ab, mit denen sie anderen Bike-Herstellern um Welten überlegen waren. Ich beendete meinen Vortrag, der Matej sichtlich sprachlos zum Staunen brachte, mit den Worten: »... Harleys haben drei verschiedene Gleit-Höhen. Die normale mit zwanzig bis dreißig Zentimeter über der Oberfläche, wie normale Gleit-Fahrzeuge; die mittlere mit rund siebzig Zentimeter darüber und die höchste Gleit-Stufe, mit der man über zwei Meter über den Boden gleiten kann. Natürlich ist es nicht überall erlaubt, da sind manche Staaten etwas streng wegen des erhöhten Unfallrisikos oder so einem Mist – aber sie können es trotzdem. Zusätzlich haben Harleys die *Push&Air* Funktion, mit der man einige Minuten in der Luft segeln kann – es ist fast wie fliegen –, um über weite Schluchten zu springen. Allen Ernstes, das haben sie getestet, sind damit über Abschnitte des Grand Canyon gesprungen. Oder die *Push&Water* Funktion, die einem ermöglicht, über Wasser zu gleiten. Über das Meer!«

Ich spürte eine innere Erregung aufkommen, Hitze stieg in meine Wangen und ich meinte förmlich zu vibrieren. Ja, man könnte sagen, ich war ein kleiner Fan, wie Matej längst bemerkt hatte, der neben mir verschmitzt lächelte.

»Das nenne ich Begeisterung. Wenn du so über einen anderen Mann gesprochen hättest, wäre ich jetzt ziemlich eifersüchtig geworden.«

Hoppla, wo war denn das jetzt hergekommen? Ich war mir ziemlich sicher, solche Gedanken sollte er nicht haben, und schon gar nicht laut äußern. Statt auf das nervöse Ziehen in meinem Bauch zu achten, das seine Worte in mir ausgelöst hatten, grinste ich breit. »Tut mir leid, Mister. Nur eine Harley ist meine wahre Liebe und wird sie immer sein. Oder meine ganzen Waffen – ich mag mich zwischen ihnen nicht entscheiden. Ich habe eben ein großes Herz.«

Meine Hand strich über den Messerknauf von Sid an meiner Hüfte, woraufhin Matej amüsiert den Kopf schüttelte. »Dann sollte ich dir wohl nicht erzählen, dass gleich außerhalb der Stadt ein großes Werk der Firma Harley steht …«

Theatralisch griff ich mir ans Herz. »Ich bin gestorben und in den Himmel gekommen.«

»Sag ich doch.« Matej lachte, trat dann näher, um mir eine Strähne aus der Stirn zu streichen, die an meiner feuchten Haut festklebte. Erst jetzt wurde ich mir wieder der Nässe und des Regens bewusst, und auch, wie kalt es eigentlich war. Meine Zähne klapperten aufeinander und ich zitterte bereits wie Espenlaub, was Matej ebenfalls bemerkte. Auffordernd trat er einen Schritt zurück.

»Komm mit! Du hast vor Kälte schon ganz blaue Lippen. Ich will dich nicht vor dem Verbluten gerettet haben, nur damit du danach an einer Lungenentzündung stirbst.«

12.

Man ist nicht verrückt, nur weil man seine Waffen wie Freunde behandelt

Obwohl wir längst nass bis auf die Haut waren, eilte Matej nun durch den Regen und ich folgte ihm auf dem Fuß. Im schwachen Licht einer Straßenlaterne konnte ich eine kleine, ländliche Kirche ausmachen, die schon bessere Tage gesehen hatte. Kurz geriet ich ins Stocken, fing mich aber schnell wieder. Matej hielt auf eine versteckte Tür an der Seitenwand eines unscheinbaren Gebäudes zu, fast direkt neben der Kirche.

Ohne das Licht im Haus einzuschalten, öffnete er mir die Tür und ließ mich ein. Es war zu dunkel im Flur, um Details zu erkennen, aber ich vermutete, dies waren die privaten Räume des hiesigen Pfarrers oder irgendwelcher Nonnen. Statt den langen, engen Gang entlangzugehen, führte Matej mich neben dem Hintereingang eine hohe Holztreppe hinauf. Stufe um Stufe stiegen wir höher. Im zweiten Stockwerk befand sich eine weitere Tür, die er mit einem anderen Schlüssel aufsperrte und schließlich schaltete er eine Beleuchtung ein. Erneut lagen einige Holzstufen vor uns, die rechts an einer offenen Galerie endeten und in einen hohen Raum mit schräger Holzdecke führten – ein Dachausbau. *Hübsch.*

Der ganze Bereich war riesig, wirkte aber gemütlich und einladend. Was womöglich daran lag, dass es hier überall nach Matej roch, nach würziger Waldwiese und diesem dunklen, sinnlichen Duft, der für Pfarrer verboten sein sollte.

Entlang der linken Wand zog sich ein prall gefülltes Bücherregal, direkt davor stand ein beladener Couchtisch mit wild zerstreut herumliegenden Zetteln, die deutlich zeigten, wie wenig er die moderne Technik schätzte. Komisch, ich hätte den lieben Pfarrer vor mir als ordentlichen Menschen eingeschätzt. Irgendwie mochte ich die Tatsache, dass er es nicht war.

Rechts neben dem Tisch befanden sich eine verschlissene Couch, die in den Raum hineinragte, und auf der anderen Seite des Tisches stand ein alter Fernseher. Damit meinte ich einen richtig rustikalen, viereckigen Flat-TV. So ein Ding hatte ich seit Jahren nicht mehr gesehen und ich wusste nicht, dass die überhaupt noch funktionierten. In dem Regal, auf dem er stand, sprangen mir einige Filmtitel ins Auge, die ich früher mit meinem Dad gesehen hatte. Kurz musste ich mich vor Überraschung und Rührung am Treppengeländer festhalten, um nicht nach hinten zu purzeln.

Mein Dad wäre in Tränen ausgebrochen, wenn er das gesehen hätte. Er hatte eine starke Abneigung gegen das neumodische Zeug. Schon als kleines Kind hatte er mich damit angesteckt. Ich wurde richtig wehmütig, als ich an meine Filme zu Hause dachte, die ich sorgsam auf einen Extra-Chip geladen und in meinem Tresor im Schlafzimmer gebunkert hatte. So etwas konnte nur zu leicht kaputt gehen, daher war so eine Sicherungskopie unerlässlich. Darauf befand sich meine riesige Sammlung 80er Jahre Musik und Überspielungen von alten DVDs mit Serien und Filmen aus den frühen 2000er Jahren.

Ja, die guten, alten Klassiker, die man ansonsten nur noch auf einem sogenannten Fernseher oder Bildschirm hätte anschauen können. Nur die besaß in den Staaten und Kanada heutzutage niemand mehr. Denn diese Art von Fernsehen war so was von out und alle wollten nur noch das volle Erlebnis der *Inn∞Motions* aufsaugen. Sehen, riechen, fühlen – alles auf einmal. Ähnlich wie ein 4-D-Kino, nur gab es keine Videowall mehr, sondern die Bilder wurden fast körperlich mitten in den Raum projiziert und es fühlte sich an, man wäre mittendrin, vollkommen dabei.

Ich selbst fand das einfach gruselig, hauptsächlich bei Horrorfilmen, wenn der Wind durch das Wohnzimmer blies oder man einen verdreckten, mit Leichen bestückten Keller betrat. Bei den Gerüchen hätte sich die moderne Filmwirtschaft wirklich etwas einschränken können. Da waren mir die realen Monster und echten Leichen lieber, denn hier konnte ich eingreifen. Und für den Angriff auf meinen Geruchssinn bekam ich im Nachhinein wenigstens meinen Sold ausbezahlt.

Mein Blick glitt weiter und dabei entdeckte ich sogar ein Handy, das unbeachtet auf den Kissen der Couch lag und sichtlich nicht oft benutzt wurde. Zwar hatte ich schon damit gerechnet, dass einige Bewohner dieses abgeschiedenen Ortes nicht ganz mit der Zeit gehen wollen würden, lieber die Abgeschiedenheit vorziehen. Aber dann auch noch die einzige Kontaktmöglichkeit nach außen zu Hause liegen zu lassen, während man in den Wald ging, um Monster zu jagen – das grenzte schon an grobe Fahrlässigkeit. Augen rollend verzog ich den Mund, obwohl es irgendwie typisch Matej war und mich schon fast wieder zum Schmunzeln brachte.

»Alles in Ordnung?«, fragte er mich, noch immer die nasse Tasche in der Hand und, so wie ich, den Boden mit Wassertropfen einsauend.

Schnell nickte ich. Meine Stimme klang etwas rau. »Ja, alles klar. Danke. Ich bin überrascht, dass du so ablehnend gegen die neue Technik bist – du besitzt keinen HandChip, sondern ein Handy, und sogar das lässt du hier liegen, wenn du allein in den Wald gehst«, tadelte ich ihn streng, um von mir abzulenken. Das war immer die beste Taktik.

»Ich konnte mich bisher nicht dazu durchringen, mir so ein Ding implantieren zu lassen, aber ich erkenne die Vorteile. Warum, wolltest du mir deine Nummer geben?«

Sofort war er wieder im Flirtmodus, doch ich winkte ab. »Die ist mindestens so schwer zu bekommen wie mein richtiger Name.« Stattdessen ließ ich mir seine geben, die ich im HandChip abspeicherte.

Während ich mich ein zweites Mal in dem chaotischen Raum umsah, verkniff ich mir das Grinsen nicht mehr, was Matej sofort bemerkte. Er beobachtete mich viel zu genau, schlich wie ein Panther neben mir her. »Was hast du jetzt entdeckt?«

»Ach, ich hätte bloß gedacht, dein Zimmer wäre ordentlicher«, neckte ich ihn und war gespannt auf seine Reaktion.

»Das … ähm … ich war in letzter Zeit … mit anderen Dingen beschäftigt.«

Klar. Damit, mir oder diesen Monstern nachzustellen, anstatt sich aus der ganzen Sache rauszuhalten, wie es sich gehörte. Zivilisten sollten sich fernhalten, um nicht verletzt zu werden oder Schlimmeres zu erfahren wie den unwiderruflichen Tod. Zorn blitzte kurz in mir auf, weil er mir diese Bürde und Verantwortung auferlegt hatte und es beinahe anders ausgegangen wäre. »Meinst du dein Stalking? Ich habe ja keine Ahnung, wie das bei euch ist, aber du weißt schon, dass das in der westlichen Welt strafbar ist?«

»Unter anderem«, gab er zu und sah zerknirscht aus, dennoch drängte ich das schlechte Gewissen zurück, da ich immer noch sauer auf ihn war. Heute Nacht hätte einiges schiefgehen können. Doch als ich ihn genauer betrachtete, wurde er auf meine Aussage hin doch tatsächlich ein wenig rot. Und sofort war meine Wut verpufft. *Verdammt!*

Irritiert ging ich weiter in den Raum, dicht gefolgt von Matej, was ich an der Wärme hinter mir bemerkte. Auf der rechten, lang gezogenen Seite des Raumes lag sein Schlafbereich. Hinter der Couch stand ein dunkler Raumtrenner, dahinter sein Bett. Ein ziemlich großes, zerwühltes Bett, dessen Anblick mir ein warmes Kribbeln im Unterbauch bescherte. Schnell erkundete ich das restliche Zimmer und mein Blick fiel auf einen Boxsack, der am Ende der Fußseite des Bettes, gleich neben dem Geländer der Galerie, an der Decke befestigt war.

Interessant. Er hatte wohl so einige Geheimnisse.

Mit steifen Gliedern ging ich weiter und blieb bei einem Esstisch stehen, der zwischen dem Ende des Treppengeländers und zwei geschlossenen Türen stand. Vermutlich Badezimmer und Küche, wenn er sich hier oben komplett selbst versorgen wollte.

Vorsichtig wollte ich mich aus der aufgerissenen Lederjacke schälen. Um dabei vor Schmerz nicht aufzustöhnen, biss ich mir fest auf die Lippen. Aber Mist, die Krallen dieses Viehs hatten mich doch mehr erwischt, als ich vorhin im AutoGleiter gedacht hatte. Ich spürte unter dem Mantel eine zähe Flüssigkeit mein Schulterblatt hinabrinnen. Ein Keuchen erklang hinter mir und die Taschen fielen zu Boden. Dann stand Matej noch dichter hinter mir und half mir, mich aus dem Ärmel zu befreien.

»Danke.«

»Nichts zu danken. Kann ich sonst noch etwas tun?«

Schneller als ich denken konnte, schüttelte ich den Kopf. Niemand musste mir helfen. »Nein, danke. Den Rest bekomme ich allein hin. Ist nicht so schlimm. Ich weiß gar nicht, ob das überhaupt alles mein Blut ist.«

Lahme, lahme Ausrede. Ich hatte das Vieh von vorne erwischt und obwohl etwas von dem roten Zeug und andere Körperinnereien auf meine Klamotten gespritzt waren, wusste ich genau, der Großteil war leider eben doch meines. Vor allem deshalb, da der heftige Regen das fremde Blut bereits längst abgewaschen hatte – falls überhaupt etwas haften geblieben war – und dieses hier unterhalb des Stoffes hervorsickerte.

Nachdem ich die Jacke zu Boden gleiten ließ, bückte ich mich, um den Hüfthalter mit dem Dolch Sid zu entfernen. Dann nahm ich das Brustgeschirr für mein Katana Olaf und die gefüllten Phiolen für die verkabelte Feuerwaffen-Armbrust-Kombi ab, um sie neben Sid auf den Tisch zu legen. Darauf folgten die Unterarm-Scharniere mit den Klingen BoBo und zum Abschluss noch meine geliebten Wurfsterne. Auch diese waren mit dem Unendlichkeitszeichen verziert, da Jayden wusste, wie viel mir dieses Symbol bedeutete. Es erinnerte mich an meine Mutter. Sie hatte es als kleines Tattoo an ihrem rechten Knöchel getragen und als Kind hatte ich es immer ganz fasziniert betrachtet, ohne damals die wirkliche Bedeutung gekannt zu haben. Nur ihre Worte waren schon immer klar gewesen. Wenn ich oder mein Dad ihr gesagt hatten, wir liebten sie, war ihre Antwort stets gewesen, sie liebe uns auch – bis in die Unendlichkeit.

Matejs angenehme Stimme riss mich aus der Erinnerung. »Wahnsinn, du trägst ja ein ganzes Waffenarsenal mit dir rum. Was ist das alles?«

Seine Frage klang aufrichtig neugierig und interessiert, nicht angewidert oder vorurteilsreich, wie ich angenommen hätte. Überrascht sah ich ihm in die dunklen Augen und fasste mir ein Herz. Vielleicht war es auch ein kleiner Test, um zu sehen, wie er reagierte, ob er mit mir und dem Leben, das ich führte, umgehen konnte. Warum wusste ich selbst nicht.

»Na gut. Das ist Olaf, mein Katana. Der Dolch ist Sid. Die Klingen heißen Bo und Bo«, antwortete ich und bemerkte selbst, wie bei jeder Waffe meine Begeisterung stieg. Lächelnd fuhr ich fort, während ich über die Armbrust-Bolzen aus Weihrauchbaum strich. »Das ist Brunhilde – kurz Hildi, sie kennst du ja schon. Und hier haben wir Gizmo, Gizmo und noch drei Mal Gizmo. Zusammen heißen die fünf Wurfsterne die Gizmis«, endete ich und drehte mich breit grinsend zu ihm um.

Sein Gesichtsausdruck raubte mir kurz den Atem. Er sah mich nicht an, als ob ich komplett verrückt und meine Waffenliebe abstoßend wäre, sondern als hätte ich nur einen kleinen, liebenswerten Sprung in der Schüssel und ihm würde genau das gefallen. Damit sammelte Matej sofort Pluspunkte. Ganz viele Pluspunkte.

Ein kleines, schiefes Grinsen bildete sich auf seinem Gesicht, obwohl er sichtlich versuchte ernst zu bleiben. »Müsste es dann nicht die Gizmos lauten?«

Ha, der Mann gefällt mir!

»Meine Waffen, meine Namen«, antworte ich zwinkernd und rempelte ihn, ohne zu wissen, wie es dazu kam, spielerisch mit der Schulter an, als würde mein Körper automatisch von ihm angezogen. Was definitiv ein Fehler war. Die verletzte Seite brannte prompt wie Feuer und ich zuckte vor Schmerz zusammen. Auf der Stelle verschwand jegliches amüsierte Funkeln in Matejs Augen und er wurde ernst. Seine Miene spiegelte eine Mischung aus tadelndem Lehrer und strengem Aufseher. *Hm.*

Dieses Gesicht mochte ich genauso an ihm, es sah richtig sexy aus. Oder ich hatte einfach nur schmutzige Fantasien und wirklich einen an der Klatsche.

Zu meinem Unmut wandte er sich von mir ab. So hatte ich mir das aber jetzt nicht vorgestellt. Mit großen Schritten ging er durch den offenen Raum, marschierte in eines der geschlossenen Zimmer und kam anschließend mit einem feuchten Handtuch und einer kleinen weißen Box mit einem roten Kreuz darauf zurück.

Im Badezimmer hatte er sich außerdem seiner klatschnassen Jacke und seines Pullovers entledigt, weshalb er jetzt in tief sitzender schwarzer Jeans und einem gerippten weißen Unterhemd vor mir stand. Wow, der Gute hatte wirklich seine Geheimnisse, die er nun gut gebaut und muskulös zur Schau stellte. Noch bevor ich mit meinem ausgiebigen Starren fertig war – *Mist aber auch* –, stellte er sich neben das Bett und deutete mit dem Kinn darauf. »Setz dich!«

Klasse, wollte er jetzt anfangen, mich zu bevormunden? Dennoch tat ich wie geheißen, hauptsächlich deshalb, weil mein ganzer Körper wehtat und meine Knie sowieso vor Anstrengung zitterten. Und ja, zu einem kleinen Teil, weil sein Körper, seine finstere Miene und strenge Stimme absolut heiß waren und ich so oder so näher kommen wollte. Irgendetwas Entscheidendes stimmte ganz und gar nicht mit mir, deshalb grinste ich einfach blöd.

Bevor er mir wie ein Machomann auch noch den Befehl »Ausziehen« an den Kopf werfen konnte, öffnete ich mein ledernes Top, das vorne zum Aufknöpfen war, und zog mit einem Zischen den aufgerissenen Stoff von der Wunde. *Autsch*. Ich spürte die Matratze neben mir einsinken, als sich Matej niederließ und nun ebenfalls scharf die Luft einsog. Vermutlich hatte er gerade das ganze Ausmaß der Wunde gesehen, die, den Schmerzen nach zu urteilen, nicht so prächtig aussah wie der Rest von mir.

Vorsichtig wühlte ich mit der unverletzten Hand in meiner Tasche herum und zog drei kleine Döschen heraus, die ich auf der Bettkante aufreihte. Während mein linker Arm vor Schmerzen langsam gefühllos wurde und schlaff in meinem Schoß lag, öffnete ich mit ein paar Fingerdrehern den Deckel des ersten Döschens. Da Matej sich noch immer nicht rührte und zum Glück nicht das Tuch auf die Wunde gepresst hatte – auf diese Schmerzen konnte ich getrost verzichten –, griff ich nach dem Tuch und hielt ihm stattdessen die geöffnete Dose unter die Nase. Neugierig zog er die dunklen Augenbrauen zusammen.

»Was ist das?«, fragte er, wobei sein Akzent stärker zutage trat und durch die Nähe einen Schauer über meinen Körper jagte.

»Diese Lotion ist zur Betäubung. Damit spüre ich gar nichts mehr«, antwortete ich und erklärte weiter, während ich nacheinander auf die anderen beiden Dosen zeigte: »Diese hier ist desinfizierend und tötet innerhalb von Sekunden alle Krankheitserreger oder Infektionen ab. Es breitet sich sogar im Blutkreislauf aus, um alles zu erwischen. Die letzte hier kommt zum Schluss auf die Wunde, damit versiegelst du sie, ohne Nadel und Faden zu verwenden, und sie treibt auch die Wundheilung an. Morgen Abend werde ich nicht einmal mehr eine rötliche Stelle an meiner Schulter haben, nur eine kleine Narbe.«

Stolz schwang in meiner Stimme mit und Julian wäre ebenso begeistert von meiner Erklärung seines Wundermittels gewesen. Ach

Mist, ich hätte das alles aufnehmen sollen, um es ihm beim nächsten Mal vorzuspielen, wenn er mich wieder damit verarschte, meine Aufmerksamkeitsspanne ginge wie bei einer Mücke nicht über fünf Sekunden hinaus, sobald er mir medizinischen Kram erklärte. Okay, manchmal war es wirklich stinklangweilig und einmal war ich dabei eingenickt, aber sonst war das, was er erschuf, schon richtig cool. Solange er es mir nicht in allen Details erklären wollte.

Matej nickte anerkennend und nahm mir die erste Dose ab, sah aber den Inhalt immer noch mit verengten Augenbrauen an, als versuchte er, das Ausmaß meiner Worte zu begreifen. »Das ist unglaublich. Ist das dieses neue Produkt von *Inn∞Med?* Mir war klar, dass die Mittel besser helfen als alles Bisherige, aber dass sie bereits so weit ausgereift sind, wusste ich nicht.«

»Ja, genau. Aber mein Cousin ist ein Medizinfreak und hat es für uns noch um ein Vielfaches verbessert. Man könnte es seine Leidenschaft oder einfach geniale Verrücktheit nennen. Aber psst, das ist ein Betriebsgeheimnis.«

Wieder dieser verruchte Akzent, als er ernst versprach: »Keine Sorge. Deine Geheimnisse sind bei mir sicher.«

Einen Moment verlor ich mich in seinen ausdrucksstarken Augen, die mich so glühend ansahen, dass ich rote Wangen bekommen hätte, würde ich dazu neigen. War ihm überhaupt bewusst, wie sinnlich er auf Frauen wirkte, wie erotisch seine Stimme klang und wie sündig sich seine vollen Lippen dazu bewegten?

Es war zum Verrücktwerden oder zum Dahinschmelzen. Aber da ich schon aus Prinzip nicht schmolz – nie und nimmer –, räusperte ich mich heiser und drehte ihm den Rücken zu. »Bitte einfach großflächig auftragen. Ich bin nicht zimperlich. Danke.«

Nun war er an der Reihe, sich zu räuspern und hörbar zu schlucken. »Dein … BH …«

Oh ja, richtig, der BH war ja noch im Weg, den ich komplett vergessen hatte. Ich gab dem Blutverlust die Schuld an meinem nicht ganz klaren Kopf und nicht der Sexfantasie neben mir, deren Stimme nun noch tiefer geworden war. Ging das überhaupt, verdammt?

»Was, mein BH?«, fragte ich extra begriffsstutzig und war neugierig, warum er plötzlich keinen vollständigen Satz mehr formulieren konnte. War er nur zu schüchtern, immerhin war er Pfarrer und hatte wohl keine Erfahrung mit solchen Situationen, oder gab es einen anderen Grund? Um ihm noch mehr Peinlichkeit zu ersparen – ich konnte ja gemein sein, aber ich war kein Unmensch –, zuckte ich unbefangen mit der unverletzten Schulter und öffnete ohne theatralisches Getue den Verschluss.

Immerhin saß ich mit dem Rücken zu ihm. Er sollte merken, dass es keine große Sache war, um ihm die Anspannung zu nehmen und damit er sich wieder wohler fühlte. Nacktheit machte mir nicht viel aus, ich hatte schon ganz andere Dinge angestellt. Dennoch, während ich so entblößt vor Matej saß, ob er nun etwas sehen konnte oder nicht, wurde ich doch nervös, wie schon seit Jahren nicht mehr. Sobald er auch noch wortlos mit dem Versorgen der Wunde anfing und seine warmen Finger über meine Haut glitten, fühlte sich das viel intimer an, als eben einige dieser Dinge, die ich bereits getan hatte.

Für einen Moment legte ich meinen Panzer ab, ließ zu, jemand anderen für mich sorgen zu lassen, und schloss genießerisch die Augen. Diese wenigen Minuten gönnte ich mir, so falsch sie womöglich auch waren. Allerdings gingen sie viel zu schnell vorbei.

Matej räusperte sich hinter mir. »Fertig.«

Mit dem Wort reichte er mir die geschlossene letzte Salbe, wobei seine warme Hand noch immer auf meinem unteren Rücken lag.

»Danke.«

Die Gänsehaut ignorierend, hielt ich nun das Handtuch vor meine Brust gedrückt, stand gleichzeitig auf, um die Dosen wieder zu verstauen.

»Darf ich kurz dein Bad benutzen? Katzenwäsche«, fragte ich zwinkernd, um die dicke Spannung zu durchschneiden, die schwer lastend zwischen uns knisterte. Beinahe so, als läge Benzin in der Luft und würde nur auf den ersten Funken warten, der alles mit sich entzündete.

»Natürlich.«

13.

Es sollte auf der Welt viel mehr Nacktschläfer geben

Nachdem er mir ein großes Handtuch geliehen und mich im Badezimmer zurückgelassen hatte, machte ich mich daran, die körperlichen Spuren der letzten Tage zu beseitigen. Für jene tief in mir drinnen gab es keine Seife, kein Wasser oder sonstiges Mittel, um sie zu vertreiben. Sie würden für immer auf mir lasten – mich zeichnen, wie jede einzelne Narbe auf meinem Körper.

Frisch gewaschen trat ich mit Shorts und BH, wobei ich den linken Riemen wegen der Wunde herabhängen ließ, in den Wohnbereich. Gedankenverloren saß Matej auf der Bettkante, hatte die Arme verschränkt und die Ellbogen auf die Knie gestützt, vermeintlich ins Leere starrend. Keine Ahnung, was er tatsächlich vor seinem geistigen Auge sah, seinem Gesichtsausdruck nach zu urteilen, konnte es nichts Schönes sein. Ein Schatten lag auf seinem Gesicht. Einer, der mir nicht gefiel, den ich augenblicklich vertreiben wollte.

Ich setzte mich neben ihn. Da er noch immer nicht aufsah, stieß ich mit dem Knie gegen sein Bein. »Harte Nacht, was? Jetzt weißt du, dass du nicht verrückt bist, es Dinge da draußen gibt, die vor den meisten Menschen verborgen bleiben. Da fragt man sich doch, ob die Unwissenheit nicht doch ein Segen ist.«

Matej drehte den Kopf und in seinen Augen lag ein Ausdruck von Leid, der mir die Luft zum Atmen nahm. »Egal, wie schlimm es auch ist, was ich heute gesehen und erfahren habe – Ungewissheit ist schlimmer.«

Ich ließ die Mundwinkel sinken, mein aufmunterndes Lächeln verschwand, da ich an meine Eltern, an die ungeklärten Fragen dachte, und drückte mitfühlend seine Hand. »Ich weiß.«

Nachdem ich sie wieder losgelassen hatte, rückte ich ein Stück von ihm fort. »Komm schon. Du solltest ebenfalls duschen gehen, sonst erkältest du dich noch.«

Schweigend nickte er und marschierte mit hängenden Schultern ins Badezimmer. Erst nachdem er die Tür geschlossen hatte und ich das Rauschen des Wassers hörte, stieß ich mit einem Seufzer die angehaltene Luft aus und fuhr mir über das Gesicht. Ich musste mich ablenken. Daher begann ich mit meinen Haarsträhnen zu spielen und durch die türkis-blauen Wellen zu streichen, während ich meinen Gedanken nachhing. Dieser ganze Auftrag ging mir mehr an die Nieren, als alle der letzten Jahre. Die Trauer um die Kinder, die Wut über mein Versagen und meiner Unfähigkeit lasteten schwer auf mir. Dann noch die Sache mit Matej … Langsam verlor ich mein Gleichgewicht, jegliche Bodenhaftung.

Verflixt! Das musste an diesem Ort liegen. Ich hätte nie hierherkommen sollen.

Wie aufs Stichwort ging die Badezimmertür auf und Matej stand nur mit einem Badetuch um die Hüften geschlungen darin. Das feuchte Haar, das nun schwarz wirkte, ließ sein Gesicht mit hohen Wangenknochen, männlicher Kieferpartie, langer, gerader Nase und dunklen Augen noch ausdrucksstarker wirken. Nicht nur sein Gesicht, auch der Rest von ihm war wie zum Anhimmeln erschaffen. Seine trainierten Arme hatte ich vorhin bereits bewundern dürfen, war jedoch nicht für seine breiten Brustmuskeln und den verbotenen Sixpack gewappnet.

Lecker! Ich revidiere: Für diesen Anblick wäre ich auch nach China gefahren.

Mein Blick glitt genüsslich über seinen Körper, bis er langsam wieder hoch zu seinem Gesicht wanderte, als Matej unschlüssig näher kam. Auf meinen Scherz hin: »Hast du irgendetwas Bestimmtes vor oder ist das bloß ein Statement von dir von wegen: Nacktschläfer an die Macht und so weiter?«, wurde er tatsächlich rot und hustete verlegen.

»Nein. Ich habe … ich habe meine frische Wäsche vergessen. Deswegen. Ich hatte keine Hintergedanken.«

»Ist das so? Und das soll ich dir abkaufen?«, fragte ich, obwohl ich genau das tat – ich glaubte ihm, weil er die Sorte Mensch war, der man vertrauen konnte, sprichwörtlich einer von den Guten. In einer Welt, die so viel Dunkelheit in sich barg, glühte er wie ein reiner, weißer Stern. Irgendwie fand ich seine Verlegenheit süß und konnte mich nicht bremsen. Außerdem lenkte mich die Neckerei von seinem Körperbau und meinen Reaktionen darauf ab.

»Das weißt du. Ich verheimliche vielleicht manches, jedoch lüge ich nicht.«

»Aber?«, setzte ich nach, weil erstens immer ein *Aber* kam und zweitens seine roten Wagen noch immer leuchteten, jetzt sogar noch stärker.

Theatralisch seufzte er, was seinen Brustkorb breiter aussehen ließ. »Ich bin tatsächlich ein Nacktschläfer.«

»Oh«, piepste ich sehr eloquent.

Sein Blick glitt durch das ganze Zimmer, überallhin, nur nicht zu mir, um mir nicht ins Gesicht sehen zu müssen, bis er schließlich aufgab. Doch als er zu mir sah, blieb sein Blick wieder an meiner Schulterwunde haften und seine Verlegenheit war wie weggewischt. Er kam näher und ließ durch sein Gewicht die Matratze nach unten sinken, als er sich setzte.

»Lass das, es geht mir gut. Danke.«

»Hör auf, dich immer zu wehren, wenn man dir helfen will. Du hast in dieser Hinsicht wirklich ein Problem, das ist dir doch hoffentlich klar?«

»Ja, ich weiß, ich habe viele Probleme«, murrte ich und hielt schließlich still, doch statt sich ungestört der Schulter zuzuwenden, griff er nach meiner Hand.

»Das war nicht böse gemeint. Ich bewundere dich für deine Fähigkeiten, wie du dich wehren und kämpfen kannst. So etwas habe ich noch nie gesehen. Du bist stark, lässt dich nicht unterkriegen. Dennoch machst du es dir manchmal absichtlich schwerer, als es sein müsste, wenn du alles allein angehst. Das ist es, was ich denke, mehr nicht.«

Mehr nicht? Das war eine ganze Menge und es hatte mich berührt, ganz tief drinnen.

»Dennoch habe ich versagt und war zu spät«, war das Einzige, was mir als Antwort einfiel und ich gepresst über die Lippen bekam.

Vehement schüttelte er den Kopf. »*Wir* waren zu spät, es war nicht deine Schuld. Wenn, dann meine, weil ich dich aufgehalten habe.

Vielleicht hättest du die Kinder noch rechtzeitig gerettet, wenn ich mich nicht eingemischt hätte. Wenn ich nicht …«

Nun war ich an der Reihe, ihn zu unterbrechen, um ihm diese Flausen auszureden. »Das ist doch Humbug! Du wolltest nur helfen, das versteh ich. Du kannst nichts dafür, gib dir nicht die Schuld für etwas, für das niemand etwas kann.«

Sein Blick war fest. »Siehst du – niemand. Auch nicht du. Was du nicht vergessen darfst: Vielleicht haben wir diese Kinder nicht mehr retten können, was furchtbar ist, aber denk an all die Opfer, die dieser Wolf … dieser Werwolf sich noch geschnappt hätte, wenn du ihn jetzt nicht ausgeschaltet hättest. Du hast alle zukünftigen Opfer gerettet!«

Er klang so inbrünstig, so überzeugt, dass meine Kehle sich ganz eng anfühlte, trotzdem half es mir – ein wenig. Kraftlos murmelte ich ein leises »Danke«.

Unsere Blicke hielten einander fest und für einen Moment stand die Zeit still, als gäbe es nur noch uns beide und jemand hätte die Welt um uns herum ausgeknipst. Sachte strich er mir eine Haarsträhne hinters Ohr, so berührend fürsorglich, dass mein Herz ein paar Schläge aussetzte, um danach viel schneller weiterzugaloppieren.

Statt näher zu kommen, wie ich es mir wünschte, unterbrach Matej jedoch den Augenkontakt und räusperte sich heiser. »Wie geht es deiner Schulter?«

Frustriert drehte ich ihm den Rücken zu und sah nach unten auf meine verschränkten Hände im Schoß. »Du gibst wohl nie auf. Na schön, tu, was du nicht lassen kannst.«

Augenblicklich strichen seine warmen Finger über meinen Nacken, um die Haare zur Seite zu schieben. Was sofort eine Gänsehaut auslöste, obwohl mir warm war.

»Ist dir kalt?«, fragte er besorgt, doch ich schüttelte den Kopf.

»Nö. Eigentlich ist mir ziemlich heiß«, schoss ich ohne nachzudenken zurück. *Hoppla, so sollte das eigentlich nicht rauskommen.*

Seine Hand hielt inne, blieb mit der Handfläche auf meiner rechten Schulter liegen und ich spürte seine Anspannung, seinen inneren Kampf. *Oh ja, der wütet auch in mir.*

Gespannt hielt ich den Atem an, wartete ab, was er als Nächstes tun würde. Weitermachen oder schreiend davonlaufen? Ich würde ihm zur zweiten Möglichkeit raten. Er war anscheinend ein Idiot, denn er entschied sich für Option eins – er blieb.

Ein aufgeregtes Kribbeln rieselte warm von meiner Brust weiter hinunter in den Magen. Seine Hand fuhr meinen Rücken entlang nach unten, ganz langsam, als betrachtete er ehrfürchtig meine Reaktion darauf, die sich durch eine sich ausbreitende Gänsehaut zeigte. Erneut glitten seine Fingerspitzen zart nach oben, schoben die restlichen Haarsträhnen über meine Schulter beiseite. Zuerst ein kühler Lufthauch im freiliegenden Nacken, dann spürte ich einen warmen Atem und gleich darauf folgten weiche Lippen, was mir ein Stöhnen entlockte. Bis dato wusste ich nicht, wie sinnlich es sein konnte, an dieser Stelle geküsst zu werden.

Seine Lippen bewegten sich weiter meinen Hals hinauf und seitlich wieder hinab. Wie berauscht neigte ich mit geschlossenen Augen den Kopf zur Seite, um ihm mehr Platz zu schaffen. Es kostete mich all meine Willenskraft, still sitzen zu bleiben, mich nicht zu bewegen. Gleichzeitig genoss ich seine zärtlichen Liebkosungen mehr als alles andere jemals zuvor.

Während sein Mund meinen Nacken küsste, glitten seine Hände nach vorne und strichen meinen Oberkörper entlang. Eine nach unten, eine nach oben zu meiner Brust, die sich bereits schnell atmend bewegte. Als seine Finger sachte, aber dennoch fordernd untern den BH rutschten und meine Brust kneteten, stieß ich einen überraschten Laut aus. Im selben Moment verlor ich meine letzte Selbstbeherrschung.

Ich drehte meinen Kopf zu ihm herum, begegnete seinem Blick, der Funken sprühte, und küsste ihn mindestens so heftig, wie er mich heute auf dem Waldboden. Mein Körper folgte der Bewegung und ich wandte mich Matej zu, während ich meinen Mund für ihn öffnete und ihn endlich wieder auf meiner Zunge schmeckte.

Nur nebenbei registrierte ich, dass mein BH irgendwann in eine Ecke geschleudert und die Beule unter Matejs Handtuch immer größer wurde. Kurz hielt er in unserem wilden Kuss inne, strich mit den Lippen über meine Wange und raunte in mein Ohr: »Wenn ich endlich deinen Namen wüsste, würde ich ihn jetzt stöhnen.«

»Guter Versuch. Aber den verrate ich dir … immer noch nicht. Sieh es als Herausforderung.«

Mein Atem kam nur in kurzen Zügen, dennoch schaffte ich es, ein Grinsen zu zeigen, das Matej erwiderte, obwohl ich auf seinen Schoß rutschte und mich an ihm rieb.

»Na schön, dann eben Nejkrásnější«, keuchte er an meinen Lippen, als er einen hauchzarten Kuss hinterließ.

»Was bedeutet das?«

»Find's heraus«, neckte er mich mit belegter Stimmte, während seine Hände eifrig mit dem Erforschen meines Oberkörpers und Hinterns beschäftigt waren. Dabei strich er zuerst wie zuvor andächtig über meine Haut, beobachtete jede Regung meines Körpers, als könnte er nicht genug davon bekommen, mich zu betrachten, wobei er ein »Wunderschön«, flüsterte.

Dann wurde sein Streicheln und Kneten wieder fordernder, was es mir schwierig machte, eine passende Antwort zu erwidern. Dennoch schaffte ich es, wenngleich etwas außer Atem. »Du weißt schon … dass ich das Wort nachschlagen kann.«

»Aber nicht im Augenblick.«

Seine Augenbrauen wackelten und er grinste hinterlistig, was ihn beinahe unverschämt gutaussehen ließ. Erregt und lächelnd küsste ich ihn wieder, fuhr mit den Fingern seine harten Brust- und Bauchmuskeln entlang, folgte der verruchten Linie aus dunklem, kurzen Haar, die unter dem Tuch verschwand, bis ich zu der Stelle kam, an der ich mich bereits gerieben hatte. Und dann verharrte ich. Ich verharrte nie. Er gab mir eindeutige Signale, er wollte das genauso sehr wie ich und dennoch hatte ich Skrupel, zu weit zu gehen. Was war nur los mit mir?

Meine Bedenken zerstreuend unterbrach Matej den Kuss und sein hungriger Blick auf mir ließ keinen weiteren Zweifel daran, dass wir beide eindeutig auf das Gleiche aus waren. Als er schließlich noch nickte, war mein Entschluss gefasst. Geschmeidig stand ich auf, entledigte mich der Shorts und griff nach Matejs Tuch. Die Zeit für Schüchternheit war eindeutig vorbei.

Mein Körper brannte, die innere Hitze sehnte sich nach dem, was nur er mir geben konnte. Während der Stoff von seinem Körper glitt – oh ja, er war auch dort mehr als gut ausgestattet –, rutschte Matej auf den Boden, mit dem Rücken an das Bett gelehnt, und zog mich mit den Händen um meine Oberschenkel zu sich hinab. Kurz kam er jedoch zur Besinnung, schüttelte den Kopf, wie um ihn zu klären, als er hervorpresste: »Warte.«

Er griff neben sich in die Schublade des Nachttisches und holte ein Kondom heraus, woraufhin ich den Kopf schüttelte. »Nicht nötig.«

Zur Erklärung hob ich die Hand mit dem Chip darin hoch. »Damit werden regelmäßig Hormone und ein Schutz gedownloadet. Keine Erkrankungen oder Schwangerschaft möglich.«

»Praktisch, Nejkrásnější.«

»Und wie, doch kein so schlimmes Teufelszeug«, stimmte ich ihm grinsend zu.

Das Lächeln verlor sich jedoch rasch, nachdem ich ihm in die Augen schaute, deren Blick nun wieder nachdenklich über meinen Körper, mein Gesicht strichen und einen Ausdruck völliger, innerer Zerrissenheit widerspiegelten. Matej wirkte beinahe, als hätte er Schmerzen und ich wäre der Auslöser. Ich konnte fühlen, wie sehr er mich wollte. Nicht nur am harten Glied an meinem Oberschenkel, sondern auch an seinem angespannten Körper, seiner beschleunigten Atmung – seine Lust strömte aus jeder Pore.

»Wir sollten das nicht tun«, meinte ich, um Matej ein Schlupfloch zu bieten, was ihn aus seinen Gedanken riss.

Bedächtig nickte er, ließ jedoch seine Hände auf mir, zeichnete weiterhin die Konturen meines Körpers nach. »Womöglich hast du recht. Wenn ich noch könnte, hätte ich längst aufgehört.«

Seine Stimme war rau, heiser vor Verlangen und es kostete mich meine gesamte Selbstbeherrschung, folgende Worte auszusprechen: »Dann lass mich aufhören.«

»Wag es ja nicht.«

Keine samtige Stimme mehr, nur noch ein Knurren, als wollte er mich herausfordern. Doch dieses Spiel spielte ich schon länger als er. »Droh mir besser nicht, sonst spürst du erneut ein Messer an deiner Kehle.«

Ein Lächeln blitzte in seiner Miene auf. »Wenn du währenddessen auf meinem Schoß sitzen bleibst – gerne.«

Na, wenn das mal keine Ansage war, die noch schmutzigere Bilder in meinem Kopf heraufbeschwor, was dann? Wenn er es wollte, dann war das seine Entscheidung. »Wie du willst. Das ist dein Fall ins Bodenlose.«

»Will ich«, meinte Matej prompt. Nun strotzte er wieder vor sinnlichem Elan, so sicher wie zuvor. Jeglichen Zweifel hatte er an einen weit entfernten Ort geschoben, als er zwinkernd hinzufügte: »Mit dir springe ich zu gerne, auch ohne Sicherheitsschirm.«

Damit hatte er mich. Mit einem umwerfenden Lächeln auf den Lippen umfing er mit der Hand meinen Kopf, der Daumen streichelte über mein spiegelndes Lächeln. Während zwischen unseren Augen beinahe Funken stoben, öffnete ich den Mund und leckte über seine Fingerkuppe.

»Nejkrásnější!«, stöhnte oder fluchte Matej, ich konnte es nicht sagen, und im nächsten Moment war es mir egal. Seine Lippen verschlossen meinen Mund, unsere Zungen liebkosten sich, spielten miteinander, schmeckten sich, als er die Hände um meinen Po legte und mich fest auf sich schob. Mit einem einzigen heißen Stoß versenkte er sich in meiner Hitze, dehnte mich köstlich aus.

Laut stöhnend stützte ich die Hände auf seinen Schultern ab, um mich seinem schnellen Rhythmus anzupassen, und ließ mich vollkommen von der Kette, nur noch von der Lust getrieben. Mein Herz hämmerte in meiner Brust, das Blut rauschte wie verrückt durch meine Adern. Ich versank völlig in der Leidenschaft, in dem Gefühl von Haut an Haut, in seinen Berührungen, in seinem Geruch – in Matej. Nie hatte ich mich lebendiger gefühlt, nicht einmal auf der Jagd. Es war unheimlich, aber gleichzeitig wunderbar schön.

Kurz machte mir dieser Gedanke Angst, doch Matejs Küsse, seine Bewegungen und Hingabe rissen mich in den gierigen Strudel der Empfindungen mit. Meine innere Hitze breitete sich immer weiter aus, was mich jegliches Raum- und Zeitgefühl vergessen ließ. Bis sie sich in einem überwältigenden Rausch zuckend entlud und ich schwitzend, jedoch zutiefst zufrieden beinahe auf ihm zusammenbrach. Genau in dem Moment, als auch er sich heiser aufschreiend mit einem letzten heftigen Stoß in mir entlud. Nur unser Keuchen war im Raum zu hören, die Atmung durch den Rausch der Lust noch immer heftig beschleunigt.

Einige Minuten später ergriff Matej meinen Po fester, hob mich mit sich hoch, um uns auf die Matratze fallen zu lassen. Müde von den

Ereignissen der letzten Tage ließ ich zu, dass er mich näher an sich heranzog und die Bettdecke über uns ausbreitete. Warm wie in einem geschützten Kokon, so wohl und sicher, wie ich mich lange nicht mehr gefühlt hatte. Dabei sorgte ich doch lieber selbst für meine Sicherheit.

Lass niemanden an dich ran. Bleib auf dich selbst gestellt.

Aber was macht schon eine kleine Ausnahme? Nur zwei Minuten, zwei winzige Minuten, bevor ich aufstehe, redete ich mir in Gedanken ein. Bevor diese verstrichen waren, dämmerte ich bereits weg und blieb das erste Mal nach dem Sex gemeinsam mit einem Mann im Bett liegen.

14.

Nennt meine Frettchen NIEMALS im Leben Mäuse!

Erschrocken fuhr ich hoch. Ein Klingeln hallte unablässig in meinem Kopf wider, das mich aus einem angenehmen, sehr lebhaften Traum gerissen hatte. *Oh Mann, nicht jetzt.*

Frustriert rieb ich mir die Augen, sah mich in dem dunklen Raum um und langsam sortierten sich meine wirren Gedanken zu einem vollständigen Bild. Ich musste für einige Stunden eingeschlafen sein, was mir ein Blick auf eine altertümliche Uhr auf dem Nachttisch bestätigte. Es war halb fünf Uhr morgens und ich war definitiv kein Morgenmensch.

Dennoch klingelte es weiterhin hartnäckig und ziemlich nervig zwischen meinen Ohren, daher würde es auch nichts bringen, mich unter dem Kissen zu verstecken. Das konnte nur einer meiner geliebten Cousins sein – diese Liebe war im Moment besonders groß. Pah, wer wollte zu so einer Uhrzeit schon schlafen?

Kurz erlaubte ich mir einen verträumten Blick auf Matej, der mit nacktem Oberkörper neben mir auf dem Rücken lag und sein heißes Sixpack zeigte. Nur die Beine und sein bestes Stück waren bedeckt. Einen Moment war ich verleitet, an der Decke zu zupfen, hielt mich aber im letzten Moment zurück.

Seufzend erhob ich mich aus den warmen Laken und schlüpfte in ein schwarzes T-Shirt mit einem beinahe vollständig abgeblätterten Bandlogo darauf, das ich neben dem Bett auf einer Kommode fand. Es war mir mindestens drei Nummern zu groß, ich verschwand förmlich darin. Dafür duftete es herrlich nach Matej. *Köstlich.*

Kurz schnupperte ich noch einmal wie ein kleiner Junkie am Shirtsaum, bevor ich mich ein paar Schritte vom Bett entfernte und den HandChip mit »Anruf annehmen« aktivierte. Sofort wurde eine Projektion vor mir sichtbar, welche die Gesichter von Julian und Jayden zeigte. Im Hintergrund erkannte ich die gemütliche Holzküche, die durch die riesigen Fenster von Sonnenlicht durchflutet wurde.

Aha, heute hatte ich es also mit beiden gleichzeitig zu tun. Das war nie ein gutes Zeichen. Da es bereits zu spät war, die Bildfunktion auszustellen, hob ich meine Hand dicht an den Mund, um nicht laut sprechen zu müssen. »Hi, Jungs, alles frisch im Schritt?«

Oh Mann, ganz blöder Anfang! Was wohl daran lag, dass meine Gedanken noch bei jemand ganz anderem waren und eben bei diesem Bereich.

Die Jungs tauschten einen Blick aus, der Bände sprach, dann guckten sie wieder mich an. Jayden ergriff zuerst das Wort: »Hey, Jess-Bär! Ich kann dort unten nicht klagen!«

Ich verdrehte die Augen aufgrund dieses alten Kinderspitznamens und Jayden grinste, was er jedoch gleich wieder beendete. »Ernsthaft, Jess! Nett, endlich mit dir zu sprechen, weil du dich seit Tagen nicht meldest und auch zu Hause nicht zu finden bist. Ich wollte dich nämlich heute besuchen, nachsehen, ob alles okay ist, aber was für eine Überraschung, du warst nicht da. Die Mäuse haben mich fast umgerannt vor Freude, endlich wieder jemanden zu sehen. Wo. Bist. Du? Verdammt!«

Schlechtes Gewissen ließ mich zusammenfahren. Obgleich die Racker genügend Verpflegung und Spielsachen für einige Tage hatten, sehnten sie sich ebenso nach Nähe und Interaktion.

»Das sind Frettchen, keine Mäuse! Und, psst! Ich bin nicht allein«, rutschte es mir heraus und sofort biss ich mir in die Unterlippe.

In drei Teufels Namen! Mein Hirn befand sich entweder im Wachkoma oder noch kuschelig schlafend drei Meter hinter mir. Auf der Stelle reckten die beiden neugierigen Spanner die Hälse, um durch die Projektion über meine Schulter hinweg zu sehen. Schnell drehte ich mich herum, nun mit dem Rücken zur Galerie, um ihnen die Sicht auf Matej zu nehmen. Trotzdem war es zu spät. Unisono pfiffen sie und lachten.

»Oho, Jess. Da hast du dir aber ein Prachtexemplar angelacht, obwohl er etwas ramponiert ausschaut. Was hast du mit dem getrieben … Moment, warte. DAS will ich mit Sicherheit nicht wissen. Darf ich fragen, wo genau sich dieser Jemand befindet, da es bei euch

Nacht ist?«, fragte Jayden nun leiser und auch Julian mischte sich ein, während er nachdenklich eine dunkelblonde, lange Haarlocke seiner wirren Pracht nach hinten strich. »Die Frage ist: Warum ist er noch da oder besser – du dort? Du bleibst nie über Nacht. Was ist los, Jessy?«

Klasse, zuerst Jess-Bär und jetzt Jessy – waren wir wieder fünf? Dabei wussten sie genau, wie ungern ich diese Spitznamen hatte. Sie erinnerten mich an eine Zeit, die noch mit Kinderlachen und Hoffnungen gefüllt gewesen war, und ja, sie nervten auch ein wenig, immerhin war ich jetzt eine eiskalte Gildenjägerin. Doch womöglich wollten sie mich einfach nerven und zwar aus dem einzigen Grund, weil wir eben verwandt waren und sie sich für witzig hielten.

»Erstens geht euch das nichts an. Und zweitens bin ich nur eingeschlafen, das ist alles.«

Wenn man sich lange genug etwas einredet, wird es vielleicht irgendwann auch wahr, oder? Ein Versuch war es wert.

Wieder ein bedeutungsvoller Blick, den die Jungs austauschten und bei dem ich mir gar nicht vorstellen wollte, was durch ihre Köpfe ging. Ich schnippte mit der anderen Hand, was mir ihre Aufmerksamkeit einbrachte.

»Ist auch egal. Ich werde nicht mehr lange bleiben. Mein Auftrag ist fast zu Ende, ich habe das Biest in der Nacht geschnappt. Ich muss nur noch aufräumen.«

Eigentlich wollte ich sie mit dieser Information beruhigen. Doch Jayden drehte sich um und lief im Hintergrund wütend auf und ab, beinahe wie eine Dampflok, nur fehlte der Rauch um ihn herum, der aus seinen Ohren zischte. Den steuerte jedoch wie aufs Stichwort Julian bei, der sich gerade eben kopfschüttelnd eine Zigarillo anzündete. Obwohl ich nicht dort war, konnte ich beinahe den typischen Vanillegeruch wahrnehmen, wie immer, wenn er unruhig war und sich eine ansteckte. Er paffte so viele von den Dingern, dass schon ihre ganze Bude, die Jungs selbst und Onkel Héctor nach Vanille rochen wie eine alte Oma im Keksbackwahn. Zum Glück konnte er so viel rauchen, wie er wollte, ohne Angst haben zu müssen, an Lungenkrebs zu erkranken. Die höhere Magiedichte in uns schützte uns genauso vor normalen Verkühlungen wie vor aggressiveren Krankheiten, die für Menschen mit weniger Magiepotential gefährlich wurden.

Während Jayden immer noch im Hintergrund hin und her marschierte, was mir bewies, dass Julian mich angeklingelt hatte, wandte sich dessen goldener Blick mir zu. Dieser war durchdringend und so hart, dass ich trocken schlucken musste. Die Brüder waren beide sauer, oder enttäuscht, was noch schlimmer war.

»Warum bist du ohne eine Nachricht abgehauen? Jayden hätte fast einen Herzinfarkt bekommen. Wir machen uns Sorgen, wollen dir Zeit geben und du verschwindest einfach. Und dann auch noch ein Auftrag, obwohl du nicht mehr allein losziehen wolltest. Wo bist du überhaupt?«, fragte Julian und klang dabei beinahe wie ein waschechter Texaner mit Cowboyhut, der ständig auf einem Strohhalm herumkaute. Obwohl er genau das Gegenteil dieses blonden Sonnyboy-Klischees war. Die Aussprache eines englischen Gentlemans hätte viel besser seinem Wesen entsprochen, aber nein, er hatte sich bei einer längeren Mission genau diesen Akzent aneignen müssen. Außerdem war Julian unser Forscher, der Mediziner und Heiler in unserem kleinen Familienbetrieb aus Jägern, der ohne zu zögern die grässlichsten Wunden flickte und immer die Ruhe bewahrte. Auch jetzt blieb er ruhig, sprach bedächtig mit mir, obwohl ich in seiner angespannten Miene erkennen konnte, wie aufgebracht er war. Diese eiskalte Ruhe ließ mich viel schneller einknicken, als wenn er laut getobt hätte – mit zweitem hätte ich umgehen könnte, aber nicht mit einem stillen, nachdenklichen Julian.

»Es tut mir leid. Ich musste diesen Auftrag annehmen. Er war wirklich wichtig und ich dachte, ich könnte etwas Gutes vollbringen. Ihr braucht euch keine Sorgen machen, ich war nicht allein. Wenn ihr es wissen wollt, ich … ich bin in so einem Kaff in Tschechien.«

In Julians Rücken fluchte Jayden laut und erneut erinnerte ich sie daran, leise zu sein. Unruhig riskierte ich einen Blick zum Bett, doch Matej schlief zum Glück noch immer tief und fest, hatte sich, seit ich aufgestanden war, keinen Zentimeter bewegt.

Jayden drängte sich wieder ins Bild. »Du!«, polterte er, brach aber ab und griff stattdessen nach einem Messer und einer Jungzwiebel, die er anscheinend fanatisch zu zerhacken begann, was ich aus meiner Perspektive zwar nicht sehen, aber eindeutig hören konnte. Nur seine angespannten Armmuskeln und das Vibrieren durch die schnelle

Bewegung waren neben seinem verkniffenen Gesicht auszumachen. *Sehr gut, lass deine gesamte Wut an dem Gemüse statt an mir aus!*

Obwohl Jayden weiter schnippelte wie ein Verrückter, sah er zu mir hoch und sein stechender, grünblauer Blick durchbohrte mich. Es faszinierte mich immer wieder von Neuem, wie unterschiedlich die beiden waren, obwohl sie als Zwillinge geboren wurden. Nur ihre milchkaffeebraune Haut und ihre Gesichtsstruktur ließen auf ihre Verwandtschaft schließen. Nicht ihr unterschiedliches Wesen, ihre Magie, die Augenfarben – einmal golden, einmal fast türkis –, ganz zu schweigen von den komplett grundverschiedenen Haarstyles. Während Jayden noch immer wie ein Sturm wütete, behielt Julian weiterhin die Ruhe. »Na komm, erzähl schon.«

Und das tat ich. Von Anfang an bis zum bitteren Ende. Dabei erwähnte ich die Beschreibung des Auftrags und meine Recherche, die mich letztendlich zu dem Werwolf im Wald geführt hatte. Sogar die Sache mit Matej vertraute ich ihnen an, ließ dabei aber seine genaue Rolle oder die Sache zwischen uns, die ich selbst nicht definieren konnte, aus. Ich endete damit, wie wir den Werwolf beseitigt hatten, lobte dabei Julians Wundersalbe, die meine Schulter schon jetzt beinahe vollständig geheilt hatte, was er mit einem Nicken annahm, und verstummte nach meinem letzten Satz, in dem ich schilderte, wie ich den Kinderstiefel gefunden hatte und dessen Bedeutung.

Schließlich war Jayden derjenige, der die trostlose Stille, die meinem Bericht gefolgt war, durchbrach: »Verdammter Mist! Es tut mir leid, Jess. Das ist einfach nur scheiße, wenn ein Auftrag so endet. Ich kann verstehen, dass du dorthin bist, um die Kinder zu finden. Nach allem …«

»Mir auch«, bemerkte Julian mit betrübten Blick.

Eine Weile schwiegen wir, nur Jaydens Hackgeräusch war in der Stille auszumachen. Bis er plötzlich zusammenzuckte und ich das Messer auf die Arbeitsfläche poltern hörte.

»Hast du dich geschnitten?« Sofort griff Julian nach der Hand seines Bruders, doch Jayden klatschte auf dessen Finger. »Ja, ein wenig. Ist nicht schlimm.«

»Zeig her«, forderte Julian erneut und gleich darauf rangelten die beiden, wodurch nur noch verwackelte Bilder zu sehen waren.

»Nein, lass das«, beschwerte sich Jayden und schon ging es in die nächste Runde, in der die Hand hin und her gerissen wurde, bis mir vom Zusehen ganz schwindelig wurde. Endlich wurde das Bild wieder ruhiger und Julian holte eine seiner Salben aus einem Beutel, der an seinem Rollstuhl befestigt war.

»Gib mir die Hand und stell dich nicht so an. Ich weiß, dass du kein Blut sehen kannst.« Julians Stimme klang grimmig, duldete keine weiteren Widerworte. Das bemerkte auch Jayden und gab seufzend nach, reichte seinem Bruder den Finger, den dieser geschickt verarztete.

»Du bist so ein Mädchen«, stichelte Jayden währenddessen, obwohl er deutlich blasser geworden war, da er tatsächlich kein menschliches Blut sehen konnte. Wenn er hin und wieder verletzt wurde, sah er einfach nicht hin, bis er wieder zusammengeflickt war.

Ungerührt konterte Julian: »Tz, ich will nur nicht, dass du dann wieder heulend zu mir kommst, wenn sich das Ding entzündet oder du fast aus den Latschen kippst, wenn es erneut zu bluten anfängt, so wie beim letzten Mal.«

»Gar nicht wahr, ich bin gestolpert.«

»Von wegen!«

»Du hast versprochen, es zu vergessen.«

»Wie sollte ich dieses Bild jemals vergessen? Sei froh, dass ich kein 3-D-Foto davon gemacht habe«, rechtfertigte sich Julian und so ging es noch einige Minuten hin und her.

Lächelnd hörte ich den beiden bei ihrem Gezanke zu und obwohl sie wie typische Zwillinge immer zusammensteckten, wirkten sie eher wie ein schrulliges, altes Ehepaar. Dabei übertrieben sie heute beinahe schon und ich hatte den leisen Verdacht, sie taten das absichtlich, um mich abzulenken. Und es funktionierte, zumindest ein bisschen.

»Danke, ihr Knalltüten. Ich muss wieder, obwohl ich eurer Showeinlage gerne noch etwas länger beigewohnt hätte. Besser als Kabarett. Ich bin in ein, zwei Tagen wieder zu Hause. Macht euch keine Sorgen, mir geht es gut«, sprach ich mitten in ihr Gezeter hinein und beide sahen sofort auf, der Finger war vergessen.

Jayden nickte, deutete anschließend mit dem Kinn auf eine Stelle hinter meinen Rücken. »Ist gut. Aber was ist mit deinem Gigolo? Ist er Jäger, weiß er Bescheid?«

Verflucht, ich hatte gehofft, diesen Teil hätten sie längst vergessen gehabt. So war das eben, wenn man sich zu früh freute.

»Nein, ist er nicht. Er ist von hier, hatte bisher keine Ahnung von Magie und unserem Job. Aber er wird nichts verraten, versprochen.«

»Wenn du ihm vertraust, tun wir das auch«, stärkte mir Julian nach einem Zug von einer neuen Zigarillo den Rücken und ließ den Rauch aus dem Mund aufsteigen, der im Sonnenlicht geisterhaft sein Gesicht umspielte.

»Das tue ich«, bekräftigte ich, was die Miene der beiden noch weiter entspannte.

Nachdem ich das Gespräch schließlich beendet hatte, schlich ich auf Zehenspitzen über den kalten Parkettboden zurück zum Bett. Aus einer Intuition heraus hielt ich meine Hand mit dem Chip hoch, auf Matejs schlafende Gestalt gerichtet und flüsterte: »Fotoaufnahme.« Ein *»Pling«* in meinem Kopf bestätigte mir, dass ein Bild geschossen wurde. Kurz war ich sogar dazu verleitet, eine kleine Filmaufnahme zu machen, aber das wäre dann doch zu gruselig gewesen – selbst für meine Verhältnisse. Das hier musste reichen, wenn ich wieder von hier verschwunden war.

Anschließend stand ich gefühlte Minuten unschlüssig rum, starrte auf die Matratze und den schlafenden Mann darauf. Nicht sicher, ob ich wieder ins Bett steigen oder mich auf die Couch legen sollte.

Ach, das wäre doch kindisch und auch viel zu umständlich.

Außerdem war es im Bett viel wärmer als auf dem Sofa. Genau diese Gründe redete ich mir ein, während ich unter die Decke schlüpfte und mich an Matejs warmen Körper schmiegte – jaja, es lag eindeutig nur an der Kälte.

Schneller als ich gedacht hätte, dämmerte ich weg und spürte beinahe wie im Traum einen warmen Arm, der sich um mich schlang und meinen unteren Rücken streichelte. *Schnurr.*

In dieser Nacht schlief ich durch – vollkommen geborgen, tief und fest, und wurde nicht, wie so oft, von den Schrecken der Vergangenheit aus dem Schlaf gerissen.

15.

OMG – ich habe einen Pfarrer zum Frevel verführt

Gähnend streckte ich mich mit geschlossenen Lidern und rieb mir über das verschlafene Gesicht. So erholt und ausgeschlafen hatte ich mich lange nicht mehr gefühlt, trotzdem wunderte ich mich, was mich geweckt hatte. Kein schlechter Traum, kein Schrei, der von mir kam, und kein Klingeln durch einen Anruf. Aber da war es wieder: Ein dumpfer Aufschlag, der mit einem heftigen Atmen einherging.

Schlagartig war ich putzmunter, riss die Augen auf und setzte mich kerzengerade hin. Licht flutete in den weitläufigen Dachausbau, legte alles in glitzerndes Schein, machte es hell und freundlich. Das war eindeutig nicht mein Haus oder irgendein Motel, in dem ich abgestiegen war.

Mit einem Mal waren alle Ereignisse der letzten Tage, vor allem jene mit Matej, wieder da. Was nicht verwunderlich war, da ich sein Shirt trug und Matej einige Meter entfernt von mir, oberkörperfrei nur in Trainingshose und mit weißen Bandagen an den Händen, vor dem Boxsack stand und auf ihn eindrosch, sodass er durch seine harten Schläge vor und zurück schwang. Bei jedem Hieb traten seine Muskeln an Armen und Oberkörper wie gemeißelt hervor, die bereits mit Schweiß bedeckt waren und einladend schimmerten. Wie zum Ablecken gemacht, oder um sich daran zu reiben, je nachdem, welche Vorliebe man hatte.

»Guten Morgen, Nejkrásnější«, riss mich Matej aus dem Starren und der nicht ganz jugendfreien Träumerei.

Ich zog eine Schnute.

Er beendete sein morgendliches Training und kam geschmeidig auf das Bett zu, während er sich mit einem Handtuch Gesicht und Brust trocken wischte. Um nicht länger seinem Muskelspiel zuzusehen und die damit verbundene Hitze weiter anzufachen, setzte ich mich auf die Knie und blickte mich stattdessen im Zimmer um. Dabei fiel mein Blick auf ein Hemd mit unverkennbar weißen, steifen Bändchen und mit einem Schlag prasselte die Realität auf mich ein, sowie die Bedeutung dessen, was ich getan und gestrige Nacht vehement verdrängt hatte.

Beinahe atemlos stieß ich aus: »Ich … ich habe mit dir geschlafen!«

Erschrocken über diese nun wieder sichtbare Klarheit, sah ich zu ihm hoch, da er vor mir stand und schelmisch grinste. »Oh ja, ich kann mich erinnern. Und wie du das hast.«

Bei seinem Blick und dem hungrigen Ausdruck darin bildete sich ein fester, heißer Knoten in meinem Unterleib, der mich nur zu gern wieder an gestern erinnern ließ – an die Leidenschaft, an das Feuer. Er musste dasselbe denken, da sich auf einmal eine überdeutliche Beule unter seiner Trainingshose abzeichnete. Was nicht gut war – ganz und gar nicht gut.

»Erinnerungswürdig«, setzte Matej erneut an, was mir die ganze Tragweite noch deutlicher vor Augen führte. Mir war, als würde jegliches Blut mein Gesicht verlassen. Dieses selige Lächeln konnte doch nur eins bedeuten. Mir wurde schlecht.

»Oh. Mein. Gott! Ich habe dich entjungfert! Dich deiner Unschuld beraubt.« Entsetzt schlug ich mir die Hand vor den Mund. Mir war kotzübel, ich brauchte dringend einen Kübel. Oh Gott, dafür würde ich so was von in der Hölle schmoren, ganz tief unten. Egal, was ich schon Gutes getan hatte, das hier war eine Todsünde – ich hatte einen Pfarrer zum Frevel verführt.

Während ich noch in meiner Schockstarre festsaß, lachte Matej laut auf. »Du bist witzig, wenn du panisch wirst.«

Gut gelaunt ließ er sich neben mich fallen, was dazu führte, dass die Matratze einsank und ich gegen seine Schulter stieß. Sofort krabbelte ich zurück, um einen Sicherheitsabstand zwischen uns zu schaffen.

»Wohaa, nicht so schnell. Ganz ruhig. Du hast mich nicht entjungfert«, versicherte er mir und legte eine warme Hand auf meinen Knöchel.

»Wie kannst du da keine Jungfrau mehr sein? Du bist ein Pfarrer, um Himmels willen!«

Matej schüttelte den Kopf, halb belustigt, halb frustriert. »Dieses Thema schon wieder.« Dann sah er mich an und hielt meinen Blick gefangen. »Ich bin Pfarrer, ja. Aber ich wurde erst vor vier Jahren dazu geweiht. Was bedeutet, dass ich davor einige Zeit hatte, um mich mit dieser … Thematik zu beschäftigen«, erklärte Matej und deutete auf mich, ihn und das zerzauste Bett.

Aha, er war also früher ein schlimmer Junge gewesen und dann geläutert worden oder hatte durch was auch immer plötzlich zu seinem Glauben gefunden.

Oje, ein weiterer schlimmer Verdacht kam mir zugeflogen und purzelte ungebremst über meine Lippen. »Sag mir jetzt bitte nicht, dass dich deine große Liebe verlassen hat und du danach Pfarrer geworden bist. Das wäre einfach nur … oh nein, ich habe ins Schwarze getroffen, stimmt's?«, fragte ich entgeistert, als ich seine zerknirschte Miene sah, während er sich gleichzeitig mehrmals durch die vollen Haare strich.

Als er den Arm wieder sinken ließ, standen ihm einige dunkle Haarsträhnen zu Berge. »Es war zeitlich in der Nähe, als ich die Ausbildung begonnen habe. Aber es war nicht der Grund für meine Entscheidung. Ich wollte etwas bewegen, wollte den Menschen Gutes tun. Zumindest hoffte ich das.«

Unschlüssig blickte er zu mir, doch ich umarmte einfach meine angezogenen Knie fester, wodurch seine Hand von meinem Knöchel rutschte. Da war mehr, jedoch würde ich ihn nicht danach fragen.

Ein Seufzer folgte, der direkt aus den Tiefen seiner Kehle zu kommen schien. »Na schön, du willst also die ganze Geschichte wissen? Gut. Ich bin Waise, wurde in einem Heim, das von Nonnen geführt wird, aufgezogen, weshalb ich bis heute in ihrer Schuld stehe, und habe mich danach mit Kleinjobs durchgeschlagen. Kellner, Mechaniker, Straßenarbeiter, einfach alles Mögliche, aber nie hatte ich das Gefühl, etwas zu haben, das zu mir passt, mich erfüllt. Und ja, in dieser Zeit hatte ich auch die eine oder andere Frau. Zugegeben, eine davon war mir sehr wichtig. Ich kannte sie und Petr bereits aus dem Kinderheim und bevor du fragst, es war seine Zwillingsschwester«, erklärte er geduldig, als ich den Mund bereits aufgemacht hatte und ihn geräuschlos wieder schloss wie ein Fisch auf dem Trockenen. »Reicht das für diese Fragerunde oder willst du noch mehr wissen?«

Gerade als ich erneut etwas fragen wollte, musste er es mir wohl vom Gesicht abgelesen haben, denn erneut schloss ich ohne ein Wort den Mund, als er schief grinsend fortfuhr: »Warum frag ich eigentlich? Egal. Jedenfalls musst du dir keine Sorgen machen, wir haben nichts getan, das ich nicht tun sollte. Es ist alles gut, okay?«

Ich nickte, jedoch wäre ich nicht ich selbst gewesen, wenn ich nicht etwas klarstellen musste: »Dennoch bist du jetzt … du weißt schon, ein Gläubiger. Soweit ich weiß, ist Sex für euch tabu. Du bist doch ein katholischer Pfarrer? Nur mit Gott verheiratet und dieses ganze Zeug?«

Statt ertappt auszusehen, wurde sein Lächeln breiter. »Erstens bin ich nur die Vertretung für den hiesigen Pfarrer dieser Gemeinde, die ich eventuell irgendwann übernehme, sobald er in den Ruhestand geht. Zweitens ist es vielleicht bei euch in den Staaten anders, was ich kaum glaube, aber bei uns in Europa dürfen katholische Pfarrer bereits seit fünf Jahren offiziell heiraten und eine Familie gründen, genauso wie Frauen seit zehn Jahren Priesterinnen werden dürfen.«

Ah, da klingelte etwas bei mir. Da ich mich jedoch lieber mit Monstern beschäftigte als mit Weltreligionen, die ich nach all den Tragödien, die ich gesehen oder erlebt hatte, nicht verstehen konnte, war das Bimmeln eher leise. Wozu an etwas glauben, das mir nur die Illusion von Sicherheit vorgaukelte, mir aber in schwierigen Situationen nicht weiterhalf? Das taten nur meine Familie oder eben meine Waffen.

»Oh, stimmt, da war was. Ich bin zwar Atheist, dennoch glaube ich mich zu erinnern, dass diese Regeln mit Sex und Familiengründung nur für verheiratete Pfarrer gelten?«, stellte ich neunmalklug fest, woraufhin Matej ertappt den Blick senkte. Kurz meinte ich, ein zutiefst schlechtes Gewissen in seinen Zügen zu sehen, doch so schnell es aufgeblitzt war, verschwand es auch wieder.

Oh oh, ich hatte recht, ich hatte recht, trällerte der Singsang in meinem Kopf. Diese Feststellung auch laut zu singen, wäre ein wenig unhöflich gewesen, mein breites Grinsen reichte vollkommen, was Matej auch bemerkte.

»Erwischt. Ich sollte ein viel größeres schlechtes Gewissen haben. Ich sollte mich vollkommen in meiner Rolle als Pfarrer wohl und ausgefüllt fühlen, doch das tue ich nicht. Besonders jetzt, da ich die Wahrheit kenne. Seit ich dich kenne. Es ist … verwirrend.«

Er wischte sich über die Stirn, ließ die Schultern kreisen, als hätte ihm dieses Geständnis einiges abverlangt. So lange, bis er seine dunklen Augen auf mich richtete und wieder ein kleines Lächeln in seinem Gesicht aufblitzte. »Außerdem sind Regeln dazu da, um etwas … gedehnt zu werden. Ich hätte es vielleicht nicht tun sollen, aber ich bereue es nicht. Du?«

Das Wort »gedehnt« sprach er ebenfalls lang gezogen aus, rollte es auf den Lippen, spielte damit und warf mir einen Blick zu, der mich die soeben geführte Unterhaltung fast vergessen ließ. Dennoch schwang in seiner Stimme noch mehr mit, was er mir nicht verraten wollte. Solange er kein Problem damit hatte, würde ich keines heraufbeschwören.

Noch während seine Worte in der Luft hingen, wandte Matej sich in meine Richtung und glitt geschmeidig über die Matratze wie ein Raubtier auf seine Beute zu. Spätestens als ich auf seine Frage hin, ob ich es bereute, verneinend den Kopf geschüttelt hatte und er erneut nach meinem Knöchel griff, um mich mit einem schnellen Ruck unter sich zu ziehen, blieb mir die Luft weg.

Matej thronte über mir auf, seine Arme links und rechts von meinem Kopf abgestützt, wodurch ich wie in einem Käfig gefangen war. Zum ersten Mal in meinem Leben wollte ich nicht entfliehen.

Der Schalk schimmerte in seinen Augen, obwohl sein Körper eindeutig hart über mir aufragte. »Sind wir jetzt fertig oder hast du noch weitere Fragen, Nejkrásnější?«

Ich schluckte schwer, um eine Antwort zu erwidern: »Was bedeutet dieses Wort?«

Etwas überheblich grinsend zwinkerte er mir zu. »Verrat mir deinen Namen und ich sag es dir.«

»Nie im Leben«, schmunzelte ich grinsend. Dieses Spiel konnte ich nicht so leicht verlieren, das wäre ja gelacht. Besonders, da es noch immer so viel Spaß machte. Schmunzelnd ließ er sich weiter hinabsinken und sein Mund schwebte wenige Zentimeter über meinen Lippen. »Damit habe ich fast gerechnet. Übrigens, nettes T-Shirt.«

Dann war die Zeit für Unfug und Reden vorbei, denn sein Kuss war viel süßer als jegliche verbale Spielerei. Und erst seine Hände, die die Decke zur Seite schoben und unter das Shirt glitten, um über meinen Bauch und meine Brüste zu streichen. Ein Stöhnen entwand sich unseren Mündern, als unser Kuss tiefer, drängender wurde. Matejs Hand wanderte wieder nach unten zwischen meine Beine und ich bäumte mich ihm entgegen, um ihn genau dort zu spüren, wo es vor Verlangen brannte.

Ja, ich hatte recht gehabt – er war eindeutig ein ganz schlimmer Junge gewesen. Der, um ehrlich zu sein, gute Fingerspielkenntnisse hatte. *Mein Gott!* Ein weiteres Mal stöhnte ich auf und klammerte mich an seine Schultern.

Schließlich entfernte er den störenden Stoff, zog mir das Shirt aus und hielt mit einer Hand meine Handgelenke über dem Kopf fest. Seine andere Hand wollte gerade nach seiner Jogginghose greifen, doch ich hatte eine schnellere, viel bessere Idee.

»Warte. Lass mich. Heb deine Hüfte«, forderte ich ihn auf. Matej hielt mit der Hand inne, betrachtete dabei skeptisch meine Arme, die er immer noch über meinem Kopf festhielt. Stattdessen winkelte ich meine Beine an, hakte die großen Zehen unter den Hosenbund und zog ihn mit einem schnellen Ruck von seinem perfekten Hintern. Dafür verdiente ich die Bestnote: Zirkus-Kategorie eins.

Er hüstelte. »Ähm, das war … wow! Ich bin mir noch nicht im Klaren, ob ich nun ehrfürchtig oder beunruhigt sein soll.«

»Geht beides«, erwiderte ich schulterzuckend. »Wobei Ersteres natürlich viel besser passt.«

Wie die anderen Male schienen ihn meine blöden Sprüche nicht zu stören, sondern brachten ihn zum Lachen. Ein wohliges Lachen, das ich durch alle meine Zellen vibrieren spürte. Nachdem er sich beruhigt hatte, senkte Matej den Kopf an mein Ohr, ließ die Zunge darüber gleiten und flüsterte rau: »Dann lass uns noch ein paar weitere ehrfürchtige Dinge anstellen.«

Oh ja, da war ich aber so was von mit dabei!

Nachdem die störenden Klamotten entfernt waren, konnte ich ihn endlich Haut auf Haut spüren, was meinen gesamten Körper zum Summen brachte. Kurz irritierte mich dieses Verlangen, diese

Lust auf ihn, gepaart mit der wohligen Vertrautheit, obwohl ich ihn erst so kurz kannte. Dann beruhigte ich meinen Geist und die aufkommende Panik, indem ich mir einredete, es wäre bloß Sex. Nur Sex und nichts weiter.

Das Flattern in meiner Brust und das Kribbeln in meinem Magen ignorierte ich vehement, konzentrierte mich stattdessen auf die Hitze voller Lust, als er mich wieder küsste und ich seinen Geschmack auf der Zunge rollen ließ. Während er meine Arme noch immer gefangen hielt, mit der anderen Hand meine Brust knetete und mich viel zu sinnlich küsste, verschränkte ich meine Beine um seine Hüfte, drängte mich an ihn, weil ich es kaum noch erwarten konnte, ihn in mir zu spüren. Als hätte er meine stumme Bitte gehört, versenkte er sich mit einem einzigen, ekstatischen Stoß in mir und beide stöhnten wir erstickt auf, da wir unsere Münder nicht voneinander lösen konnten.

Nun war es an ihm, das Tempo vorzugeben, und es war genau das richtige, in einem Rhythmus, der mich für diesen Moment meine Sorgen, Ängste und Kummer vergessen ließ. Ich war nicht länger Jessamine Diaz, Monsterkillerin und Jägerin verschiedenster Arten, immer auf der Suche nach der nächsten Bedrohung, dem nächsten Kick, sondern schlicht und einfach eine Frau, die sich hingab und jede Berührung auskostete. In diesem Augenblick hatte ich meine Mauern niedergerissen, gab mein Selbst hin und sobald es vorbei war, würde ich meinen Panzer wieder Schicht für Schicht anlegen. Zuvor ließ ich Matej jedoch Dinge mit mir anstellen, die bis in meine Zehenspitzen nachklangen.

In meinem Körper zog es sich erwartungsvoll zusammen, der Druck baute sich mit jeder heftigen Bewegung weiter auf, während unsere verschwitzten Körper aneinanderrieben. Die rauen Geräusche, die Matej machte, heizten mich zusätzlich an und obwohl ich normalerweise keine Namen benutzte, stieß ich seinen mit einem leisen Stöhnen aus, als die Welle endgültig seinen Bann brach – im selben Moment, als sich Matej mit einem heiseren »Nejkrásnější!« in mir ergoss.

Bevor ich es verhindern konnte, drückte mir Matej einige Minuten später zärtlich einen Kuss auf die Nase, nachdem er sich von mir gelöst hatte, um vom Bett aufzustehen. Nicht nur diese gelassene Intimität, auch seine nächste Frage irritierte mich: »Willst du zuerst unter die Dusche oder kann ich?«

Ich nickte und deutete ihm mit einer Hand, er sollte ruhig machen, und ließ meinen Unterarm auf meine geschlossenen Augen fallen. Nachdem ich das Wasser der Dusche hörte, nutzte ich die Zeit, um über alles, was passiert war, nachzudenken.

Was machte ich hier eigentlich? Wie konnte ich mich so gehen lassen? Ich musste mich zusammenreißen, das hier war viel zu vertraut und wirkte beinahe wie eine Bindung, die ich nicht eingehen wollte – oder konnte. Beziehungen führten zu nichts, sie waren gefährlich. Egal, welche Gefühle mit im Spiel waren, das alles war nichts wert – rein gar nichts.

Mein Vater hatte meine Mutter aus tiefstem Herzen geliebt, und wohin hatte das die beiden geführt? Schnaubend schüttelte ich den Kopf, um nicht wieder den altbekannten Schmerz und Verrat stellvertretend für meine Mutter zu spüren, zumindest nicht zu heftig.

Dann schwang ich mich entschlossen aus dem Bett und warf mir eine blaue Zahn-Tablette ein – eine der grandiosesten Erfindungen der letzten zwanzig Jahre, da ich mir gar nicht vorstellen wollte, wie die Leute damals ständig ihre Zähne hatten putzen müssen. *Grauenhaft!*

Meine Schulter war, wie ich gestern bereits gehofft hatte, gänzlich verheilt und nur ein kleiner, roter Strich zeugte noch von der Begegnung mit dem Werwolf. Diese Salbe war echt der Hammer, heilte viel besser, als Julian es sich erhofft hatte. Das musste ich ihm sagen, aber am besten dann, sobald er wieder einmal sauer auf mich war.

Während ich dabei war, meine Lederjacke, die zwar wieder trocken, aber hinten noch immer zerrissen war, zuzuknöpfen, kam Matej mit nassen Haaren und nur in Boxershorts bekleidet aus dem Bad. Bei meinem Anblick riss er die Augen auf. »Du bist schon so weit? Ich dachte, wir frühstücken noch gemeinsam.«

»Tut mir leid, keine Zeit«, antwortete ich knapp und versuchte ihn nicht anzusehen, als ich eine grüne Nahrungs-Tablette hochhielt. »Das muss als Frühstück reichen.«

Normalerweise war ich kein Kostverächter, doch wenn es sein musste, ernährte ich mich von Tabletten.

Hastig trocknete er mit dem Tuch seine Haare und griff nach einer Jeans, die am Boden lag. »Warte, ich beeil mich, dann können wir los. Hast du für mich auch so ein Ding? Ich mag die ja eigentlich nicht, aber du hast recht, wir sollten nicht trödeln und das hinter uns bringen.«

Er deutete auf mein Frühstück aka grüne Tablette, und ich verspannte mich automatisch.

»Wie? Was heißt hier *wir?* Ich werde allein gehen, du hast deine Pflicht an der Gemeinschaft bereits erfüllt. Wir können niemanden mehr retten, nur noch die Spuren beseitigen. Das bekomme ich allein hin, danke.«

Um keine Gefühle zu zeigen, biss ich die Zähne aufeinander, was meinen Kiefer zum Knacken brachte. *Autsch*. Aber ich hatte recht. Er hatte genug geleistet, der Rest war meine Bürde. Ich hatte keine Ahnung, was mich heute erwartete; ob dieses Monster alle übrigen neun verschwundenen Kinder derart zugerichtet hatte wie das Opfer gestern Abend, oder ob sie noch wiederzuerkennen waren. Das war egal, denn es war meine Aufgabe, diesen Fall endgültig abzuschließen.

Ich würde alles, was ich fand, den Behörden übergeben, ohne mich dabei erwischen zu lassen; um somit den Angehörigen zumindest die Gewissheit zu geben, was mit ihren Kindern passiert war. Bei der Erinnerung an das kleine Mädchen auf der Schaukel, dem ich versprochen hatte, seine Schwester zu finden, bildete sich ein frostiger Klumpen in meinem Magen. Ich hatte versagt. Indessen schlüpfte Matej bereits in einen Pullover und eine regenfeste schwarze Jacke. »Ich versteh schon. Du hast da so ein *Eine gegen den Rest der Welt*-Ding am Laufen, aber ich komme trotzdem mit. Das sind die Kinder von Leuten aus meinem Dorf. Kinder, die ich selbst gekannt habe. Entweder du nimmst mich mit oder ich werde mich allein auf die Suche machen, aber ich werde gehen. So oder so. Deine Entscheidung.«

Hach, und da war er wieder: dieser sture, bockige, nervenaufreibende Kerl, der mich zur Weißglut brachte, sich dadurch aber auch gleichzeitig meinen Respekt verdiente. Eine verwirrende Sache.

»Es wird kein schöner Anblick sein. Einer, den du nicht so schnell wieder vergessen wirst«, warnte ich ihn als letzten Versuch, ihn davon abzubringen.

»Das ist mir klar. Ich habe das schon einmal gesehen. Ich kenne diese Dämonen der Nacht, die einen wachhalten. Und das nicht erst seit gestern Abend.«

Nun sah ich doch auf, direkt in seine sturmumwölkten dunkelgrauen Augen, da er direkt vor mir stand, den Kiefer fest aufeinandergepresst, was seine Züge viel härter wirken ließ, als ich es in den letzten Tagen gewöhnt war. Ich schluckte schwer, da mir ein grausamer Verdacht kam. Aber als ich den Mund öffnete, um ihn danach zu fragen, legte er mir mit Bestimmtheit einen Finger auf die Lippen. »Nicht jetzt. Lass uns los, um den Kindern die letzte Ruhe zu gewähren.«

Erinnerungen flackerten in seinen Augen auf: Kummer, Trauer und so viel Schmerz, den Matej mich für einen Augenblick sehen ließ und der mir die Luft abschnitt. Dann verschloss er sich wieder und ballte die Fäuste zusammen.

Ich nickte wortlos, als ich verstand und sich meine Vermutung verhärtete. Das Kind, das damals dieses Gemetzel überlebt hatte, war nicht Petr gewesen, sondern Matej.

Er kannte den gleichen Schrecken wie ich, wenn nicht sogar einen viel schlimmeren. Meine Nackenhaare stellten sich gespenstisch auf und meine Fingerspitzen zuckten, um nach seiner Hand zu greifen. Genauso, wie ich etwas sagen wollte, es mir aber verbot. Wer war ich, um ihn mit meinen Fragen zu löchern? Oder ihm Trost zu spenden, wenn ich das selbst bei mir nicht zulassen konnte?

Doch manchmal, manchmal half es schon, wenn man den Schmerz mit jemandem teilte. Wir beide hatten verloren, wir litten noch immer, aber keiner von uns würde aufgeben.

16.

Manche Geschichten bereiten selbst mir noch eine Gänsehaut

Nicht sehr viel später waren wir wieder im Wald, den wir die Nacht zuvor im Regen verlassen hatten. Noch immer hafteten einzelne Tropfen glitzernd auf den Blättern und Pfützen am Waldboden säumten den Weg. Ansonsten herrschte eine angenehme Ruhe; ein frischer Nebel war aufgezogen, der fast so erschien, als könnte er den Tod von sich wegschieben, das Land wieder von dem Leid säubern. Das war reines Wunschdenken und das wussten wir beide, obwohl wir die letzten Kilometer zu Fuß wie auch jene im Auto geschwiegen hatten. Mit nur einem Wort unterbrach Matej plötzlich die Stille, die sich zwischen uns aufgebaut hatte.

»Danke.«

»Für was?«

Ich sah mich zu ihm um, da ich vor ihm ging und den Spuren der abgebrochenen Äste und den tiefen Tritten im weichen Waldboden folgte. Den Stiefel von gestern hatten wir bereits in einem schwarzen Müllsack verpackt, den Matej von tief unten aus seinem Rucksack hervorgeholt hatte.

»Dass du mich mitnimmst, obwohl du es nicht müsstest. Dass du mich nicht mit Fragen gelöchert hast, obwohl ich weiß, wie neugierig du bist. Du bist immer neugierig. Dennoch warst du nicht überrascht und ich hatte den Eindruck, du wusstest sofort, wovon ich spreche. Wer hat dir davon erzählt – von dem Kind, das in einer Nacht seine ganze Familie verloren hat?«

Bei dieser Frage klang er nicht zornig oder enttäuscht, weil ich davon wusste, sondern einfach nur resigniert, gebeutelt vom Schicksal des Lebens.

Ich holte tief Luft und drückte seinen Unterarm, bevor ich weiterging. »Es tut mir leid. Ich habe in der Bar davon gehört, niemand hat deinen Namen erwähnt, das schwöre ich. Daher dachte ich, Petr sei der Junge.«

»Nein, Petr hat seine Narbe von dem Autounfall, bei dem seine Eltern umgekommen sind. Nur er und seine Schwester haben überlebt. Dadurch habe ich sie im Heim kennengelernt.«

Sein Blick glitt in die Ferne, doch bevor er fortfahren konnte, sprach ich dazwischen: »Du musst es mir nicht erzählen, wenn du nicht willst.«

Eigentlich wäre ich sogar ganz froh gewesen, wenn er es nicht täte. Nicht nur, weil er dann über mich Fragen stellen konnte, sondern auch, weil ich nicht wollte, dass er jetzt zurück zu diesem Ort voller dunkler, schmerzhafter Erinnerungen ging. Wahrscheinlich war es jedoch egal, ob er es laut aussprach oder nicht – so etwas verfolgte einen Tag und Nacht, zu jeder Stunde.

»Ich weiß, dass ich es nicht muss.«

Aber er wollte, das konnte ich in seinem Blick lesen.

Mist! Mist! Mist! Verdammter Mist aber auch. Ich war nicht gut in solchen Dingen, ich war selbst zu kaputt. Wie sollte ich jemanden bei etwas trösten, das nie wiedergutwerden würde? Egal, was ich sagte, es würde das Falsche sein. Das Einzige, was ich tun konnte, war ihm zuzuhören, hier zu sein. Ich hoffte, das reichte.

Vor seinem Blick versteckt wischte ich die schweißnassen Hände an meiner Hose ab und stampfte weiter, blickte kurz mit einem Nicken zurück. Als hätte er auf diese Erwiderung gewartet, holte Matej bebend Luft.

»Es ist lange her, ich kann mich nicht mehr an die Einzelheiten erinnern. Es sind eher unzusammenhängende Bilder von dieser Nacht übrig, das Gefühl von Angst, von Verwirrung … Und die Geräusche – ich glaube, die Geräusche sind schlimmer als die Bilder. Das Poltern, das Klappern auf den Böden, das Reißen von Stoff und Körpern, das Wimmern und die Schreie. Diese Schreie … meine ganze Familie …«

Aus dem Augenwinkel sah ich, wie er sich mit zitternden Fingern über das Gesicht fuhr, als könnte er damit die dunklen Dämonen vertreiben, die an seiner Seele zerrten. Ich musste mich ebenfalls zusammenreißen, um der Kälte zu widerstehen, die bei seiner

Erzählung meine Wirbelsäule hochgekrabbelt war. Da ich aus der Geschichte des Barmanns wusste, dass er damals erst drei Jahre alt gewesen war, konnte ich nicht anders, als doch zu fragen: »Bist du von deinen Eltern versteckt worden? Hat dich das Monster übersehen?«

Erneut strich sich Matej über Gesicht und Kopf, zerzauste dabei noch weiter die dunklen Haare. »Nein, ich glaube, meine Eltern waren zu diesem Zeitpunkt schon tot, oder zumindest im Begriff zu sterben. Meine älteste Schwester Nikola scheuchte meine zweite Schwester Eliska – sie war acht – unter das Bett. Mich hat sie im Kleiderschrank unter einem Haufen Mäntel versteckt, dennoch konnte ich durch den Spalt der Schranktür nach draußen linsen. Wir hatten nicht viel, also teilten wir Kinder uns alle ein Zimmer.«

Ein tiefer Atemzug, der eine weiße Wolke vor Matejs angespannten Lippen zauberte. Eine Pause, die er brauchte, um fortzufahren.

»Nachdem die Schreie meiner Eltern verstummt waren, brach die Tür auf und dieses Ding stürzte sich im Zimmer zuerst auf Nikola, die mit einem Stuhl auf ihn eindrosch. Eliska holte er gleich danach, obwohl Nikola am Boden noch immer zuckte. Dann muss er mich im Schrank gerochen haben, warum ich überlebt habe, weiß ich selbst nicht. Ich kann es nicht genau sagen, ich war noch so klein und die Erinnerungen sind diffus. Bis vorgestern war ich mir nicht einmal sicher, ob es real war, was ich erlebt habe, oder ob ich zu viel Phantasie habe, vielleicht sogar ein wenig verrückt bin.«

Sein Blick in meine Richtung hatte etwas Dankbares. Als könnte ich die Lorbeeren dafür ernten, weil er nun endlich Gewissheit hatte, dass ihm die kindliche Einbildung nicht etwas vorgegaukelt hatte, diese Monster real waren und nicht einem umnebelten Geist entsprungen. Ich senkte grimmig den Blick. Mir wäre es lieber gewesen, wenn das alles nie passiert wäre. Heute nicht und schon gar nicht vor fünfundzwanzig Jahren.

Seine tiefe Stimme riss mich aus meiner Wut über die Ungerechtigkeit des Lebens und ich löste die geballten Fäuste.

»Jedenfalls glaube ich nicht, dass es mich übersehen hat, obwohl ich es nicht erklären kann. In einem Moment wurde die Kastentür zerschmettert, dann war dort ein riesiger Schatten, so viel Angst in mir und plötzlich nur noch ein Licht. Danach muss ich weggetreten sein, denn als ich wieder aufgewacht bin, war ich schon im Heim. Dorthin gebracht von den Männern eines Rettungstrupps. Das ist alles, mehr ist da nicht.«

Mehr ist da nicht? Das war eine ganze Menge und ich wollte nicht mit ihm tauschen, obwohl ich mein Schicksal ebenso niemandem anhängen wollte. Er klang verwirrt, so als hätte er die Tatsache, der einzige Überlebende zu sein, selbst schon hundertmal überdacht, daran geknobelt wie an einer schwer zu lösenden Aufgabe. Doch diese Antwort würde ihm wohl keiner geben können, außer vielleicht irgendwann sein Unterbewusstsein.

»Scheint so, als würde Gott wirklich über dich wachen. Ein Wunder, so wie gestern«, sagte ich leise und strich über seine Brust an der Stelle, an der erneut unter den Klamotten seine Kette wie ein Talisman lag. »Es tut mir leid, was mit deiner Familie passiert ist. Wenn ich könnte, würde ich dieses Biest jagen und ihm die Haut ganz langsam abziehen, damit er jeden Schmerz lange spüren kann.«

»Danke, das weiß ich zu schätzen«, antwortete er langsam und drückte meine Hand.

Unseren Gedanken nachhängend gingen wir weiter. Ich folgte der Spur und blieb an einer Stelle stehen, die mir einen Blick auf eine Felswand mit einem winzigen Eingang bot, der aussah wie ein zerbröckelter Schlitz in dem Stein. Neben dem Loch in dem Hügel lagen mehrere Steinbrocken, als hätte sich jemand mit Gewalt Zugang verschafft. *Bingo.*

»Kennst du diese Höhle?«, fragte ich Matej, der sich gebückt hatte und nachdenklich einen Brocken in den Händen hielt.

»Nein. Weiter südlich gibt es mehrere kleine Höhlengänge, dieser hier ist mir neu.«

»Wie es aussieht, war er bis vor Kurzem auch noch nicht da. Hol den Dolch raus.«

Bevor wir hierher aufgebrochen waren, hatte ich ihm mein Hüftmesser Sid gegeben. Obwohl ich die leere Stelle deutlich an meiner Seite spüren konnte und Sid nicht begeistert sein würde, von jemand anderem geführt zu werden, war ich froh, dass Matej ihn hatte. Nur für alle Fälle. Ein Messer war leichter zu handhaben als Hildi, wie mir seine grottenschlechten Schießfähigkeiten gestern Nacht bewiesen hatten. Kurz hatte ich ihm gezeigt, wie er Sid zu benutzen hatte, doch da ich nicht mit Schwierigkeiten rechnete, sollte es klappen. Hoffentlich würde mich meine neu gefundene positive Einstellung nicht geradewegs in den Hintern beißen.

»Denkst du, dort drinnen lauert noch etwas auf uns?«, fragte Matej besorgt und ich konnte seine Anspannung spüren. Gut so, etwas Respekt vor der Gefahr würde ihm nicht schaden und vielleicht würde er dadurch ja irgendwann auf mich hören.

»Ich glaube nicht, aber es ist besser, auf alles vorbereitet zu sein, als später das Nachsehen zu haben. Falls es notwendig ist, benutze das Messer, wie ich es dir gezeigt habe. Mit voller Kraft und mit deinem ganzen Gewicht in den Brustbereich oder die anderen Stellen, die ich dir genannt habe, um so ein Ding zu töten. Wenn das nicht klappt, was machst du dann?«, fragte ich und wartete auf seine Antwort.

»Dann lauf ich davon.«

»Sehr gut, und danach?«

»Komme ich nicht zurück, sondern hole Hilfe«, leierte er wenig motiviert meine Regel herunter und ich hoffte, er würde es wirklich tun, falls wir wieder in die Scheiße geraten sollten. Was bei meinem Glück gar nicht so abwegig war.

»Perfekt«, antwortete ich und strahlte ihn über meine Schulter grinsend an. »Wie ein kleiner Schimpanse, dem man doch noch etwas beibringen kann.«

Damit knuffte ich ihm in die Seite und er brummte verstimmt, gab mir aber mit den Worten »Nicht frech werden« einen Klaps auf den Hintern, bevor ich in die Höhle trat.

Nach einigen Schritten in den dunklen Tunnel hinein reichte das Licht von draußen nur noch kläglich aus, um ausreichend sehen zu können, obwohl ich mit meiner angeborenen guten Nachtsicht vermutlich mehr erkennen konnte als Matej, der leise hinter mir fluchte, als er gegen einen Stein stieß.

»Gedämpftes Licht«, flüsterte ich in den HandChip und sofort erschien ein schwaches Leuchten, ausgehend von meiner Handinnenfläche. Benötigte ich mehr Licht, öffnete ich die Hand, bei weniger schloss ich sie zu einer Faust, wodurch nur einzelne Lichtstrahlen nach außen drangen.

Im steinernen Höhlengang waren braune Schleifspuren auf dem Boden zu erkennen, genauso wie tiefe Kratzer, die wie groteske Kreidelinien wirkten. Ich schluckte die Galle hinunter und ging weiter. Matej fluchte ein weiteres Mal, nachdem er wahrscheinlich ebenfalls das getrocknete Blut entdeckt hatte.

Der Tunnel war nicht besonders hoch, weshalb ich gerade noch aufrecht gehen konnte, Matej mir aber bereits gebückt folgte. Daher war der Gang gerade noch groß genug, um das Engegefühl und den Druck auf meine Brust nicht aufkommen zu lassen, obwohl mein Herz automatisch schneller pumpte. *Verdammte Klaustrophobie!* Sie war kein Problem, solange ich mein Gehirn auf etwas anderes fokussierte – alles eine Sache der Übung –, trotzdem wurmte mich diese Schwäche maßlos.

Um mich davon abzulenken, konzentrierte ich mich auf die Gerüche, sog die Luft durch die Nase und meine Atmung beruhigte sich wieder. Zuerst lag nur der Gestank nach Moder und feuchter Erde in der Luft. Dieser wurde aber bald schlimmer und vermischte sich mit etwas Saurem, Beißendem, mit weiß Gott was – Fäkalien, verdorbenes Fleisch, das sich bereits zersetzte, Urin? Am liebsten hätte ich mir eine Hand auf die Nase gelegt oder gewürgt, wie es Matej hinter mir tat.

»Mein Gott, was stinkt hier so erbärmlich?«

»Ich glaube nicht, dass wir das wissen wollen. Obwohl wir es bestimmt bald herausfinden. Atme durch den Mund, dann ist es leichter«, riet ich ihm.

»Das ist so was von eklig«, stieß er aus und ich konnte ihm nur recht geben. Dann folgten ein paar leise gesprochene Flüche auf Tschechisch, die mich grinsen ließen, da ich mir ziemlich sicher war, diese sollte ein Pfarrer nicht in den Mund nehmen. Tja, wie wohl so einiges, das er in den letzten vierundzwanzig Stunden nicht hätte tun sollen.

Der dunkle Tunnel nahm eine enge Rechtsbiegung und führte immer weiter in den Berg hinein, obwohl es von außen nicht so gewirkt hatte, als wäre der Untergrund derart weitläufig. Plötzlich hörte ich ein Geräusch, ein Schaben über Stein, und sofort strich eine

Gänsehaut meinen Nacken hinauf. Ich legte den Finger an die Lippen und bedeutete Matej, sich hinter einem Felsen zu verstecken.

Nach gefühlten fünf Minuten nonverbalen Blickkampfes gab er nach und hockte sich in einen Spalt zwischen die rauen Felsen. Erst als ich sicher war, dass er mir nicht folgen würde, schlich ich leise um die nächste Ecke, auf das Geräusch zu. Kurz blieb ich stehen, spitzte die Ohren, konnte aber nur meinen und Matejs Atem hören. Ich schloss die Augen, um meine anderen Sinne noch weiter zu schärfen, obwohl mir diese ungeschützte Position die Härchen auf den Armen aufstellte.

Da ist es wieder! Ein leises Kratzen, ein Schleifen über hartem Untergrund. Jetzt ein Wimmern, ein winziger Laut, der mir bis ins Mark ging. Sofort hastete ich weiter, beschleunigte mit jedem Schritt meine Bewegung, bog um die nächste Ecke und fand mich in einem Gruselkabinett wieder.

Vor mir lag eine aulaförmige Höhle, von deren Decke nicht nur schimmernde Stalaktiten hingen, sondern auch lange Fäden, an deren Enden sackähnliche, lang gezogene Hüllen befestigt waren. Ich konnte nicht erkennen, aus welchem Material diese bestanden, sie sahen jedoch aus wie lederne Haut, gemischt mit weißen Spinnenweben, die bis zum Boden reichten und das ganze Gebilde dort verankerten. Ganz oben in der Mitte der Decke befanden sich einige kleine Löcher, die vereinzelte Lichtstrahlen des Abends in die Höhle warfen. Daher stellte ich mein Licht aus und schlich vorsichtig weiter in den Raum hinein.

Auf dem Boden bemerkte ich Blutspritzer, außerdem lagen angenagte Knochen und Fleischreste verstreut herum, die noch nicht besonders alt sein konnten, und sogar einige lange, braune Haarsträhnen waren zu erkennen. Als ich zwischen dem Blut und einem dieser aufgerissenen, eigenartigen Beutel auch einen zweiten Gummistiefel entdeckte, der zu dem von gestern Nacht passte, biss ich mir fest auf die Zunge, um keinen Laut von mir zu geben oder mich zu erbrechen. Ich hatte schon viel gesehen, aber das hier war falsch, einfach nur falsch. Dennoch musste ich weitersuchen, zwang mich, diesen zerstörten Sack und die Stelle drum herum genauer zu betrachten.

Wie es aussah, musste das Kind in diesem Beutel gesteckt haben, bevor es angegriffen worden war. Diese Tatsache nach hinten schiebend, konzentrierte ich mich auf die weiteren Spuren. Was mich stutzig machte, war, neben den Überresten des Kindes auch einige Haarbüschel des Wolfes zu finden, als hätte das Kind sich mit einem Messer oder scharfem Gegenstand gewehrt und das Ding verletzt. Was nicht sein konnte. Oder doch? Noch während ich darüber grübelte, hörte ich erneut das Geräusch, das mich hierhergeführt hatte, und bei genaueren Umsehen erkannte ich die Quelle. Mir blieb fast das Herz stehen.

Keuchend lief ich zu einem Beutel drei Reihen weiter, der leicht schwankte und an dessen Unterseite ein Kinderbein herausragte, das über den Boden strich. Zitternd streckte ich die Hand aus, um den ledernen Sack, der sich beinahe lebendig pulsierend unter meinen Fingern anfühlte, in seiner Bewegung zu stoppen. Dabei ertönte erneut das leise Wimmern und überrascht hielt ich inne. Konnte das wirklich wahr sein? *Bitte, bitte, lieber Gott, lass mich nur dieses eine Mal recht haben!*

Mit klopfendem Herzen holte ich Olaf aus der Messerscheide und schnitt vorsichtig in den oberen Teil des Beutels, der einen Kopf über mir endete und mit dem Spinnenseil an der Felsdecke befestigt war. Erneutes Wimmern. Hastig legte ich Olaf zur Seite und riss mit den Fingern den Sack nach unten hin auf. Mit einem feuchten Schwall voller Unrat fiel mir ein kleiner Junge entgegen – ein Junge, der mich mit schweren Lidern desorientiert, aber so wunderbar lebendig ansah. Kurz sagte er zwei Wörter, die ich nicht verstand, und fiel dann in Bewusstlosigkeit. Doch unter meinen Fingern konnte ich seinen warmen Körper, seinen stetigen Herzschlag fühlen.

Erst als eine Träne auf seine Stirn fiel, bemerkte ich, dass ich weinte. Gerade als ich sie mir glücklich aus dem Gesicht wischte, war auf einmal Matej neben mir.

»Ich habe etwas gehört und musste nachsehen«, rechtfertigte er sich auf meinen Blick hin. Doch statt ihm böse zu sein, strahlte ich ihn an, was er nicht ganz zu verstehen schien, denn er war ganz bleich im Gesicht und kniete sich langsam neben mich. »Mein Gott, ist er tot?«

Oh, die Neuigkeit hätte ich ihm vor meinem irren Grinsen sagen sollen, aber meine Kehle war vor Freude wie zugeschnürt. Schnell schüttelte ich den Kopf, griff nach seinen Fingern und legte sie an den Hals des Jungen.

»Er … lebt«, hauchte er genauso überwältigt, wie ich mich fühlte. Matejs Gesicht erstrahlte, als er mit Gewissheit erkannte, dass der Junge noch am Leben war und wir nicht zu spät gekommen waren.

»Ein Wunder! Das ist der erste Junge, der verschwunden ist«, flüsterte Matej beinahe ungläubig. Er schaute das Kind an, dann mich und wieder auf den Jungen in meinen Armen.

Lächelnd legte ich den Kleinen in Matejs Arme und holte ein paar grüne Nahrungs-Tabletten und Wasser aus meinem Rucksack. »Gib ihm das, das sollte ihn am schnellsten wieder etwas aufpäppeln, damit wir ihn hier rausbekommen.«

Sofort machte er sich daran, hielt mich dann schnell am Arm fest, bevor ich aufstehen konnte. »Denk daran, das ist ein Junge, den wir gerettet haben. Vielleicht schaffen wir das nicht mehr bei allen. Aber *jedes* lebende Kind zählt.«

Wieso kannte er mich so gut? Mit großen Augen starrte ich ihn an, nickte, wenngleich ich anders dachte. Jedes Kind, das wir nicht mehr retten konnten, hatte ich verloren, es war meinetwegen gestorben, weil ich mir zu viel Zeit gelassen hatte. Matej wollte, dass wir die positiven Zahlen sahen, ich würde nur die negativen sehen können.

Mit einem Seufzen kam ich auf die Beine, doch Matej hielt mich noch immer fest, obwohl ich bereits stand. »Wir sollten Hilfe holen. Wir können sie nicht alle allein hier rausbringen. Falls …«

Ja, falls sie noch alle lebten, was wir nicht zu hoffen wagten. Ich sah mich um. Es waren noch sieben unversehrte Beutel übrig, was ihm recht gab. Wir könnten nicht acht Kinder zu zweit durch den Wald in die Stadt bringen. Jedoch hatte ich eine Verpflichtung meiner Gilde gegenüber und den Geheimnissen, die wir hüteten. Resignierend blickte ich Matej in die Augen, weil ich ihm einen weiteren Teil anvertrauen musste, aber ich wusste, er würde es nicht ausnutzen.

»Ähm, tja, es könnte sein, dass es neben den Monstern noch ein wenig Magie gibt. Mit dieser kann ich die Erinnerung der Kinder manipulieren, damit sie sich an das hier nicht mehr erinnern. Aber für Erwachsene ist meine Kraft nicht groß genug. Ich muss die Gilde und ihr Wissen schützen«, gab ich zu bedenken.

Zuerst machte er überrascht große Augen und ich wusste, ihm lagen tausend Fragen auf der Zunge. Statt in diesem Moment genauer nachzufragen, antwortete er: »Gut, über die Sache mit der Magie reden wir noch. Wir brauchen Hilfe – jetzt, und wir können Petr und seinem Kollegen vertrauen. Glaub mir.«

Das tat ich, also nickte ich und nahm Sid wieder an mich, damit Matej die Hände frei hatte. Während er sich um das Kind kümmerte und seinem Freund aka Polizeichef, eine Nachricht hinterließ, in der er erklärte, was passiert war und wo wir zu finden waren, hoffte ich, keinen Fehler begangen zu haben.

Vorsichtig näherte ich mich schließlich dem nächsten Beutel. Wie zuvor klopfte mein Herz, konnte sich nicht zwischen Hoffen und Bangen entscheiden. Mit Sid fest in der Hand schnitt ich den Sack ein und riss anschließend das feuchtwarme Leder auf. Erneut kam mir ein schlaffer Junge entgegengefallen, der gleich darauf viel wacher und lebendiger wirkte als der erste, den wir befreit hatten. Sofort brachte ich ihn zu Matej, legte ihn neben ihn und lief zum nächsten Ledersack.

Je mehr Beutel ich öffnete, desto mehr lebende Kinder kamen zum Vorschein. Die einen der Ohnmacht nahe und ausgelaugt von dem Erlebten, die anderen munterer und verängstigt – aber alle wohlauf.

Als ich schließlich ein Mädchen in meinen Armen hielt und in dem zarten Gesicht die Ähnlichkeit zu dem Mädchen auf der Schaukel erkannte, dem ich versprochen hatte, ihre Schwester Dunja wieder nach Hause zu bringen, platzte mein Herz fast vor Erleichterung und Freude. Sie waren gerettet – zumindest fast alle.

Eine halbe Stunde später waren die Kinder aus ihrem bizarren Gefängnis befreit und Matej hatte sie mit Wasser und Tabletten wieder so weit aufgepäppelt, dass sie teilweise selbstständig gehen konnten. Zwar langsam, aber immerhin. Nur der kleine Junge, den wir zuerst befreit hatten, und eines der Mädchen waren wieder ohnmächtig geworden. Diese hatte sich Matej links und rechts über die Schultern gelegt, um sie zu tragen.

»Los, gehen wir«, forderte er mich auf, doch statt ihm zu folgen, strich ich über den Rücken des Mädchens und gab Matej einen schnellen Kuss, der mich sogleich irritierte.

Huch, was war das denn eben? Diese Kinder machen mich wirklich gefühlsduselig. Schnell winkte ich mit der Hand Richtung Ausgang, um die Situation zu überspielen. »Geht schon mal voraus und Petr entgegen. Ich werde mich hier noch kurz umsehen.«

»Aber …«, wollte er protestieren, doch ich schüttelte entschieden den Kopf. »Nein! Ich muss mich überzeugen und prüfen, ob wir auch niemanden übersehen oder etwas vergessen haben. Du musst die Kinder in Sicherheit bringen, sie müssen sofort versorgt werden. Ich will nicht so lange warten, bis Verstärkung in Form der Kavallerie anmarschiert. Keine Sorge, ich finde wieder allein raus und komme nach. Du weißt, dass ich recht habe. Wie immer, nur um das mal anzumerken.«

Kurz zuckte sein Mundwinkel. Obwohl er nicht glücklich schien, widersprach er mir nicht und nickte. »Na schön, du hast mich überzeugt und du hast die Erfahrung in diesen Dingen. Aber mach nicht zu lange. Ich werde mich darum kümmern, die Kinder unversehrt ins Krankenhaus zu bringen. Pass auf dich auf.«

»Aber klar doch. Danke. Und Matej, komm nicht zurück. Wir treffen uns später bei deinem Wagen.«

Widerspenstig kniff er die Augen zusammen, da ihm meine Anordnung nicht zu gefallen schien – ganz und gar nicht, seinem grimmigen Blick nach zu urteilen –, doch er lenkte ein. »Frau, du machst mich fertig. Du bist Gift für meine Männlichkeit und für meinen Blutdruck.«

Ich trat zur Seite, damit er an mir vorbei in den engen Tunnelabschnitt treten konnte. Kurz bevor er ging, gab ich ihm nun meinerseits einen Klaps auf den Hintern und flüsterte, sodass nur er es hören konnte: »Och, um deine Männlichkeit musst du dir keine Sorgen machen. Nicht die geringsten. Dem Rest kann ich nicht widersprechen.«

Einer seiner Mundwinkel wanderte nun doch noch zu einem schiefen Grinsen nach oben und er wackelte vielsagend mit den Augenbrauen. »Ich denke, diesem ernsten Thema sollten wir uns heute Abend noch einmal genauer widmen. Nur um sicherzugehen.«

»Gerne doch. Bereit, wenn du es bist.«

Sein durchdringender Blick nagelte mich fest und versprach heißen Sex, ungezügelte Leidenschaft, pure Sünde und noch einiges mehr, was mir beinahe die Knie weich werden ließ.

17.

Eklige Monster sollten zumindest den Anstand besitzen, Kaugummis zu benutzen

Nachdem Matej mit der Kinderschar verschwunden war, die erstaunlich gut zu ihm gepasst und er dabei wie ein netter Kindergärtner gewirkt hatte, sah ich mich weiter in der Höhle mit den leeren Säcken um. Nach wenigen Minuten stellte ich fest, dass hier nichts mehr auf mich wartete, aber ich fand auf der anderen Seite der Höhle einen weiteren Durchschlupf, der mir vorhin nicht aufgefallen war. Der Tunnel wurde höher, jedoch viel enger und wirkte wie ein Spalt, der sich durch den Berg wand. Das einzige Licht kam von oben, da dieser Riss bis zur Decke verlief.

Langsam schob ich mich weiter, achtete penibel darauf, mich nicht an den scharfen Felskanten zu schneiden, und horchte auf Veränderungen in der mich umgebenden Stille, versuchte mich dadurch abzulenken. Was nur bedingt half. Kurz wallte Panik in mir auf, als ich vor meinem geistigen Auge die Wände näher auf mich zukommen und mich bereits in dieser Enge feststecken sah. Schweiß rann mir über die Stirn, meine Atmung kam in kurzen, heftigen Stößen, wie nach einem Sprint. Bevor sich jedoch eine handfeste Panik in mir ausbreiten konnte, schloss ich die Augen und redete mir im Kopf aufmunternd zu: *Du kannst das, Jess! Komm schon, du bist zäher als das. Reiß dich zusammen!*

Zusätzlich stellte ich mir einen weitläufigen Wald vor, atmete dabei tief ein, bis ich wieder Herr über meinen eigenen Körper war. Erst danach schob ich mich mit geschlossenen Augen voran – ganz langsam, Schritt für Schritt.

Einige Minuten schlängelte ich mich geräuschlos durch den Felsspalt, bis er endlich breiter wurde und schließlich in eine andere, kleinere Höhle überging. Erleichtert atmete ich leise auf und strich die verschwitzten Hände an meinen Klamotten ab. *Das hat doch gut geklappt!*

Was mich hier erwartete, ließ mich von Neuem kurz erstarren und verwirrte mich. Auf der linken Seite waren mehrere Steine aufgeschichtet worden, auf denen ein schweres Holzbrett lag, was insgesamt wie ein selbst gebastelter Tisch wirkte. Darauf konnte ich von meiner Stelle aus einige Gegenstände, dunkelbraunes, rußiges Papier und Kreide ausmachen. Vermutlich war mit dieser Kreide auf den Boden gezeichnet worden, wobei ich viele ineinander verschlungene, ellipsenförmige Symbole erkennen konnte, die für mich keinen Sinn ergaben, sondern nur neue Rätsel.

Auf der gegenüberliegenden Seite des Raumes befand sich aufgestapeltes Stroh, auf dem mehrere abgewetzte Tücher ausgebreitet waren. *Ein Bett?*

Wo war ich hier gelandet? Ganz sicher nicht im Unterschlupf des Werwolfs – er war noch zu jung, zu wenig menschlich gewesen, um sich ein derartiges Heim zu suchen. Mein Blick glitt weiter durch den spärlich beleuchteten Raum, der bloß vom Mondlicht durch die Felsritze an der Decke erhellt wurde. Irgendetwas war hier mehr als faul, obwohl ich nicht sagen konnte, ob es an diesem kuriosen Sammelsurium, dem widerlichen, abgestandenen Geruch oder an dem Knistern lag, das unangenehm über meine Haut strich.

Magie hatte hier seine Finger mit im Spiel, aber Werwölfe konnten diese nicht wirken. Vielleicht war hier ein Jäger gewesen oder ein anderer, Magie beherrschender Mensch? Aber warum hatte derjenige die Kinder nicht befreit oder hatte dieser jemand gar mit dem Werwolf zusammengearbeitet?

Bei diesem Gedanken zog sich eine Gänsehaut von meinem Nacken ausgehend über meine Arme. Leise holte ich Olaf aus der Scheide, während ich mit der anderen Hand nach Hildi griff, die ich am Karabiner des Hüftgeschirrs bei mir trug. Sorgsam überprüfte ich die Schläuche, die jeweils mit zwei kleinen, verschlossenen Phiolen verbunden waren, die ich am Brustgeschirr trug, um mich im Kampf nicht zu behindern. Wie bei meiner Trophäen-Dose war hier Magie im Spiel, um trotz kleiner Größe immer genügend Weihwasser und entzündbares Öl dabei zu haben. Die Frage war nur, für welche

Option ich mich entscheiden sollte: Armbrustbolzen, Feuer oder Weihwasser?

Aus dem Bauch heraus entschied ich mich für Feuer, da ein wenig davon so einigen Spezies den Hintern anbrennen konnte. *Klassisch, aber gut.*

Ich trat weiter in den Höhlenunterschlupf hinein, versuchte dabei nicht auf die unzähligen Kreidestriche am Boden zu treten. In der Mitte blieb ich stehen und sah mir die Zeichnung genauer an, konnte jedoch nur wirre, scheinbar unentschlüsselbare Linien erkennen, ohne Sinn und Verstand. Dennoch ließ mich das Gefühl von Magie nicht los, weshalb ich stur die Augen zusammenkniff und mich im Kreis drehte, um die Linien immer wieder mit meinem Blick nachzufahren. Schließlich meinte ich ein Muster zu erkennen, vielleicht bildete ich es mir nur ein, sah vor mir unzählige, überzeichnete und wieder übermalte ineinander verschlungene Ellipsen. Dazu zogen sich jeweils willkürlich zwei parallel gezogene, gerade Linien quer über die Muster. *Was zum Teufel …?*

Ich fluchte wild, obgleich nur in meinem Kopf, weil ich keine Lösung zu dem Rätsel fand, und war davon so abgelenkt, dass ich erst jetzt ein Flattern wahrnahm. Außerdem glaubte ich, ein kleines Aufleuchten in einer Ecke zu erkennen, das meine weitere Aufmerksamkeit erregte. Plötzlich war es wieder fort und Stille herrschte. Dann war es wieder für eine Sekunde zu sehen, nur um erneut zu verschwinden.

Mit gerunzelter Stirn trat ich näher in die Richtung, aus der das Licht gekommen war, und fand einen hölzernen Käfig, der mit den gleichen Spinnenfäden von der Decke hing wie zuvor die Ledersäcke. Ansonsten hatte er die Größe eines normalen Vogelkäfigs, dessen Gitter aus dünnen Ästen bestand. Als ich mit dem Finger das Holz berührte, traf mich ein kleiner Stromstoß und ein lautes, wütendes Fluchen ertönte. »Autsch, verdammter Mensch! Was tust du da!?«

Erschrocken riss ich die Augen auf und spürte dem Kribbeln des Stromstoßes in meinen Fingern bis hinauf zu meinen Schultern nach. Auf einmal flirrte die Luft vor mir und im Käfig erschien ein aufgebrachtes, kleines – *verflucht, was ist das?*

»Was. Bist. Du?«, hauchte ich verwundert. Ich hatte ja schon viel gesehen, aber so ein leicht leuchtendes blaues Wesen mit Flügeln auf dem Rücken war mir neu. *Oh!* Bei genauerem Hinsehen konnte ich erkennen, dass es sich um ein kleines, männliches Wesen handelte … weil er nackt war! Zusätzlich schien er verdammt wütend zu sein.

»Mensch, was soll denn diese bescheuerte Frage? Nach was sehe ich denn aus! Und warum kannst du mich trotz des Zaubers überhaupt sehen? Ah, ich weiß schon, du hast einige Magie in dir. Gehörst den Waffen nach zu urteilen wohl diesem Gilden-Gesindel an.«

Dieses Ding, oder Mini-Mann, zeterte noch ein wenig weiter, fluchte dabei selbst für meine Verhältnisse etwas zu oft und ich versuchte standhaft, mir ein Lachen zu verkneifen.

Wo war ich hier gelandet? Im Candyland oder wie Alice im verrückten Kaninchenbau? Es war auch gut möglich, dass mir jemand auf den Hinterkopf geschlagen hatte und ich eigentlich irgendwo sabbernd am Boden lag und alles nur halluzinierte. Was eine viel logischere Erklärung war, als tatsächlich diesen männlichen Fae in Miniaturformat vor mir zu haben – bisher kannte ich nur die großen Vertreter. Daher war er ja eigentlich ganz süß, wenn er nicht gerade nackt gewesen wäre und so ein grauenhaftes Vokabular gehabt hätte.

»Warum grinst du so blöd und stehst hier rum? Hau lieber ab, bevor dir dein Arsch aufgerissen wird. Kusch, kusch.«

Und frech war er auch. Hm, irgendwie mochte ich dieses Kerlchen.

»Du sollst gehen. Verschwinde!«

»Willst du denn gar nicht hier raus?«, fragte ich und überlegte, ob ich dieses Wesen wirklich einfach befreien sollte, ohne es anschließend zu töten. Fae war Fae, egal, ob groß oder klein. Alle übernatürlichen Kreaturen waren böse und dazu da, um getötet zu werden. Doch trotz dieses Wissens und all meines jahrelangen Trainings bezweifelte ich, es in diesem Fall so ohne Weiteres tun zu können. Oh Mann, diese sensible Seite lag sehr wahrscheinlich an den gerade geretteten Kindern – ich war wohl noch vollgepumpt mit vernebelnden Glückshormonen.

Der kleine Mann schnaubte abfällig. »Als ob du mich hier rausholen könntest, Mensch. Ihr Zauber ist stärker als deine Magie.«

Sofort wurde ich hellhörig. »Tja, dann eben nicht, deine Entscheidung. Du kannst auch gerne da drinnen verrotten. Was weißt du denn über *Sie?* Hat sie mit dem Werwolf zusammengearbeitet?«, fragte ich und tat so, als wüsste ich, von wem zum Kuckuck er überhaupt sprach.

Theatralisch seufzte der Fae, verschränkte die kleinen Ärmchen vor der Brust und kümmerte sich nicht im Geringsten darum, dass seine männlichen Teile zwischen seinen Beinen hin und her baumelten, als er gereizt mit einem Fuß wippte. Was auch seine durchschimmernden Flügel und sein zerzaustes, mähnenartiges Haar zum Hüpfen brachte. »Mit dem Werwolf? Dass ich nicht lache. Von was hast du eigentlich eine Ahnung? Sie hat ihn verjagt, als er eine ihrer Energiequellen gestohlen hat. Oh, und wie sie da getobt hat.«

Er kicherte fast schon bösartig und in mir kam Übelkeit hoch.

»Du meinst, das Kind, das er gefressen hat.« Meine Stimme war eisern, doch das schien ihm nicht aufzufallen.

»Papperlapapp. Ihr Menschen seid alles eins. Und du wirst hier nichts ausrichten können, denn sie ist mächtiger, als du dir vorstellen kannst.«

Ich verkniff mir eine entsprechende Antwort und biss mir dabei so fest auf die Zunge, bis ich Blut schmeckte, da ich weitere Informationen aus ihm rausbekommen wollte. Aber schließlich konnte ich doch nicht meine Klappe halten und mein vorlauter Mund war mal wieder schneller als mein Verstand.

»Ach, du bist deiner Kerkermeisterin also hörig. Stehst wohl darauf, mies behandelt zu werden wie ein Vögelchen im Käfig. Jeder hat so seine Vorlieben, nicht wahr, kleiner Piepmatz?«

Seine schwarzen Knopfaugen funkelten verärgert, aber ein schiefes Grinsen, gespickt mit kleinen, spitzen Zähnen, zeigte, dass ihm meine Retourkutsche nicht nur missfallen hatte. »Du kleiner, mickriger Mensch …« Weiter kam er nicht, da er plötzlich erschrocken die Augen aufriss und schrie: »Hinter dir, pass auf!«

Schlagartig sprang ich zur Seite und wirbelte herum, im selben Moment, als etwas länglich Schwarzes neben mir auf den Boden krachte. Noch bevor ich mein Katana schwingen konnte, bekam ich einen derart festen Schlag auf meine Schwerthand, dass ich zur Seite geschleudert und Olaf aus meinem Griff gerissen wurde. Alles, was ich noch von meinem Messer hörte, war das Scheppern, als es über den Boden aus meiner Reichweite schlitterte. *Verfluchter Bockmist!*

Das Adrenalin schoss durch meine Venen und sofort meinte ich, besser sehen, hören und noch schneller reagieren zu können. Der nächste Hieb brauste auf mich zu, doch ich sprang flink zurück und trat nach der länglichen Klaue, die daraufhin ein unschönes Knacken von sich gab. Gleichzeitig schrie das Ding vor mir auf und erst jetzt hatte ich die Zeit, mir mein Gegenüber genauer anzusehen. Was ich besser nicht hätte tun sollen.

Das Wesen musste ebenfalls eine Art Fae sein, denn nur diese hatten derart viele unterschiedliche Erscheinungsformen, obwohl sie eher selten waren. Die Fae vor mir hatte den Unterkörper einer Spinne von der Größe eines verdammten Rindviehs, nur nicht breit und behände wie eine Vogelspinne, sondern schlank und flink, wodurch sie eher einer schwarzen Witwe glich. *Nett.*

Zwar hatte ich keine Angst vor Spinnen – nun gut, keine große Angst –, aber die Viecher waren schlichtweg abstoßend. Dieses Exemplar war kein einfaches Spinnenwesen – nein, der Körper ging von der Hüfte aufwärts in einen nackten, beinahe menschlichen, weißen Frauenkörper über; mit zwei Armen und Händen, die mit langen Krallen besetzt waren, mit denen sie mich zuvor attackiert hatte. Immerhin hatte ich eines dieser Ärmchen fast gebrochen, nach dem Gesicht zu urteilen, das sie gerade machte. Wobei das bei dieser Fratze nicht so genau zu sagen war.

Der Kiefer hatte noch eine annähernd menschliche Form, ebenso der Mund mit den schwarzen Lippen im weißen Gesicht. Dort endete auch schon die Ähnlichkeit mit einer Frau, da die Nase in ein knöchernes Gebilde überging, ähnlich dieser irrwitzigen Stirnhörnung, wie ich sie bislang nur aus alten Scifi Filmen kannte, in denen Klingonen Teil der Welt waren. Hier waren jedoch neben einem schwarzen Augenpaar noch weitere sechs dunkle Augen in einer gebogenen Reihe nach oben auf die Stirn geheftet. Und alle acht starrten mich bösartig an, was mir das Blut in den Adern gefrieren ließ. Dunkle, lederartige Dreadlocks, die ihr bis zu den Hüften reichten, gab es als Draufgabe zu dem netten Horrorkostüm.

Just in dem Moment stieß diese Schönheit einen schrillen Laut aus, der sich wie eine Mischung aus dem grauenhaften Schrei einer verrückten Frau und den fiependen Tönen eines Delfins auf

Drogen anhörte. Statt wie gewünscht meine Ohren zuzuhalten, riss ich meine Armbrust Hildi hoch, die durch die Magie in meinem Kopf stotternde Worte von sich gab: *»Oh Gott, Oh Gott, Oh Gott. Eine Spinne. Ich hasse Spinnen. Wir werden alle sterben! Oh mein Gott, eine Spinne. Lass mich auf der Stelle sterben und nie wieder aufwachen.«*

Wow, sie war so positiv, dass einem geradezu das Herz aufging.

»Wir packen das schon, Hildi. Lass uns Mädels einfach machen«, versicherte ich ihr.

Durch einen Hebel an der Armbrust kontrollierte ich, ob auf höchste Stufe eingestellt war, und schleuderte in der nächsten Sekunde der Gestalt eine höllische Feuersbrunst entgegen, die alle anderen Arten zum Schmelzen gebracht hätte. Statt das Spinnen-Ding in Flammen aufgehen zu sehen, wie in guten alten Hexenfilmen, konnte ihr das Feuer aber nichts anhaben. Es zerstreute sich bloß in einer ungefährlichen Rauchwolke.

Betrug!

»Na klasse, so ein Schutzzauber war aber nicht abgemacht«, schnaubte ich missbilligend und stellte Hildi auf Armbrust-Schuss um.

Bevor ich feuern konnte, meldete sich der kleine Fae hinter mir und flüsterte: »Das bringt nichts, Mensch. Du kannst sie weder mit einer menschlichen Waffe noch mit Feuer töten.«

Das wird ja immer besser!

»Danke, sehr hilfreich«, zischte ich über die Schulter, während ich zur Seite tänzelte, um einem weiterem Hieb ihres klauenbestückten Arms auszuweichen. Hastig riskierte ich einen Blick zu Olaf, doch das Katana war in die Richtung des Spinnen-Ungetüms gerutscht und ich würde nicht an Olaf herankommen, ohne von den Beinen der Fae aufgespießt zu werden. Daher kappte ich die Schläuche zur Armbrust und legte Hildi schnell zur Seite, um meine Unterarmwaffen Bo und Bo ausfahren zu lassen.

Da diese ja ebenfalls aus Silber, geschmiedet mit Weihrauchasche, waren, müsste es damit funktionieren, wenn ich nah genug an das Vieh herankommen konnte. Klingen aus Silber und Weihrauch waren immerhin keine normalen menschlichen Waffen. Zumindest hoffte ich das. Olaf wäre mir wesentlich lieber gewesen, daher musste ich unbedingt einen Weg finden, mein Katana zurückzubekommen, das Vieh von dieser Stelle wegbekommen. *Denk nach, denk nach!*

Vielleicht konnte ich sie ganz einfach nerven, sie zur Weißglut bringen. Das hatte schon oft gut geklappt. Ihr Blick verfolgte jede meiner kleinsten Bewegungen, jede Veränderung meines Körpergewichts. Dabei knurrte sie einige Male durch ihre spitzen Zähne oder gab Zischgeräusche von sich. Ich hingegen schnaubte abfällig, was sie wütend machte.

Ja, sehr gut, weiter so. Sie bleckte erneut die Zähne, tänzelte auf ihren acht Beinen vor und zurück, nach links und rechts. Ich spiegelte ihre Bewegungen, obwohl ich sie weglocken wollte, konnte ihr jedoch nicht meinen ungeschützten Rücken oder meine Seite zudrehen. Irgendwie musste ich sie noch weiter reizen, also tat ich, was ich am besten konnte – ich riss mein vorlautes Maul auf: »Was ist das bloß mit euch scheußlichen Monstern? Immer nur am Knurren, Grunzen oder Fauchen. Das wird mit der Zeit echt langweilig. Lasst euch doch mal was Neues einfallen! Obwohl, wenn ich mit so einer hässlichen Visage herumlaufen müsste, würden mich meine intellektuellen Aussagen auch nicht mehr kümmern.«

Die Spinnen-Fae legte ruckartig ihren knochigen, weißen Kopf schräg, alle acht schwarzen Augen schimmerten todesdurstig im Mondlicht, fixierten mich wie ein Stück Filet Mignon. *Yummy.*

Ihre Bewegung hatte etwas Vogelartiges, der Blick versprach Qualen und noch mehr Qualen. Als Antwort stieß sie ein einziges Wort aus: »Stirb!«

»Na schön, bei diesen zwei Optionen bleib ich dann doch lieber bei dem Gefauche. Steht dir außerdem auch besser.«

Noch einmal rutschte ich mit den Stiefelsohlen etwas zur Seite, damit sie sich mit mir bewegte, doch sie verharrte starr in ihrer verschissenen Position, beobachtete mich wieder stumm. Was mich jedoch nicht täuschte. Denn jeder ihrer Muskeln war fast bis zum Zerreißen angespannt, als warte sie nur auf den richtigen Moment, um auf mich loszupreschen. Wie recht ich doch hatte.

Mit einer unglaublichen Geschwindigkeit sprang die Spinne hoch und lief mit ihren viel zu vielen Beinen auf mich zu. Doch ich war auch nicht langsam. Bevor sie bei mir ankam, sprang ich flink zur

Seite. An der Stelle, an der sich gerade noch mein Kopf befunden hatte, rammte sie eines ihrer Spinnenbeine in den Felsen und hinterließ ein klaffendes Loch. Steinbrocken und Staub fielen von der Wucht wie wegsprengt zu Boden. Wäre das mein Schädel gewesen, würde er einer zerplatzten Melone gleichen. Wow, da war jemand wirklich sauer. Ein bisschen mehr und ich hatte sie am Schlafittchen.

»Sag ich doch, mindere Intelligenz«, stellte ich trocken fest und lief vor ihr davon.

Wie erwartet hechtete sie hinter mir her, während ich auf die gegenüberliegende Felswand zuhielt – eine Einbuchtung wie eine Sackgasse, die meine Flucht jeden Moment beenden würde. Hinter mir hörte ich sie amüsiert fauchen, als wartete sie darauf, dass ich gleich meinen Fehler bemerken würde und mich dann fürchtete wie ein kleines Mäuschen in der Falle. *Falsch gedacht, Mistding.*

Kurz bevor sie mich erreichte und mit den Beinen und einem Arm nach mir hieb, lief ich senkrecht die Mauer empor, stieß mich von der steinernen Seitenwand ab und vollführte einen Rückwärtssalto – über die Fae. Jedoch sprang ich nicht nur über sie hinweg, sondern schlug während meines Fluges mit Bo nach ihrem linken Arm, gleich unterhalb der Schulter. Vor Schmerzen schrie sie ohrenbetäubend auf und eine Kaskade schwarzen Blutes schoss aus der Wunde, durch die man nicht einmal mehr ihren weißen Oberarmknochen sehen konnte. *Ein glatter, präziser Hieb,* lobte ich mich selbst.

Wieder auf meinen Beinen aufkommend, hob ich erneut Bo, um sie eines weiteren Gliedes zu erleichtern, als ich irritiert innehielt und sie beobachtete. Statt zu straucheln oder verletzt zurückzuweichen, richtete sich die Spinne triumphierend auf, drehte sich zu mir herum und zischte erneut: »Stirb, Mensch!«

»Oho, jetzt hast du schon zwei Wörter in petto. Ein richtiger Blitzmerker.«

Statt zu antworten, zu fauchen oder knurren, bedachte sie mich mit einem abfälligen Lächeln, das mit ihrem Gebiss aus unzähligen scharfen Zähnen mehr als verstörend aussah. Dann erblickte ich den Grund dafür. Die blutende Wunde ihres abgetrennten Armes heilte in wenigen Sekunden und während ich noch blinzelte und den Sinn hinter diesem Schauspiel suchte, wuchs der Arm einfach so nach.

Jetzt wurde ich langsam richtig sauer und brummte: »Das ist aber nicht die feine englische Art. Du spielst total unfair, Schwester.«

Laute, fiepende Töne erklangen aus ihrem Mund und sie reckte immer wieder ruckartig den Kopf in die Höhe, was mich erneut an Delfine und Vögel denken ließ, obwohl eine Spinne vor mir stand. Eine Spinne, deren Körperteile nachwuchsen. In meinem Wortschatz gab es dafür nur folgende Bezeichnungen: *Nicht gut* oder *Scheiße, ich bin völlig am Arsch.*

Also gut, dann musste ich ihr eben die Glieder schneller abhacken, als sie nachwachsen konnten, und ihr dann den Rest geben. Mit dem Teil, sie nicht mit normalen Waffen zur Strecke bringen zu können, musste ich mich später noch beschäftigen.

Mit einem Sprung griff ich sie an ihrer rechten Seite an, schlug mit Bo gegen ein Spinnenbein, das ebenfalls mit fetten, schwarzen Blutspritzern zu Boden klatschte. Der Gestank der Fae, des schleimigen, dunklen Blutes – eine Mischung aus verfaulten Gedärmen und ranzigem Fisch – trieb mir beinahe Tränen in die Augen und Galle stieg in mir hoch. Ich schluckte die Übelkeit hinunter und machte einige schnelle Schritte zurück, um mein nächstes Angriffsziel ins Visier zu nehmen. Und auch, um einem krallenbesetzten Arm auszuweichen, der gerade mit einem Zischen nur wenige Millimeter vor meinem Gesicht die Luft durchschnitt. Das hätte so richtig ins Auge gehen können.

Trotz ihrer Verletzungen war sie schnell, zu schnell. Bevor ich das nächste Mal ausweichen, geschweige denn Bo hochreißen konnte, stürzte sie sich auf mich. Das Einzige, was ich noch schaffte, war, eine weitere Gliedmaße aufzuschlitzen. Was sie nicht zu bremsen schien, als sie mich mit den übrigen zu Boden stieß und mit vier Spinnenbeinen unter sich festnagelte. Blöderweise hatten ihre spitzen Krallen meine Lederjacke erwischt und mich dadurch mit dem Oberkörper auf den Boden getackert. Obwohl ich mit den Beinen immer wieder hin und her wackelte, um ihren Angriffen auszuweichen, spürte ich ein Brennen von aufgerissener Haut auf meinem Oberschenkel.

Mist, nicht auch noch die teure Hose! Reicht denn nicht die Lederjacke?

Verbissen rammte ich meine Ferse in den dicken Magen über mir, was ihre Spinnenglieder innehalten ließ, den Rest jedoch nicht beeinflusste. Denn gleichzeitig schnappte ihr Mund nach mir, in dem die vielen kleinen, aber sehr scharfen Zähne gefährlich blitzten, und ihr warmer Atem streifte mein Gesicht. *Warum stinken diese Viecher nur alle so bestialisch aus dem Mund?*

Mit einer Hand schlug ich mit Bo nach ihrer Schulter, was sie nicht kümmerte, obwohl schwarzes Blut auf mich herabtropfte. Dann vergrub ich meine Finger in ihrem Hals, um sie von meinem Gesicht und der Kehle abzuhalten, nach denen sie unablässig schnappte, was sie zum Knurren brachte. Dieses Mal war es ein tiefes Knurren, das man leicht mit dem eines großen Wolfes verwechseln konnte, was erklärte, wie mich die Aussage des Mädchens vor einigen Tagen auf die falsche Fährte gebracht hatte. Währenddessen schauten mich ständig ihre acht Augen an und ich wusste nicht, was mich mehr anekelte: ihr irritierendes Knurren, diese Augen, ihre Spinnenbeine, die mich festhielten, oder der mörderische Mundgeruch. Wahrscheinlich die faszinierende Mischung aus allen Komponenten.

Schweiß rann mir bereits vor Anstrengung in die Augen und ich keuchte, während meine Arme zu zittern begannen. Die scharfen Zähne kamen stetig bedrohlich näher und der Fae-Atem schlug mir unablässig ins Gesicht. Ich unterdrückte ein Würgen und schimpfte stattdessen. Nachdem ich einige Flüche ausgestoßen hatte und weiterhin wie wild zappelte und dagegenhielt, was ihr lediglich ein paar zusätzliche Kratzer bescherte, mehr nicht, stieß ich wütend aus: »Igitt, kauf dir einen verschissenen Kaugummi!«

Ein bösartiges Zischen kam als Antwort und dazu dieses unnatürliche Fiepen. Erneut spürte ich einen scharfen Riss – nun an meinem Unterschenkel, und ich biss die Kiefer zusammen, um nicht vor Schmerz aufzuschreien. Nicht nur wegen des Schmerzes, der war erträglich, sondern vor allem aus Frust und Wut, weil ich mich hier nicht mehr herauswinden konnte. Ich saß sprichwörtlich fest und um ehrlich zu sein, sanken meine Chancen, meinen Hintern heil rauszubekommen, mit jeder Sekunde.

Das war es also, ich würde von einem Spinnenwesen gefressen, ohne viel Ruhm und Glorie! Ohne dass meine Leute wussten, was mit mir passiert war. Gab es einen grauenhafteren Tod? Da hatte ich mir wirklich etwas Heldenhafteres vorgestellt. *Verdammt, verdammt, verdammt!*

Mit meinen letzten Kräften aufbäumend, lud ich Bo mit meiner Magie auf und stieß ihr die Klinge in den Bauch. Mit Genugtuung registrierte ich das feuchte Blut, das aus ihrer Wunde auf mich herabtropfte. Ein kleiner Sieg, der nicht viel bringen würde. Denn leider bemerkte ich, wie meine Magie immer schneller aus mir heraussickerte und ich sie nicht viel länger aufrechterhalten konnte. Ich war bereits zu ausgelaugt und damit erledigt. In meinem Kopf hörte ich für einen Moment Bos ruhige, pragmatische Stimme: *»Tiefer. Du musst mich tiefer schieben.«*

»Würde ich ja gerne«, ächzte ich zurück, verlor jedoch gleich darauf die Verbindung zu ihm, als ich die Magie nicht länger in ihm halten konnte. Damit war ich wieder vollkommen auf mich allein gestellt, dennoch wollte ich noch nicht aufgeben. Irgendwie musste ich sie mit keiner normalen Waffe umbringen, daher erschien es mir am logischsten, ihr einfach das Herz herauszuschneiden. Wenn das nur so einfach gewesen wäre. Ich konnte mich fast nicht rühren und an ihr Herz kam ich erst recht nicht heran.

Langsam wurde ich ihr anscheinend zu lästig – wahrscheinlich war ich für sie mit meinem Messer nicht mehr als eine nervige Mücke, denn sie drehte ihren Oberkörper herum und schlug mit unglaublicher Wucht meine Hand zurück, die daraufhin auf den Steinboden knallte. Schmerz schoss über das Handgelenk meinen Arm bis zur Schulter hoch und ich keuchte: »Mistratte. Stirb doch einfach!«

Aber davon wollte die Fae nichts wissen. Stattdessen kamen ihre Zähne wieder näher und sie riss ihr hübsches Gebiss auf, wobei Speichel auf meine Brust tropfte. *Das war's dann also.*

Plötzlich stieß sie wieder einen gequälten, langen Schrei aus und bäumte sich über mir auf zwei Hinterbeinen hoch. Endlich war ich frei und ich nutzte diese Chance, um mich zur Seite zu rollen, bevor sie wieder auf den Boden aufkommen und mich vollends aufspießen konnte. Schnell wirbelte ich herum und kam mit schweren Gliedern auf die Beine. Ich schwankte leicht, sah kurz Sterne vor meinen Augen, die ich kopfschüttelnd verjagte, und musste mich für eine Sekunde mit der Hand an der Felswand abstützen.

Als ich zurücksah, konnte ich meinen Augen kaum glauben. Hinter dem Biest stand Matej mit vor Schock weit aufgerissenen Augen und lehnte mit den Armen voran seinen Körper gegen den Rücken des Spinnenmonsters. Erst eine Sekunde später registrierte ich das kleine Stück Messerspitze, das vorne aus ihrer Brust herausragte.

Er hatte ihr tatsächlich meinen Dolch Sid durch den Oberkörper gestoßen und in der Art, wie sie sich schmerzhaft wand, eine wichtige Stelle erwischt.

Die Fae erzitterte am ganzen Körper, während sie unablässig einen schrillen Schrei von sich gab, der mir durch Mark und Bein ging. Dennoch, damit konnte sie nicht getötet werden. Sid war ein *normales* Messer, wenn man von den Quatschtiraden absah, die er von sich gab, sobald ich ihn mit meiner Magie berührte.

Bevor ich Matej warnen konnte, schmiss sich die Spinne herum und schlug Matej mit ihrem kräftigen Arm von sich weg. Erneut wurde er wie eine Spielzeugpuppe davongeschleudert und prallte keuchend mit dem Rücken gegen die Felswand, wobei sein Körper für eine Sekunde aufleuchtete, bevor er bewegungslos am Boden liegen blieb. *Verdammt, Matej! Nicht schon wieder.*

Sorgen überschwemmten mich, hallten in meinen Ohren und schalteten jede Taktik ab, ich sah für einen Moment rot. Ich wollte dieses Ding bluten sehen, es töten und zwar unter Schmerzen.

Ohne nachzudenken, rannte ich mit neuen Kräften los, schlitterte an der Fae vorbei und griff mit meiner unverletzten Hand nach dem Heft meines Katanas. Schneller als ich es selbst für möglich gehalten hätte, sprang ich hoch, hob meine Schwerthand und drehte mich gleichzeitig herum, um das Messer von vorne in ihren Oberköper zu rammen. Fast genau an der Stelle, an der sich vorhin Sid befunden hatte, den sie achtlos herausgezogen und weggeschmissen hatte.

Das Loch war gerade dabei, sich zu schließen, doch durch meine Wut, der Kraft meines Sprungs hatte sich die scharfe Klinge erneut durch ihren gesamten Brustkorb gegraben. Um das Loch noch weiter aufzureißen, sie büßen zu lassen, drehte ich Olaf herum. Der Schmerz musste irrsinnig sein, denn sie schrie so laut, das mir beinahe das Trommelfell zerplatzte. Doch sie wollte einfach nicht sterben.

Aus dem Schrei wurde ein Lachen und als ich von ihrer Brustwunde hoch in ihre Augen sah, erkannte ich, sie hatte mich genau dort, wo sie mich wollte. Noch immer war ich an den Schwertgriff geklammert, als sie nach vorne sprang und mich dabei mit dem Rücken gegen die Felswand quetschte. Statt vor dem Schmerz zurückzuweichen, die Klinge aus ihrer Brust zu reißen und sich somit davon zu befreien, schob sie sich immer weiter nach vorne, das Gebiss schnappend in Richtung meines Gesichts. Nun kam ich mir wirklich vor wie eine verdammte Fliege, die einer Spinne in das tückische Netz gegangen war.

Mit den Händen den Griff des Schwertes umklammert, stemmte ich mich gegen sie, aber ich konnte sie damit nicht zurückdrängen, denn Olaf glitt nur immer weiter in sie hinein. Dabei hatte ich gedacht, bereits alles gesehen zu haben. Wie man sich doch irren konnte.

So faszinierend dieses Schauspiel war, ich hatte nicht vor, blöd glotzend aufzugeben. Ich biss die Zähne zusammen und dachte nach, ließ meine Gedanken hin und her rasen und holte japsend Luft, als mir die Worte des Faes erneut durch den Kopf gingen – »… keine menschlichen Waffen.« *Natürlich!*

Ich zeigte ihr mein bestes fieses Lächeln und lud gleichzeitig meine verbliebene Magie in Olaf, der vor Entzückung hechelte: *»Blut! So viel Blut! Ein Festmahl. Und so viel Macht. Mehr davon! Noch mehr.«*

Wie ich es mir dachte. Das war alles andere als eine normale Waffe – zwar etwas verrückt und blutdurstig, aber auch *magisch*. Und diese Magie – meine Magie – steckte nun direkt in ihrem verschrumpelten, grausamen Herzen.

»Hasta La Vista, Baby!«, sagte ich wenige Zentimeter von ihrem bestialischen Gebiss entfernt und grinste wie ein Idiot, als ich in ihr Gesicht sah. Der Blick ihrer vier Augenpaare flackerte wild umher, verlor den Fokus und den mörderischen Glanz genau in dem Moment, als die Fae auf ihren fetten Hintern zurücksackte und leblos in sich zusammenfiel.

Heftig atmend zog ich Olaf aus ihrer Brust, rutschte von ihr herunter und stand über einem Haufen Spinnenbeinen. Der Körper zuckte noch einmal kurz und regte sich dann nicht mehr. Das Ding war endlich tot!

18.

Ein Fae ist kein Schmetterling, auch wenn er Flügel hat und so aussieht

In die Stille hinein hörte ich plötzlich einen lauten Pfiff hinter mir, zu dem ich mich umdrehte. Der Fae stand am Käfiggitter, hielt sich an den Stängelchen fest und betrachtete mich sichtlich mit neuen Augen. »Das nenne ich mal eine Schwerthand. Gar nicht so schlecht für einen Menschen.«

»Pft … das war doch gar nichts«, meinte ich etwas atemlos und versuchte, das gefährliche Zittern meiner Beine einzustellen. Nachdem sich mein Gesichtsfeld beruhigt hatte und nicht mehr drohte, vor meinen Augen schwarz zu werden, führte ich als Dankeschön an die höheren Mächte schnell meine Geste mit geküsstem Kreuz über meiner Brust aus und eilte – obwohl es eher einem Humpeln glich – zu Matej hinüber, der soeben die Augen aufschlug und verwundert an die Decke starrte. Gott sei Dank! Dieser Mann war voller Wunder!

Erleichtert sank ich neben ihm auf die Knie und lehnte meine Stirn gegen seine Brust. »Scheiße! Du hast mir einen verdammten Schrecken eingejagt. Mach das ja nie wieder, sonst Gnade dir Gott! Wie konntest du? Du solltest doch nicht zurückkommen! Warum hörst du nie auf mich?«

Seine warme Hand umfing meinen Hinterkopf und streichelte meinen Nacken und die angespannte Kopfhaut. Ich seufzte zufrieden und konnte Matejs Lächelns spüren, als er mir einen Kuss auf die Haare drückte. »Gib doch zu, du bist froh, mich hier zu sehen. Ich habe dir deinen kleinen Arsch gerettet.«

»Na schön, mein Arsch dankt es dir. Es war schon etwas brenzlig, aber nichts, womit ich nicht fertig geworden wäre.« Langsam hob ich den Kopf, sah ihm in die Augen und strich ihm eine verirrte dunkle Haarsträhne aus der Stirn. »Ernsthaft, danke. Das war ziemlich knapp. Dennoch wäre es mir lieber gewesen, wenn du in Sicherheit geblieben wärst.«

»Ein einfaches Danke schön hätte gereicht.«

Schnell gab er mir einen Kuss auf die Stirn, dann zog er sich mit den Armen in eine aufrechtere Position und stöhnte leicht. Sofort tastete ich seine Schultern und anschließend seinen Rücken ab. »Bist du verletzt? Was genau ist da passiert?«

»Nichts, mir geht es gut. Ich …«

»Wie lange wollt ihr denn noch dort hocken und euch schöne Augen machen? Holt mich lieber hier raus«, rief der kleine Fae aus dem Käfig dazwischen.

Beide blickten wir hinüber zur Stimme und Matej riss die Augen auf. »Was ist das denn?«

»Du kannst ihn sehen?«, fragte ich wenig intelligent nach und hoffte, er würde diese Frage einfach nur verneinen. Aber meine Wünsche wurden, wie immer, nicht erhört.

»Natürlich kann ich das … ähm … den … Schmetterling sehen.«

»Ein Schmetterling? Ein verdammter Schmetterling? Ich werde dir einen Schmetterling geben …«, schimpfte der Fae und flatterte aufgeregt immer wieder gegen die Gitterstäbe und hob drohend die kleine Hand, wobei grüne und rote Funken um seinen schmächtigen Körper tanzten, als entzündete seine Wut ein eigenes kleines Feuerwerk. *Putzig.*

Statt etwas zu erwidern, wandte ich mich kopfschüttelnd ab und sah Matej an. »Das ist ein Fae, ein magisches Wesen, wenn du so willst. Und das erklärt, wie du dich bisher immer retten konntest. Wie ich dir vorhin schon verraten habe, gibt es nicht nur Monster auf dieser Welt, sondern auch Fantastisches, wie zum Beispiel Magie. Jeder Mensch besitzt sie, nur meist so einen kleinen Funken, dass er nichts davon bemerkt. Du aber hast mehr Magie in dir, als gut für dich ist, weshalb du ihn sehen kannst. Vorhin konnte ich an dir wieder das kurze Aufleuchten erkennen, bevor du gegen die Wand geknallt bist. Das war deine ganz eigene Magie – sie hat dich geschützt und dir vermutlich das Leben gerettet. Hast du wieder dasselbe getan wie gestern Nacht?«

»Mehr oder weniger. Ich habe nur gebetet und mir ganz hartnäckig gewünscht, nicht verletzt zu werden. Im nächsten Moment habe ich zwar den Aufprall gespürt, mehr aber nicht.«

»Somit hätten wir wohl deine magische Gabe herausgefunden: Unverwundbarkeit oder eine Haut aus Stein. Wie man es nennen will.«

Sichtlich nicht überzeugt, schüttelte er den Kopf. »Das kann nicht sein, warum sollte ich plötzlich Magie in mir haben? Das hätte ich doch längst bemerkt. Ich habe mich schon in den Finger geschnitten, meine Knie angeschlagen oder anderes. Das ergibt keinen Sinn.«

Damit hielt er mir seinen Zeigefinger vor die Nase, auf der deutlich eine Narbe zu erkennen war, über die ich zärtlich strich.

»Du hast Magie in dir, ganz bestimmt. Vielleicht wird sie nur als Schutz aktiv, wenn du in richtig fieser Gefahr bist. Irgendwie löst du es aus. Es macht Sinn, wie sonst willst du dir erklären, dass du damals überlebt hast, als …«

Ich verstummte, wollte nicht wieder den Schrecken aus seiner Vergangenheit aussprechen, doch er nickte. Dabei schien er alles andere als glücklich zu sein. »Darum habe ich also als Einziger überlebt …«

Resigniert strich er mit den Händen über sein Gesicht, den Kopf und seinen Nacken, presste kurz die Lippen aufeinander und sah mich dann mit seinen sturmgrauen Augen an. »Hat man Magie schon immer in sich oder wächst sie mit dem Alter heran? Wenn ich diese Magie, wie du sagst, schon immer in mir hatte … meinst du … denkst du, dass ich damit diese Wesen in unser Haus gelockt habe?«

Matej schlussfolgerte viel zu schnell und vermutlich auch zutreffend. Dennoch versuchte ich keine Miene zu verziehen, obwohl mich Kummer überkam und ich den Widerhall seines Verlustes spürte. Tröstend legte ich ihm eine Hand auf den Arm. »Alles ist möglich. Vermutlich hatten deine Geschwister genauso Magie in sich, da es erblich ist. Aber ja, diese Biester können Magie spüren, es zieht sie an, lockt sie wie ein Festmahl. Deswegen ist es am besten, wenn ich dir einen Schutz gebe. Diese Injektion verhüllt deine Magie in Zukunft vor übernatürlichen Wesen.«

Schnell fischte ich die kleine Injektionsspritze mit den Achat-Splittern darin aus meiner Jackentasche. Ohne auf seine Proteste zu hören, verpasste ich ihm die Nadel in den Nacken, um den Verhüllungszauber über ihn zu legen.

Für einige Momente starrte er auf den Boden und rieb er über die Stelle, die nur noch durch einen kleinen, blutenden Fleck zu erkennen war, bevor sich sein Blick wieder auf mich richtete. »Danke.«

»Ich danke dir. Ich muss zugeben, ich habe kurz in der Patsche gesessen.«

»Bitte schön. Immer wieder gerne. Wollen wir gleich zu dem Punkt kommen, bei dem du dich nicht nur bedankst, sondern auch erkenntlich zeigst?«

In seinem Blick blitzte der Schalk, gleichzeitig etwas anderes, viel Gefährlicheres und extrem Heißes auf. *Hmm.*

Er wollte spielen, obwohl das hier nicht der passende Ort war, vermutlich angestachelt von den ganzen Hormonen des erfolgreichen Kampfes. Und ich verstand ihn – nur zu gut, denn mir ging es ähnlich.

Man kann das Gefühl nach so einem siegreichen Kampf nicht beschreiben. Es ist ähnlich wie nach einem langen Lauf, wenn die Endorphine ausgeschüttet werden – aber viel, viel stärker –, und es überflutet den ganzen Körper. Außerdem sprüht die Dankbarkeit aus jeder Pore, man lernt das Leben selbst unglaublich zu schätzen, fühlt sich so lebendig in diesem einen Moment, so echt und wahr, was alle Sinne und Gefühle aufs Höchste sensibilisiert. Um es kurz zu sagen: Man steht vollkommen unter Strom.

Aber nicht nur dieses Adrenalin, sondern die Sorge um Matej und die Sehnsucht nach normalen Dingen, die ich nie haben würde, brachen in dieser Sekunde über mich herein und ließen meine Vorsicht zum Teufel gehen. Ich schlang die Arme um seinen Nacken, drückte den Mund auf seine vollen Lippen und küsste ihn, als wäre er mein rettender Anker.

Zuerst versteifte er sich merklich, doch er fing sich schnell, zog mich ebenso energisch auf seinen Schoß und drückte mich an seine breite Brust. Meine Finger krallten sich in seinen dunklen Haarschopf, seine Hände gruben sich in meinen Rücken und Hintern, während unsere Münder miteinander verschmolzen, unsere Zungen sich liebkosten.

Das hier war kein zärtlicher, bedachter oder geübter Kuss. Er war rau, vielleicht sogar ungeschickt, mit schabenden Zähnen und zu viel keuchendem Atem, als könnten wir jeweils nicht genug von dem anderen bekommen. Aber er war auch so gut, schmeckte nach ungebändigtem Matej und wilder Leibhaftigkeit. Ich glaubte, in diesem Geschmack ertrinken zu können und dabei glücklich zu sterben. In diesem Augenblick wollte ich bloß hierbleiben, alles andere vergessen. *Wenn das Leben so einfach wäre.*

Hinter uns räusperte sich jemand, wir fuhren atemlos auseinander und die Realität hatte uns wieder.

»Seid ihr Menschen dann bald fertig oder muss ich noch die nächsten fünfzig Jahre hier drinnen hocken?«, motzte der kleine Fae-Mann mit verschränkten Armen und stampfte gelangweilt mit einem Bein auf. *Ah, da war ja noch jemand.* Seufzend stand ich auf und hielt Matej einen Arm hin, um ihn mit einem schiefen Grinsen hochzuziehen. »Lust auf einen neuen Freund? Da scheint jemand ungeduldig zu sein.«

»Sieht ganz danach aus«, pflichtete er mir interessiert bei und ein belustigtes Funkeln trat in seine Augen.

Neugierig näherten wir uns dem Käfig und ich starrte dem Mini-Exhibitionisten ebenfalls mit verschränkten Armen entgegen. »Was denn nun, *Fae?* Plötzlich darf ich die Hoheit also befreien. Vorhin hast du noch ganz andere Töne gespuckt.«

»Da hat diese Hexe ja auch noch gelebt. Aber um dieses Problem hast du dich zum Glück doch noch gekümmert, obwohl ich nicht mehr damit gerechnet habe. Stümperhaft, aber was soll man anderes von einem Menschen erwarten? Nun gut, öffne mir die Tür.«

Dieser Fae amüsierte und nervte mich gleichermaßen, was bereits eine Kunst für sich war. Dennoch spürte ich nichts Böses von ihm ausgehen und er hatte mir ganz eindeutig das Leben gerettet, und nicht nur, um sich damit selbst die Chance zu holen, befreit zu werden. Als die Fae-Spinne erschien, hatte er sich erschreckt und mich aus Instinkt gerettet. Nein, dieser kleine Mann war nicht böse – Fae oder nicht –, nur eben ein wenig vorlaut. Doch damit konnte ich umgehen.

»Aber zum Öffnen ist dieser Mensch gut genug. Ich hätte nicht gedacht, das zu sagen, aber vorhin warst du netter. Du solltest an deinen Umgangsformen arbeiten, wenn du Hilfe möchtest, sonst rühre ich nämlich keinen Finger. Wie lange steckst du eigentlich schon da drinnen?«

»Keine Ahnung. In diesem Käfig ungefähr seit zehn, zwanzig Jahren? Aber gefangen hat sie mich in Europa, als so ein kleiner Gockel auf dem Thron saß, der sich selbst für den Größten gehalten hat. Dabei war er gar nicht so groß«, erzählte er und kicherte hämisch.

»Napoleon?«, fragten Matej und ich gleichzeitig verblüfft.

»Nein! Der andere in Deutschland und später. Aber fast richtig. Ihr besitzt also doch etwas Allgemeinbildung.«

»Du willst uns also allen Ernstes erzählen, du wirst seit über einem Jahrhundert gefangen gehalten?«, fragte ich ungläubig, da mir die Tatsache, wie alt er war und wie lange die Spinnen-Fae bereits ihr Unheil getrieben hatte, einfach nicht in den Kopf gehen wollte.

»Da ist er wieder dahin, der klare Menschenverstand. Ja, das habe ich doch eben gesagt. Aber seid beruhigt, diese Fae musste sich nur alle dreißig Jahre von der magischen Energie eurer Spezies ernähren und wir sind immer wieder durch die Welt gereist, wie es sich für Faes gehört.«

»Deine Beleidigungen sind so erfrischend, da bekomme ich richtig Lust, dich zu befreien. Wie heißt du eigentlich und warum hat sie dich in diesen Käfig gesperrt?«

An seinem sonnigen Gemüt konnte es auf alle Fälle einmal nicht liegen.

»Ich«, plusterte er sich auf und zeigte auf sich, wobei die süßen, kleinen Flügel hinter ihm wippten, »gehöre einem der mächtigsten Fae-Geschlechter an und bin unsterblich. Es ist eine Ehre, mich zu befreien. Daher ist es nur logisch, dass sie sich zwischendurch mit meiner Energie am Leben erhalten hat, um nicht zu verdorren. Und mein Name ist Sir Harmstilybörinyo von Lilienheidelbergschenke.«

Faszinierend! Ich hatte in einer Höhle mitten im Nirgendwo einen gestörten, nackten, blau schimmernden Fae-Mann entdeckt. Das war, als würde man im Lotto gewinnen, nur um danach festzustellen, dass es nur Spielgeld war.

Blinzelnd sah ich ihn an, dann zuckte mein Blick zu Matej, der neben mir stand und krampfhaft seine Lippen zusammenpresste, da er wohl ebenfalls versuchte, nicht laut loszulachen. Verschwörerisch zwinkerte er mir zu. Ihn schien dieses Wesen ebenso zu faszinieren und amüsieren wie mich. Es war, als teilten wir einen Insiderwitz.

Diese Vertrautheit fühlte sich gut an und erschreckte mich gleichzeitig. Schnell wandte ich den Blick ab.

»Also Sir Harmstilybör… Ach, keine Ahnung. Sir Harmsty muss reichen!«, fuhr ich bestimmt fort, da mir dieser Eiertanz langsam zu blöd wurde.

Erbost reckte Sir Harmsty den Finger in die Höhe und flatterte mit den Flügeln. »Ich heiße nicht Sir Harm…«

Ich schnippte gegen den Käfig, um ihn zu beruhigen, und antwortete streng: »Entweder du bist jetzt ruhig und heißt, wie ich sage, oder ich lass dich da drinnen verrotten. Deine Entscheidung.«

Eine absolute Lüge. Natürlich würde ich ihn rausholen, doch ein wenig Respekt musste ich mir immerhin verschaffen.

Neben mir flüsterte Matej in mein Ohr: »Sexy, wenn du so herrisch wirst.«

Während ich ihm als Antwort äußerst damenhaft die Zunge rausstreckte, wedelte Sir Harmsty gebieterisch mit dem dünnen Handgelenk. »So sei es drum, Mensch.«

Ich verkniff mir eine Antwort, atmete stattdessen tief ein, um die Luft geräuschvoll wieder auszupusten. Je schneller ich das hinter uns brachte, desto schneller waren wir ihn wieder los. Daher ergriff ich beherzt zwei dünne Ästchen und zog mit meiner gesamten Kraft das Gitter auseinander. Doch statt einfach zu zerbrechen, gaben die Äste ein lautes Knacken von sich, das von einem lauten Knall begleitet wurde, als würde ein Blitz in den Boden einschlagen oder eine Kanone losgehen. Gleichzeitig bemerkte ich einen blau-violetten Funken, bevor mich, ausgehend von den Händen, ein schmerzhaftes Brennen durchfuhr und ich mit ruckartiger Wucht nach hinten geschleudert wurde. Mit einem dumpfen Prall schlug ich gegen die Felswand und ein verkrampftes »Hmpf« rutschte durch meine zusammengebissenen Zähne. *Autsch*, das hatte wirklich wehgetan.

Mein Kopf und gesamter Rücken pochten protestierend und ich meinte auch, etwas Feuchtes auf meinem Hinterkopf zu spüren. Blinzelnd starrte ich an die Decke, vertrieb die kleinen Sternchen und den schwarzen Rand, der mein Sichtfeld trüben wollte.

Dann erschien Matejs besorgtes Gesicht über mir. Seine Lippen bewegten sich schnell, doch ich konnte kein Wort verstehen, bloß ein

Summen und Knistern hallte in meinen Ohren wider. Angestrengt schüttelte ich den Kopf, um ihn zu klären und wieder etwas von meiner Umwelt verstehen zu können – schnell gesprochene tschechische Flüche von Matej, aufgeregtes Flattern und Entschuldigungen von dem Schmetterling, oder Fae, wie auch immer.

Sir Harmsty setzte sich auf meine Schultern und obwohl mein erster Instinkt war, ihn von mir zu schütteln, spürte ich sofort neue Energie in mir hochkommen, den Schmerz abebben. *Interessant.*

Gleich darauf hob er wieder ab und betrachtete mich aus seinen dunklen Knopfaugen. Dabei kam ich mir vor wie ein Versuchskaninchen im Labor, das er inspizierte. Daher ignorierte ich ihn einfach, was vermutlich generell die beste Lösung in seinem Fall war.

Stattdessen ächzte ich mühsam bei dem Versuch, mich aufzusetzen. Seit wann war das denn so eine schwierige Disziplin? Sofort spürte ich Matejs festen Arm um meine Hüfte, um mir hoch zu helfen.

»Danke. Das war … heftig.«

Meine Stimme klang viel kräftiger, als ich für möglich gehalten hatte. Außerdem waren das Pochen im Rücken sowie das Dröhnen in meinem Schädel fast vollständig abgeklungen. Zum Schluss wischte ich mir Staub und kleine Steinbrocken von der Hose und den Handflächen, die bei meinem Sturz auf mich gerieselt waren. Ha, dieser Felswand hatte ich es gezeigt.

»Mein Gott, wie geht es dir? Du bist nach hinten geschleudert worden, als hätte dich ein Blitz getroffen!«, fragte mich Matej und betastete mich mit flinken Fingern, wie ich ihn zuvor, um sich von meiner Unversehrtheit zu überzeugen. *Irgendwie süß.*

Als er mit dem Ergebnis zufrieden war und ich nickte, zum Zeichen, dass mit mir alles okay war, blickte er finster zum Fae, der neben unseren Köpfen in der Luft flatterte. »DU! Was war das, verdammt? Warum hast du uns nicht gewarnt? Weiß Gott, was mit ihr hätte passieren können!«

Seine Stimme zitterte vor Zorn und ich hatte Matej bisher noch nie so wütend erlebt. Bei Gott, ich war sicherlich keine Jungfrau in Nöten, aber sein machomäßiges Gehabe gefiel mir dann doch ein klein wenig. Um meine Solidarität zu zeigen, bedachte ich Sir Harmsty ebenfalls mit meinem besten angepissten Killer-Blick, der so viel besagte wie »Raus mit der Sprache, sonst reiß ich dir den blauen Arsch auf.«

Zum ersten Mal hatte Sir Harmsty den Anstand, betreten zu Boden zu blicken. »Es tut mir leid, ich wusste nicht, dass der Zauber auch nach ihrem Tod noch über dem Käfig lag, sonst hätte ich dich nie darum gebeten. Das schwöre ich im Namen und bei der Ehre meines Fae-Geschlechts.« Vorsichtig blickte er mir ins Gesicht, legte den Kopf etwas schräg und musterte mich nachdenklich. »Ein Wunder, dass du es überlebt hast. An dir ist mehr dran, als man im ersten Moment erkennen mag, Mensch. Du hast dein Leben für meines riskiert, auch wenn ich das nicht wollte. Dennoch – nun gehöre ich dir, so lange, bis meine Lebensschuld vergütet ist.«

Der kleine Mann verwirrte mich, dennoch konnte ich ihm nicht böse sein. War es, weil ich mich nach seiner Berührung besser gefühlt hatte oder er einfach zu niedlich aussah? Oder ich hatte einen weichen Punkt in meinem Herzen für zehn Zentimeter große, nackte Männer mit Flügeln.

»Nicht der Rede wert, und jetzt ab mit deinem blanken Hintern in dein glitzerndes Feenreich. Ziehe hin und vermehre dich. Schönes Leben noch«, wünschte ich ihm und lehnte mich an Matej. Schnell gab ich ihm ein paar Anweisungen, mit Hilfe meiner Öl-Phiole ein kleines Feuer in der Höhle vorzubereiten, damit wir alle Spuren von übernatürlichen Dingen beseitigen konnten.

»In Ordnung. Ruf mich, wenn dir schwindelig wird«, forderte mich Matej auf, warf noch einen letzten grimmigen Blick auf Sir Harmsty, bevor er sich an die Arbeit machte.

An den Felsen gelehnt beobachtete ich ihn, nur um von dem Fae-Mann abgelenkt zu werden. Erneut hatte er sich direkt vor mein Gesichtsfeld geschoben, in seiner ganzen nackten Glorie.

Der Kerl muss sich ernsthaft etwas zum Anziehen besorgen.

»Ich werde nicht gehen, ich bleibe, solange es nötig ist. Du hast mein Leben gerettet und damit gehöre ich dir. Ich bleibe, Schluss, fertig«, schimpfte er laut und ich kniff mir in die Nasenwurzel. *Whoosa! Einatmen, ausatmen, ruhig bleiben, Jess.*

Aufgebracht fuhr ich ihn an: »Wie bitte, du kannst nicht gehen? Ich brauche dich aber nicht und wenn du mir als Dankeschön etwas

Gutes tun willst, schwirr mit deinen Flügelchen ab und lass uns unsere Arbeit tun.«

Aufgeregte Funken stoben um ihn herum, was wohl seine wütende Erregung darstellte. Lauter kleine Mini-Feuerwerke. Hübsch, wenn es mich durch die direkte Nähe nicht so derart elektrisch in der Nase kitzeln würde.

»Du verstehst das falsch! Ich will das genauso wenig wie du. Ich hätte wirklich Besseres zu tun, als dein Leben zu retten, Mensch. Aber es ist altes Fae-Gesetz, ich kann nicht gehen, bevor ich dir nicht auch das Leben gerettet habe. Ansonsten wird mir größte Pein zuteil und darauf habe ich wirklich keine Lust. Stell dich nicht so an.«

»Du meinst, du wirst jeden meiner Schritte überwachen, als mein stummer Schatten immer an meiner Seite sein, bis du mich gerettet hast?«, fasste ich noch einmal zusammen.

Er nickte heftig. »Habe ich doch soeben gesagt. Warum fällt es dir so schwer, mir zu folgen? Immerhin spreche ich doch deine primitive Menschensprache.«

Galant wie immer, eine Beleidigung nach der anderen.

Pochende Kopfschmerzen machten sich hinter meinen Augen breit und ich rieb noch energischer über meine Nasenwurzel. Ach verflucht, das half auch nichts mehr.

Dieser Fae würde mich irremachen, mich schlicht und einfach brechen, egal, wie geduldig ich sein konnte. Das musste ich verhindern. Fieberhaft überlegte ich einen Ausweg und fand ihn in dem Moment, als Matej zurückkam.

»Alles fertig. Wir müssen beim Eingang der Höhle nur noch ein Feuer entzünden, dann geht der gesamte Bau in Flammen auf.«

»Sehr gut, danke! Und jetzt nimm bitte mein Messer hier«, bat ich und streckte ihm das Heft von Sid entgegen. »Und versuch mich damit abzustechen. Und du, Sir Harmsty, wirst dich dazwischenwerfen und mit dieser Fae-Magie mein Leben retten. Auf eins, zwei …«

Gleichzeitig ertönten zwei männliche Stimmen. Von Matej kam ein stures »Auf keinen Fall«, während Sir Harmsty traurig den Kopf schüttelte, als gäbe es keinen Weg mehr, meine geistige Gesundheit zu retten. »Mensch, so funktioniert das doch nicht. Es muss echt sein, eine wirkliche Gefahr. So etwas kann man nicht nachstellen.«

»Och nein«, piepste ich und seit Jahren fühlte ich eine Bürde auf meine Schultern drücken, der ich vielleicht nicht standhalten konnte. Wenn ich etwas wollte, war es Freiheit. Zu dieser gehörte auch, nicht ständig von einem Fae-Wesen umgeben zu sein. Vor allem von diesem besonderen Sonnenschein.

Aber Jammern brachte nichts, wie ich bereits vor Jahren festgestellt hatte. Also stieß ich mich von der Wand ab. »Na schön, um dieses Problem kümmern wir uns später. Zuerst lasst uns von hier verschwinden.«

Ein letztes Mal ging ich auf die Überreste der Spinnen-Fae zu, Matej dicht an meiner Seite, als rechnete er jeden Moment damit, dass ich doch noch aus den Latschen kippte. An meinem Ziel angekommen, hob ich mit Daumen und Zeigefinger die knöcherne Stirnpartie mit den vier Augenpaaren auf, die als Einziges übrig geblieben war, nachdem die Fae gestorben und sich nach dem Höllenfeuer in Staub aufgelöst hatte. *Ekelhaft.*

Das Souvenir weit von mir weghaltend, drehte ich meinen Oberkörper zu Matej. »Könntest du meine Lederjacke öffnen und die kleine Dose aus der Brustinnentasche holen?«

»Gerne doch, Nejkrásnější”, antworte Matej mit tiefer Stimme, was meine Haut prickeln ließ, als er flüchtig mein Dekolleté streifte, um den Reißverschluss zu öffnen.

»Oh, nicht das schon wieder …«, konnte ich Sir Harmsty hinter uns seufzen hören, ignorierte aber sein weiteres Gemecker. Wenn ich ihn in nächster Zeit tatsächlich in meiner Nähe haben musste, wäre ich gut beraten, ihn so gut es ging auszublenden.

Mit Matej sah es hingegen anders aus, da er bald kein Teil meines Lebens mehr sein würde. Ein Gedanke, der mir in dem Moment mehr wehtat, als ich mir eingestehen wollte. Aber ich ignorierte den dumpfen Schmerz in meiner Brust und konzentrierte mich auf das Jetzt. Zum Dank für seine Unterstützung gab ich ihm einen Kuss auf die Wange und ließ lächelnd die Fae-Überreste in der geöffneten Dose verschwinden. »Danke schön. Sehr galant, Mister Zednik.«

Er lächelte zwar, sah aber nicht ganz glücklich dabei aus. »Dir ist schon klar, wie unfair das ist. Du kennst meinen vollen Namen, während du mir nicht einmal deinen Vornamen verrätst.«

Ich verstaute die Dose in meiner Jacke und streckte mich, um die Arme auf seine breiten Schultern zu legen. »Wie könnte ich, wenn es doch so viel mehr Spaß macht? Außerdem willst du doch nicht, dass ich den ganzen Reiz des Geheimnisvollen ablege.«

»Selbst wenn ich schon längst deinen ganzen Namen mit allen möglichen Zweitnamen kenne, würdest du mich immer noch mehr als genug reizen«, kam prompt als Antwort, was mir ein wohliges Kribbeln im Magen bescherte, das ich aber gezielt auf meinen Hunger schob.

Seine Finger strichen meinen Rücken entlang, legten sich fest auf meinen Hintern und erweckten in mir den Wunsch, schleunigst von hier wegzukommen. Am besten in geschlossene vier Wände, nur wir zwei allein, nackt in seinem Bett.

Nach einem kurzen Kuss als Vorgeschmack riss ich mich von ihm los, schnappte seine Hand und zog ihn mit mir zum Ausgang. »Komm. Wir müssen noch unseren Sieg feiern und ich habe da so ein, zwei Ideen, wie wir das tun könnten.«

19.

Auch Gegenstände sollte man heiraten können

Der Weg aus der Höhle und durch den Wald verging schneller und gelöster als Stunden zuvor. Wir wurden nur kurz durch das Entzünden des Feuers aufgehalten. Gemeinsam blickten wir einen Moment in die Flammen, bevor wir gut gelaunt unseren Rückweg antraten, hinter uns ein kleiner, fliegender Fae.

Es fühlte sich an, als lägen Welten zwischen diesen wenigen Stunden, die alles verändert hatten. Wo vorhin nur Trauer und Kummer geherrscht hatten, waren wir nun erfüllt vom Sieg, freudigem Adrenalin, das uns antrieb und neue Energien verschaffte. Wir hatten die Kinder gerettet, sie waren längst versorgt und wieder zu Hause bei ihren Familien. Besser konnte eine Mission nicht enden.

Wenn ich an das kleine Mädchen auf der Schaukel dachte, die, wie versprochen, ihre Schwester zurückbekommen hatte, stahl sich immer wieder ein hartnäckiges Lächeln auf meine Lippen. Dieser Rausch der Glücksgefühle, das überschwängliche Ziehen in Magen und stolzgeschwellter Brust waren mehr wert als jegliche Punkte oder der Sold. Das hier war das Beste an meinem Beruf und davon konnte ich nie genug bekommen.

Beim gemieteten AutoGleiter angekommen, entriegelte ich mit dem HandChip die Türen und gleich darauf fuhren wir los. Sir Harmsty hatte es sich auf der Rückbank bequem gemacht, indem er sich auf die Seite gelegt hatte, den kleinen Kopf auf die dünnen Ärmchen gestützt. Während ich fuhr, sah ich aus dem Augenwinkel, wie Matej ständig auf seinem antiken Handy herumtippte, anscheinend mit jemandem Nachrichten schrieb. Das hatte er schon kurz in der Höhle und auf dem Weg durch den Wald getan, dabei manchmal kurz gelächelt, genauso wie in diesem Moment.

Ich sollte froh sein, weil er meinen Rat beherzigte und sein Kommunikationsmittel auf die Jagd mitgenommen hatte. Dennoch ließ es mir keine Ruhe. Mit wem unterhielt er sich so angetan? Und warum zur Hölle störte es mich derart, als sich der Gedanke einschlich, dass er vielleicht mit einer Frau schrieb, oder gar flirtete? Es könnte, nein, es sollte mir egal sein. Ein ungewohntes, bitteres Stechen in der Brust, das verwirrende Gefühl der Eifersucht, strafte mich Lügen.

Verdammt! Wo kam das denn nun her?

Mit zusammengebissenen Zähnen runzelte ich die Stirn und konzentrierte mich vollkommen auf die Straße. Aber nicht lange. Wie immer konnte ich meinen Mund nicht halten, wollte wie ein Kind wieder seine ungeteilte Aufmerksamkeit erhaschen. »Wir sind gleich da. Hast du etwas zu essen da? Ich meine, wenn ich … Aber ich muss nicht, ich dachte nur … ähm, du hättest vielleicht auch Hunger …«, beendete ich wenig eloquent das peinliche Gestotter und hätte mir für diese Schmach gerne in den Hintern getreten. Ohne von seinem Getippsel aufzusehen, nickte er. »Klar, mein Kühlschrank ist voll.«

Wahnsinn, was für eine Begeisterung!

Als Matej schließlich doch kurz zu mir herüberblickte, sah ich vielsagend auf sein Handy. »Ich muss nicht bleiben, wenn du noch eine Verabredung hast. Immerhin kann ich mir wieder ein Zimmer im Motel nehmen.«

»Auf keinen Fall. Wie kommst du auf die Idee?«

Erneut warf ich auf sein Handy einen Blick, der mehr als tausend Worte sagte, und sofort schüttelte Matej den Kopf. »Natürlich möchte ich, dass du bleibst, und ich habe nichts anderes vor. Aber … ich habe eine Überraschung! Und sie wird dir gefallen«, prahlte er mit einem breiten Lächeln, gerade als wir beim Nebengebäude der Kirche ankamen. Noch während ich anhielt, stellte ich mir die Frage, wie diese Überraschung wohl aussehen würde. Doch statt sie laut zu äußern, drehte ich mich zur Rückbank um und wandte mich an den dösenden Fae-Mann: »Guten Morgen, Dornröschen! Dein Schönheitsschlaf ist zu Ende. Komm, wir sind da.«

Gähnend drehte sich seine liegende Gestalt auf dem Rücksitz um, reckte mir damit seinen kleinen Miniatur-Arsch entgegen.

»Danach, wie ihr euch in der Höhle benommen habt, schätze ich, werdet ihr euch sofort die Kleider vom Leib reißen, sobald die Tür geschlossen ist. Daher schlafe ich lieber hier – allein. Vielen Dank auch und einen schönen Abend.«

»Witzig und so schade. Wie sollen wir nur die nächsten Stunden ohne deine erhellende Gesellschaft überstehen?«, flötete ich übertrieben. Kurz überkam mich ein Moment der Schwäche, in dem ich mich aus meiner Lederjacke schälte, um sie über Sir Harmstys kleinen Körper auszubreiten. »Hier, damit du mir während der Nacht im Gleiter nicht erfrierst. Immerhin schuldest du mir noch was.«

Der kleine Fae drehte seinen Kopf. Überraschung stand in seinen Augen, ließ sein winziges Gesicht viel zerbrechlicher und weniger griesgrämig wirken. »Äh … das ist … Danke, Jägerin.«

Wow, es konnte Danke sagen! Und es hatte mich einmal nicht mit meiner Rasse angesprochen, sondern mit meinem Beruf. Wir machten Fortschritte, winzig kleine, aber immerhin.

Trotzdem musste man dieser kleinen Geste nicht zu viel Bedeutung zuschreiben, also zuckte ich mit den Schultern. »Nicht der Rede wert. Will nur nicht ständig deinen nackten Allerwertesten sehen. Zu schade, dass du nicht mitkommen willst. Was hätten wir für einen Spaß gehabt.«

Mit einem Zwinkern grinste ich Matej zu, der es sogleich erwiderte, bevor wir aus dem Gleiter stiegen. »Vielleicht kann mich ja die Überraschung darüber hinwegtrösten.«

»Bestimmt«, meinte Matej selbstsicher, was meine Neugierde anstachelte, woran er dabei wohl dachte. Oh ja, ich hätte da ein paar Ideen, wie er mir gute Laune verschaffen konnte.

Sobald wir den Gleiter geschlossen hatten, trat aus den Schatten des Gebäudes eine Silhouette hervor, die über den kleinen Parkplatz auf uns zukam. Verwundert erstarrte ich, nachdem ich den Typen erkannt hatte, dem Matej freundschaftlich auf die Schulter klopfte. »Petr, schön, dass es so schnell geklappt hat.«

»Wow, der hiesige Polizeichef. Wenn das nicht eine Überraschung ist, mit der ich tatsächlich nicht gerechnet habe. Werde ich jetzt doch noch eingesperrt?«

»Miss Briana Johnson, schön, Sie wiederzusehen«, begrüßte mich Petr und reichte mir galant seine Hand. Neben mir prustete Matej. »Das ist nicht dein Ernst, oder?! Briana Johnson wie Brian Johnson? Jetzt verwendest du sogar den Frontmann und AC/DC-Gott höchstpersönlich? Hast du gar keine Skrupel und kennt eigentlich irgendjemand deinen richtigen Namen?«

»Natürlich! Meine Familie und ich selbst«, erwiderte ich und stieß ihm spielerisch einen Ellbogen in die Seite. »Was ist das mit dir, dass du alle Namen kennst, die ich verwende? Diese Leute sind doch alle längst tot und wo ich herkomme, kennt die fast niemand mehr. Langsam mach ich mir Sorgen, das ist doch nicht normal.«

»Das musst du gerade sagen. Dabei habe ich gedacht, ich wäre etwas Besonderes, bei dem du dir immer wieder neue Namen ausdenkst«, beklagte sich Matej und griff mit schmerzhaft verzogenen Gesicht an seine Brust, was mich zum Lachen brachte.

»Ein Name ist etwas sehr Persönliches. Du hast mir die Bedeutung meines Spitznamens auch noch nicht verraten«, schmollte ich und widerstand dem Drang, mich an ihn zu lehnen, obwohl mich die Wärme seiner Nähe wie eine wollige Decke umhüllte.

»Los, komm jetzt. Deine Überraschung wartet.«

»Ich dachte, die Überraschung wäre der Polizeichef«, meinte ich gut gelaunt und betrachtete Petr von oben bis unten, der unser Geplänkel mit überraschter, gar neugieriger Miene beobachtet hatte. Als mich Matej schließlich noch in die Seite knuffte und mit den Worten »Der doch nicht! Das hier, Nejkrásnější« Petr umrundete, um auf etwas hinter ihm zu zeigen, riss Petr weit die Augen auf. Bevor ich am Polizeichef vorbeiging, fragte ich ihn schnell: »Sag doch Du zu mir. Und wärst du bitte so freundlich, mir zu verraten, was Nejkrásnější bedeutet?«

»Schönste. Es bedeutet *Schönste*«, erklärte er mir etwas steif und drehte sich zu seinem Freund herum. Dabei wirkte er sichtlich verwirrt, wie auch ich mich mit weichen Knien nach seiner Antwort fühlte. *Schönste!* Ich glaube, das war wirklich der zauberhafteste Kosename, den ich bisher bekommen hatte, und der mich komplett sprachlos und verdattert machte. Wie schon der Gedanke *zauberhaft* bestätigte – so etwas dachte ich normalerweise nie. Ich brauchte einen Moment, um mich wieder zu fangen und mein unschuldiges, kindliches Ich, das noch an die unsterbliche Liebe glaubte, von schillernden Glitzerstaub und bunten Einhörnern träumte, in die Schranken zu verweisen.

Erst jetzt drangen die begeisterten Stimmen der beiden Männer, die einige Schritte entfernt die Köpfe zusammensteckten, zu mir herüber. In ihrer Mitte stand ein blitzblank poliertes GleitBike in Schwarz. Aber nicht irgendein Bike, sondern eines der Marke Harley, verziert mit blau und lila gehaltenen Blitzen, die seitlich an der Flanke dieses einmaligen Babys entlangzuckten. Das war das neueste Modell mit der tollsten Verzierung, die ich mir vorstellen konnte. Schnittig, kraftvoll, leicht feminin und dennoch einfach Kick-ass.

Kurz blieb mir die Luft weg, doch rasch fand ich meine Stimme wieder und rief erstaunt aus: »Was für ein Baby! Wem gehört es? Ich bin verliebt. Ist es in Tschechien erlaubt, Gegenstände zu heiraten? Matej, du musst mich trauen. Bitte, jetzt auf der Stelle.«

Er grinste stolz von einem Ohr zum anderen und beobachtete mich dabei, wie ich ehrfurchtsvoll über den Sitz strich. »Wir mögen mit unserem Dorf vielleicht ein bisschen abseits der modernen Welt leben und obwohl ich deine verrückten Ideen mag, muss ich dich leider enttäuschen. Wie wäre es stattdessen, wenn du das Bike behältst?«

»Über so etwas macht man keine Scherze«, tadelte ich mit wedelndem Finger.

»Das ist kein Scherz. Es gehört dir. Als Dank für das, was du für unser Dorf getan hast«, bestätigte Petr.

Meine Augen traten fast aus meinem Kopf. »Spinnt ihr? Was soll das Ganze, habt ihr was geraucht? Und wenn ja, will ich das Gleiche haben.«

Dann trat ich einen Schritt zurück, mein Blut wurde zu Eis, als mir die Bedeutung seiner Worte dämmerte. »Wie meinst du das, *was ich getan habe?*«

»Er weiß Bescheid, er kennt die Wahrheit. Aber er wird nichts verraten«, versprach Matej schnell. »Du musst dir keine Sorgen machen, wir können ihm vertrauen.«

Blödsinn, ich musste mir immer Sorgen machen und darauf achtgeben, die Wahrheit so wenigen Leuten wie möglich zu offenbaren. Es führte nur zu Problemen, was die Jägergilde überhaupt nicht gerne sah, und dann würden sie bei mir antanzen. Es war nicht nur für die Gilde und für uns Jäger gefährlich, sondern vor allem für die Eingeweihten. Sie brachten sich mit zu viel Wissen selbst in die Schusslinie. Bei Matej konnte ich es nicht mehr ändern, jedoch zusätzlich Petr mit hineinzuziehen, gefiel mir ganz und gar nicht.

Eigentlich vertraute ich mittlerweile auf Matejs Einschätzung, dennoch machte sich ein ungutes Gefühl in meiner Magengegend breit. Skeptisch sah ich Petr an, der die Arme nach oben hin öffnete, wahrscheinlich, um vertrauensvoller auszusehen.

»Die ganze Wahrheit?«, zischte ich Matej neben mir zu und er schüttelte ganz unmerklich den Kopf.

Also doch nicht alles, sehr gut.

Petr mischte sich ein, noch immer mit offener Haltung, als schien es ihn nicht zu stören, nur einen Teil zu kennen. »Ich weiß, dass es irgendein *Wesen* war. Was genau, möchte ich gar nicht wissen. Alles, was für mich und dieses Dorf zählt, ist, dass die Bedrohung eliminiert wurde und wir uns keine Sorgen mehr machen müssen.«

»Das müsst ihr auch nicht. Sie hat es getötet und anschließend haben wir die Höhle, in der die Kinder versteckt waren, in Brand gesetzt, wie ich es dir vorhin geschrieben habe. Es sollten keine Beweise mehr zu finden sein. Am besten bleiben wir daher bei der Geschichte mit dem Feuer, um keine unnötigen Fragen aufzuwerfen«, schaltete sich Matej ein.

Einverstanden mit dem Plan, nickte ich und verschränkte die Arme. »Klingt gut.«

Petr erwiderte das Nicken. »Dann ist es geregelt. Als wir die Kinder ins Krankenhaus gebracht haben, habe ich im Dorf bereits erzählt, dass ein irrer Psychopath die Kinder entführt hat, aber nach einem Kampf im Feuer umgekommen ist. Genauso, dass du die Kinder gefunden und alles bewerkstelligt hast. Dafür haben wir dieses Geschenk für dich. Alle Familien haben zusammengelegt, um dir die Harley zu besorgen. Wir danken dir aus tiefstem Herzen, soll ich dir von ihnen ausrichten. Matej meinte, du würdest den Rummel um deine Person nicht wollen, daher haben wir das Bike hierher gebracht.«

Ich blickte mich zu Matej um, der mir zuzwinkerte. »Woher wusstest du …?« … *das alles?*, beendete ich den Satz in meinen Gedanken. Ich hatte eine ziemlich große Klappe und gab mich, wie ich selbst wusste, etwas großspurig, was andere oft darauf schließen ließ, ich würde gerne im Mittelpunkt und im Rummel der Dankbarkeit stehen. Doch Matej nicht, er hatte mich durchschaut. Warum kannte er mich nach so kurzer Zeit bereits so gut? Ein schöner, gleichzeitig ein Furcht einflößender Gedanke.

»Dazu hat nur ein Blick von dir gereicht, als du gestern das Bike gesehen hast.«

Doch das meinte ich nicht und ich hatte das Gefühl, ihm war das sehr wohl bewusst. Stattdessen beließ er es dabei, wedelte mit der Hand, als wäre es keine große Sache. War es aber. Ich war zutiefst gerührt. So etwas Nettes hatte bis auf meine Verwandtschaft noch niemand für mich getan, dennoch war es nicht rechtens. Es war mein Job, ich tat es für die Gilde, für den Sold und die Punkte. Das war als Bezahlung mehr als genug. Die Menschen hier lebten abgeschieden und hatten wahrscheinlich selbst nicht viel, schon gar nicht, um mir diese unmögliche Phantasie zu ermöglichen.

»Das ist aufmerksam und nett, wirklich. Doch das geht nicht. Erstens war ich nicht allein, Matej hat mir geholfen. Zweitens werde ich für den Job bereits bezahlt. Gebt es den Familien zurück, das kann ich nicht annehmen.«

Kurz zuckte Matejs Arm in meine Richtung, als wollte er meine Hand ergreifen, er ließ ihn jedoch schnell wieder fallen und verschränkte mit einem prüfenden Blick auf Petr die Hände hinter seinem Rücken. Vermutlich wollte er ihm, egal wie dick befreundet sie waren, nicht die ganze Wahrheit über uns verraten. Was mir dummerweise einen Stich in die Brust versetzte, wofür ich mich im nächsten Moment selbst schalte.

Was habe ich anderes erwartet? Er hatte eine Verantwortung seiner Berufung, seiner Gemeinde gegenüber – er war nun einmal Pfarrer. Eine Tatsache, die ich in den letzten Tagen erfolgreich beiseitegeschoben hatte. Wie das Wissen, dass wir nicht mehr viel Zeit miteinander hatten und unsere Stunden immer schneller und hartnäckiger verstrichen. Sie rieselten dahin wie Körner in einer Sanduhr, ohne Möglichkeit, ihr Fallen aufzuhalten.

Neben mir räusperte sich Matej. »Ich war dir nur im Weg und zu stur, dich dein Ding allein durchziehen zu lassen. Du hast die Harley verdient. Ich bin dir dankbar, trotz allem dabei sein zu dürfen und nun die Wahrheit zu kennen.«

Petr nickte und reichte uns seine Hand. »Überleg es dir. Die Familien wären enttäuscht, wenn du es nicht annehmen würdest. Alles Gute und Danke!«

Von den Dankesbekundungen wurde mir ganz übel und ich wand mich innerlich, während sich Petr verabschiedete und uns in der Finsternis der Nacht zurückließ.

Nachdem er verschwunden war, stellte sich Matej direkt vor mich und sah mir prüfend ins Gesicht. »Was wirst du nun mit dem Bike tun?«

Flüchtig strich er mir über die Hüfte, trat dann aber zurück und sah sich um, ob wir wirklich allein waren. Seit wir hier angekommen waren, hatte uns die Realität wieder eingeholt. Die Unbeschwertheit der letzten Tage und Stunden, die zwischen uns geherrscht hatte, schob sich zurück, wurde zu einem verträumten Trugbild, das langsam verblasste. Doch ich wollte, konnte jetzt noch nicht loslassen.

»Ich weiß es nicht. Lass uns morgen darüber reden. Wie war das vorhin mit deinem prall gefüllten Kühlschrank? Ich könnte tatsächlich etwas zwischen die Zähne gebrauchen.«

Schlagartig war sein Lächeln wieder befreiter und er führte mich ein letztes Mal in seine Wohnung am Ende der Treppen.

20.

Reden wird des Öfteren überbewertet

Wie versprochen hatte Matej wirklich alles, was man für eine anständige Mahlzeit brauchte. Gutes Fleisch für saftige Steaks, Gemüse als Beilage, sowie köstliches Olivenbrot, das er kurz im Ofen erwärmte, um es außen knuspriger und innen noch fluffiger zu machen. Statt mich helfen zu lassen, hatte er mich, nachdem er selbst mit dem Duschen fertig gewesen war, ins Badezimmer gescheucht und mir verboten, mich in der Küche blicken zu lassen. Was ich schade fand, da ich selbst gerne kochte, um mir mal die Hände mit etwas anderem als Blut oder stinkenden Schleimresten von diversen Monstern so richtig einzusauen. Andererseits hatte ich nichts dagegen, bekocht zu werden. Vor allem von so einem heißen Typen, der oberkörperfrei, nur mit einer schwarzen Trainingshose bekleidet herumlief. Nein – hiergegen hatte ich nun definitiv nichts einzuwenden.

In seiner Wohnung waren Matej und ich wieder gelöster, unbefangener, als befänden wir uns in einem geschützten Kokon, in dem uns die Welt da draußen nichts anhaben konnte. Wir verstanden uns schlicht und einfach. Nicht nur auf sexueller Ebene, wenn die Funken zwischen uns sprühten, nein – ich redete, scherzte auch viel zu gerne mit ihm.

Außerdem konnte ich spüren, dass Matej alles, was ich sagte, wissbegierig aufsaugte wie ein trockener Schwamm. Jegliche Erzählungen und Anekdoten aus meinem Leben schienen ihn zu interessieren. Immer trug er einen klaren, fast stolzen Blick zur Schau, wenn er mir zuhörte, dabei förmlich an meinen Lippen hing. Er kam überdies ganz gut mit den blutigeren Geschichten zurecht, und ich hatte keinen Moment das Gefühl, er würde meine Arbeit oder mich verurteilen oder für gestört halten. Ein Gedanke, den manche vielleicht hegten, wenn sie das alles zum ersten Mal hörten, selbst wenn sie aus meiner Welt stammten.

Während des Essens schien es, als redeten wir stundenlang. Einmal erzählte Matej Geschichten aus seiner Jugend mit Petr, welche Scherze sie getrieben und vor allem welche Strafen sie daraufhin von den Nonnen im Heim bekommen hatten. Meist hatte Matej den Kopf für Petr und seine Schwester hingehalten. Immer wieder hatte er stundenlang kniend in einer Ecke verharren müssen, während Petr oder seine Schwester gelegentlich den Kopf durch die Tür gesteckt und leise gelacht hatten.

Ich hingegen hielt mich eher an Geschichten, in denen es um meine Aufträge ging. Versuchte dabei, nicht zu Persönliches zu erzählen und keine Namen zu nennen, was ziemlich schwierig war, da sich Jayden und Julian schon immer zu gerne in mein Leben eingemischt hatten. Ohne sie zu erwähnen, fehlte den Geschichten der letzte Funke, das aufregende Detail, um eine einfache Erzählung zu einer guten Geschichte zu machen.

Zusätzlich fragte mich Matej vieles über die Jägergilde, wie das System funktionierte und woher die Magie kam. So gut es ging, erzählte ich ihm die Grundlagen, ließ mich sogar dazu hinreißen, ihm die Sache mit den Punkten der Gilde und dem Sold zu erklären. Als er jedoch die Webseite der Gilde selbst sehen wollte, musste ich ihm einen Korb erteilen. Ich vertraute ihm, aber zu viel Wissen war gefährlich und ich wollte nicht, dass er sich zu intensiv damit beschäftigte, egal, wie aufregend das Neue, das Fremde für ihn war. Stattdessen sollte Matej wieder in sein sicheres, altes Leben zurückkehren können, sobald ich von hier verschwunden war.

Nach stundenlangen Gesprächen und gutem Essen, dessen Beweis die leer geputzten Teller waren, die Matej soeben weggetragen hatte, streckte ich mich gähnend. Die ganze Zeit über war ich in ein großes Badetuch gewickelt gewesen. Natürlich nur, damit die heilenden Salben auf meinen zwei Risswunden an den Beinen nicht weggewischt wurden. Es war ein langer, trotz kleiner Schrammen, richtig guter Tag gewesen, den ich so schnell nicht vergessen würde. Genauso wenig wie die vergangenen Tage mit Matej, der mich gerade verwegen musterte.

»Schon so müde? Tut mir leid, dich mit meinen Fragen gelöchert zu haben. Für heute lasse ich es gut sein, versprochen.«

»Ach, ich plappere gerne. Willst du sonst noch etwas wissen oder möchtest du mich lieber ins Bett bringen? Ich bin für beide Optionen offen.«

Solange ich die wenigen Stunden bei ihm bleiben konnte, war es mir egal, wie wir diese verbrachten. Geschickt griff er nach meiner Hand und zog mich geschmeidig in seine Arme. Das Grau seiner Augen umwölkte sich, wurde dunkler, was die kleinen, grünen Sprenkel darin zum Leuchten brachte, als sein Blick über mein Gesicht glitt. So intensiv, beinahe wie eine Berührung. »Wieso nicht gleich beides?«

Ich hatte gute Reflexe, doch sein Geruch, die Wärme, die von ihm ausging, und vor allem das Gefühl in meinem Magen, das Flattern meines Herzens, ließen es zu, von ihm überrumpelt zu werden. Schneller als ich blinzeln konnte, hatte er mich hochgehoben und sich mit mir gemeinsam auf das Bett geworfen. Die Matratze federte aufgrund der Wucht nach, was sich anfühlte wie in einer Bootskajüte auf stürmischer See. Oder dieser Eindruck war der berauschenden Nähe zu Matej geschuldet, der seitlich neben mir lag und tief lachte, was meine ganze Haut prickeln ließ. In Momenten wie diesen, wenn er lachte und der Schalk in seinen Augen stand, war es mir fast unmöglich, ihn mit dem gleichen Mann, den ich in der Kirche kennengelernt hatte – dem Pfarrer –, zu vereinbaren.

Ich schätzte, das hier war eine Seite an ihm, die er nicht oft preisgab. Genauso wenig wie seine Sinnlichkeit, wie er ganz Mann war, wenn er mich küsste, mich zu sich heranzog, wie auch jetzt. Matejs Hand strich mir eine Strähne aus dem Gesicht, umfing angenehm meinen Kopf, während er mich küsste, als hätte er noch nie etwas anderes getan. So heiß, so selbstverständlich – so richtig.

Besagte Hand wanderte langsam über meinen Arm den Rücken hinunter und legte sich auf meinen Oberschenkel, um mich noch näher heranzuziehen, obwohl ich mich bereits an seinen ganzen Körper geschmiegt hatte. Es wirkte, als könnte er nicht genug von mir bekommen, als wäre er unersättlich, was mein Blut zum Rauschen brachte und dumme, kindische Schmetterlinge in meinem Magen tanzen ließ, die sich immer höher schraubten. Dem stetig steigenden

Kribbeln nach zu urteilen, feierten die Dinger da drinnen eine fette Party ohne Wenn und Aber.

Um wieder Herr meiner Lage zu werden, flüsterte ich an seinen Lippen: »Ich dachte, du wolltest reden?«

»Später«, hauchte Matej kurz angebunden, als er meinen Mund freigab und mit seinen vollen Lippen meinen Hals hinab wanderte und am Schlüsselbein knabberte. Gleich darauf entledigte er uns beide von den störenden Stoffen, nur um sich sofort wieder mit dem Mund meinen Kurven zu widmen und immer tiefer zu gleiten. *Hm.*

»Okay, wie du meinst«, schnurrte ich, was eine fiese Untertreibung war. Wenn er so weitermachte, wollte ich eine ganz, ganz lange Zeit nicht mehr reden, sondern genau das hier machen.

Mein Bauch kitzelte an den Stellen, die seine Lippen erkundeten, als er leise lachte. Nachdem er noch tiefer gerutscht war und dann noch seine geschickten Finger mit ins Spiel brachte, überschwemmte mich die Lust und es verschwanden mit einem Schlag alle zusammenhängenden Gedanken.

Dummerweise hatte ich dabei meine Wunden am Bein vergessen, die wie Feuer brannten, als Matejs Haut darüberstreifte. Zischend sog ich die Luft ein. »Autsch. Mist!«

Sofort hielt er inne und betrachtete besorgt die Verletzungen, an die er im Eifer des Gefechts ebenfalls nicht mehr gedacht hatte. »Tut mir leid. Warte.«

Mit einem eleganten Satz sprang er von der Matratze und kramte in meinem Seesack, eilte ins Bad und kam anschließend mit Julians Döschen und zwei sterilen Bandagen zurück. Meine Widerworte ignorierend – immerhin hatte ich mich schon unzählige Male selbst versorgt –, strich er erneut behutsam die Salbe über die Wunden und verband sie anschließend zum Schutz. Obwohl Matej wohl sonst wenig mit Blut und offenen Fleischwunden zu tun hatte, waren seine Finger geschickt und fürsorglich, was mir meine Kehle eng machte. Warum musste er auch immer so nett sein, das war zum Verrücktwerden.

Wie immer in solchen Situationen, war es mein Mundwerk, das mich von meinem Gefühlstumult ablenkte. »Danke. Aber tja, das war's dann wohl für heute. Obwohl … ein bisschen Schmerz beim

Sex muss ja nicht unbedingt stören. Ein paar Kratzer hier, ein bisschen Blut dort. Darf man alles nicht so eng sehen.«

Es sollte wie ein Scherz klingen, dennoch lag eine kleine, scharfe Warnung darin. Vielleicht würde er jetzt endlich zur Vernunft kommen, wäre von mir abgestoßen und würde mich vor die Tür setzen, sobald er meine wilde, dunklere Seite sah. Beinahe betete ich dafür, denn mir selbst fiel es immer schwerer, zu gehen.

»Ach, findest du das?«, fragte Matej mit einem zurückhaltenden Lächeln, senkte den Blick und stand auf, um die Dosen zu verstauen. Anscheinend hatten meine Worte endlich seinen Verstand erreicht. Gut so, wenngleich es eine Spur wehtat.

Trotz des Drucks auf meiner Brust, versuchte ich möglichst gelassen zu antworten: »Klar doch. Denkst du anders?«

Meinend, seine Antwort darauf bereits zu kennen, griff ich nach dem Badetuch, das neben mir auf der Decke lag. Doch dann stand Matej plötzlich in voller Pracht vor mir und wandte mir den Rücken zu, mit einem schelmischen Ausdruck über seine Schulter blickend. »Sieht das etwa so aus?«

Von seinen Schulterblättern abwärts Richtung Hüfte zogen sich fast der ganzen Länge nach einzelne rote Striemen, wie Kratzer einer Katze, die er wie eine Trophäe zur Schau stellte.

Huch, war ich das etwa? Selten wurde ich rot, aber jetzt konnte ich die Hitze auf meinen Wangen spüren. Da hatte sich aber *jemand* ganz schön gehen lassen.

»Um ehrlich zu sein, sieht das aus, als hättest du mit einem Löwen gekuschelt. Oder du hast eine echt fiese Katze. Hast du eine Katze?«, fragte ich ablenkend.

»Ja, Raubkatze könnte hinkommen. Habe ich erst vor Kurzem ins Haus gelassen, aber ich mag diesen Wildfang«, antwortete Matej, drehte sich zu mir um und kam näher – mit einer Verheißung in den Augen, die mich ganz schwindelig machte.

Ich schluckte schwer. Was mich jedoch nicht davon abhielt, einen Kommentar abzugeben: »Willst du noch ein paar davon? Ich bin da nicht so.«

Seine Antwort fiel nicht verbaler Art aus, stattdessen eroberte er meinen frechen Mund, knetete mit den Händen meine Brust und brachte mein Innerstes zum Glühen. Statt mich erneut in die Laken zu pressen, drehte Matej mich herum und setzte sich hinter mich. Er knabberte an meinem Nacken, streichelte genau an den richtigen Stellen über meinen Körper, was meine Hitze immer weiter entfachte. Meine Beine wurden weich und ich lehnte mich mit dem Rücken an seine Brust, wobei ich mit der Hüfte an seiner Härte rieb, was ihn genauso wenig kalt ließ – ganz und gar nicht.

»Du machst mich fertig, dein Hals, dein Körper – du«, stöhnte Matej an meinem Nacken, an dem er seine feuchte Spur aus Küssen und Lecken hinterließ und plötzlich mit einem heftigen Stoß tief in mich eindrang.

»Nejkrásnější« war das Letzte, was ich aus seinem Mund hörte, bevor er mit seiner Zunge Einlass zwischen meine Lippen suchte, mich stürmisch küsste, während unsere Körper sich ungehemmt bewegten. Wie in einem leidenschaftlichen Tanz aus aneinanderreibender Haut, begierigen Fingern und Küssen, die einem den Verstand raubten.

21.

Full of broken thoughts in a burning sky

Später, viel später, lag ich mit ausgestreckten Armen zufrieden neben Matej auf dem Bauch, der seitlich den Kopf in eine Hand gestützt hatte, um mich zu beobachten. Gedankenverloren strichen seine Finger sanft wie ein Federspiel über meinen Rücken und ich rekelte mich unter seinen Berührungen. Als seine Hand an einer Stelle innehielt, drehte ich den Kopf, um ihm in die Augen zu blicken. »Ist was?«

»Nichts, ich betrachte deine Tattoos. Sie sind hübsch. Haben sie eine Bedeutung? Oder hast du dich der Eitelkeit wegen stechen lassen?«, fragte Matej mit einem kleinen Grinsen, wobei er an der Stelle meiner linken Flanke Kreise über die Haut zeichnete, was mir eine Gänsehaut bereitete. Als ahnte er, besser nicht mit der Geschichte dieses Tattoos anzufangen, glitten seine Finger in meinen Nacken und strichen das Muster des zweiten Tattoos nach.

Dieses erstreckte sich als Traumfänger zwischen meinen Schulterblättern, inklusive einiger gestochener Federn und Perlen sowie einer ledernen Kette, an der die beiden Traumfänger hingen, die untereinander angereiht waren. Dabei waren ein paar magische Schutzsymbole in die Haut gestochen worden, die eher wegen ihres hübschen Aussehens in das Muster verschlungen waren, als wirklich zu helfen. Wohingegen ich mich mit der magischen Schutzkapsel, die in meinem Arm steckte, um einiges sicherer fühlte.

Was ich mir damals mit sechzehn dabei gedacht hatte, mir ausgerechnet so ein verträumtes Tattoo stechen zu lassen, war mir acht Jahre später schleierhaft. Vielleicht hatte ich damals wirklich noch die Hoffnung gehabt, es würde wieder aufwärtsgehen, besser werden – das Leben und alles darin. Hatte meinen Dad nicht aufgeben oder wahrhaben wollen, dass er seiner Krankheit, seinem verwirrten Geist, vollkommen ausgeliefert war.

Das zweite Tattoo zeigte eine brennende Feder, deren Flammen sich am Ende in einem Vogelschwarm auflösten, der davonflog. Neben dem Bild stand in einer verschnörkelten Linie der Text »I saw a dead bird flying through a broken sky«, was ich mir vor drei Jahren hatte stechen lassen, als meine Welt ein weiteres Mal aus den Fugen geraten war.

Mein Dad war nach Mums Tod schon immer verwirrt gewesen, hatte danach nicht einmal mehr für mich sorgen können. Deshalb war ich bei Onkel Héctor und den Jungs aufgewachsen, während Dad zuerst auf Kur, später in einer psychiatrischen Anstalt und schließlich in einem Altersheim für Alzheimer-Patienten gelandet war.

Damals vor drei Jahren war es das erste Mal passiert, als ich ihn besuchte. Er hatte mich – seine eigene Tochter – nicht erkannt. Was mir trotz meiner immer bestehenden Wut und Resignation, die wie Wellen mal mehr, mal weniger kamen oder sich abwechselten, vor Traurigkeit und Unglauben den Boden unter den Füßen weggezogen hatte.

Und was hatte ich getan? Ich war wie so oft allein zu einem abgelegenen Auftrag in Südamerika losgestürmt, um so weit wie möglich von dem Ganzen wegzukommen – um mich vor der Realität, vor dem dazugehörigen Schmerz zu verstecken. Bedauerlicherweise tat ich das genau zu jener Zeit, in der Julians Unfall passierte. Wäre ich nicht vor der Sache mit Dad geflüchtet, wäre ich zu Hause gewesen und hätte ihnen helfen, womöglich Julian vor seinem Schicksal im Rollstuhl bewahren können.

Dieses Tattoo war die Erinnerung an die Folgen meiner Verfehlung, der Beweis, dass durch jede meiner Entscheidungen etwas Gutes den Bach runtergehen konnte.

Das alles konnte ich Matej nicht erzählen. Ich war eine Kämpferin und das Letzte, was ich wollte, war Mitleid.

Daher schnaubte ich abfällig. »Ach, nur ein paar Enttäuschungen und Schläge, die ich wegstecken musste. Wie jeder im Leben. Nichts Besonderes.«

»Männer?«

Ich dachte an meinen Dad und in meinem Magen zog es sich zu einem harten Klumpen zusammen, bis ich meinte, mich jeden Moment krümmen zu müssen.

»Unter anderem«, gestand ich.

Neugierig hob er den Blick, bedrängte mich aber nicht weiter, als wüsste er es bereits besser. *Guter Mann!*

Stattdessen fragte Matej mich nach dem Tattoo an der Innenseite meines rechten Oberarms – das Gildenzeichen mit dem runden Kreis, der brennenden Flamme und dem gekreuzten Schwert mit Armbrustbolzen. Normalerweise erfand ich eine andere Geschichte für dieses Tattoo, ähnlich wie ich mir Decknamen ausdachte. Da Matej bereits sowieso so viel von der Jägergilde wusste, wollte ich ehrlich sein. »Das ist das Erkennungszeichen *Feuer & Schwert* der Gildenjäger. Es stammt noch aus der Zeit der Gründung vor mehreren Jahrhunderten und hat sich seitdem nicht verändert. Daher das altertümliche Schwert und das normale Feuer.«

Erneut wirkte er äußerst interessiert, schien jedoch instinktiv zu spüren, nicht mehr aus mir herauszubekommen. Denn nach einem dankbaren Nicken glitten seine Finger tiefer auf meinen unteren Rücken. »Was ist das hier? Wie bist du zu dieser Narbe gekommen?«

Kurz wollte ich wegzucken, da ich das immer tat, sobald diese Narbe zur Sprache kam. Dieses Mal nicht. »Keine Ahnung. Die hatte ich schon immer.«

Dasselbe hatte ich mich schon hundertmal gefragt, sogar meinen Dad, von dem fast keine vernünftige Information mehr zu bekommen war, sowie Onkel Héctor, der es auch nicht zu wissen schien.

Zärtlich fuhr seine Fingerkuppe über die Narbe. »Sieht aus wie eine Narbe auf einer Narbe.«

»Wie meinst du das?«

Ich wusste zwar, wie sie ungefähr aussah, aber es war schwierig, sie ganz genau unter die Lupe zu nehmen, da sie sich am unteren Rücken befand und ich eben kein Schlangenmensch war. Was nebenbei gesagt ziemlich cool wäre. Außerdem war es nur eine Narbe von unzähligen anderen und ich hatte bisher niemandem, mit dem ich das Bett geteilt hatte, diese Freiheit gegeben, sie so offen zu betrachten. Doch Matej hatte alle meine Schutzmauern bereits ziemlich tief eingerissen, oder es lag daran, dass es mir egal war, wenn er mich bis ins letzte Detail erkundete, weil ich ihn bald nie wiedersehen würde. Zumindest redete ich mir das ein.

»Es wirkt wie eine Brandnarbe aus geschlungenen Linien mit zwei Strichen darüber … Über diesem Muster liegen mehrere andere Linien. Warte …« beschrieb er sie, lehnte sich dabei noch näher, um es genauer zu betrachten, woraufhin ich seinen Atem auf der Haut spüren konnte. »Aber diese anderen Narben darüber … als hätte jemand versucht, ein Brandmal wegzuschaben.«

»Autsch, das klingt schmerzhaft. Ich glaube nicht, dass meine Eltern so etwas getan haben. Sie waren vielleicht etwas schrullig, aber das hätten sie nun auch wieder nicht gemacht.«

Trotz meiner lässigen Worte bekam ich eine Gänsehaut bei dem Gedanken an die Narbe, was Matej bemerkte. Er kam wieder zu mir hoch, rieb über meine Arme und zog die Decke über uns. Erneut lag er seitlich neben mir, den Kopf in die Hand gestützt.

»Weiß du, ich mag dich. Ich bin gerne mit dir zusammen«, gestand er mir.

Ich nickte, da ich nicht bestreiten musste, wie ähnlich es mir ging. »Ich fand es auch nett.«

»Du brichst morgen wieder auf, suchst dein nächstes Monster und rettest ein weiteres Mal die Welt.«

»Nun ja, nicht die Welt. Dafür bräuchte ich dann schon ein spezielles Superheldinnen-Outfit und das ist mir zu mühsam. Aber ansonsten kommt das ganz gut hin«, meinte ich grinsend, was Matej ebenfalls schmunzeln ließ. Wie immer war ich hin und weg, weil er meinen Humor teilte, meine große Klappe tolerierte, für die ich schon so oft schiefe Blicke kassiert hatte, selbst von Freunden oder von den Zwillingen. Obwohl, die bekamen von mir auch oft genug einen ganz speziellen Seitenblick ab – wir waren einfach alle etwas eigen.

Matej senkte den Blick, spielte mit einer meiner losen Strähnen, die vor ihm auf der Decke lagen, um mich nicht ansehen zu müssen. Neugierig spitzte ich die Ohren, als er Luft holte und die nächsten Worte fast schon schmerzhaft ausstieß: »Ich werde dich vermissen.«

Oh ja, ich dich auch, dachte ich. Als er jedoch überrascht die Augen aufriss und mich ansah, wurde mir kurz kotzübel.

Scheiße! Scheiße! Scheiße! Hatte ich das eben laut gesagt? Mein Hirn wurde hier in Tschechien echt zu Watte, ich brauchte wieder die gewohnte Luft meiner Heimat, und zwar flott. Schnell sprach ich weiter, bevor Matej näher darauf einging. »Aber ich muss dennoch gehen. Wie du selbst gesagt hast, ich habe viel zu tun. Ein paar Monstern in den Arsch treten, Leuten meinen falschen Namen nennen und die Welt noch etwas länger von dem Abgrund fernhalten. Solche Sachen eben.«

»Ich weiß, ich weiß. Deshalb habe ich mir etwas überlegt. Ich habe wirklich lange darüber nachgedacht.«

Jetzt kam es also, wie es schon oft passiert war – die Frage, ob wir uns wieder treffen, ob ich zu Besuch kommen konnte. Zum ersten Mal bekam ich dabei keine zusammenschnürende Panik, sondern der Gedanke beruhigte mich. Ich weiß nicht, ob ich es geschafft hätte, einfach so zu gehen, ohne dem Wissen, Matej wiederzusehen. Daher zwinkerte ich ihm zu. »Ich auch und ich finde das eine gute Idee. Wir werden sicher einen Weg finden.«

»Was, ernsthaft? Ich dachte, du machst deswegen ein Theater oder willst mich davon abhalten, mit dir zu gehen, wie du es die ganze Zeit getan hast. Aber ich lerne schnell, ich kann eine Hilfe sein. Das ist toll … ich bin … sprachlos.«

Seine Augen, sein ganzes Gesicht erstrahlte, was ihn unglaublich attraktiv, aber auch viel jünger, beinahe verwundbar erscheinen ließ. Dafür setzte bei mir der Schock ein und jegliche Farbe musste aus meinen Wangen gewichen sein, als mir seine Worte klar wurden.

»Bitte, was? Du willst mit mir kommen? Das geht nicht! Wie kommst du darauf? Du bist ein gesegneter Pfarrer, du hast hier eine Gemeinde, ein Zuhause. Das kannst du nicht einfach alles zurücklassen und mit mir gehen!«

»Was hast du gedacht, wovon ich rede?«, fragte er perplex.

»Na daran, ob wir uns wiedersehen. Dass du mich fragst, ob ich irgendwann wiederkomme. Auf Besuch.«

»Das reicht mir nicht«, hielt Matej dagegen und setzte sich ruckartig auf.

»Was willst du bei mir machen? Du hast keinen Job. Oder willst du dir dort, wo ich wohne, eine andere Gemeinde suchen?«

»Ich werde die Pfarrerskutte an den Nagel hängen und mit dir gemeinsam auf die Jagd gehen. Ebenfalls als Gildenjäger. Das ist doch klar.«

Das brachte mich zum Lachen, laut und hysterisch, obwohl, eher hysterisch. »Spinnst du? Du hast gerade einmal zwei Monster gesehen, die dich beide fast getötet hätten. Das ist Irrsinn, den ich auf keinen Fall unterstützen werde. Ich nehme dich nicht mit.«

»Das ist keine Entscheidung, die du zu treffen hast. Was soll ich hier noch? Mein ganzes Weltbild hat sich in den letzten Tagen verändert. Wie soll ich noch Pfarrer sein, wenn ich weiß, welches wirklich Böse da draußen lauert? Außerdem, das zwischen uns, das fühlst du doch auch, gib es zu. Ich werde mitgehen und sehen, wohin es uns führt.«

Bereits mehrmals hatte ich mit seinem sturen Schädel zu kämpfen gehabt, aber jetzt hob er seinen Starrsinn auf ein ganz neues Level. Just in diesem Moment stellte ich mir die Frage, ob er nur meinte, etwas für mich zu empfinden, weil ich ihm diese neue, magische Welt gezeigt hatte. Ein Gedanke, der mich nicht glücklich machte, genauso wenig jener, er wollte nur als Jäger mit mir gehen, weil er glaubte, sich in mich verliebt zu haben. So oder so, beides keine schönen Vorstellungen, und auch keine, mit denen ich mich beschäftigen sollte.

Außerdem kannte er mich nicht – nicht wirklich, nicht lange genug. Wie sollte er daher Gefühle für mich entwickelt haben? Es war lächerlich und ich würde bestimmt nicht mein Herz verlieren, auch wenn es sich gerade so anfühlte, als schließe sich eine eiserne Faust darum und würde immer enger zudrücken. Aber was brachte einem die Liebe schon, außer Kummer und Leid? Ich hatte die besten Lehrmeister vor Augen gehabt und ich würde ihre Fehler nicht wiederholen.

Meine Stimme wurde hart. »Das war nur Sex, wir hatten unseren Spaß, mehr nicht. Außerdem hast du ein Leben, eine gute Zukunft. Du kannst hier alles haben, was du dir wünscht: Freunde, eine Frau, die du liebst, eine glückliche Familie. Mach dir das nicht wegen mir oder diesen Monstern kaputt.«

»Wenn ich das alles nicht möchte? Wenn sich dieses Leben falsch anfühlt?«, entgegnete er trotzig und schluckte schwer. Seine Augen waren zu schmalen Schlitzen geworden, sobald ich die Sache mit dem »nur Sex« geäußert hatte. Noch immer waren seine Hände zu Fäusten geballt, als würde Matej sich auf einen langen Kampf einstellen.

Doch auf diesen hatte ich keine Lust, weil ich bereits leicht zu wanken begann. Jedoch konnte ich es nicht riskieren, einzuknicken und ihn mitkommen zu lassen. Es war zu gefährlich. Wegen mir, wegen ihm, wegen seines baldigen Todes – denn das war das einzige Ergebnis, das daraus resultieren würde. Wenn ich kein Blut von jemandem an den Händen kleben haben wollte, dann das von Matej.

Er hatte etwas Besseres, ein erfülltes Leben und eine normale Familie verdient, obwohl es ihm im Moment nicht klar war. Jedoch würde ich einen Weg finden, um ihm genau das zu ermöglichen.

Vorsichtig rutschte ich näher und legte ihm beruhigend eine Hand auf den Unterarm, der sich unter meiner Berührung sofort anspannte. »Ich möchte heute Abend nicht mit dir streiten. Wir sind beide müde und überreizt. Es war ein langer, ereignisreicher Tag, an dem wir etwas Unglaubliches geschafft haben. Wollen wir nicht daran denken?«

Bei meinen Worten entspannte sich seine Körperhaltung langsam, bis er schließlich nickte. »Einverstanden. Lass uns morgen darüber … reeeden«, meinte Matej, beendete den Satz mit einem langen Gähnen. Erst jetzt sah ich die dunklen Ringe unter seinen Augen, bemerkte, wie sehr ihm die letzten Tage auch körperlich zugesetzt hatten. Was mir in meiner Entscheidung recht gab.

Dennoch strich ich ihm versöhnlich durch das dunkle Haar, ließ die Hand in seinen Nacken gleiten.

»Oh, es wird Zeit, jemanden ins Bett zu bringen. Ich decke dich auch zu und sing dir ein Schlaflied vor, wenn du willst«, flunkerte ich und hoffte, er nähme dieses Angebot nicht an. Niemand wollte mich singen hören, das konnte mein Auftritt vor ungefähr vier Jahren in einer Karaokebar am Rande von Montreal beweisen, in der ich seitdem Hausverbot hatte. Nun gut, dies lag womöglich nicht nur an meinem grottenschlechten Gesangstalent, sondern an der anschließenden Schlägerei, an der ich ein klein wenig beteiligt gewesen war.

Während ich mich zu ihm drehte, glitt Matej tiefer unter die Decke. »Ein sehr verlockendes Angebot, aber nicht nötig, solange ich dich halten darf?«

Eine Frage, beinahe schon Bitte, die mich mitten ins Herz traf. »Gerne.«

Ich küsste ihn ein letztes Mal, drehte ihm dann meinen Rücken zu, damit Matej einen Arm um mich legen und mich an seine feste

Brust drücken konnte. Mit einem tiefen Seufzer rutschte er noch näher, hüllte mich vollkommen mit seiner Wärme und seinem typischen Geruch ein, wodurch es mir schwerfiel, mich nicht selbst zu entspannen und in einen seligen Schlaf abzutauchen. Das durfte ich nicht.

22.

Warum kann es keine süßen, kleinen Glitzerfeen geben?

Aber ich tat es doch. Erst einige Zeit später fuhr ich erschrocken mitten in der Dunkelheit hoch, da sich mein stummer Alarm, den nur ich in meinem Kopf hören konnte, einschaltete. Zwar hatte ich vorgehabt, wach zu bleiben und diesen nur für alle Fälle eingestellt – wie jetzt. Was daran lag, weil es in Matejs Armen einfach zu kuschelig warm gewesen war und er zu lange nicht einschlafen wollte. Ständig hatte er sich unruhig hin und her gewälzt, hatte keine Ruhe gefunden, als fürchtete er genau das, was ich nun vorhatte.

Vorsichtig löste ich seinen schweren Arm von meiner Hüfte, rutschte bis zum Rand der Matratze, um aus dem Bett zu gleiten. Ich warf einen prüfenden Blick zurück auf Matej, doch er war nicht aufgewacht, was mich erleichtert aufatmen ließ.

Die nächsten Minuten zog ich mich rasch an, packte alle meine Sachen in den Seesack, der am Treppengeländer lehnte, und sah mich noch einmal flüchtig um. Dabei erblickte ich auf der Kommode Matejs Shirt, das ich in der ersten Nacht getragen und das so gut nach ihm gerochen hatte. Kurzentschlossen griff ich danach und stopfte es in mein Gepäck.

Anschließend schnappte ich mir sein Tablet sowie den Elektrostift, um ihm ein paar Abschiedszeilen zu schreiben. Diese waren kurz und prägnant, ohne Schnörkel – im Prinzip das Gleiche, was ich ihm vorhin gesagt hatte: Er sollte sich das mit der Jagd aus dem Kopf schlagen, zur Vernunft kommen und ein glückliches Leben mit seiner zukünftigen Familie führen. Auch wenn das geistliche Amt doch nicht seine Erfüllung war, sollte er sich hier in seiner sicheren Heimat eine neue Berufung suchen, denn ich wusste, er würde seinen Weg finden. Unterschrieben mit *Diana Winchester, Anga McGyver* und *Briana Johnson*. Ein Herz daneben zu zeichnen, verkniff ich mir, biss mir stattdessen fest auf die Lippen und legte den Stift beiseite.

Nachdem ich alles beisammen hatte, schlich ich mich ein letztes Mal zum Bett, in dem Matej fest schlief. Ich sollte umdrehen und einfach gehen, aber ich konnte nicht, ich musste es einfach riskieren. Vorsichtig beugte ich mich vor und legte meine Lippen auf seine, atmete dabei tief seinen unverkennbaren Duft ein, um ihn in den tiefsten Zellen meines Gedächtnisses abzuspeichern. Dann fuhr ich ruckartig hoch, schob den Seesack auf meine Schultern und hastete aus dem Zimmer, als wäre ich auf der Flucht. Womöglich war ich das sogar. So schnell, gleichzeitig lautlos ich konnte, sauste ich die Stufen hinunter und schließlich zur Hintertür hinaus. Ohne zurückzublicken, stoppte ich meine raschen Schritte erst, als ich das GleitAuto erreicht hatte. Natürlich nicht ohne beim Vorbeigehen noch einmal die Schönheit der Harley zu würdigen, die gleich neben dem Eingang stand und nur darauf wartete, gefahren zu werden. Sofort hatte ich den Ohrwurm *Bye Bye Love* von den Everly Brothers im Kopf.

Eine Schande, stellte ich kopfschüttelnd fest. Was aber nicht nur am Abschied von der Harley lag, bei Weitem nicht. Ich hätte zehn Harleys gegeben, um im Gegenzug Matej zu behalten. Egal, wie egoistisch dieser Wunsch war.

Blinzelnd drehte ich mich fort, öffnete die Autotür, denn diese Gedanken hatten keinen Sinn. Den Druck auf meiner Brust ignorierend, stieg ich in das Fahrzeug, schloss das Gefährt und saß einfach nur still, sah starr in die Nacht hinaus.

Die ganze Zeit über war mir nicht kalt gewesen, hatte ich mich stark, unnahbar gefühlt, doch plötzlich, hier und jetzt allein in diesem dunklen Gleiter, brach alles aus mir heraus. Gänsehaut zog sich über meine Arme wie Reif über Blätter, mein Körper begann so stark zu zittern, dass meine Zähne beinahe aufeinanderklapperten, als würde ich nie wieder Wärme empfinden. Tränen tropften von den Wangen in meinen Schoß, benetzten die verschränkten Finger. Tränen, die ich so lange nicht mehr vergossen hatte, dass ich mich gar nicht mehr daran erinnern konnte.

Doch ich weinte lautlos, ohne ein Geräusch von mir zu geben. Dazu biss ich fest die Kiefer aufeinander und schluckte, drückte, kämpfte vehement gegen den Kloß in meinem Hals an. Es ging dabei nicht nur um Matej, um den Abschied von ihm. Sicher, er war der Auslöser. Vor allem jedoch ging es um die Fragen: Was wäre, wenn mein Leben anders wäre? Welche Zukunft, welche Familie würde dann auf mich warten? Woher weiß man, wann Gefühle über Sympathie hinausgehen und erste Verliebtheit zu Liebe wird? Und warum kann Liebe nicht alles überstehen? Warum ist sie so oft nicht genug? Ist sie das jemals? Schmerzhaft riss ich mich am Riemen, schalt mich selbst für das trostlose Sinnieren. Wie immer hing das Schicksal meiner Eltern und das Resultat ihrer Liebe wie ein Damoklesschwert über mir: Liebe hatte meine Mutter getötet, weil sie sich auf meinen Vater verlassen hatte. Und Liebe hatte meinen Dad durchdrehen und in die Demenz flüchten lassen, da er sich selbst nie hatte vergeben können. Also ja, man könnte glatt meinen, ohne dieses Gefühl besser dran zu sein. Egal, wie richtig sich manches hier angefühlt oder wie viel Spaß wir gehabt hatten.

Über meine Wange bahnte sich eine weitere Träne ihren Weg, die ich grimmig wegwischte und deren feuchte Hinterlassenschaft auf meinem Finger ich böse anstarrte. Plötzlich hörte ich ein Flattern hinter mir, im nächsten Moment lag die Lederjacke über meinen Schultern, die Sir Harmsty dort platzierte. Ohne ein Wort flog er wieder davon, ließ sich mürrisch auf den Beifahrersitz fallen und starrte mit verschränkten Armen stur geradeaus, als hätte er meinen Beinahzusammenbruch überhaupt nicht bemerkt. Ich schluckte schwer, um ein »Oh, danke« hervorzupressen.

Sofort fühlte ich mich besser, nicht mehr so allein, obwohl nur ein genervt wirkender Fae neben mir saß und sich sichtlich woandershin wünschte, um nicht hier zu hocken.

Nachdem ich nichts mehr dazu sagte oder Anstalten machte, davonzufahren, seufzte Sir Harmsty schwer, als würde er die Bürde der Welt auf den Schultern tragen. »Na los, Mensch. Was ist los? Warum flennst du hier rum? Hat es was mit diesem großen, dunkelhaarigen Typen zu tun, den du vorhin schon mit den Augen ausgezogen hast?«

Empört fuhr ich zu ihm herum: »Ich flenne nicht! Schon aus Prinzip nicht, *Glitzerfee!*«

Was auch stimmte. Also der erste Teil, nicht das mit dem Glitzer. Die Tränen waren zum Glück endlich versiegt und seine biestige Art half mir, die Gefühle der letzten Minuten im Keim zu ersticken. Fast war ich ihm für diese grobe, ungehobelte Art dankbar. Irgendwie hatte er damit sogar Ähnlichkeit mit mir – nur war ich nicht nackt, dazu größer und hübscher.

Ein irritierender Gedanke.

Sir Harmsty schien unbeeindruckt von meiner Gegenwehr zu sein, schüttelte gelangweilt den Kopf, wobei er mein Gesicht betrachtete, das wohl noch ein paar feuchte Spuren aufwies. »Hat er dich sitzen lassen, dein Held in weißer Rüstung, oder wie?«, lachte er und ich zuckte schuldbewusst zusammen.

»Nö, ich habe ihn sitzen lassen.«

»Warum, hat er dich betrogen? Geschlagen? Was hat Mr Perfekt denn angestellt? Doch kein Typ mit lupenreiner weißer Weste. Das habe ich schon hundert Mal erlebt, wenn man so alt ist wie ich. Es sind immer die vermeintlich netten Kerle, die Dreck am Stecken haben. Ganz viel Dreck.«

Während das Bild von Matej durch meine Gedanken zog, schüttelte ich trostlos den Kopf, um mich wieder auf das Hier und Jetzt zu konzentrieren. »Nichts. Er hat nichts getan. Im Gegenteil, er war der perfekte Gentleman. Er *ist* der perfekte Mann.«

»Aha, total logisch. Deshalb lässt du ihn stehen, um dann im Mitleid zu versinken, während ich schlafen möchte. Vollkommen logisch«, fasste er bissig zusammen.

»So ist es besser für ihn, das verstehst du nicht. Es ist … kompliziert.«

Deutlich irritiert hob er eine Augenbraue. »Du willst mir doch nicht allen Ernstes erzählen, dass ich mit dir an einen vielschichtigen Charakter geraten bin, Mensch?«

»Das, mein Lieber, musst du selbst herausfinden. Immerhin hast du mich so lange an der Backe, bis du dich revanchiert hast, was noch ganz lange dauern könnte«, antwortete ich bereits wieder mit einem leichten Grinsen, das er mit einem ebenso kleinen, schiefen Lächeln erwiderte, was seine schroffen Worte zuvor Lügen strafte.

Einige Stunden später schwankte ich müde aus dem GleitZug am Bahnhof von Montreal, den vollgestopften Seesack über die Schultern geworfen, das GleitBoad unter den Arm gequetscht. Hier in Kanada hatte bereits wieder die Dämmerung eingesetzt und ich blinzelte mit verquollenen Augen gegen das schwächer werdende Sonnenlicht. Natürlich lediglich ein Resultat der Müdigkeit.

Vor meinem Mund stiegen aufgrund der Kälte einzelne weiße Atemwölkchen auf. Die Sicht in die Ferne, auf die Silhouette der Stadt mit dem dunkelroten, violetten Farbenspiel im Hintergrund, konnte man als schön beschreiben, aber irgendwie wirkte seit dem Verlassen von Jeseník alles viel grauer und trostloser auf mich. Daher ließ ich den farbenprächtigen Sonnenuntergang Sonnenuntergang sein und schüttelte leicht die Schulter, um einen gewissen Jemand aus seinem beinahe schon dornröschenhaften Totenschlaf aufzuwecken.

»Alles klar dort hinten?«, fragte ich meinen blinden Passagier, der herzhaft gähnte. Seine Antwort ging durch den Stoff des Seesacks beinahe unter, war aber für mich noch verständlich. »Natürlich, Mensch. Ich bin ein Fae.«

»Klar doch, und ein ziemlich verschlafener obendrein. Jetzt weiß ich, wie du die Jahrhunderte in deiner Gefangenschaft überstehen konntest«, brummte ich leise.

»Was hast du gesagt?« Seine Stimme klang lauter, ein wenig gereizter, was mich grinsen ließ. Wir zwei würden sicherlich noch eine Menge Spaß miteinander haben.

»Ach nichts. Ich habe nur gemeint, dass es gleich windig wird und du dich festhalten sollst. Immerhin will ich dich nicht verlieren.«

Obwohl mein Körper und mein Geist nicht gerade in Bestform waren, ließ ich das Board fallen, das ungefähr einen halben Meter über dem Boden schwankend zum Stehen kam, um dort auf der Stelle zu schweben. Geübt sprang ich darauf, lehnte mich nach vorne und genoss den frischen Fahrtwind, der mir bei steigender Geschwindigkeit immer heftiger ins Gesicht peitschte.

Während ich auf dem Board durch die zwielichtige Gegend des Stadtrands glitt, stellte ich mir die Frage, ob ich gleich nach Hause ins wohlverdiente Bett krabbeln oder vorher schnell zur Gildenbude düsen sollte. Immerhin war Monatsende und die Punkte für den letzten Auftrag konnten meinen Rang an die Spitze katapultieren, was mich dem sorgenfreien Ruhestand einen Schritt näher brachte.

Schaffte man es zehn Mal, in seiner Region Monats-Erster zu werden, hatte man nach den Regeln der Gilde seine Pflicht an der Allgemeinheit erfüllt. Was bedeutete, man konnte sich zurücklehnen und in die Pension begeben, da ab sofort ein monatliches, gut entlohntes *Dankeschön* für die jahrelangen Dienste übertragen wurde. Was die meisten nie erreichten, und andere nicht kümmerte, daher kannte ich nicht viele, außer Onkel Héctor, die diese *Pension* tatsächlich bezogen. Die einen waren einfach zu lahmarschig, andere konnten nicht ständig auf die Jagd gehen oder starben zu früh. Es gab auch jene, die es zwar schafften, danach jedoch nicht den Rausch der Jagd aufgeben wollten, sich nicht überwinden konnten, untätig herumzusitzen, während Menschen von den Gefahren der Nacht verschlungen wurden. Einmal Jäger, immer Jäger – es lag einem im Blut und konnte nicht wie ein Schalter ausgeknipst werden.

Ich weiß noch genau, dass Onkel Héctor noch zwei Jahre nach Erreichen regelmäßig alle paar Abende auf Jagd gegangen war, bevor er seine Waffen irgendwann tatsächlich an den Nagel gehangen hatte. Dabei war er schon fünfzig gewesen, als er die 10er-Sieges-Hürde genommen hatte. Vermutlich wollte er die erste Zeit gemeinsam mit seinen Jungs auf die Jagd gehen, um sie zu beschützen. So wie es jetzt Jayden immer mit mir tun wollte.

Daher verstand ich Onkel Héctor – ich wusste genauso wenig, ob ich dann einfach so mit der Jagd aufhören könnte. Immerhin musste ich diesen Ruhestand nie antreten, obwohl so eine monatliche Rente als Dank etwas Schönes war und einem Sicherheit gab. Obgleich ich jung war und genügend Zeit hatte, um mir darüber Gedanken zu machen, war ich kein Idiot. Man wusste nie, was passieren würde. Julian war leider der beste Beweis. Vorsorge war besser, als danach durch die Finger zu sehen. Denn wenn es hart auf hart kam, war man der Gilde scheißegal und sich selbst überlassen, egal, was man alles für sie geopfert hatte.

Also schwenkte ich um und beschrieb mit dem Board eine Kurve nach rechts. Außerdem freute ich mich darauf, ein paar bekannte

Gesichter zu sehen, die mich ein wenig von einem anderen markanten Gesicht ablenken würden, das partout nicht aus meinem Kopf verschwinden wollte.

Ob Matej wohl schon bemerkt hatte, dass ich weg war? Wie er sich wohl beim Lesen meiner Nachricht gefühlt hatte? Hasste er mich jetzt oder war er erleichtert, mich los zu sein?

Ich zermarterte mir das Hirn noch einen Moment mit diesen Fragen, bevor ich mich wieder zusammenriss und das schlechte Gewissen und die Gedanken an ihn verscheuchte. Es war das einzig Richtige gewesen, daran musste ich festhalten. Dabei widerstand ich sogar dem irrsinnigen Drang, nach hinten in den Seesack zu greifen, um wie ein Psycho kurz an Matejs Shirt zu schnüffeln.

Aber nein, diese Verrücktheit würde ich mir für später aufheben, wenn ich allein in mein Bett gekuschelt lag.

23.

Einen unsterblichen Fae fragt man am besten nicht nach seinem Wohlbefinden – nie und nimmer

Schon von Weitem konnte ich den dröhnenden Beat lauter Heavy Metal Musik hören, genauso wie das Brummen einiger heißer Bikes. Die Bar, welche die Gilde als versteckte Gildenbude nutzte, war nämlich außerdem ein beliebter Bikertreff. Sie zog damit nicht nur halbstarke Muskelmänner an, sondern eine ganze Menge zwielichtiger Typen, wie das Licht die Motten. Ich hüpfte vom Board und stopfte es vorsichtig in den Seesack, bevor ich weitermarschierte.

Das »Red Conquer« erstrahlte vor mir mit den typischen roten Lichtern, die aus dem Gebäude quollen wie verwässertes Blut, genauso wie das Vibrieren der Musik und der Gestank nach Alkohol und Qualm. Wehmütig atmete ich den altbekannten Geruch tief ein, der auch eine Note von Urin, Erbrochenem und noch einigen weiteren unschönen Dingen in sich trug. Aber wie hieß es so schön – trautes Heim, Glück allein. Wenn ich irgendwo anzutreffen war, abgesehen von meinem Haus oder dem meiner Verwandtschaft, dann hier.

Lächelnd und etwas beschwingter näherte ich mich den Türstehern, die gerade mit ein paar betrunkenen, grimmig aussehenden Kerlen diskutierten, die wieder in die Bar wollten, obwohl sie bereits hackedicht waren. Dabei sahen sie aus, als wollten sie nur rein, um ein paar Nasen zu brechen oder Möbelstücke zu Kleinholz zu schlagen.

Gesindel, dachte ich seufzend. Versteht mich nicht falsch, es gab hier immer wieder eine saftige Schlägerei, das gehörte beinahe zum guten Ton, aber man musste es ja nicht unbedingt herausfordern. Außerdem ging es für den Besitzer der Bar sicherlich ins Geld, ständig Stühle und Tische von einem Secondhandladen zu kaufen, um das zerbrochene Mobiliar auszutauschen.

Bevor ich mich an der drängelnden Menschenmenge vorbeischieben konnte, die mich um diese frühe Uhrzeit verwunderte, packte mich eine riesige Pranke am Arm. Schneller als ich Bo oder Sid ziehen konnte, wurde ich herumgewirbelt und landete in einer dicken Bären-Umarmung. Wobei ich so fest gedrückt wurde, dass ich fast keine Luft mehr bekam und meine Beine zehn Zentimeter über dem Boden baumelten.

Was kein Wunder war, da Teddy, einer der Rausschmeißer der Bar, ein Berg von einem Mann war: mindestens zwei Meter groß, mächtig muskulös, inklusive fast schon baumstammartiger Oberarme und schickem Nacken, der einem ausgewachsenen Stier alle Ehre gemacht hätte. Kein Typ, mit dem man sich freiwillig anlegen wollte. Sein angsteinflößender Körperbau wurde noch durch seine dunkel schimmernde Haut, die an Zartbitter-Schokolade erinnerte, und dem mittellangen grünen Afro unterstrichen.

Wenn Teddy nicht gerade für die Jägergilde Biester zur Strecke brachte, arbeitete er hier in der Bude ebenfalls für die Gilde, nur eben mit einem anderen Schwerpunkt. Sein Erkennungszeichen *Feuer und Schwert* prangte in weißer Tattoofarbe auf seinem rechten, gewaltigen Brustmuskel, dessen Ansatz man unter dem großzügigen V-Ausschnitt seines engen schwarzen Shirts sehen konnte. Wobei wohl jedes Shirt an seinem Oberkörper eng saß, außer es war XXXL.

»Da bist du ja, Jess! Wo warst du? Sogar die Jungs wurden schon unruhig.«

Damit meinte er wohl *meine* Jungs: Jayden und Julian, vielleicht auch ein paar Typen, die in die Bar arbeiteten. Ich runzelte die Stirn – ich war wirklich zu oft hier.

»Hast du dir etwa Sorgen um mich gemacht, Großer?«, flötete ich grinsend und Teddy lachte, was sich wie das Brummen eines Bienenstocks anhörte, während er mich absetzte und mir durch die Haare wuschelte. »Aber sicher doch. So hübsche Frauen sieht man hier nur selten. Und du gehörst eindeutig zu meinen liebsten.«

Spielerisch boxte ich ihm auf den Oberarm. »Jetzt hör schön auf, mir Honig ums Maul zu schmieren. So lange war ich nicht weg und Rosie hat sicherlich mit ihren Reizen meine Abwesenheit erträglich gemacht.«

»Ein wenig …«, gab Teddy zu, brummte aber zusätzlich: »Du warst über eine Woche ohne ein Wort weg«, und sah dabei fast gekränkt aus.

Tatsächlich? Wow, das war mir nicht aufgefallen. Entweder war ich sonst ständig hier, was schon besorgniserregend genug wäre, oder mein Aufenthalt in Tschechien hatte sich kurzweiliger – viel zu kurz – angefühlt.

Schnell biss ich mir auf die Lippen, um nicht erneut den dumpfen Trennungsschmerz zu spüren und zu bereuen, gegangen zu sein oder die unzähligen *Was wäre, wenn* durchzuspielen. Mit einem Lächeln klopfte ich Teddy auf die Schulter, als ich weiterging. »Keine Sorge, Großer. Bin ja wieder da und bleibe. Du weißt schon, wie Unkraut – es kommt immer wieder.«

»Aber wie hübsches Unkraut«, streute er mir Rosen, was mein Lächeln breiter machte.

»Danke. Aber werd nicht weich auf deine alten Tage.«

Bevor ich seine Antwort hören konnte, schritt ich in die Bar und wurde von grölenden Männern mit Bier, Whisky und vielen weiteren alkoholischen Getränken in deren Händen empfangen. Den Grund dafür fand ich in einer Ecke der Bar. Dort stand ein *Inn∞Cube*, über dem ein hautnaher Boxkampf übertragen wurde. Rund um das 3-D-Bild, das mannshoch und beinahe echt wirkte, stand die begeisterte Menge, feuerte die Boxer an, gab ihnen Tipps, obwohl sich diese an einem anderen Ort befanden und nichts hören konnten. Über den Boxern konnte man durch die Projektion den 3-D-Punktestand sehen sowie die Information, dass es sich um einen Endkampf irgendeines amerikanischen Boxturniers handelte, das in Las Vegas stattfand. Deshalb war hier die Bude schon um diese Uhrzeit rammelvoll.

Dafür war die Schlange, die zum kleinen Gildenhäuschen im hinteren Bereich führte, die wie immer mit bunter Werbung für Lottoscheine, Zigaretten oder anderen Krimskrams verziert war, dieses Mal deutlich kürzer. Es sah so aus, als würden sich einige Jäger lieber dem lautstark umjubelten Boxkampf zuwenden, als Monster zu jagen, was mir ganz gelegen kam.

Während ich hinter zwei Typen wartete, schwang ich den Seesack vorsichtig über eine Schulter nach vorne und flüsterte hinein: »Mayday, Mayday, blinder Passagier. Wir sollten bald dran sein und dann sind wir wieder draußen. Alles klar da drinnen, lebst du noch?«

Eine leise, aber deutlich genervte Antwort folgte: »Ich bin ein Fae, Mensch, und damit fast unsterblich. Natürlich lebe ich noch. Ich lebe auch noch, wenn deine Kindeskinder längst zu Staub geworden sind.«

»Nett. Du bist ein wahrer Charmebolzen. Da frage ich mich, wie man dich nur jahrhundertelang wegsperren konnte«, schnaubte ich in den Seesack, bevor ich ihn wieder leicht verschloss, um Sir Harmstys Gegenkommentar nicht anhören zu müssen, was wohl ganz gut war. Aus dem Seesack war ein böses Zischen zu vernehmen, das ich geflissentlich ignorierte, stattdessen pfeifend auf den Boden starrte und mit der Schuhspitze mit einem Steinchen spielte.

Als ich an der Reihe war, trug ich den Seesack auf beide Schultern verteilt. Grinsend starrte ich hinauf und war beinahe enttäuscht, als mir nicht Rosie entgegenlächelte, sondern ihr alter Paps Bruce. Dennoch grüßte ich ihn erfreut mit dem altbekannten Jägergruß: »Feuer & Schwert! Hallöchen, Bruce.«

Mit einer Hand kratzte er sich gerade über den dünn besetzten, fast kahlen Kopf, während er mit der anderen eine Kippe nach hinten schnippte. Sein Lachen war ein kratziges Bellen, wobei seine Stimme eigentlich immer klang, als wäre sie mit einem Reibeisen behandelt worden – durchgehend und jahrelang.

»Feuer und Schwert! Na sieh einer an, wen wir hier haben? Das Diaz-Mädchen! Dich habe ich ja schon lange nicht mehr gesehen. Passt auch alles und benehmen sich die Monster, wie es sich gehört?«

Ich zwinkerte zu ihm hoch. »Klar doch, ich weiß eben, wie ich mit ihnen umgehen muss. Ich habe dich hier ebenfalls lange nicht mehr gesehen. Ist dir in deiner Pension wohl schon langweilig geworden, wie?«

Nach Bruce, der mit sechsundsechzig bereits seit wenigen Jahren in Pension war, hatte Rosie die Geschäfte mit zwei weiteren Gildenangestellten übernommen.

Warnend wackelte Bruce mit dem Zeigefinger hinter dem Sicherheitsglas mit der kleinen Öffnung. »Na, na, nicht frech werden, sonst muss ich mal ein Wörtchen mit deinem Onkel reden.«

»Als hätte das schon jemals etwas gebracht«, antwortete ich feixend und gab mich sofort unschuldig. »Aber ich bin schon brav wie ein Engel. Siehst du den Heiligenschein rund um meinen Kopf leuchten? Ist der nicht schön?«, fragte ich amüsiert und vernahm neben Bruces Lachen auch ein kleines Kichern aus meinem Seesack, den ich leicht schüttelte, um den Fae darin zum Schweigen zu verdonnern.

Bruce und ich scherzten immer ein wenig herum, wenn wir uns sahen, was meistens dann passierte, wenn er zum Kartenspiel zu Onkel Héctor kam. Er konnte einfach nicht aufhören, mich als kleines Mädchen zu sehen. Immerhin kannte Bruce mich von Anfang an und ich hatte mit sechzehn meinen Job bei der Gilde begonnen, egal, wie sehr Onkel Héctor dagegen gewettert und getobt hatte. Zwei Jahre lang mussten meine Cousins auf ihn und Tante Tara einreden und um sie herum schmeicheln, bis sie ebenfalls Gildenjäger werden durften. Diese zwei Jahre Vorsprung rieb ich ihnen immer wieder mal, wenn es die Situation verlangte, genüsslich unter die Nase.

Im Gegenzug tat ich mich schwer, mir Bruce als alternden Pensionisten vorzustellen und nicht mehr als den Respekt einflößenden, großen, lauten Kerl, der meinen Sold auszahlte und alle Jäger anschrie, wobei seine Spuke nur so durch die Gegend flog, während Zigarettenqualm um ihn herum gen Decke stieg.

Nachdem wir uns ausgiebig begrüßt hatten, holte ich meine Dose aus der Innentasche der Lederjacke, um meine zwei Reise-Souvenirs herauszufischen. Etwas missbilligend verzog Bruce den Mund, als ich ihm den Werwolf-Schwanz sowie die Stirnplatte dieser eigenartigen Spinnen-Fae vor die Nase hielt. Nachdem er sie in den speziellen Gildenboxen verstaut hatte, machte er sich an die Dokumentation. Über meinen HandChip und die eingeloggte Information der Gildenseite konnte Bruce alle Daten meiner Mission ablesen und durch die Eingabe meiner erbeuteten Monster wurden deren Punkt- sowie Geldwert automatisch von einem System berechnet. Alles, was er dafür tun musste, war, mit einem elektronischen Stift auf meine Haut zu tippen, was ein kurzes »Pling« ergab, und sofort wurde mir das Geld übermittelt und die neuen Punkte auf meinen Gilden-Ranglistenstand gutgeschrieben.

Gespannt starrte ich nach unten auf meine Handinnenfläche, um über den HandChip den neuen Kontostand in 3-D zu erblicken, der mir ein breites Lächeln entlockte.

Wow, dieses Spinnen-Monster hatte mir einige extra Tausender eingebracht, die ich nur zu gerne annahm und noch lieber wieder für alles Mögliche ausgab. Vermutlich für neue Spielsachen für die Frettchen und das beste Waffenöl, das man für Geld bekommen konnte, um meinen treuen Klingen etwas Gutes zu tun. Außerdem musste eine neue Garderobe her, woran mich der Windzug, der mir dank des Risses in der Lederjacke über die Schulter strich, spürbar erinnerte. *Blöder Werwolf mit seinen idiotischen Krallen.*

Dabei fragte ich mich, ob die Gildenpunkte für die tote Fae genauso großzügig ausfielen. Bevor ich mich davonstehlen konnte, um nach Hause zu eilen und genau das zu überprüfen, hörte ich Bruce überrascht aufkeuchen und polternd auf den Tisch schlagen. Erschrocken blinzelte ich zu ihm hoch, um mich zu vergewissern, dass er keinen Herzinfarkt erlitten oder einen Zigarettenstumpf verschluckt hatte. Beides nicht abwegig. Während ich bereits im Geiste meine Erste-Hilfe-Kenntnisse durchging, lachte er laut auf und schlug erneut begeistert auf die Tischplatte ein, was mich etwas entspannte.

»Mensch, Mädel! Du hast es tatsächlich geschafft. Heute ist Monatsletzter und mit dem erledigten Auftrag hast du die meisten Punkte aller Jäger im Bereich Nordamerika/Kanada! Du bist Rang-Erster!«

Rang-Erster, trällerte es in Endlosschleife durch meinen Kopf und klang dabei fast wie Musik. Es erklärte, warum Bruce vorhin so schnell mit den Fingern auf das Sicherheitsglas vor sich herumgetippt hatte: um Daten abzurufen, die ich von meiner Seite des Gildenhäuschens aus nicht sehen konnte, und meinen Rangstatus zu überprüfen. Neugierig wie eh und je. Mein Lächeln war so breit, dass mir schon fast der Kiefer wehtat, während mir Bruce noch einmal zum fünften Monatssieg gratulierte. Er war nicht der Einzige. Sogar von hinten bekam ich einen anerkennenden Schulterklopfer eines Gildenkollegen, dem ich dankend zunickte.

»Danke, Bruce. Wow! Damit nähere ich mich mit großen Schritten dem Ruhestand! Ich sage nur – Halbzeit! Siehst du, wenn ich mich beeile, können wir noch gemeinsam die Pension genießen. Ein bisschen Fernsehen, Herumlungern und bitteren Tabak kauen.«

Ich lachte, Bruce runzelte verstimmt die Stirn und ich bremste mich schnell. Er war zwar alt und etwas beleibt um die Mitte, aber immer noch furchteinflößender als manch übernatürliches Wesen. »Ganz ruhig, das war ein Scherz, Bruce. Ich bin nur gut gelaunt und du weißt doch, wie ich dann bin. Sag mal, wo ist Rosie heute?«

Die breiten Arme vor seiner Brust verschränkt, wodurch eine Menge Tattoos von Totenköpfen und nackten Frauen zu erkennen waren, lehnte er sich auf seinen Stuhl zurück.

»Rosie macht Pause, deswegen bin ich eingesprungen. Sie arbeitet viel zu hart und übernimmt ständig für die anderen beiden. Der eine ist im Urlaub und die andere ist schon wieder krank. Kein Verlass mehr auf die jungen Leute.«

Sein Blick war voller Liebe, als er zur Ecke auf der gegenüberliegenden Seite der Bar sah, dann runzelte er die Stirn. Von Neugierde gepackt, blickte ich in die gleiche Richtung und grinste breit, als ich Rosie erkannte, die mit meinen Jungs die Köpfe zusammensteckte. Dabei lag eine Hand auf Jaydens Arm, was wohl der Grund für Bruces Stirnrunzeln war. Tja, Väter konnten ganz schön beschützend sein, wenn es um ihre einzige Tochter ging.

Zumindest hatte ich das gehört und eine Spur davon durch Onkel Héctor miterlebt, als ich noch jünger gewesen war und er meinte, sich in mein Liebesleben einmischen zu müssen. Ich hatte nicht viele feste Freunde gehabt, wenn ich jedoch mal einen Kerl mit nach Hause genommen hatte, wurde dieser zuerst von Onkel Héctor in Empfang genommen: mit einem besonders festen Händedruck, einem warnenden Blick, der sogar mir beinahe Angst gemacht hatte, und einer Schrottflinte, lässig über die Schulter gelegt. Nachdem der dritte Typ schneller Reißaus genommen hatte, als ich blinzeln konnte, war mir das für die Zukunft eine Lektion gewesen.

Zum Abschied winkte ich Bruce zu. »Danke dir. Ich werde mal kurz meinen Monatssieg feiern gehen! Schönen Abend, Bruce.«

»Dir auch. Bleib sauber, Mädel!«

»Natürlich! Du kennst mich ja.«

»Eben, deshalb«, war alles, was er sagte, bevor er sich dem nächsten Jäger und dessen Beute widmete.

24.

Für manche bleibt man wohl immer Kind

Von der Seite schlich ich mich an die Leute am Tisch in der hintersten Ecke heran, die ins Gespräch vertieft schienen. Dabei verwendete ich die umstehenden Typen als Deckung und wand mich zwischen ihnen hindurch, als wäre ich eine Slalomläuferin auf dem Weg zur Bestzeit, was mir einige verdutzte Seitenblicke einbrachte.

Sobald ich den runden Holztisch erreicht hatte, sprang ich hinter meiner letzten Deckung hervor, breitete theatralisch meine Arme aus und rief in die Runde, wobei ich tänzerisch mit den Hüften wackelte: »Wer fehlt in eurer elitären Runde? J. E. S. S. – natürlich Jess!«

An mir war wirklich eine grandiose Cheerleaderin verloren gegangen. Hinter mir johlten ein paar Typen, wandten sich jedoch rasch wieder ihren Getränken und dem Boxkampf zu, der vermutlich interessanter war als eine verrückte Jägerin. Wohingegen Jayden und Julian überrascht, daraufhin begeistert aufsahen und mich schief angrinsten. Rosie lächelte mir ebenfalls breit zu und gleichzeitig begrüßten sie mich wild durcheinanderredend. Julian rief sein typisches »Jessy«, Jayden jauchzte »Jess-Bär« – wohl um mich zu ärgern – und Rosie ließ ihr »Jessman« hören.

Da brauchte sich nun wirklich niemand mehr über meine verkorkste Beziehung zu Namen wundern. Ich schluckte und versuchte, meine trockene Kehle zu ignorieren, während ich Matej aus meinen Gedanken drängte wie bereits aus meinem Leben. Was war nur los mit mir? Ich musste mich wieder einkriegen und durfte nicht bei jeder kleinsten Erinnerung an ihn zusammenzucken.

Daher ließ ich mein Grinsen noch breiter werden, obwohl es nicht echt war, und drehte mich einmal in meiner ganzen Glorie im Kreis herum.

Keine zwei Sekunden später packte mich Jayden, wirkte so erleichtert, wie schon lange nicht mehr. »Du bist wieder da. Dir geht es gut, zum Glück! Ich wollte schon fast in den nächsten GleitZug steigen, um deinen Hintern zurückzuschleifen. Du bist wie eine dieser streunenden Katzen, die man aufgenommen hat. Man weiß, dass man ihnen ihre Freiheit lassen muss, ohne zu wissen, ob sie wieder unbeschadet zurückkommen.«

Ich rümpfte die Nase. »Nett. Warum werde ich immer mit Streunern verglichen? Ich hoffe, ich rieche zumindest besser.«

»Ich weiß. Gerade noch so«, veräppelte Jayden mich lachend und drückte mich fest an sich, wobei seine Lederjacke knautschte und mir die Spucke wegblieb, weil ich erneut wie ein Kind mit den Füßen über dem Boden baumelte. Ich war mit meinen ein Meter siebzig wirklich nicht klein, aber irgendwie schienen alle Typen in meiner Umgebung Riesen und mindestens zehn bis zwanzig Zentimeter größer zu sein als ich. Das Leben war nicht gerecht. Der typische Geruch nach Vanille, der den Zigarillos von Julian geschuldet war, überschwemmte mich. Sofort fühlte es sich an wie zu Hause, roch wie in einer süßen Backstube – nur dass es in dieser keine Kekse gab, sondern eben Rauch. Wie immer war Jaydens cappuccinofarbene Gestalt in schwarzes Leder gehüllt, von der Jacke bis zu den Stiefelsohlen. Diese Kombination, zusammen mit den blau gefärbten Streifen im dunklen Haar, betonte seine grünblauen Augen ganz besonders. Wohingegen Julian in einer dunklen Lederhose steckte, dazu jedoch ein beiges Leinenhemd trug, das bis zu den Ellbogen hochgekrempelt war, was besser zu seinen hell gefärbten Haaren und goldenen Augen passte.

Ich seufzte gespielt übertrieben, um mir die Rührung nicht anmerken zu lassen. »Mir geht es gut, wie immer. Ich habe euch gesagt, ihr müsst euch keine Sorgen machen. Immerhin mache ich das schon viel länger als ihr. Außerdem habe ich sieben Leben, wenn wir schon über Katzen sprechen, und rapple mich immer wieder auf.«

Noch während Jayden mich absetzte und ich mich abwechselnd zuerst von Julian und schließlich von Rosie umarmen ließ, antwortete er beleidigt. »Jetzt komm, wie lange willst du uns diese zwei Jahre noch vorhalten? Können wir nichts dafür, dass Dad sich derart in die Hose gemacht und uns erst mit achtzehn auf die Jagd hat gehen lassen.«

»Was ist in meiner Hose, Junge?«, ertönte es donnernd hinter uns und Jayden zuckte schuldbewusst zusammen.

Während wir vor Lachen grölten, weil Onkel Héctor böse zu ihm hochstarrte, verteidigte sich Jayden flunkernd: »Was, Dad? Ich habe doch nur gesagt, wie gut dir deine neue Hose steht. So eine grellgrüne Lederhose braucht jeder Sechzigjährige! Wie sonst sollen einem beinahe die Augen aus dem Kopf fallen?«

Onkel Héctor schmollte kurz, doch die Ernsthaftigkeit erreichte dabei nicht seine Augen, in denen wie immer das für ihn typische amüsierte Funkeln lag. Mein Blick wanderte über seine Gestalt und tatsächlich: Kombiniert zu seinem gelben T-Shirt mit roter Schrift und den dunkelroten SoftLeder-Boots trug er eine knallgrüne Hose. Interessante Kombination, in der er sich pudelwohl zu fühlen schien, also verkniff ich mir ein zu breites Grinsen, winkte ihm stattdessen zu. Wie die anderen, konnte es sich auch Onkel Héctor nicht nehmen lassen, auf mich zuzustürmen und mich hochzuheben.

»Da ist sie ja, meine Kleine!«, begrüßte er mich, obwohl ich rund fünf Zentimeter größer war.

Er war der Einzige, dem es erlaubt war, mich so zu nennen, ohne mein Ego anzukratzen. Denn er hatte mich großgezogen, mich durch die schwierige Pubertät geschleift – keine Ahnung, wie er das hinbekommen hatte – und mir die wichtigsten Werte und Kampftechniken vermittelt. Daher hatte er sich das Recht auf diesen Spitznamen redlich verdient, eigentlich gebührte ihm dafür sogar ein Orden. Außerdem hegte ich den Verdacht, dass man für jemanden, der einen großgezogen hatte, wohl immer Kind blieb. Egal, ob man irgendwann selbst fünfzig war oder, wie in meinem Fall, denjenigen um einige Zentimeter überragte.

Was nicht allzu schwierig war. Héctor war nicht großgewachsen, sondern trumpfte durch seine Schnelligkeit, aber auch durch seine sehnig muskulöse, wendige Statur auf. Obwohl er schon einige Jahre in Pension war, hatte er eine durchtrainierte Figur, dennoch waren ein paar wenige Fettpölsterchen dazugekommen, die er während seiner aktiven Jägerzeit nie gehabt hatte.

Nachdem das Wiedersehens-Ritual vorüber war, quetschten wir uns alle an den Tisch, den Seesack bettete ich vorsichtig neben mich auf die Sitzbank. Jayden war in der Zwischenzeit an die Bar gestürmt und kam gerade breit grinsend mit Getränken für alle zurück, genau rechtzeitig für meine Erzählung. Julian und ich schnappten uns die Whiskygläser – wir hatten schon immer den gleichen herben Geschmack geteilt.

Während Julian mir von der anderen Seite des Tisches aus zuzwinkerte und wir anstießen, griffen die übrigen drei nach ihrem Bier. Nach dem ersten Schluck beäugten sie mich neugierig und Rosie forderte mich lautstark auf: »Jetzt erzähl schon, was du die letzten Tage getrieben hast. Ich will ja nicht neugierig sein – nun gut, eigentlich schon –, aber dein Leben ist einfach viel interessanter als meines. Also los!«

Interessant war es allemal und ich würde nicht tauschen wollen, weil ich wusste, ich tat etwas Gutes. Dennoch fragte ich mich, ob ich in einem anderen Leben, in dem ich von all den schaurigen Geheimnissen nichts wüsste, vielleicht glücklicher wäre.

Statt noch länger über etwas zu sinnieren, was nie sein würde, nickte ich und erzählte ihnen alles – nun ja, fast alles, denn die ganze Sache mit Matej erwähnte ich mit keinem Wort. Dabei redete ich mich für die nächste halbe Stunde fusselig und bestrafte jeden, der mich unterbrechen oder eine Zwischenfrage stellen wollte, mit einem verkniffenen Blick.

Außerdem berichtete ich ihnen von dem kleinen Fae, der in meinem Seesack schlief, besser gesagt laut schnarchte und mir eine Rettung schuldete. Wobei sie mir erst glaubten, als ich sie zur Bestätigung durch die kleine Öffnung hineinsehen ließ. Was vielleicht nicht meine beste Idee gewesen war, da Sir Harmsty seelenruhig auf dem Rücken schlief, die Beine weit auseinander gestreckt. Der Kleine geizte wirklich nicht mit seinen Reizen und ich hegte den Verdacht, der Anblick wäre auch nicht viel anders ausgefallen, hätte er nicht geschlafen.

Jayden zuckte erschrocken zurück, Rosie bekam sogar rote Wangen, Héctor pfiff, nur Julian wirkte unbeeindruckt. Zumindest von der Tatsache, dass ein Fae in meinem Seesack schlief, wohingegen ihn der Rest mehr verblüffte, wie er anerkennend feststellte: »Wow! Für so einen kleinen Kerl hat er ein ganz schönes Gehänge.«

Vermutlich hatten wir jetzt alle Dinge gesehen, die wir so schnell nicht wieder vergessen würden.

»Ja, ich weiß. Sein Hintern ist aber auch nicht von schlechten Eltern. Ich muss ihm zu Hause etwas zum Anziehen besorgen. Wobei ich befürchte, er wird mir Puppenkleider eher zerfetzen, als sie zu tragen.« Nachdenklich kniff ich die Augen zusammen, während ich überlegte, wo ich Kleidung herbekam, die seinen hohen Anforderungen entsprechen würde.

Rosie meldete sich neben mir zu Wort. »Ich kann nähen, wenn du möchtest. Das hier kann sich auf Dauer ja keiner antun. Ich könnte auch Schlitze für seine Flügel aussparen und passende Hosen schneidern. Ja, Hosen – mit denen werde ich anfangen.«

»Ehrlich? Danke, das wäre toll!«

Somit war dieses Problem geklärt und dankbar fuhr ich fort, erzählte den Rest des Abenteuers in der Ferne. Ich beendete meine kleine Geschichte, die ich mit einigen theatralischen Gesten begleitete sowie mit viel Blut, Heldentum und gefährlichen Begebenheiten ausgeschmückt hatte, mit den Worten: »… und jetzt, Leute. Haltet euch an der modrigen Bank fest, kommt das Beste! Das Biest hat mir so viele Punkte gebracht, dass ich heute zum fünften Mal Rang-Erster geworden bin!«

Jubel brach los und ich wurde von allen Seiten beglückwünscht, woraufhin bald eine zweite Runde Getränke folgte.

Nachdem wieder Ruhe einkehrt war, konnte es sich Jayden nicht verkneifen, großprotzig wie ein Gockel seine Brust aufzublähen. »Tja, ich denke, damit habe ich dir genügend Vorsprung gelassen, damit es fair ist, Jess-Bär. Ist wohl endlich an der Zeit, dass ich auch richtig anfange und dir einmal zeige, wie ein Jäger jagt.«

Lachend prustete ich los: »Na klar, und morgen kommt der Weihnachtsmann, nackt und nur mit Osterhasenohren auf dem Kopf! Träum weiter, mich holst du in deinen kühnsten Träumen nicht mehr ein.«

Julian nickte seinem Zwilling wehmütig zu, als dieser das Gesicht verzog. »Sorry, Bro, wo sie recht hat, hat sie recht. Das packst du nicht. Sie ist gut.«

Neben mir kicherte Rosie, strich dabei tröstend über Jaydens Schulter, was Julian mit einem komischen Seitenblick quittierte. Diese Blicke warf er den beiden immer wieder zu, wenn Rosie Jayden mit einer Hand berührte. Ich beachtete es nicht weiter, da Rosie, ganz anders als ich, zu der herzlichen Sorte Mensch gehörte, die immer Körperkontakt suchte, umarmte oder anderen die Hände drückte. »Mach dir deswegen keine Sorgen, Schätzchen. Du bist trotzdem immer noch ein ganzer Mann. Aber Jessman ist nun mal eine eigene Liga. So wie B-Mannschaft und A-Mannschaft. Wenn du dich ganz fest bemühst, wirst du mal am Anfang ins Team gewählt.«

»Witzig. Hat euch schon mal jemand gesagt, wie witzig ihr seid? Nein? Weil es gelogen ist«, grummelte er, lehnte sich mit verschränkten Armen zurück und schmollte wie ein Fünfjähriger. Was er nicht lange aushielt. Ruckartig lehnte er sich nach vorne und knuffte mich über Rosie hinweg in den Oberarm. »Wenigstens bist du unbeschadet zurück. Du weißt, was das jetzt bedeutet? Keine Alleingänge mehr. Ab sofort machen wir bei den Aufträgen nur noch gemeinsame Sache.«

Wie immer sah Jayden bei dieser Forderung ganz ernst drein. Wahrscheinlich, weil er damit rechnete, sich darüber erneut einen Streit mit mir liefern zu müssen. Doch nicht heute, nie mehr. Die Zeit in Tschechien – okay, vor allem die Zeit mit Matej – hatte mich ein ganz klein wenig verändert und mir gezeigt, wie es sein konnte, wenn jemand an deiner Seite war, dem man vertraute.

Zugegeben, mit Matej war es etwas anderes gewesen, noch mehr. Trotzdem war es schön, einen Back-up zu haben, jemanden, der mit einem durch den Wald wanderte, durch dunkle Höhlen schlich und alles zusammen erlebte, was noch kommen würde.

Natürlich würde ich mir um Jayden immer Sorgen machen, das hatte sich nicht geändert. Ich musste einfach nur viel mehr Acht auf ihn geben, denn auf die Jagd würde er so oder so gehen.

»Einverstanden. Ich bin dabei«, antwortete ich und klatschte in seine lasche Hand ein, die Jayden auf den Tisch hatte fallen lassen, total verblüfft von meinen Worten. Wie die anderen, die mich unisono komisch ansahen, als wäre ich kurz vor einem Nervenzusammenbruch.

Was denn? So verwunderlich war es nun auch nicht, dass ich ein Teamplayer sein konnte. Tja, anscheinend doch.

Ich seufzte übertrieben. »Jetzt kommt mal wieder runter, Leute. Ich bin dabei, also macht nicht so ein angewidertes Gesicht.«

Meinen Kommentar ignorierend, fragte Jayden noch einmal nach: »Wie jetzt, ernsthaft? Ohne Wenn und Aber? Ohne herumzuschreien, Waffen, Krallen oder Tritte einzusetzen, um dich dagegen zu wehren?«

»Ja! Zum wiederholten Mal. Ich darf doch wohl meine Meinung ändern und nachgeben, oder?«

Erneut folgten verwunderte Blicke, die über den Tisch ausgetauscht wurden, und Onkel Héctor stieß einen Pfiff aus. »Dass ich das auf meine alten Tage noch erleben darf! Das Kind zeigt Einsicht.«

Lustig! Jayden hatte recht. Warum dachten hier eigentlich alle, sie wären witzig? Jetzt war es an mir, mich schmollend und mit verschränkten Armen zurückzulehnen. Dennoch griff Jayden mit einem diebischen Funkeln in den Augen über den Tisch hinweg an meine Stirn, um zu überprüfen, ob ich Fieber hatte. Wofür ich ihm im Gegenzug einen leichten Kick gegen das Schienbein verpasste.

Während sein Grinsen verblasste, meines jedoch wieder breiter wurde und er vor Schmerz Grimassen schnitt, stellte Julian einen *Inn∞Cube* in die Mitte des Tisches. Über die Funktion *Tastatur* in seinem HandChip tippte er auf der Tischplatte herum und rief eine Tageszeitung auf, die nun als Hologramm mitten in unserer Runde auf Augenhöhe schwebte – von allen Seiten lesbar. Statt auf die Zeitung zu blicken, starrte ich wegen des uneleganten Themenwechsels Julian fragend an, woraufhin er sachlich meinte: »Hat dieser Typ etwas mit deiner Meinungsänderung zu tun?«

Noch während ich zurück auf die Zeitung starrte, stellte Julian mit schnellen Fingerklicks die Sprache um und der tschechische Bericht verwandelte sich von einer Sekunde auf die nächste in eine englische Schrift. Wobei mich der kleine Text des Berichts nicht so sehr interessierte wie das Bild und die Schlagzeile darüber, die mir ins Auge sprangen: »Mysteriöse Fremde rettet Kinder vor gestörtem Psychopathen: Polizeichef Petr Nemec ist auf Hilfe von außen angewiesen. Das Geschenk der Betroffenen des Ortes lässt sie jedoch undankbar zurück.«

Oh oh, schrillten die Alarmglocken in meinem Kopf. Verdecktes, unerkanntes Ermitteln war eine der obersten Regeln in der Jägergilde und dann fand ich mich in den Schlagzeilen wieder. Das Foto war zwar dunkel und mein Gesicht verborgen, aber von hinten konnte man mich erkennen, wenn man meine Statur sowie die türkisfarbenen Haare kannte. Ich stand gegenüber von Petr, den man genau im Profil abgelichtet hatte, mit voller Polizeimontur und ausgestrecktem Arm, wie er meine Hand schüttelte. Matej war fast vollständig hinter Petr verborgen und somit nicht erkennbar. Nur seine dunkelbraunen Haare lugten hervor und versetzten mir einen schmerzhaften Stich in der Brust.

Erklärend fuhr Julian fort: »Das hat Dad heute Abend entdeckt, ging vor einer Stunde online. Er hat eine Software entwickelt, um mit wenigen Merkmalen Jäger im *Inn∞Net* aufzuspüren – in Polizeiberichten, Zeitungen oder verschlüsselten Dokumenten der Regierung und so weiter. Dank deiner Haarfarbe, Größe und bevorzugter Kleiderwahl spuckte die Software den Bericht hier aus.«

Davon hörte ich zum ersten Mal, wahrscheinlich war das sein neuester Geniestreich. Auf meinen bewundernden Blick hin zuckte Onkel Héctor lächelnd die Schultern, als ob das nicht viel Aufwand wäre. So gerne Jayden Waffen bastelte und Julian Medizinerkram erfand, so sehr liebte es Onkel Héctor, im *Inn∞Net* Daten zu analysieren, dort herumzuhacken und alles Mögliche – wenngleich meist Illegales – anzustellen.

Jeder brauchte wohl ein Hobby. Dabei fiel mir auf, nur ich hatte keines, außer Monstern den Garaus zu machen, mir von ihnen meine Kleider zerschnippeln zu lassen oder meine Wunden zu flicken. Immerhin konnte ich backen und stricken. Zumindest etwas.

Noch völlig in meine obskuren Gedanken vertieft, hatte ich nicht bemerkt, dass Jayden mich etwas gefragt hatte. Erst als er mich unter dem Tisch mit dem Bein anstieß, sah ich auf. Seine grünblauen Augen fixierten mich erheitert. »Du hast in deinem Kurzurlaub nichts anbrennen lassen, was? Der Typ auf dem Foto ist nicht derselbe, den wir im Bett gesehen haben.«

Neben mir klatschte Rosie begeistert in die Hände, was ihre pinken Ohrringe zum Klippern brachte. »Oh, wie bitte? Was habe ich denn da verpasst? Ich will Details hören. Die schmutzigen bitte zuerst«, stieß sie verzückt aus, nickte heftig mit dem Kopf, wobei sie mich an die Wackeldackel-Figuren erinnerte. Wohingegen Onkel Héctor angewidert den Mund verzog. »Darüber will ich gar nichts wissen. So etwas macht meine Kleine nicht.«

Jayden und Julian schwiegen bloß, hatten aber dieses vielsagende, breite Grinsen aufgesetzt, das ich ihnen zu gerne vom Gesicht gewischt hätte.

»Immer ruhig mit den jungen Pferden. Ich habe gar nichts nicht anbrennen lassen. Das ist tatsächlich der Polizeichef von Jeseník und er weiß von einer Jagd im Wald. Er hat nichts gesehen und kennt keine Details. Und Matej, den ihr zwei gesehen habt, ist auch auf dem Bild, steht aber hinter Petr. Alles ganz harmlos, kommt mal wieder runter.«

Noch nicht zufrieden mit meiner Erklärung, legte Julian nun die Stirn in Falten. »Warum sind die Anwohner so angepisst auf dich, wenn du den Polizeichef nicht hast stehen lassen? Wie es aussieht, hat den Bericht jemand geschrieben, der etwas verstimmt ist, weil du deren Belohnung abgelehnt hast und ohne ein Wort verschwunden bist. Was war es überhaupt?«

»Ein GleitBike – eine waschechte Harley«, gestand ich ebenso zerknirscht wie sehnsüchtig.

Erneut ertönte ein Pfiff von Onkel Héctor, Rosie verdrehte gelangweilt die Augen und die Jungs schüttelten ungläubig die Köpfe.

Jayden klopfte mit den Fingern auf die Tischplatte. »Ist nicht dein Ernst?«

»Todernst. Ich konnte sie nicht annehmen, nur weil ich ihre Kinder gerettet habe. Das ist mein Job, ich werde dafür von der Gilde bezahlt und fertig.«

Jayden konnte oder wollte meine Entscheidung nicht verstehen. »Ja, schön und nobel von dir, *aber* ernsthaft – das war eine verdammte *Harley,* Jess, eine HARLEY! Da wäre es mir schnurzpiepegal, was ich sonst von der Gilde bezahlt bekomme oder ob es einfach ein Job ist. Zu so etwas sagt man nicht nein! Das ist wie ein Hochverrat an jeder Technik, an allen Fahrzeugen der Welt …«

Einige Minuten lang jammerte Jayden in gleicher Tonart weiter, wie schlimm es war, eine echte Harley abzulehnen, und plusterte sich auf, schüttelte zwischendurch den Kopf oder ließ ihn mit hängenden Schultern sinken, nur um erneut in seinen Monolog über das beste Bike der Welt zu verfallen. Es konnte gut sein, dass meine exzessive Liebe zu Harleys zum Teil von ihm abgefärbt hatte.

Während andere Kinder gegenseitig ihre Stofftiere verglichen und mit ihnen gespielt hatten, waren wir mit Spielzeug-Motorbikes und Plastikwaffen durch die Gegend gelaufen. Ich konnte mich noch gut an einige imaginäre Wettrennen mit den Harley-Miniaturen erinnern, bei denen am Ende Onkel Héctor immer einen Gewinner bestimmen musste, weil wir zu streiten begonnen hatten, wer zuerst ins Ziel gekommen war.

Statt weiter auf ihn zu achten – wenn er so drauf war, war es am besten, ihn für eine gewisse Zeit zu ignorieren –, wandte ich mich an Onkel Héctor, der nach all den vielen Jahren die Gilde wie seine Westentasche kannte. »Denkst du, ich könnte wegen des Berichts Probleme mit der Gilde bekommen?«

Nach einem Schluck Bier, dessen Spuren er sich mit dem Handrücken vom Mund wischte, gab er ehrlich zu: »Weiß nicht so recht, Kleine. Kann sein, dass sie ein ähnliches Programm entwickelt haben. Aber ich weiß nicht, wie genau sie ihre Daten zu allen aktiven Jägern eingepflegt haben. Ich werde das Bild löschen, dann dürfte keiner mehr auf dich kommen, wenn sie sich mit dem Thema beschäftigen sollten. So schnell sind die nicht. Glaub mir.«

Das tat ich. Wer dürfte es besser wissen als er? Zumal er nach seiner aktiven Zeit ein paar Jahre in der Gilde als EDV-Spezialist gearbeitet, aber aus Langeweile wieder gekündigt hatte. Damals meinte er, er wäre nur von Stümpern umgeben, die ihn in seiner Kreativität eindämmen würden. In anderen Worten: Sie hatten ihn keine krummen Dinger drehen und alle möglichen offiziellen Seiten hacken lassen. Zusätzlich hatte ich so einen Verdacht, dass er sich seitdem immer wieder in die Gildenseite einschlich, um seine Finger mit im Spiel zu haben. Wie gesagt, jeder brauchte ein vernünftiges Hobby.

Kurz flackerte ein Schatten über sein Gesicht, als er in sein Glas blickte, bevor er wieder zu mir aufsah. »Ich hätte es auch auf der Stelle gemacht, aber wir wollten kurz in die Bar, um, na ja … du weißt schon, um im Namen deines Dads auf sie anzustoßen.«

Sofort wusste ich, wen er mit *Sie* meinte. Eine eisige Kälte bildete sich in meiner Brust, wanderte von meinem Oberkörper ausgehend über meine Arme und hinterließ auf ihrem Weg eine pickende Gänsehaut, die mich frösteln ließ, mir das Atmen schwermachte.

Ich hatte es vergessen.

Es war in den letzten Tagen so viel passiert, dass ich es einfach vergessen hatte. Was war ich für eine Tochter?

Schuldgefühle drohten mich zu erdrücken und meine Augen brannten kurz, als Tränen in ihnen aufsteigen wollten, die ich mit heftigem Blinzeln zurückhielt. Ich hatte nicht das Recht, nur eine Träne für sie zu vergießen, besonders nicht heute.

Onkel Héctor verstand meine Reaktionen falsch und legte mir tröstend eine Hand auf den Unterarm. »Achtzehn Jahre und noch immer kann ich es nicht glauben, was euch passiert ist. Es tut mir leid, Kleine.«

»Danke, ich weiß. Mir auch«, antwortete ich automatisch, beinahe wie ein Roboter, bevor ich die nächste Frage stellte, die in meiner Kehle brannte: »Hast du heute schon mit Dad telefoniert?«

Erneut verdunkelte sich sein in die Jahre gekommenes, leicht faltiges Gesicht. Ich wusste nicht, wie nah sich Onkel Héctor und meine Mum gestanden hatten, aber sein Gesicht sprach in diesem Moment Bände.

In dieser Nacht war nicht nur meine Mum gestorben, sondern auch ein großer Teil des Wesens, das meinen Dad ausgemacht hatte, war auseinandergebrochen und hatte ihn uns immer weiter verlieren lassen, ihn uns genommen. Nicht nur ich verlor meinen Dad, sondern Héctor Stück für Stück seinen geliebten älteren Bruder.

Obwohl ich es nie ausgesprochen hatte und es lächerlich war, wurde ich das Gefühl nicht los, die Schuld an den Geschehnissen ganz allein auf meinen Schultern zu tragen – obwohl ich nur ein sechsjähriges Mädchen gewesen war. Irgendetwas daran ließ mich nicht los, ohne es benennen zu können.

»Ja, er ist … er war nicht ganz bei sich. Ich denke, es ist gut, dass du heute nicht zu ihm gefahren bist.«

Dabei klang er aufrichtig und überhaupt nicht anklagend, weil ich keine Zeit gehabt hatte, früher zurückzukommen, um an ihrem Todestag bei meinem Dad zu sein, was mein schlechtes Gewissen nur noch verstärkte.

Die anderen ließen ebenfalls betreten die Köpfe hängen, starrten auf den Tisch oder in ihre fast geleerten Gläser. Die Trauer und die angespannte Stimmung waren beinahe mit Händen greifbar. Das alles war zu viel. Plötzlich wollte ich nur noch hier raus – raus aus dieser allumfassenden, mich verschlingenden Enge, die mir die Luft zum Sehen, zum Riechen, zum Atmen – das Leben selbst nahm.

»Ich komme gleich wieder«, brachte ich noch über die Lippen, bevor ich aufgesprungen und aus der Bank gerutscht war, was einer wilden Flucht anmutete. Auf die fragenden, besorgten Blicke hin, die ich nicht verdient hatte, fügte ich schnell hinzu, damit mir keiner folgte: »Mit Dad telefonieren.«

Zustimmendes Gemurmel setzte ein und sie fingen an, sich zu unterhalten, während ich mir einen Weg aus der verrauchten, Musik donnernden Bar suchte, die ich zuvor komplett ausgeblendet hatte.

25.

Manchmal hilft es auch nichts mehr, wenn man mich Jessamine nennt

Es tat gut, die frische, klare Luft ausgiebig in die Lungen zu saugen und das Gefühl zu haben, wieder Atem zu finden, auch wenn es längst nicht genug war – es war nie genug. Ich entfernte mich einige Schritte vom »Red Conquer«, schlängelte mich zwischen GleitAutos hindurch zum Rand des Parkplatzes, der von einem kleinen, nach Kanal stinkenden Bach begrenzt wurde. In diese hinterste Ecke verirrten sich kaum Betrunkene, wenn sie kotzen oder pinkeln mussten, und auch Sexwillige fanden ein besseres Örtchen, um sich ihrer kurzweiligen Leidenschaft mit der jeweiligen Eroberung hinzugeben. Hier herrschte fast absolute Einsamkeit, was nicht zuletzt an dem elendigen Gestank lag. Der perfekte Ort, um allein zu sein, obwohl wenige Meter entfernt eine gut gefüllte Bar voller aufbrausendem Leben wartete.

Diesem Rummel kehrte ich den Rücken zu, beruhigte mich einige Minuten und aktivierte anschließend die Sprachsteuerung. »Anruf: Psychiatrische Klinik *Care Rescource,* Miami.«

Nach zweimaligem Klingeln erblickte ich das Gesicht einer durchschnittlichen, nett aussehenden Krankenschwester mit dunkelgrünem, geflochtenem Pferdeschwanz. Da mein Dad länger nicht mehr bei klarem Verstand gewesen war, war ihm bereits vor einiger Zeit sein HandChip entfernt worden, weshalb ich ihn nur über das Haupttelefon der Klinik erreichen konnte. Nachdem ich ihr die Daten meines Vaters Raúl Diaz genannt hatte, stellte sie mich zu ihm durch. In der Klinik hatte jeder Patient ein eigenes Zimmer mit Telefonanschluss, den man zwar nicht direkt anrufen konnte, aber zu dem man problemlos weitergeleitet wurde.

Hier musste ich ebenfalls kurz warten. Bange Sekunden, in denen die Nervosität an die Oberfläche trieb und ich fast wie geistesabwesend an meinen Fingernägeln knabberte. Eine blöde Angewohnheit, die ich eigentlich abgelegt hatte, die jedoch immer, wenn es um Dad ging, wieder zum Vorschein kam. Doch als Dad endlich abhob, sein projiziertes Bild vor mir erschien, war die Nervosität auf einen Schlag verschwunden. Zwar spürte ich Sorgen aufkommen, als ich seine schneller weiß werdenden Haare, sein welkes Gesicht sah, das so viel älter wirkte als Onkel Héctors, obwohl sie nur vier Jahre trennte. Dennoch überwog die Freude, weil er lebte und sich in Sicherheit befand. Freude, die das schlechte Gewissen für einen Moment verblassen ließ.

Dad blieb einen kurzen Moment im Bild, verschwand dann wieder. Schwer beschäftigt schien er im Raum hin und her zu laufen, während das Telefon auf dem Tisch stand.

»Hallo, störe ich? Soll ich später noch einmal anrufen?«, fragte ich mit einem leichten Lächeln, weil seine Haare in mehrere Richtungen abstanden und er abgehetzt wirkte, nun wieder im Bild erscheinend.

»Ach, tut mir leid. Bin sofort ansprechbar, nur einen Moment. Ich war gerade in einer Trainingsstunde und bin noch etwas außer Atem. Die Leute hier lassen einen wirklich nicht in Ruhe, besonders heute treiben die mich ganz schön. Dabei ist das doch gar nicht nötig.«

Er seufzte tief, klang dabei gespielt genervt, gleichzeitig gut gelaunt. So wie früher, als er noch mein richtiger Dad gewesen war, und sofort ging mein Herz ein wenig auf. Sie beschäftigten ihn also, um seine Gedanken vom heutigen Tag abzulenken, was gut war und anscheinend funktionierte. So lebendig hatte ich ihn seit Ewigkeiten nicht mehr gesehen.

»Das klingt toll. So ein bisschen Sport weckt die alten Knochen. Sollte man ruhig öfter machen.«

Meine Stimme klang übertrieben fröhlich, woraufhin er schnaubte. »Das dachte ich auch, genauso, dass so eine Kur entspannend sein würde. Aber nein, nur ein Gescheuche hierhin und dorthin. Aber gut, wenn sie meinen, ich brauche das für mein Bein, obwohl es gar nicht mehr wehtut, dann soll das eben so sein«, redete er ungeniert weiter, während er sich das Gesicht mit einem Handtuch abwischte.

Bei seinen Worten verspürte ich sofort einen dicken Kloß und fragte mich, ob er geistig wirklich bei mir war. Die Wunde, von der er sprach, hatte er sich vor fast fünfundzwanzig Jahren zugezogen, und aus Erzählungen wusste ich, wie sehr er getobt und gejammert hatte, wie unnötig es wäre, als ihn meine Mum damals für zwei Wochen in die Reha gesteckt hatte.

Gerade als ich »Wie geht es dir heute, Da…«, fragte, sah er endlich auf, legte das Handtuch beiseite und unterbrach mich, zwinkerte dabei. »Aber Hallo. Sie sind aber eine Schönheit. Was verschafft mir die Ehre Ihres Anrufs, Miss? Ich bin Ihnen sehr gerne zu Diensten.«

Mir fiel die Kinnlade herunter. Nicht nur, weil mich mein Dad nicht erkannte, er sich geistig tatsächlich viele Jahre in der Vergangenheit befand, sondern weil er so ungeniert mit mir flirtete – diese Aufreißerstimme kannte ich gar nicht. Doch er interpretierte mein verzogenes Gesicht falsch, oder doch genau richtig.

»Oh, oh! Keine Angst, ich wollte Ihnen keine Avancen machen. Ich bin glücklich verheiratet, sehen Sie.«

Demonstrativ streckte er die linke Hand nach vorne, an der nach all den Jahren noch immer sein alter Ehering golden glitzerte. Er hatte ihn nie abgenommen, keinen einzigen Moment.

»Ich … ähm, ich … Glückwunsch … Das ist … toll«, stotterte ich, wusste nicht, was ich sagen sollte.

Dad übernahm das Reden und grinste dabei breit, was ihn viel jünger machte. »Ich habe die tollste Frau, die Sie sich vorstellen können, und eine kleine Tochter. Aber ich darf ja trotzdem noch gucken, immerhin bin ich nicht blind und ich muss sagen, Sie sind wirklich hübsch.«

Meine Stimme wurde ganz dünn. »Äh, Danke … Danke, das ist sehr nett.«

Der Kloß druckte mir die Stimmbänder zu, doch ich versuchte mich an einem Lächeln. Mein Dad schien von alledem nichts zu bemerken, setzte sich an den Tisch und rutschte etwas näher ins Bild, sein Lächeln so breit wie lange nicht mehr. Auch hatte ich nicht in Erinnerung, wie gesprächig er sein konnte, wenn er sich gut fühlte.

»Sie haben die gleichen Augen wie meine Kleine, das ist ja verblüffend. Ihr Name ist Jessy und wenn Sie wüssten, was sie immer für Flausen im Kopf hat. Sie ist ein Wirbelwind und ein richtiger Sonnenschein. So fröhlich, so neugierig, wenngleich manchmal etwas zu neugierig. Und sie redet die ganze Zeit, will immer alles wissen und ausprobieren. Jessy ist jetzt schon so süß, vielleicht wird sie ja auch mal so eine Schönheit wie Sie und verdreht unschuldigen Männern den Kopf? Das wäre ein Spaß.«

Dabei lachte er und zwinkerte mir verschwörerisch zu. Wieder stammelte ich ein paar Worte, die Tränen drückten gegen meine Augen – vor Traurigkeit und weil ich gerührt war, wie er über Mum und mein altes Ich redete. Doch ich versperrte sie tief in mir.

»Danke. Das klingt schön … Sie haben Glück … klingt nach einer richtig schönen Familie.« Das war sie tatsächlich gewesen. Damals.

Jetzt, da ich Dad so glücklich vor mir sah, mit der Gewissheit in seinen Augen, alles wäre noch bestens, seine Familie wäre noch da, zerriss es mich beinahe. Weil ich erkannte, was ich alles verloren hatte, auch an ihm. Ich schluckte mehrmals, lauschte angestrengt, um trotz des Kummers jedes Wort von Dad aufzusaugen.

»Ja, das weiß ich. Bin der glücklichste Mann der Welt. Was braucht man mehr als eine gute Familie? Eine Frau, die man vergöttert, ein Kind, das man wie sein eigenes liebt. Nein, das ist alles, was zählt. Nicht wahr, junge Lady?«

Ich zuckte zurück und sah ihn irritiert an.

Ein Kind wie sein eigenes? Was hatte das zu bedeuten?

Mein Atem stockte, doch ich zwang mich zu fragen: »Wie meinen Sie das? Ist es nicht Ihr leibliches Kind?«

Meine Frage schien ihn nicht zu stören, doch er wirkte kurz abgelenkt. Ich konnte Gemurmel aus seinem Raum hören, woraufhin er nickte und auf seine Armbanduhr schaute. »Oh, tut mir leid, Miss. Die nächste Stunde wartet schon. Jessy, ja, sie ist das Kind meiner Frau, aber das ist keine große Sache, wissen Sie. Im Herzen ist sie mein Kind und das ist das Wichtigste. Ach, jetzt habe ich Sie die ganze Zeit zugeredet, obwohl Sie mich angerufen haben, Entschuldigung. Warum wollten Sie mich sprechen?«

Ich winkte ab. »Ach, ist nicht wichtig. Gehen Sie zu Ihrem nächsten Kurs, ich melde mich.«

»Das würde mich freuen, machen Sie es gut«, antwortete er und beendete die Verbindung.

Zurück blieben ich, meine verwirrten Gefühle und dieser bittere Geschmack auf meiner Zunge, der sich vollkommen falsch anfühlte.

Immer wieder hallte die neue Wahrheit durch meinen Kopf, nahm all mein Denken ein: Ich war nicht sein Kind.

Ich fühlte mich wie ein eingesperrtes Tier, zerrissen, entwurzelt, und als ich das Gebäude betrat, war ich nicht ich selbst. Eigentlich wollte ich nur kurz meinen Seesack holen und schnell wieder raus, um allein zu sein und das alles in Ruhe zu verarbeiten. Irgendetwas in meinem Gesicht, in meinen Augen, schreckte die anderen jedoch auf, die mich besorgt musterten, als ich mich verabschieden wollte, nachdem ich so übereilt und wortkarg hineingestürmt war. Ich riss mich am Riemen, versuchte so normal zu wirken, wie ich konnte.

Sie ließen sich nicht täuschen. Erst als Héctor mit zusammengezogenen Augenbrauen zu mir hochsah und mich mit den Worten »Alles in Ordnung mit dir, Kleine?« am Oberarm berührte, riss etwas in mir entzwei. Im Innersten zutiefst verletzt, wirbelte ich zu ihm herum, wollte Tatsachen von ihm hören. Ganz einfach die Wahrheit. »Du hast es gewusst, nicht wahr? Die ganze Zeit über hast du es gewusst und kein Wort gesagt!«

Seine Hand rutschte von meinem Arm und sein Gesicht wurde leichenblass, nachdem er die Bedeutung meiner Worte verstand. »Es tut mir leid … ich …«

»Warum?«, zischte ich ungehalten.

»Ich … ich durfte dir nichts sagen. Ich habe es ihm versprochen.«

Er klang müde. So müde, wie ich mich fühlte. Dennoch konzentrierte ich mich auf den Zorn, der heiß in mir loderte. Denn er war das Einzige, was mich momentan aufrechterhielt. Obwohl ich mich voll und ganz auf Onkel Héctor – nein falsch, nur noch Héctor – konzentrierte, bemerkte ich, wie die Jungs unruhig wurden, aufstanden und näher traten.

»Was ist los? Wovon redet ihr?«, fragte Jayden und sah zwischen seinem Vater und mir hin und her. Julian blickte von seinem Rollstuhl aus genauso verwirrt zu uns hoch, eine Zigarillo vergessen zwischen den Fingern, während der bekannte Rauch nach Vanille uns einhüllte. Ein Duft, der mir so bekannt war wie die drei Männer vor mir, die ich in- und auswendig zu kennen glaubte. Es war alles nur eine Lüge gewesen, unsere Familie eine Farce.

Ich konnte ihm keine Antwort geben, stattdessen warf ich einen vernichtenden Blick auf Héctor, der schwer schluckte, dann drehte ich mich zum Ausgang. Jayden war schneller und griff nach meinem Handgelenk.

»Jessamine?«, versuchte er es erneut. Sorge stand in seinem Gesicht, sogar in jeder Muskelzuckung seines Körpers. Aber ich konnte nicht.

»Fragt euren Dad«, antwortete ich verbissen, wobei ich *euren* besonders betonte, woraufhin Héctor nur mich wahrzunehmen schien. Nicht die glotzenden Leute ringsum, die sich begierig an der Szene labten, nicht seine eigenen Söhne, die die Welt nicht mehr verstanden. *Tja, ich auch nicht.*

»Wir sind dennoch eine Familie«, meinte Héctor mit fester Stimme.

Ich lachte. Jedoch aus purer Verbitterung, aufgrund der jahrelangen Lügen. Zu schwer drückte die Wahrheit mich nieder. Er hatte es gewusst – schon immer. Lügen über Lügen und noch mehr Lügen waren alles, was ich bekommen hatte. Galle stieg in meiner Kehle hoch, ich konnte kaum atmen, nicht mehr klar denken. Daher riss ich mich von Jayden los und rief Héctor über die Schulter zu: »Wir sind gar nichts!«

Über die Lautstärke der Bar hinweg kam Héctors Antwort als rauer Ruf: »Verwandtschaft ist keine Sache des Blutes, sondern des Herzens. Das wirst du noch sehen, Kleine. Wir …«

Mehr hörte ich nicht. Wollte ich gar nicht, als ich mit dem Seesack bewaffnet durch die Tür stürmte. In eine kalte, leere, sternenlose Nacht hinaus – dort, wo ich hingehörte.

Ich weiß nicht mehr, wie genau ich nach Hause kam. Aber irgendwann stand ich vor meiner nach außen hin scheinbar verfallenen Hütte und berührte wie in Trance einen Stein des schützenden Amethystrings, der sich rund um das Grundstück zog. Wie immer tat ich alles, was getan werden musste, heute jedoch ohne richtig anwesend zu sein. Der magische Ring blitzte blau-violett auf, als ich meine Magie verwendete, um zu überprüfen, ob alles in Ordnung war. Dann schlich ich zum Haus, sperrte die Tür auf und ließ den Seesack fallen, aus dem ein grummelnder Sir Harmsty flog, den ich nicht weiter beachtete.

Alles, wozu ich sonst noch fähig war zu tun, war, meine Frettchen Gertrude und Billy Joel zu begrüßen. Wobei ich auch sie nur halbherzig streichelte und fütterte sowie Sir Harmsty eine Decke und etwas zu essen brachte. Dann schälte ich mich aus meinen Klamotten, blieb fast eine Stunde bewegungslos in der Dusche, was ich allerdings erst bemerkte, als ich zitternd unter dem eiskalten Wasserstrahl stand. Schließlich schlüpfte ich irgendwie in meinen Pyjama und in mein ansonsten flauschiges Bett, das sich heute viel zu kratzig anfühlte. Alles war wie immer. Mein Zuhause, meine Haustiere und doch hatte sich alles verändert.

Aus der Ferne hörte ich Sir Harmsty schimpfen, von wegen nur zwei Nächte mit einem Menschen und schon hatte dieser einen Nervenzusammenbruch. Ich hatte nicht einmal mehr genügend Kraft, um darüber zu lachen.

Schließlich schloss ich die Augen und versuchte Trost im Schlaf zu finden. Als hätten sie gefühlt, es wäre etwas nicht in Ordnung, kuschelten sich Gertrude und Billy Joel fest an meine Seite. Ihre Wärme und beständigen Atemgeräusche gaben mir auf bizarre Weise die Sicherheit, doch nicht vollkommen allein zu sein, obwohl ich wusste, mich bloß einer Illusion hinzugeben.

26.

Worauf es wirklich ankommt ...

Irgendwann brach trotz meiner Tragödie der nächste Tag an, was mich beinahe etwas verwunderte. Wie konnte sich die Welt einfach weiterdrehen, wenn meine in Scherben lag? Genauso erging es mir den Tag darauf, den nächsten und übernächsten, bis schließlich eine ganze Woche vergangen war, ohne dass ich das Haus verlassen oder mit einer Menschenseele geredet hatte. Die Frettchen zählten immerhin nicht und Sir Harmsty und ich ignorierten uns, so gut es ging.

Zuerst hatten sich die Jungs mehrmals täglich gemeldet, indem sie an die Tür klopften oder mich anriefen. Doch ich hatte mich eingeigelt, wollte in meinem selbstauferlegten Elend baden und niemanden sehen. Schließlich wurden die Anrufe von ihnen sowie die von Rosie weniger, bis ich gestern nur noch eine kurze Nachricht erhalten hatte. Anscheinend hatten sie endlich verstanden, dass ich allein sein musste, um mir über einiges klar zu werden. Ob dafür eine Woche ausreichen würde oder eher zwei oder gar ein Monat vonnöten war, würde sich noch zeigen.

Doch je länger ich allein war, desto weniger kam ich zu einer Lösung des Problems. Mir wurde klar, hier wahrscheinlich nie eine zufriedenstellende Antwort zu finden, ich musste die Tatsachen einfach akzeptieren, wie sie waren. Héctor hatte es gewusst und geschwiegen, weil er es meinem Dad versprochen hatte und um mich zu schützen. Wenn ich objektiv nachdachte, alle Emotionen, die damit einhergingen, ausblendete, verstand ich, dass er mich dennoch liebte, mich wie sein eigenes Kind großgezogen hatte.

Genauso wurde mir bewusst, wie schockiert die Jungs gewesen waren. Sie hatten offensichtlich selbst keine Ahnung davon gehabt – und für sie würde sich nichts zwischen uns ändern. Wie sich für mich im Grunde nichts geändert hatte, da sie sich längst beständig in meinem Herzen eingenistet hatten.

Das Einzige, was ich schaffen musste, war, über meinen Schatten zu springen, mein verletztes Ego vom Boden aufzukratzen und weiterzumachen. Das würde ich doch irgendwie hinbekommen – wäre doch gelacht.

Mein Plan stand fest: zum Frühstück den Kopf aus dem Sand ziehen, zu Mittag um Entschuldigung betteln und zum Abendessen als Ausgleich ein paar Vampire aufschlitzen, die an jeder zweiten Ecke warteten.

Mit neuer Energie und endlich einem Ziel vor Augen, das über Essen und Herumlungern hinausging, stand ich auf, zog mir eine Jogginghose und ein Shirt über und begab mich auf Nahrungssuche. Essen stand nun mal trotz aller Katastrophen und Lebenslagen immer auf meiner Liste.

Die Frettchen waren bereits wach und aus der Tür geschlüpft, was mich dazu brachte, skeptisch innezuhalten, um zu horchen. Zuerst hatte ich kleine Bedenken gehabt, wie sie unseren neusten Mitbewohner aufnehmen würden, aber bisher hatten sie sich gegenseitig nichts angetan, was wohl daran lag, dass Sir Harmsty immerzu aus ihrer Reichweite flog. Zu einem richtigen Zusammentreffen würde es noch früh genug kommen. Entweder würden sie ihn dann lieben – oder ihn auffressen. Sie waren nämlich genauso gefräßig wie ich.

Der Gedanke an Essen ließ meinen Magen laut grummeln. Wie gesagt, meinen Appetit konnte sogar ein kleiner Weltuntergang nicht verderben. Ich verzog das Gesicht und schalt mich selbst für meine Überdramatik am Morgen. *Reiß dich zusammen, Heulsuse!*

Während ich mich in die Küche schleppte, noch etwas kraftlos und mit einem flauen Gefühl im Magen, verschwand das alles auf einen Schlag, als ich meine drei Herzensmänner in meiner Wohnung herumwuseln sah. Zuerst konnte ich meinen Augen nicht trauen. Dachte, das alles wäre eine Fata Morgana, ein Wunschtraum, verursacht von meinem schlechten Gewissen. Ich hatte deutlich überreagiert, sie alle grundlos vor den Kopf gestoßen, wie ein Idiot, der ich manchmal sein konnte. Aber dann vertonte sich das Bild, ich nahm immer mehr von meiner Umgebung wahr und es fiel mir immer leichter zu lächeln, während ich sie unbemerkt aus dem Schatten des Flurs beobachtete.

Sie waren hier – trotz allem waren sie zu mir gekommen. Zugegeben, sie waren eingebrochen und belagerten meine Wohnraumküche, aber wer wollte schon kleinlich sein.

»Ich brutzle das nicht! Auf keinen Fall«, jammerte Jayden, der mit angewidertem Gesichtsausdruck in der schimmernden Küche stand, just in diesem Moment.

Das Licht von außen spiegelte sich auf der selbstreinigenden, farbwechselnden Oberfläche und legte alles in einen hellen, orangen Schimmer – *Ah, sie hatten das Sonnenaufgangs-Szenario ausgewählt.* Dabei starrte Jayden auf eine Pfanne vor sich, in der sich, dem Geruch nach zu urteilen, Speck befand. *Herrlich.* Sofort knurrte mein Magen und ich sog genießerisch den Duft ein. Was natürlich ein Unding für Jayden war, da er kein Blut, Fleisch oder gar Schinken von unschuldigen Tieren sehen, geschweige denn riechen konnte.

Armer Kerl. Er war bekennender Vegetarier und nervte immer rum, wenn Julian und ich uns richtig schöne saftige Steaks zubereiteten.

Dieser hatte sich mit seinem Rollstuhl neben Jayden platziert und betrachtete ihn finster: »Mann, ey, jetzt stell dich nicht so an. Das ist Speck und kein Hirn oder irgendwelche Innereien, bei denen Blut oder andere Flüssigkeiten herausspritzen und deine Klamotten einsauen könnten, also mach endlich. Jess wird Hunger haben, wenn sie aufsteht.«

Sogar Rosie stand summend in der Küche, widmete sich statt meines baldigen Frühstücks einem Strauß Blumen – typisch für sie: pinke Rosen mit gezüchtetem Glitzerstaub an den Blütenspitzen –, den sie ansprechend in einer großen Vase arrangierte. Zwar machte ich mir nichts aus Blumen, wusste nicht einmal, dass ich eine Blumenvase besaß, aber die Geste war unglaublich nett. Dabei war mir bisher nicht bewusst gewesen, wie wichtig ich Rosie war. Das würde ich ihr nicht vergessen und in Zukunft mehr auf unsere Freundschaft achtgeben, mir Zeit für sie nehmen, trotz all der Monster, die ich noch vorhatte zu killen.

Ich war gerührt, blieb vor Verblüffung weiterhin mit offenem Mund stehen und starrte dümmlich.

Mein Blick wanderte schließlich weiter, fand den nächsten Diaz in meiner Wohnung, die fast wie von ihnen in Besitz genommen wirkte. Héctor lag mit grellgelber Lederhose und lila Shirt – wo hatte er diese Dinger nur her? – ausgestreckt auf der Couch, eine Flasche Corona auf den Bauch gelehnt, während er brüllend über etwas lachte, das wohl Sir Harmsty gesagt oder getan hatte. Oder Héctor fand dessen missliche Lage so witzig, was ich ihm nicht verdenken konnte.

Sir Harmsty saß nämlich auf dem Couchtisch, eingezwängt zwischen den Frettchen, die sich überglücklich an ihn schmiegten. Es sah aus, als hätten sie ihn zu ihrem neuen Lieblingsspielzeug oder Anführer erkoren und es schien sie herzlich wenig zu stören, dass es sich dabei um einen übellaunigen Fae handelte, der verkniffen den Mund verzog. *Köstlich.*

Hach, vielleicht sollte ich als Erinnerung ja ein Foto für ihn machen? Gedacht, getan, indem ich meine Hand nach vorne streckte und mit der Bildfunktion ein 3-D-Foto schoss. Um dieses anschließend in meinem Album *Wenn es dir scheiße geht und du lachen willst* zu speichern.

Dort hatte ich einige Raritäten aufgehoben, die ich der Welt nicht zeigen sollte, aber gelegentlich gerne ansah. Zum Beispiel ein Foto von Jayden, der als Kind bei einem Streich von Julian und mir voll mit Honig und Federn überzogen worden war und wie ein Huhn aussah. Auch wenn er von sich selbst als Hahn gesprochen hatte, was wir entschieden nicht hatten bestätigen können – oder wollen.

Julian war ebenso mit einem Bild darin vertreten, das zu seiner wilden Zeit aufgenommen worden war, die relativ kurz angedauert hatte. Von seinem ersten Vollrausch an seinem achtzehnten Geburtstag bis zu seinem letzten – in derselben Nacht. Das Foto zeigte ihn vollgekleckert mit seiner eigenen Kotze, was bizarr genug war. Doch dabei hatte er einen aufgemalten D'Artagnan-Bart im Gesicht – Jaydens Werk –, und eine pinke Federboa um den Hals geschlungen sowie ein glitzerndes Prinzessinnenkrönchen auf dem Kopf – mein Werk. Ein Bild für Götter. Eines, das ganz klar für die Nachwelt aufbewahrt werden musste. Damit erfüllte ich bloß meine bürgerliche Pflicht.

Bei der Erinnerung an den Moment vor so vielen Jahren fiel mir ein, dass Julian vor seinem Absturz sogar wild mit Rosie herumgeknutscht hatte. Das erklärte zum Teil auch seine komischen Blicke, als sie ihre Hand auf Jaydens Arm gelegt hatte. Aber nicht, warum aus ihnen nie etwas geworden war. Eine Sache, der ich nachgehen musste. Und zwar, weil sie mir am Herzen lagen und ich ihnen genauso, selbst wenn wir doch nicht blutsverwandt waren.

Das wurde mir jetzt in diesem Moment mit neuer Deutlichkeit klar. Ich sah mich weiter in meiner Wohnung um, war umringt von diesen Menschen – nun gut, nicht nur, da waren auch zwei Frettchen und ein Fae – und begriff, dass es vollkommen egal war, wie vehement ich stolperte, wie oft mir der Boden unter den Füßen weggerissen wurde, denn ich hatte Freunde, die sich um mich sorgten. Nein, das hier *war* meine Familie – die einzige Familie, die ich kannte, die in meinem Herzen wirklich zählte.

Ich war nicht allein, wir gehörten zusammen und wir würden gemeinsam unseren Weg gehen. Es lag noch so viel Schönes vor uns. Abenteuer, die erlebt, Witze, die gerissen, und Glück, das geteilt werden musste. Nun freute ich mich wieder darauf, hatte Zuversicht und blickte mit einem Lächeln in die Zukunft.

Das hier war erst der Anfang meiner Geschichte und gemeinsam mit diesen liebenswürdigen Idioten lag noch vieles vor mir. Das nächste Monster wartete sicherlich bereits auf uns, und ich war mehr als bereit dafür.

ENDE VON BAND I

Danksagung

Kaum zu glauben, aber nun hat auch meine erste Urban-Fantasygeschichte für Erwachsene das Licht der Bücherwelt erblickt und ich bin unheimlich glücklich darüber, da es ein kleines Herzensprojekt von mir war. Wie immer kann ich die Lorbeeren dafür nicht allein ernten, sondern teile sie mit ganz lieben, besonderen Menschen! Allen voran ein herzliches Dankeschön an meinen Mann – für seine Geduld und sein Verständnis, obwohl es nicht immer leicht mit mir und meinem Geschreibe ist – sowie an meine Familie und Freunde.

An dieser Stelle möchte ich wie immer Anke Frey danken, meiner Testleserin der ersten, verworrenen Rohfassung.

Ein ebenso dickes Dankeschön und eine feste Umarmung für eure Mithilfe, Begeisterung und Liebe zum Buch geht an meine Beta-Leserinnen: Laura Evers, Saskia Flindt, Katharina Karlo, Melanie Schröder, Julia Rieger und Sine Kay, die bei der Fehlerkorrektur grandiose Arbeit geleistet haben.

Ebenfalls ein großes Danke an den Drachenmond Verlag, für das Vertrauen und die Begeisterung der lieben Drachenchefin Astrid Behrendt, die mir diese Chance gegeben hat, ein etwas anderes Werk präsentieren zu dürfen. Ein Dankeschön an die Lektorin Marion Lembke und die Korrektorin Michaela Retetzki für alles, was wir hier in der Geschichte gemeinsam erarbeitet haben. Und jaaa – auch eine dicke Umarmung und Danke an Alexander Kopainski für das mega geile Cover, das einfach nur ein Traum ist und so perfekt als Gewand zur Geschichte passt, dass ich es noch immer gar nicht glauben kann. Merci, ich verneige mich vor deinem künstlerischen Talent.

Ebenso ein fettes Dankeschön und Wink in die Runde an alle Blogger und Facebook-User, Wattpad-Leser oder Autorenkollegen dort draußen, die mir mit Rat und Tat zur Seite stehen oder die mich mit ihrer Hilfe und Feedback unterstützen – so sehr, dass ich es manchmal gar nicht glauben kann. Ihr wisst gar nicht, wie viel mir das bedeutet, mich motiviert und mir Mut macht! <3

Da die Danksagung immer länger wird ^^, hier ein allgemeines Danke in die Runde: an die Einhörner-reitende-Queen Tanja Voosen, die süße Mirjam H. Hüberli, die coole Carina Müller, sowie Katharina V. Haderer, Julia Adrian, Felicitas Brandt, Jennifer Wolf, Maria M. Lacroix, Marie Graßhoff, Ava Reed, Patricia Rabs, Amelie Murmann, Susanne Förster, Nina MacKay, Martina Fussel, Laura Labas, Jessica Bloom, Alexandra Fuchs und, und, und. Es gibt so viele tolle Menschen und Autoren und ich kann hier gar nicht alle aufzählen! Fühlt euch trotzdem fest von mir gedrückt.

Zu guter Letzt danke ich auch dir, meinem Leser, dass du an meiner Geschichte teilgenommen und dich hoffentlich mitgenommen gefühlt hast. In diesem Sinne: Kämpft für das, was euch wichtig ist, und glaubt an das Übernatürliche. Nicht alles im Leben muss erklärbar sein. ^^

Sandra Florean

Die Seelenspringerin
Abgründe

ISBN: 978-3-95991-123-8, kartoniert, 264 S., € 12,90

Tess verfügt über die unkontrollierbare Gabe, in das Bewusstsein übernatürlicher Wesen zu springen. Ein Albtraum für die junge Frau, da sie dabei Zeuge von Gewaltverbrechen wird, die sie jedoch nie verhindern kann. Mit einem Mal häufen sich die Sprünge und Tess ahnt, dass das kein Zufall sein kann. Sie vertraut sich dem Polizisten Jim an und hilft ihm schließlich bei der Aufklärung der Morde. Dadurch begibt sie sich so tief in die Welt der Übernatürlichen, dass sogar der Vampirgebieter Octavian auf sie und ihre Kräfte aufmerksam wird …

Maria M. Lacroix

No heartbeat before coffee

ISBN: 978-3-95991-251-8, kartoniert, 236 S., € 12,00

Während eines Einsatzes gegen einen dunklen Hexenclan wird Diana, kampferprobte Spezialistin des Instituts für »Research and Identification of Paranormal Activities«, mit einem tödlichen Fluch belegt. Rettung aus ihrer aussichtslosen Lage erhält sie ausgerechnet von einem Werwolf. Obwohl auch er in ihrer Weltsicht zum Feind zählt, bleibt ihr nichts anderes übrig, als Jamie zu vertrauen. Und als wäre ihr Leben nicht verzwickt genug, zieht er sie stärker an, als sie sich selbst eingestehen will. Gleichzeitig wird Seattle von einer brutalen Mordserie erschüttert, sodass Diana ihre persönlichen Probleme in den Hintergrund stellt, um sich voll und ganz der Aufklärung des Falles widmen zu können. Doch ihre Kollegen dürfen weder von ihren Gefühlen für Jamie erfahren noch, welchen Preis sie für ihr Überleben gezahlt hat …